SHUTTER
ISLAND

살인자들의 섬

SHUTTER
ISLAND

살인자들의 섬

데니스 루헤인 장편 소설 | 김승욱 옮김

황금가지

SHUTTER ISLAND
by Dennis Lehane

Copyright © 2003 by Dennis Lehane
All rights reserved.

Korean Translation Copyright © 2004, 2013 by Minumin

This Korean edition is published by arrangement with
Dennis Lehane c/o Ann Rittenberg Literary Agency, Inc., New York through KCC.

이 책의 한국어판 저작권은 KCC를 통해
Ann Rittenberg Literary Agency, Inc.와 독점 계약한 ㈜민음인에 있습니다.
저작권법에 의해 한국 내에서 보호를 받는 저작물이므로 무단 전재와 무단 복제를 금합니다.

차례

레스터 시햅 박사의 일기　11
첫째 날, 레이첼　19
둘째 날, 레이디스　135
셋째 날, 67번째 환자　273
넷째 날, 형편없는 뱃사람　407
에필로그　489

내 말을 열심히 들어주고
가끔은 나를 지탱해 주기도 한
크리스 글리슨과 마이크 아이젠에게 바친다.

…… 우리가 꼭 꿈을 꾸고 꿈을 가져야 하는가?
— 엘리자베스 비숍, 『여행자에 대한 질문』

레스터 시행 박사의 일기
1993년 5월 3일

오랫동안 나는 그 섬을 본 적이 없다. 마지막으로 본 것은 위험을 무릅쓰고 외항까지 나간 친구의 배에서였는데, 고리처럼 둥글게 늘어선 바위들 너머로 여름 안개에 둘러싸여 누가 하늘에 아무렇게나 발라 놓은 페인트 자국처럼 보이던 그 섬을 멀리서 볼 수 있었다.
내가 그 섬에 발을 들여놓지 않은 지 이십 년이 넘었다. 그러나 에밀리는 내가 정말로 그 섬을 떠난 건지 의심스럽다고 한다(농담일 때도 있고, 진담일 때도 있다). 언젠가 에밀리는 나한테 시간이란 책갈피 같은 것이어서 내가 내 인생이라는 책 속을 이리저리 훌쩍훌쩍 뛰어다니면서 내게 흔적을 남긴 사건들이 있는 페이지로 자꾸만 되돌아간다는 말을 한 적이 있다. 아주 기민한 내 동료 의사들 눈에는 내가 고전적인 우울증 환자의 모든 특징을 다 갖고 있는 걸로 보인다는 것이다.

어쩌면 에밀리 말이 옳은 건지도 모른다. 그녀의 말은 옳을 때가 많으니까.

이제 곧 나는 그녀도 잃게 될 것이다. 길어야 몇 달이라고 지난 목요일에 액슬로드 박사가 말해 주었다. 그러면서 그는 그 여행을 하라고 충고했다. "당신이 항상 얘기하던 여행 말입니다. 피렌체하고 로마에 가겠다고 했죠? 봄에는 베네치아에도 간다고 했고. 레스터, 당신 안색도 그리 좋아 보이지 않아서 하는 말이에요."

아마 그 말이 맞을 것이다. 요즘은 내가 물건을 엉뚱한 데다 갖다 놓고 잊어버리는 경우가 너무 많다. 특히 안경을 잘 잃어버린다. 자동차 열쇠도. 가게에 들어갔다가 내가 뭘 사러 왔는지 생각이 안 날 때도 있고, 극장에 갔다가 내가 방금 뭘 봤는지 하나도 기억하지 못한 채 극장 문을 나설 때도 있다. 내게 시간이라는 게 정말로 책갈피 같은 거라면, 누군가가 책을 흔드는 바람에 누렇게 변한 종이 조각이며 찢어진 종이 성냥갑 껍데기며 납작해진 커피 막대 같은 것들이 바닥으로 떨어져 버리고, 내가 접어 놓았던 페이지들이 가장자리가 나달나달해진 채 그냥 매끈하게 펴진 것 같다.

그래서 이걸 글로 써 놓고 싶다. 내가 좀 더 그럴듯하게 보이도록 내용을 바꾸고 싶어서가 아니다. 그럼, 아니고말고. 그는 그런 걸 내버려 둘 사람이 아니다. 그는 자기만의 독특한 방식으로, 내가 지금까지 만났던 그 누구보다 거짓말을 증오한다. 나는 다만 그 내용을 보존하고 싶을 뿐이다. 그 내용이 현재 저장되어 있는 곳(솔직히 요즘은 그 저장 시설에 점점 비가 새기 시작했다.)에서 종이 위로 옮겨 놓고 싶을 뿐이다.

애시클리프 병원은 그 섬 북서쪽 중앙 평원에 있었다. 그 병원의 모습이 왠지 다정해 보였다는 말을 덧붙여도 될 것 같다. 범죄를 저지른 정신병자들을 수용한 병원이라고는 전혀 보이지 않았다. 병원이 되기 전에는 군대 막사였다지만, 생김새만 봐서는 군대 막사하고는 더욱더 거리가 멀었다. 사실 사람들은 대부분 건물 외양을 보고는 기숙 학교를 떠올렸다. 중앙의 병동단지 바로 바깥쪽에 망사르드 지붕^{이중으로 경사가 진 지붕}을 이고 있는 빅토리아식 건물에는 교도소장 방이 있었고, 옛날에 북동부 해안 지역의 아메리카 합중국 사령관이 사용하던 어둡고 아름다운 튜더 식 작은 성은 병원장 숙소로 사용되었다. 담장 안쪽에는 직원 숙소가 있었는데, 판자로 만든 기묘한 모양의 오두막은 의사들 집이고, 콘크리트 벽돌로 나지막하게 지은 기숙사 세 채는 잡역부, 간수, 간호사들 용이다. 중앙의 병동 단지에는 잔디밭, 조각을 새겨 놓은 울타리, 커다랗게 그늘을 드리운 떡갈나무, 스코틀랜드 소나무, 말쑥하게 정돈된 단풍나무, 사과나무 등이 있었는데, 늦가을이 되면 사과가 담장 위로 떨어져서 잔디밭으로 굴러 떨어지곤 했다. 병동 단지 중심부에는 병원 건물 양편으로 식민지 시대풍의 빨간 벽돌 건물 두 채가 쌍둥이처럼 서 있었다. 그리고 병원 건물은 새까맣고 커다란 돌과 멋진 대리석으로 지어진 건물이었다. 그 너머에는 절벽과 갯벌, 그리고 긴 계곡이 있었다. 한때 이 계곡에 집단 농장이 생겨난 적도 있었지만 미국 독립전쟁 직후에 모두 망해 버렸다. 농장 사람들이 심어 놓은 나무들(복숭아, 배, 산벚나무)은 살아남았지만 열매를 맺지 못했다. 밤이 되면 계곡으로 거센 바람이 자주 불어와서 고양이처럼 울부짖곤 했다.

병원에 처음으로 직원들이 도착하기 훨씬 오래 전부터 서 있던 요새는 남쪽 절벽 면에서 툭 튀어나온 모습으로 지금도 그 자리에 서 있다. 그리고 남북전쟁 전부터 이미 사용되지 않던 그 너머의 등대는 보스턴 등대 때문에 낡은 폐물이 되었다.

바다에서 보면 그 섬은 별것 아닌 것 같았다. 그러니까 1954년 9월 어느 고요한 아침에 테디 대니얼스가 보았던 것처럼, 외항 한 가운데에 있는 그 섬이 덤불들로 가득 찬 평원이라고 생각하는 수밖에 없다. 그 섬을 본 사람들은 별로 섬 같지도 않다고 생각할 것이다. 사람들이 흔히들 생각하는 그런 섬 모습이 아니니까. 저 섬이 존재하는 목적이 무엇일까? 테디가 어쩌면 이런 생각을 해 봤는지도 모른다. 목적이 무엇일까?

섬의 동물들 중에는 쥐가 제일 많았다. 녀석들은 덤불 속을 뒤지고 다니다가 밤이 되면 해안을 따라 줄지어 늘어서서 젖은 바위를 기어올랐다. 어떤 놈들은 크기가 넙치만 했다. 1954년 늦여름의 그 이상한 나흘이 지난 후 오랫동안 나는 북쪽 해안을 굽어보는 언덕의 바위틈 사이에서 쥐들을 연구하는 데 몰두했다. 녀석들 중 일부가 패독 섬까지 헤엄쳐 가려는 것을 보고 나는 그 녀석들에게 홀린 듯이 빠져들었다. 패독 섬은 매일 스물두 시간 동안 물 속에 잠겨 있는, 한줌밖에 안 되는 모래밭 위의 바위에 지나지 않았다. 썰물이 최고조에 이르러 패독 섬이 한두 시간 동안 물 밖으로 드러날 때가 되면 녀석들은 그곳으로 헤엄쳐 가곤 했지만, 결코 십여 마리를 넘지 않는 그 녀석들은 항상 역조에 밀려 되돌아왔다.

아니, 항상 그런 것은 아니었다. 쥐 한 마리가 거기까지 가는 것을 봤으니까. 딱 한 번, 1956년 10월 보름달이 뜬 날 밤에 일어난 일이었다. 나는 검은 가죽신 같은 녀석의 몸이 모래 위를 쏜살같이 가로지르는 것을 보았다.

아니, 그걸 보았던 것 같다. 그 섬에서 나와 처음 만난 에밀리가 이 얘기를 듣는다면, "레스터, 당신이 그걸 봤을 리가 없어. 거리가 너무 멀단 말이야."라고 말할 것이다.

그 말이 옳다.

하지만 내가 본 건 분명하다. 통통한 가죽신 하나가 쏜살같이 모래밭을 가로질렀다. 파도가 다시 패독 섬을 집어삼키려고 돌아오고 있었기 때문에 벌써 물 속에 잠기고 있던 진줏빛 모래밭 위를. 파도는 그 쥐도 집어삼킨 것 같았다. 녀석이 헤엄쳐 돌아오는 것을 결코 보지 못했으니까.

하지만 그 순간, 녀석이 재빨리 해안선을 따라 올라가는 것을 지켜보면서(그래, 정말이다. 정말로 그걸 봤다. 거리 같은 게 다 뭐람.) 나는 테디를 생각했다. 나는 테디와 세상을 떠난 그의 가엾은 아내 돌로레스 샤날을 생각했다. 공포스러운 존재, 레이첼 솔란도와 앤드루 레이디스가 우리 모두를 얼마나 망가뜨렸는지도. 만약 테디가 그때 나와 함께 앉아 있었다면, 그도 그 쥐를 봤을 거라는 생각이 들었다. 그도 봤을 거다.

아니, 그것뿐만이 아니었겠지.

테디?

그 사람이라면 박수를 쳤을 것이다.

SHUTTER
ISLAND

첫째 날

레이첼

테디 대니얼스의 아버지는 어부였다. 그는 테디가 열한 살이던 1931년에 모래톱에서 배를 잃어버린 후 평생 동안 일이 있을 때는 남의 배를 타고, 일이 없을 때는 부두에서 하역 인부로 일했다. 아침 10시에 집에 돌아오면 오랫동안 안락의자에 앉아서 자기 손을 들여다보며 가끔 혼자서 뭐라고 중얼거리곤 했다. 어둡고 우울한 눈을 크게 뜨고서.

테디가 어릴 때, 아직 너무 어려서 뱃일에 별로 도움이 되지 않는데도, 그는 근처 섬들로 갈 때 테디를 데려가곤 했다. 그때 테디가 할 수 있는 일이라고는 엉킨 낚싯줄을 풀거나 낚싯바늘을 묶는 게 고작이었다. 그러다가 몇 번 손을 베인 적이 있는데, 손끝에서 점점이 배어 나온 피가 손바닥을 더럽히곤 했다.

두 사람은 캄캄할 때 집을 나섰다. 나중에 하늘에 나타난 태양은 바다 끝에서 위로 밀고 올라간 차가운 상아색 반점처럼 보였다. 그때 점점 희미해지는 어스름 속에서 옹기종기 모여 있는 섬들이 나타났다. 마치 뭔가에 붙들려 끌려 나온 것 같았다.
한 섬의 해변에 줄지어 늘어선 파스텔 색조의 작은 오두막들이 테디 눈에 들어왔다. 하나같이 금방이라도 무너질 것처럼 보이는 석회석 건물들이었다. 아버지가 사슴 섬에 있는 교도소와 조지스 섬에 있는 당당한 요새를 가리켰다. 톰슨 섬에서는 높은 나무 위에 빼곡히 앉은 새들이 우박과 유리 조각이 후두둑 떨어지는 것 같은 소리로 재잘거리고 있었다.
그 모든 것들 뒤에 사람들이 셔터라고 부르는 섬이 커다란 스페인 돛단배에서 뚝 떨어져 나온 것 같은 모양처럼 누워 있었다. 그 당시, 그러니까 1928년 봄에 그 섬에는 사람의 손이 닿지 않아 식물들이 제멋대로 자라고 있었기 때문에, 그 섬의 가장 높은 지역에 길게 자리 잡은 요새는 덩굴에 목을 졸리고 커다란 구름 같은 이끼에 뒤덮여 있었다.
"왜 이름이 셔터예요?"
테디가 물었다.
아버지는 어깨를 으쓱하며 대답했다.
"녀석, 궁금한 게 그렇게도 많아? 항상 뭘 묻기만 하니."
"그러니까 왜 셔터예요?"
"그냥 생겨난 이름이 그대로 굳어져 버리는 경우가 있지. 십중팔구 해적들이 붙인 이름일 거다."
"해적이요?"
테디는 이 낱말이 왠지 마음에 들었다. 해적들 모습이 눈에 보이는 듯했다. 눈에는 안대를 하고, 긴 장화를 신고, 번쩍이는 칼을 찬 건장한 남자들.

아버지가 말했다.

"옛날에 놈들이 여기 숨어 있었거든."

아버지는 팔로 수평선을 휘이 가리키면서 말을 이었다.

"여기 이 섬들에, 자기네들도 숨고 금도 여기다 숨겼지."

테디는 금이 담긴 상자를 상상해 보았다. 옆구리가 터질 듯이 금화가 가득 든 상자.

조금 시간이 지나자 멀미가 나서 그는 뱃전 너머 바닷속으로 속에 든 것을 심하게 여러 번 검은 밧줄처럼 게워 냈다.

고요하고 잔잔하게 반짝이는 바다에서 배를 탄 지 몇 시간이 지난 후에야 테디가 토하기 시작했기 때문에 아버지는 깜짝 놀랐다.

"괜찮아. 처음이라서 그래. 창피할 거 하나도 없어."

아버지 말에 테디는 고개를 끄덕이며 아버지가 준 천으로 입을 닦았다.

아버지가 말했다.

"가끔 배가 요동치지. 그런데 그게 속에서 치고 올라올 때까지는 배가 요동치는지도 몰라."

테디는 또 고개를 끄덕였다. 그는 배가 움직이는 바람에 속이 뒤집어진 게 아니라는 얘기를 아버지한테 할 수가 없었다.

문제는 물이었다. 두 사람 주위의 온 세상을 가득 채운 물. 테디가 보기에는 물이 하늘을 집어삼킬 수도 있을 것 같았다. 그때까지는 이렇게 나와 있는 사람이 자기들 둘뿐이라는 사실을 전혀 모르고 있었는데.

그가 눈물이 줄줄 흐르는 빨간 눈으로 아버지를 쳐다보자 아버지가 말했다.

"금방 괜찮아질 거다."

테디는 미소를 지어 보려고 애썼다.

아버지는 1938년 여름에 보스턴 항에서 고래잡이배를 타고 나갔다가 돌아오지 않았다. 다음 해 봄, 그 배에서 나온 물건들이 테디가 어린 시절을 보낸 헐이라는 마을에 있는 낸터스켓 해변으로 밀려왔다. 길게 찢긴 용골 조각 하나, 받침대에 선장 이름이 새겨진 취사용 전기 히터, 토마토와 감자 스프 통조림, 갯가재를 잡는 올가미 두 개. 올가미는 구멍이 뻥 뚫려서 흉하게 일그러져 있었다.

사람들은 세인트 테레사 교회에서 그 배에 탔던 어부 네 명의 장례식을 치렀다. 교회 뒷쪽은 그토록 많은 교인들을 데려간 그 바다에 딱 붙어 있었고, 테디는 어머니와 함께 서서 사람들이 선장과 일등 항해사, 그리고 질 레스타크라는 이름의 노련한 뱃사람인 3등 어부를 기리는 것을 들었다. 레스타크는 세계 대전에서 발꿈치가 박살나고 머리에 수많은 흉측한 상처를 입고 돌아온 후 헐의 술집들을 공포에 떨게 했던 인물이었다. 하지만 그가 죽고 나자 그를 무서워했던 바텐더 중 한 명은 모든 것을 용서했다고 말했다.

배 주인인 니코스 코스타는 테디 아버지가 어떤 사람인지 거의 모른다고 했다. 선원 하나가 트럭에서 떨어져 다리가 부러지는 바람에 출항 직전에 테디 아버지를 채용했다는 것이다. 하지만 선장이 테디 아버지를 높게 평가했으며, 마을 사람들도 모두 테디 아버지가 자기 몫을 충분히 해낼 수 있는 사람이라고 말했다고 했다. 그 정도면 최고의 찬사 아닙니까, 여러분?

교회에서 장례식이 진행되는 동안 테디는 아버지와 배를 타고 나갔던 그날을 기억했다. 그 후로는 그렇게 아버지 배를 타고 나간 적이 없었으니까. 아버지는 언젠가 그런 날이 다시 올 거라고 계속 말했지만, 테디는 아들이 뭔가 자랑스러워할 만한 것을 만들어 주려고 아버지가 일부러 그런 말씀을 하신다는 것을 알고 있었다. 아버지는 그날 일어난 일을 절대 인정하지 않았지만, 두 사람은 그날 목걸이의 구슬들처럼 줄지어 늘어선 섬들 사이를 지나 집으로 돌아오면서 시선을 교환했다. 셔터 섬은 뒤에 있고, 톰슨 섬은 아직 앞에 자리하고 있을 때의 일이었다. 도시의 스카이라인이 하도 선명하고 가까워 보여서 건물의 첨탑을 잡아 건물을 들어 올릴 수도 있을 것 같았다.

"바다 때문이야."

아버지가 테디 등을 가볍게 손으로 문질러 주면서 말했다. 두 사람은 고물에 등을 기대고 있었다.

"어떤 사람들은 바다에 순응하고, 어떤 사람들은 바다에 잡아먹히지."

그리고 아버지는 테디를 바라보았는데, 그 눈을 보면서 테디는 자기가 나중에 자라서 그 두 종류의 사람들 중 어느 쪽이 될 것인지 알 수 있었다.

1954년에 그들은 그곳에 가려고 도시에서 연락선을 타고 이름조차 잊혀진 작은 섬들(톰슨 섬과 스펙터클 섬, 그레이프 섬과 범프

킨 섬, 레인포드 섬과 롱 섬)을 지나갔다. 그 섬들은 단단한 모래와 뻣뻣한 나무, 뼈처럼 새하얀 바위들로 바다의 머리 가죽을 움켜쥐고 있었다. 화요일과 토요일에 운행되는 물자 보급선을 제외하면 이 연락선만이 부정기적으로 이 길을 오가고 있었는데, 배 안에는 갑판을 덮은 철판과 창문 밑에 놓인 강철 벤치 두 개 외에는 아무것도 없었다. 벤치 다리는 바닥에 나사로 고정되어 있었고, 양쪽 끝도 두꺼운 검은색 기둥에 나사로 고정되어 있었다. 그리고 기둥에는 수갑과 사슬이 스파게티 국수처럼 매달려 있었다.

그러나 오늘 연락선이 정신 병원까지 운송하고 있는 것은 환자들이 아니라 테디와 그의 새 파트너인 처크 아울, 그리고 우편물이 담긴 가방 몇 개와 의료용품 상자 몇 개였다.

테디는 처음부터 화장실 앞에 무릎을 꿇고 앉아 속에 든 것을 게워 냈다. 연락선 엔진이 칙칙 소리를 내며 움직이기 시작하자 휘발유 냄새와 늦여름 바다 냄새가 테디의 콧구멍을 가득 채웠기 때문이다. 토한다고 해봤자 속에서 나오는 건 물 조금밖에 없었지만, 목구멍은 계속 좁아들었고 위장은 식도 아래쪽에 계속 쿵쿵 부딪혔으며, 눈앞이 빙빙 돌면서 사람의 눈처럼 깜박거리는 작은 점들이 허공을 떠다녔다.

마지막으로 속에 든 것을 토하고 난 후 안에 갇혀 있던 산소가 둥근 공처럼 튀어나왔다. 그 녀석이 입으로 터져 나가면서 가슴속까지 한 움큼 떼어간 것 같았다. 테디는 철판으로 된 바닥에 앉아 손수건으로 얼굴을 훔치며 새 파트너를 이런 식으로 만나는 건 말도 안 되는 일이라고 생각했다.

처크가 집에 가서 아내에게 저 전설적인 테디 대니얼스와의 첫

만남을 어떻게 말할지 벌써 알 것 같았다.

'그 사람 내가 아주 마음에 든 모양이야, 여보. 냅다 토하더라니까.'

물론 그에게 아내가 있다면 말이지만. 테디는 아직 처크에 대해 그런 것조차 모르고 있었다.

어렸을 때 아버지와 배를 타고 나갔던 날 이후 테디는 바다에 나가는 것을 한번도 즐거워해 본 적이 없었다. 발밑에 땅이 없다는 것, 땅이 보이지 않는다는 것, 손을 뻗어 만져도 손이 푹 잠겨 버리지 않는 뭔가가 없다는 것이 전혀 즐겁지 않았던 것이다. 속으로는 괜찮다고 말해 보지만(물을 건너려면 어쩔 수 없으니까.) 사실은 괜찮지 않았다. 심지어 전쟁 중에도 그는 해변에서 돌격하는 것보다 배에서 해안까지 마지막 몇 미터를 더 무서워했다. 깊은 물 속에서 다리를 힘겹게 움직이는 것, 장화 위로 낯선 생물들이 미끄러지듯 지나가는 것이 무서웠던 것이다.

그래도 그는 속이 메스꺼울 정도로 따뜻한 선실에서 이리저리 비틀거리는 것보다 갑판에서 신선한 공기 속에 물을 마주하는 편을 더 좋아했다.

멀미가 이제 다 끝났다는 생각이 들었을 때, 속이 더 이상 부글거리지 않고 머리도 빙빙 돌지 않게 되었을 때, 그는 손과 얼굴을 씻고 세면대 위의 작은 거울로 자기 모습이 어떤지 확인해 보았다. 거울 유리 대부분이 염분 때문에 부식되어 있어서, 한가운데에 작은 구름처럼 남아 있는 부분을 통해 테디는 간신히 모습을 비춰 볼 수 있었다. 거울 속에 나타난 그는 아직 비교적 젊었고, 정부에서 지정한 대로 머리를 짧게 깎고 있었다. 그러나 그 얼굴에는 전쟁에 참전한 흔적과 그 후의 세월을 보여 주는 흔적들이 주름살로 남아 있었다. 그리고 언젠가 돌로레스가 '개처럼 슬프다.'고 했던 눈 속에는 추적과 폭력에 열광하는 그의 성향이 살아 있었다.

'이렇게 젊은 나이에 이렇게 딱딱한 얼굴이라니.'

테디는 속으로 생각했다.

테디는 허리띠를 조정해 총과 총집이 엉덩이에 걸리게 했다. 그리고 변기 위에 둔 모자를 들어 다시 쓰고 챙이 오른쪽으로 약간 기울어지도록 했다. 넥타이 매듭도 단단하게 조였다. 한 1년 전에 유행이 지나버린 요란한 꽃무늬 넥타이였지만, 그는 그녀가 준 물건이라는 이유로 계속 그것을 맸다. 어느 해 생일날 그가 거실에 앉아 있을 때 그녀가 머리 위로 씌우듯 해서 매어 준 넥타이였다. 목울대에 그녀의 입술이 닿았고, 따스한 손이 뺨에 느껴졌다. 그녀의 혀에서는 오렌지 냄새가 났다. 그녀가 무릎 쪽으로 미끄러져 내려오면서 넥타이를 벗기는 동안 테디는 눈을 꼭 감고 있었다. 그냥 그녀의 냄새를 맡으며 그녀의 모습을 상상하려고, 마음으로 그 모습을 만들어 내서 계속 간직해 두려고.

테디는 지금도 눈을 감으면 그녀의 모습을 볼 수 있었다. 하지만 요즘은 하얀 얼룩 때문에 모습 중 일부가, 귓불, 속눈썹, 머리 윤곽 등이 흐릿하게 보이곤 했다. 아직은 그 모습을 완전히 가려 버릴 만큼 심하지는 않았지만 테디는 시간이 자신에게서 그녀를 빼앗아 가는 것 같아서, 자신의 머릿속에 들어 있는 사진들을 갈아 우그러뜨리는 것 같아서 겁이 났다.

"보고 싶어."

테디는 이렇게 중얼거리고는 취사실을 지나 앞 갑판으로 나갔다.

바깥 날씨는 따스하고 맑았지만, 물에서는 녹 색깔의 줄무늬가 어둡게 반짝이고 있었으며 물 색깔도 전체적으로 창백한 회색이었다. 물속 깊은 곳에서 뭔가가 덩어리를 이뤄 자라고 있는 모양이었다.

처크가 수통의 물을 한 모금 홀짝거리고는 테디가 있는 쪽을 향해 고개를 약간 기울이며 한쪽 눈썹을 치켜올렸다. 테디가 고개를 젓자 처크는 수통을 주머니에 다시 집어넣고 코트 자락을 엉덩이까지 끌어 내리고는 바다를 바라보았다.

"괜찮아요? 얼굴이 창백한데."

처크가 물었다.

테디는 아무것도 아니라는 듯 어깨를 으쓱했다.

"난 괜찮아."

"정말로요?"

테디는 고개를 끄덕였다.

"이제 막 배가 흔들리는 데 익숙해지는 참이야."

두 사람은 잠시 아무 말 없이 서 있었다. 사방에서 바다가 요동치고, 파도에서 오목하게 들어간 부분은 벨벳처럼 어둡고 매끄러웠다.

"저기가 옛날에 전쟁 포로 수용소였던 거 알아?"

테디가 말했다.

"저 섬이요?"

테디는 고개를 끄덕였다.

"남북전쟁 때, 저기다가 요새를 지었지. 막사 말이야."
"지금은 그 요새가 어떻게 됐는데요?"
테디는 어깨를 으쓱했다.
"별로 말할 만한 게 없어. 여기저기 섬들에 요새가 몇 개 있는데, 대부분 전쟁 때 포병대 사격 연습용으로 쓰여서 남아 있는 게 그리 많지 않아."
"그럼 병원은요?"
"내가 아는 한, 옛날 병사들 숙소를 병원에서 쓰고 있지."
"기본으로 돌아가라 그건가요?"
"우리까지 그런 신세가 되면 안 되지."
테디는 난간을 잡고 몸을 돌리면서 말을 이었다.
"이제 자네 얘기를 좀 해봐, 척크."
척크는 미소를 지었다. 그는 테디보다 조금 더 탄탄한 몸집에 조금 더 키가 작았다. 한 176센티미터쯤 되는 것 같았다. 머리카락은 심한 곱슬머리에 검은색이었으며, 피부는 올리브색이고, 손은 가늘고 섬세해서 다른 부분과 어울리지 않았다. 진짜 손은 어디다가 수리를 맡겨 놓고 남의 손을 빌려 온 것 같았다. 왼쪽 뺨에는 작은 낫 모양으로 흉터가 나 있었는데, 그가 집게손가락으로 그 흉터를 툭툭 치며 입을 열었다.
"난 항상 이 흉터 얘기부터 시작해요. 얘길 하다 보면 사람들이 대개 이걸 물어보거든요."
"그렇군."
"이거 전쟁 때 생긴 게 아니에요. 내 여자 친구는 그냥 전쟁 때 생긴 거라고 해 버리라지만……."

처크는 어깨를 으쓱하며 말을 이었다.

"근데 사실 이건 전쟁놀이를 하다 생긴 거거든요. 어렸을 때. 다른 애들이랑 숲에서 서로 새총 쏘기를 하고 있었는데, 한 녀석이 쏜 돌멩이가 여길 스치고 지나간 거예요. 그때까지는 괜찮았죠."

그는 고개를 저었다.

"근데 그 돌멩이가 나무에 맞는 바람에 나무 조각이 내 뺨에 박힌 거예요. 그래서 흉터가 생겼어요."

"전쟁놀이를 하다가."

"그래요, 전쟁놀이를 하다가."

"오리건 주에서 이쪽으로 발령받은 건가?"

"시애틀이에요. 지난주에."

테디는 그의 말을 기다렸지만, 처크는 더 이상 설명하지 않았다.

테디가 말했다.

"연방 보안관으로 일한 지는 얼마나 됐지?"

"4년이요."

"그럼 그 동네가 얼마나 좁은지 알겠군."

"그럼요. 내가 어떻게 이리로 발령난 건지 알고 싶은 거죠?"

처크는 속으로 혼자 무슨 결정을 내리는 것처럼 고개를 끄덕이더니 말을 이었다.

"비가 지긋지긋해서 오게 된 거라고 하면?"

테디는 난간 위에서 손바닥이 위로 오도록 손을 뒤집었다.

"자네가 그렇게 말한다면야……."

"하지만 선배님 말마따나 좁은 동네니까, 이 일을 하는 사람들은 다들 서로 아는 사이죠. 그러니 결국은……, 그걸 뭐라고 하죠? 그래, 소문이 돌 거예요."

"맞아, 그런 걸 소문이라고 하지."

"선배님이 브렉을 잡았죠?"

테디는 고개를 끄덕였다.

"그놈이 어디로 갈지 어떻게 알았어요? 그놈을 쫓던 수사관들 쉰 명이 전부 클리블랜드로 갔는데 선배님은 메인으로 갔잖아요."

"그놈이 어렸을 때 식구들하고 거기서 여름을 보낸 적이 있어. 녀석이 피해자들한테 한 짓 있지? 그건 원래 말한테 하는 짓이야. 그놈 숙모하고 얘기를 해 봤는데, 그놈한테 즐거운 기억이라고는 메인 주의 그 오두막 근처에 있는 말 농장에 갔을 때뿐이라더군. 그래서 그리 간 거야."

"그놈한테 다섯 발을 쐈죠?"

처크가 이 말을 하고는 뱃머리 쪽에서 이는 물거품을 바라보았다.

"필요하다면 다섯 발을 더 쐈을걸. 하지만 다섯 발로 됐으니까."

처크가 고개를 끄덕이며 난간 너머로 침을 뱉었다.

"내 여자친구는 일본인이에요. 뭐, 여기서 태어나기는 했지만, 왜 알잖아요……. 그 수용소에서 자랐죠. 포틀랜드, 시애틀, 타코마, 이쪽에서는 아직도 서로 사이가 안 좋아요. 내가 여자친구하고 사귀는 걸 아무도 안 좋아하니까."

"그래서 자네를 이리 보낸 거군."

처크는 고개를 끄덕이며 다시 침을 뱉고는 파도의 물거품 속으로 침이 떨어지는 것을 지켜보며 말했다.

"사람들 말이 이번에는 아주 클 거라고 하대요."

테디는 난간에서 팔꿈치를 떼고 몸을 똑바로 폈다. 얼굴은 축축하고 입술에서는 소금 맛이 났다. 얼굴에 물이 튄 기억이 없는데도 어느새 바닷물이 달라붙었다는 게 조금 놀라웠다.

그는 코트 주머니를 두드리며 담배를 찾았다.

"사람들이라니, 누구? 큰 건 또 뭐고?"

"사람들요. 신문 말이에요. 이번 폭풍이 아주 클 거라고들 해요. 엄청날 거라고."

처크는 푸르디푸른 하늘을 향해 팔을 흔들었다. 뱃머리에 부딪히는 물거품만큼이나 푸르디푸른 하늘이었다. 그러나 하늘 남쪽 가장자리에 대걸레같이 가는 자주색 선이 잉크 얼룩처럼 점점 커지고 있었다.

테디는 공기 냄새를 맡아 보았다.

"전쟁을 기억하지, 처크?"

처크가 미소를 지었다. 그 모습을 보니 두 사람이 벌써 죽이 맞아 들어가고 있는 게 아닌가, 두 사람이 서로 한 패가 되는 법을 배워 가고 있는 게 아닌가, 그런 생각이 들었다.

"조금요. 깨진 건물 조각들이 기억나요. 그런 게 엄청 많았죠. 사람들은 그런 돌조각들을 무시하지만, 내가 보기엔 녀석들한테도 나름대로 역할이 있어요. 나름대로 예쁜 구석이 있다니까요. 그게 다 그걸 보는 사람의 생각에 달린 거예요."

"싸구려 소설에 나오는 말 같군. 누구한테 들은 말인가?"

"그냥 생각난 거예요."

처크는 바다를 향해 또다시 살짝 미소를 지으며 뱃머리 너머로 몸을 기대고 등을 쭉 폈다.

테디는 바지 주머니를 두들겨보고 양복 상의 안주머니 속도 찾아보았다.

"일기예보에 따라 병사들 배치가 바뀐 적이 얼마나 많은지 기억나?"

처크는 손바닥 끝으로 수염이 까슬까슬한 턱을 문질렀다.

"그럼요, 기억하죠."

"그 일기예보가 맞았던 적이 얼마나 되는지는?"

처크는 자기가 그 질문을 얼마나 진지하게 생각하고 있는지 테디한테 보여 주려고 미간을 좁혔다. 그러고는 입술로 쩝쩝 소리를 내면서 말했다.

"한 30퍼센트 정도였던 것 같은데요."

"잘해야 그 정도였지."

처크가 고개를 끄덕였다.

"잘해야."

"그러니까, 지금 얘기를 다시 해 보면……."

"아, 지금으로 다시 돌아왔군요. 그럼 전혀 걱정할 것 없다고 해도 되겠네요."

테디는 웃음이 나오려는 것을 참았다. 이젠 이 친구가 아주 마음에 들었다. 걱정할 것이 없다니, 세상에.

"그래, 걱정할 것 없지."

테디가 맞장구를 치며 말을 이었다.

"요즘 일기예보를 옛날보다 더 믿을 이유가 없잖아?"

"글쎄요."

처크가 말하는 동안 축 늘어진 작은 삼각형 같은 섬 꼭대기가 수평선 위로 살짝 고개를 내밀었다.

"내가 뭘 더 믿는다거나, 덜 믿는다고 할 수 있을지 모르겠는데요. 담배 찾는 거예요?"

테디는 두 번째로 여기 저기 주머니를 두드려 보다가 그 말을 듣고 동작을 멈췄다. 처크가 그를 지켜보고 있었는데, 그의 뺨에 난 상처 바로 아래에 짓궂은 미소가 새겨져 있었다.

"배에 탈 때는 담배가 있었는데."

테디가 말했다.

처크가 자기 어깨 너머를 돌아보며 말했다.

"정부 관리들은 뭐든 마구잡이로 강탈해 가죠."

처크가 담뱃갑에서 담배 하나를 꺼내 테디에게 주고는 청동으로 된 지포라이터로 불을 붙여 주었다. 역한 휘발유 냄새가 소금기 섞인 공기를 타고 올라와 테디의 목구멍 뒤까지 들어갔다. 처크는 라이터 뚜껑을 탁 닫았다가 손목을 휙 움직여서 다시 뚜껑을 열더니 자기 담배에도 불을 붙였다.

테디는 담배 연기를 내뿜었다. 섬의 삼각형 꼭대기가 연기 속으로 잠시 사라졌다.

"외국에 있을 때, 일기예보에 따라 낙하산을 가지고 강하 지점으로 갈 건지, 아니면 해변으로 출발할 건지가 결정될 때는 일이 잘못되면 지금보다 훨씬 더 큰일이었겠어요."

처크가 말했다.

"그래."
"하지만 여기서야 일기예보를 멋대로 믿는다고 해서 해가 뭐 있겠어요? 내가 할 말은 이것뿐이에요, 선배님."
이제 섬 꼭대기뿐만 아니라 더 많은 부분들이 모습을 드러내고 있었다. 꼭대기 아래 부분이 점점 드러나면서 반대편 바다가 다시 평평하게 펼쳐졌고, 누가 붓으로 그린 것처럼 여러 색깔들이 두 사람 눈을 채웠다. 식물이 무성하게 자라는 곳은 연한 초록색이었고, 해안선은 황갈색 끈 같았으며, 북쪽 절벽 면은 탁한 황토색이었다. 거리가 점점 가까워지자 섬 꼭대기에 납작한 직사각형 건물 윤곽들이 나타나기 시작했다.
"정말 안된 일이에요."
처크가 말했다.
"무슨 소리야?"
"진보의 대가 말이에요."
처크는 견인용 밧줄에 한 발을 올리고 테디 옆의 난간에 등을 기댔다. 그리고 두 사람은 섬이 점점 분명하게 모습을 드러내는 것을 지켜보았다.
"정신 건강 분야에서 비약적인 발전이 이루어지면서(실제로 비약적인 발전이 이루어지고 있어요. 그걸 대충 무시하고 넘어갈 수는 없죠. 매일 비약적으로 발전하니까.) 여기 같은 곳들이 없어질 거예요. 한 이십 년 후면 이런 데를 야만적이라고 할걸요. 빅토리아 시대가 낳은 불행한 부산물이라고. 그러면서 이런 데는 반드시 없어져야 한다고 할 거예요. 다 하나로 통합되어야 한다고 하겠죠. 통합이 시대의 대세가 될 거라고. 그 울타리 안으로 들어오는 사람은 모두 다 환영이죠. 우리가 당신을 위로해 주고, 회복시켜 줄게요. 이러면서. 우리는 모두 보안 장관들이고, 우리 사회는 새로운 곳이에요. 엘바 섬처럼 사람을 유배시키는 곳 따위 없다고요, 이러면서."

건물들이 다시 나무 뒤로 사라졌지만 테디는 식민지풍 탑의 흐릿한 윤곽을 알아볼 수 있었다. 그 다음으로 각이 지게 툭 튀어나온 선이 보였는데, 그는 그것이 낡은 요새일 거라고 생각했다.

"하지만 미래를 확보하기 위해 과거를 잃어버려야 하는 걸까요?"

처크가 손가락으로 담배를 튕겨 물거품 속으로 던졌다.

"바로 그게 문제죠. 마룻바닥을 걸레로 닦을 때 우리가 잃어버리는 게 뭘까요, 선배님? 먼지죠. 가만 놔두면 개미가 꼬일 음식 부스러기도 있고. 하지만 그녀가 잃어버린 귀걸이는? 그것도 다른 것들하고 같이 쓰레기통으로 들어가 버린 걸까요?"

"그녀가 누구지? 왜 갑자기 '그녀'가 튀어나온 거야, 처크?"

"그녀는 항상 있죠. 안 그래요?"

테디는 등 뒤에서 윙윙거리던 엔진 소리가 바뀌는 것을 들었다. 발밑에서 배가 살짝 요동치면서 섬의 서쪽을 향해 방향을 돌리자 남쪽 절벽 면 꼭대기의 요새가 더 분명하게 눈에 들어왔다. 대포는 사라지고 없었지만 테디는 포탑을 쉽게 알아볼 수 있었다. 평평한 땅이 요새 뒤에서 산으로 이어졌고, 테디는 그 뒤쪽에 담이 있다고 생각해 보았다. 지금 자기 위치에서는 담이 풍경 속에 감춰져 보이지 않는다고 말이다. 그리고 절벽 뒤쪽 어딘가에는 애쉬클리프 병원이 서쪽 해안을 굽어보며 있을 터였다.

"여자가 있어요, 선배님? 결혼했나요?"

처크가 물었다.

"옛날에는."

테디는 돌로레스의 모습을 그리며 말했다. 신혼여행 때 그녀가 지었던 표정. 드러난 어깨에 거의 턱이 닿을 정도로 고개를 돌린 탓에 척추 근처의 피부 밑에서 근육이 움직이던 그녀의 모습이 생생했다.

"아내는 죽었어."

처크가 목 부분이 빨개져서 난간에서 물러섰다.

"아, 세상에."

"괜찮아."

테디가 말했다.

"아니에요, 아니에요."

처크가 테디의 가슴 앞으로 손바닥을 쳐들면서 말을 이었다.

"그건……, 이미 알고 있던 얘기예요. 그걸 어떻게 잊어버렸는지 모르겠네. 한 이 년 전이죠?"

테디는 고개를 끄덕였다.

"세상에, 선배님. 제가 그런 바보짓을 하다니, 정말. 정말 미안해요."

테디의 눈에 그녀가 다시 보였다. 그녀가 등을 돌리고 집 안의 복도를 걸어가고 있었다. 그가 옛날에 입던 제복 셔츠를 입고 콧노래를 부르며 부엌으로 들어가는 모습. 익숙한 피로가 그의 뼛속을 파고들었다. 돌로레스 얘기를 할 바에야, 그녀가 이 세상에 서른한 해 동안 살다가 가 버렸다는 얘기를 할 바에야 아무거나 다른 걸 하고 싶었다. 심지어 저 물 속으로 뛰어들어 헤엄치는 것일지라도. 그녀는 그냥 덧없이 사라져버렸다. 아침에 출근할 때는 그녀가 있었는데, 오후에는 그녀가 없었다.

하지만 그건 처크의 흉터 같은 거라는 생각이 들었다. 다른 이야기를 하기 전에 해치워 버려야 하는 이야기. 그렇게 하지 않으면 그 이야기가 항상 두 사람 사이에 걸려 있을 것이다. 어떻게, 어디서, 왜 그랬느냐는 의문들이.

돌로레스는 이 년 전에 죽었지만, 밤이 되면 꿈속에서 되살아났다. 어떨 때는 아침이 돼서도 그녀가 부엌에 있거나 버튼우드에 있는 아파트 현관 앞 계단에서 커피를 마시고 있을 것 같은 생각이 한동안 사라지지 않았다. 마음이 잔인한 장난을 치는 것이었지만, 테디는 그것이 논리에 합당한 일이라는 사실을 이미 오래 전에 받아들였다. 잠에서 깨는 것도 결국은 세상에 태어나는 것과 거의 같으니까. 사람들은 그전의 기억들을 까맣게 잊은 채 눈을 떠서 몇 번 눈을 깜박이고 하품을 하며 과거의 기억들을 다시 끌어 모으고, 기억의 파편들을 시간 순서대로 정리한 다음 현재를 맞이하기 위해 마음을 다진다.

겉으로 보기에는 전혀 상관없어 보이는 물건들이 그의 뇌 속에 자리 잡고 있는 아내의 기억에 성냥을 켰을 때처럼 불을 붙인다는 사실이 훨씬 더 잔인했다. 도대체 어떤 물건이 그런 짓을 할지 도저히 알 수가 없었다. 소금 그릇일 수도 있고, 사람들이 붐비는 거리에서 본 낯선 여자의 걸음걸이일 수도 있고, 코카콜라 병일 수도 있고, 유리잔에 묻은 립스틱 자국일 수도 있고, 장식용으로 놔둔 쿠션일 수도 있었다.

그러나 그 모든 물건들 중에서도 연관성이라는 측면에서 물만큼 터무니없는 것이 없었다. 또한 물만큼 날카롭고 신랄한 것도 없었다. 수도꼭지에서 뚝뚝 떨어지는 물, 하늘에서 후두둑 떨어지는 물, 인도 옆에 웅덩이처럼 고인 물, 지금처럼 사방에 한없이 펼쳐져 있는 물.

테디는 처크에게 말했다.

"아파트 건물에서 불이 났어. 난 일을 하고 있었지. 네 명이 죽었는데, 그녀가 그중 하나야. 연기에 당한 거야, 처크. 불이 아니라. 그러니까 그녀가 고통스럽게 죽은 건 아냐. 두려움은 느꼈을지도 모르지만, 고통은 없었어. 그게 중요해."

처크는 수통에서 물을 한 모금 더 마시고 다시 테디에게 내밀었다. 테디는 고개를 저었다.

"난 직장을 그만뒀지. 그 화재 후에 말이야. 그녀가 옛날에 걱정하던 일이 있는데, 우리 같은 군인들이나 경찰들이 술을 너무 많이 마신다고. 그래서……."

테디는 처크가 자기 옆으로 다가선 것을 느끼고 갑자기 창피해져서 말을 이었다.

"사람들은 그런 물건을 들키지 않게 갖고 다니는 법을 배우지, 처크. 전쟁에서 봤던 그 온갖 터무니없는 일들처럼. 기억나?"

처크가 고개를 끄덕였다. 기억을 되살리고 있는지 잠시 그의 눈이 가늘어지면서 아련한 표정을 지었다.

"다들 그러지."

테디가 부드럽게 말했다.

"맞아요."

처크가 마침내 입을 열었다. 그의 얼굴이 여전히 붉었다.

마치 빛 속에 신기루가 나타난 것처럼 선착장이 느닷없이 나타났다. 아직 거리가 멀었기 때문에 선착장은 모래사장에서 뻗어 나온 비현실적인 회색 껌 같았다.

테디는 화장실에서 토한 것 때문에 탈수증이 생긴 것 같은 느낌을 받았다. 어쩌면 방금 몇 분 동안 했던 얘기 때문에 조금 지친 것 같기도 했다. 그녀를 마음속에 담아 데리고 다니는 법을 아무리 많이 배워도, 가끔 그 무게 때문에 지칠 때가 있었다. 머리 왼쪽, 눈 바로 뒤에 둔탁한 통증이 자리를 잡았다. 누가 낡은 수저의 납작한 면을 거기에 대고 누르는 것 같았다. 그것이 탈수증의 가벼운 부작용인지, 흔한 두통의 시작인지, 아니면 그보다 더 심한 편두통의 첫 징조인지 아직은 알 수 없었다. 그는 사춘기 때부터 편두통에 시달렸는데, 일시적으로 눈이 안 보일 정도로 머리가 아팠던 적도 많았다. 그럴 때면 빛을 볼 때마다 뜨거운 못이 우박처럼 우수수 떨어지는 것 같았다. 한 번은(한 번밖에 없었다는 게 얼마나 다행인지.) 하루하고 반나절 동안 몸의 일부가 마비된 적도 있었다. 한참 중압감에 시달릴 때나 일을 하고 있을 때 편두통이 찾아오는 경우는 결코 없었다. 어쨌든 그의 경우에는 그랬다. 편두통은 항상 나중에야 찾아왔다. 모든 일이 다 조용히 가라앉았을 때, 포탄이 더 이상 날아오지 않게 되었을 때, 범인 추적이 끝났을 때. 기지나 막사에서, 전쟁이 끝난 후에는 여관방이나 시골 고속도로를 따라 집으로 차를 몰고 돌아오는 길에서 최악의 편두통이 찾아왔다. 항상 바쁘게 움직이면서 정신을 집중하는 것이 편두통을 피하는 요령이라는 것을 테디는 이미 오래전부터 터득하고 있었다. 편두통은 멈추지 않고 계속 달리는 사람을 따라잡지 못했다.

테디가 처크에게 말했다.

"여기에 대해서 얘기 좀 들었어?"

"내가 아는 거라고는 정신 병원이라는 것밖에 없어요."

"범죄를 저지른 정신병자들이 있는 곳이지."

"뭐, 그런 곳이 아니라면 우리가 여기 있지도 않겠죠."

테디는 처크가 또다시 그 건조한 미소를 짓는 걸 보았다.

"그건 모르는 일이야, 처크. 내가 보기에는 자네도 100퍼센트 안정된 사람 같지 않으니까."

"우리가 여기 있는 동안 내가 병상에 예약금을 걸어 놓을지도 모르겠는데요. 장래를 위해서 내 자리를 비워 두라고."

"나쁜 생각은 아니군."

테디가 말하는 순간 엔진이 잠시 움직임을 멈췄다. 그리고 뱃머리가 물결을 따라 오른쪽으로 돌면서 엔진이 다시 작동하기 시작했다. 연락선이 선착장을 향해 뒷걸음질치기 시작하자 테디와 처크 앞에 곧 널찍한 바다가 펼쳐졌다.

"내가 아는 한, 여기 사람들은 과격한 놈들 전문이야."

"빨갱이요?"

"빨갱이가 아니라, 그냥 과격한 놈들. 그 둘은 달라."

"요즘은 다른지 어떤지 모르겠던데."

"가끔 그럴 때가 있기는 하지."

테디가 맞장구쳤다.

"그럼 도망쳤다는 그 여자는요?"

"나도 잘 몰라. 어젯밤에 살짝 빠져나갔다는데, 내 수첩에 이름을 적어 놨어. 저기 사람들이 나머지 얘기를 다 해 주겠지."

테디가 말했다.

처크가 사방의 물을 둘러보았다.

"그 여자가 어디로 갔을까요? 집까지 헤엄이라도 칠 생각인가."

테디는 어깨를 으쓱했다.

"여기 환자들은 여러 가지 망상에 시달리는 모양이야."

"정신 분열이에요?"

"그런 것 같아. 어쨌든 여기는 흔히 보는 저능아들은 없어. 보도블록 사이에 난 틈을 무서워하는 사람이나 잠을 너무 많이 자는 사람도 없고. 내가 서류에서 알아낸 바에 따르면, 여기 사람들은 전부 진짜로 미쳤어."

"하지만 그중에 미친 척하는 사람이 얼마나 된다고 생각해요? 난 항상 그게 궁금했거든요. 전쟁 때 본 정신병자들 기억나요? 그중에 정말로 미친 사람이 몇 명이나 된다고 생각해요?"

"아르덴에서 같은 부대에 있던 녀석 하나가……."

"거기 있었어요?"

테디는 고개를 끄덕였다.

"그 녀석이 어느 날 자고 일어나더니 말을 거꾸로 하더라고."

"단어를요, 아니면 문장을요?"

"문장. '하사님, 많아요 너무 피가 여기 오늘.' 이런 식이야. 오후에 그 녀석이 여우 굴(참호를 뜻하는 은어—옮긴이)에 들어가 있는 걸 찾아냈는데, 돌멩이로 자기 머리를 때리고 있었어. 그냥 때리는 거야, 계속. 다들 얼마나 놀랐던지 녀석이 제 손으로 제 눈을 빼 버렸다는 것도 조금 후에야 알았지."

"에이, 설마."

테디는 고개를 저었다.

"몇 년 후에 누구한테 들었는데, 샌디에이고에 있는 참전 용사 병원에서 장님이 된 그 녀석을 우연히 만났다더군. 그때도 말을 거꾸로 했고 몸도 조금 마비되어 있었다는데, 왜 마비가 됐는지 의사들도 전혀 알아내질 못했대. 어쨌든 녀석은 휠체어를 타고 하루 종일 창가에 앉아서 자기 밭 얘기를 계속하고 있더래. 밭에 빨리 가 봐야 한다고. 그 녀석은 브루클린 출신이었는데 말이야."

"이런, 브루클린 출신이 자기가 농부인 줄 알다니. 그 사람 정신병자 맞는 것 같네요."

"그렇다고 봐야지."

맥퍼슨 부소장이 선착장에서 두 사람을 맞이했다. 직책에 비해 젊었고, 금발을 기준보다 조금 길게 기른 사람이었다. 테디는 그의 행동이 호리호리하고 우아한 느낌을 주는 게, 텍사스 출신이거나 말들과 가까운 곳에서 자란 사람 같다고 생각했다.

그의 좌우로 병원 잡역부들이 늘어서 있었는데, 대부분 흑인이고 백인은 몇 명밖에 없었다. 백인들은 어렸을 때 잘 먹지 못해서 제대로 자라지 못한 것처럼 김빠지고 짜증스런 얼굴이었다.

잡역부들은 하얀 셔츠와 하얀 바지를 입고 무리지어 움직이면서도 테디와 처크를 거들떠보지도 않았다. 사실 그들은 그 어떤 것도 거들떠보지 않고 그냥 연락선으로 다가와 연락선이 짐을 부리기를 기다리고 있었다.

테디와 처크가 맥퍼슨의 요청으로 배지를 꺼내 보여주자 맥퍼슨은 눈을 가늘게 뜨고 두 사람의 신분증과 얼굴을 번갈아 바라보며 시간을 들여 살펴보았다.

"전에 연방 보안관 배지를 본 적이 없는 것 같아서 말이죠."

맥퍼슨이 말했다.

"오늘 두 개나 봤으니 굉장한 날이겠군요."

처크가 말하자 액퍼슨이 그에게 나른한 미소를 지어 보이고는 날렵한 동작으로 배지를 던져주었다.

해변은 최근 들어 밤마다 파도의 세찬 공격을 받은 것 같았다. 조개껍질과 나무 조각, 연체 동물들의 뼈, 뭔지는 몰라도 동물이 반쯤 뜯어먹은 죽은 물고기들이 여기저기 흩어져 있었다. 테디는 그중에 내항 쪽에서 떠내려 왔음이 분명한 쓰레기를 발견했다. 깡통과 물에 흠뻑 젖은 종이 뭉치, 숲 가장자리 옆에 내팽개쳐진 자동차 번호판 등이었다. 자동차 번호판은 햇볕 때문에 베이지 색으로 탈색되어 번호가 지워져 있었다. 숲의 나무들은 주로 말라빠진 소나무와 단풍나무였는데, 나무들 사이로 비탈길 꼭대기에 앉아 있는 건물들 몇 채가 보였다.

돌로레스는 일광욕을 좋아했으니, 이곳을 봤다면 아마 좋아 어쩔 줄 몰랐을 것이다. 그러나 테디가 느끼는 것이라고는 끊임없이 불어오는 바닷바람뿐이었다. 그것은 언제든 마음 내킬 때 와락 덤벼들어서 상대를 바다 밑으로 끌고 들어가겠다는 바다의 경고였다.

병원 잡역부들이 우편 가방과 의료용품 상자를 들고 돌아와서 손수레에 실었다. 맥퍼슨은 물건 인수증에 서명을 하고 연락선 경비원에게 인수증을 돌려주었다. 경비원이 말했다.
"그럼 저희는 이만 가보겠습니다."
맥퍼슨이 햇빛 속에서 놀란 듯 눈을 깜박였다.
"폭풍 때문에요. 저 폭풍이 어느 정도나 되는 녀석인지 아는 사람이 아무도 없는 것 같아요. 그러니 서둘러 돌아가야죠."
경비원이 말했다.
맥퍼슨은 고개를 끄덕였다.
"이곳을 떠날 때가 되면 우리가 서에 연락하겠습니다."
테디가 말했다.
경비원은 고개를 끄덕이고는 다시 말했다.
"저 폭풍 때문이에요."
"그래요, 그래. 우리도 명심할 테니 걱정 말아요."
쳐크가 말했다.
맥퍼슨이 두 사람을 이끌고 나무들 사이로 완만한 경사를 그리고 있는 비탈길을 올라갔다. 나무들 사이를 벗어나자 히죽 웃고 있는 입처럼 앞을 가로지르고 있는 포장 도로가 나왔다. 테디는 오른쪽과 왼쪽에 각각 집 한 채가 서 있는 것을 보았다. 왼쪽 집은 좀 단순한 모양으로 적갈색의 망사르드 지붕이 있는 빅토리아 양식으로 지어졌다. 목조로 된 부분은 검은색이었으며, 작은 창문들은 마치 파수병처럼 보였다. 오른쪽 집은 튜더 양식으로 마치 성처럼 이 작은 비탈길을 지배하고 있었다.
세 사람은 경사가 가파르고 해초들이 아무렇게나 자라고 있는 비탈길을 계속 올라갔다. 마침내 초록색 풀들이 자라는 부드러운 땅이 나오더니, 갈수록 풀길이가 짧아지면서 가지런해지다가 조금 더 전통적인 잔디밭이 나왔다. 잔디밭은 수백 미터 앞의 오렌지색 벽돌담까지 뻗어 있었다. 그 담은 마치 섬을 한 바퀴 휘감고 있는 것처럼 보였는데, 담의 높이는 3미터였고, 꼭대기에는 철사가 한 줄 걸려 있었다. 그런데 그 철사줄의 모습이 테디의 마음속 어딘가를 건드렸다. 저 담장 뒤편에서 이 가느다란 철사의 역할이 무엇인지 깨닫고는 이 세상이 자기들을 얼마나 가둬두고 싶어하는지 느낀 사람들 모두에 대해 갑자기 안됐다는 생각이 들었다. 담 바로 바깥에서 감색 제복을 입고 고개를 숙인 채 땅을 바라보고 있는 남자들 여러 명이 보였다.

처크가 말했다.

"정신 병원의 교도관들이군요. 이런 말을 해도 괜찮은지 모르겠지만, 괴상한 모습이네요, 맥퍼슨 씨."

"여기는 경비가 아주 엄중합니다. 우리는 두 곳의 규정을 따르고 있지요. 매사추세츠 주 정신 건강부와 연방 교정국 말입니다."

맥퍼슨이 말했다.

"나도 알아요. 하지만 옛날부터 궁금한 게 있는데, 여기 사람들은 서로 만나도 별로 할 얘기가 없지 않나요?"

처크가 물었다.

맥퍼슨은 미소를 지으며 살짝 고개를 저었다.

검은 머리의 남자 하나가 테디의 눈에 들어왔다. 그도 다른 교도관들과 똑같은 제복을 입고 있었지만, 노란색 견장과 위로 세우게 되어 있는 칼라가 달랐다. 배지도 황금색이었다. 그는 교도관들 중 유일하게 고개를 들고 걷고 있었다. 그가 한 손을 등에 붙이고 다른 교도관들 사이로 성큼성큼 걷는 것을 보며 테디는 전쟁터에서 만났던 연대장들을 떠올렸다. 그들은 부대를 지휘하는 것이 자기들이 반드시 수행해야 하는 의무이며, 단순히 군대의 일이 아니라 하나님에게서 부여받은 임무라고 생각하는 사람들이었다. 고개를 들고 걷던 남자는 작고 검은색 노트를 갈비뼈 근처에 딱 붙이고 있었는데, 세 사람이 있는 쪽을 향해 고개를 끄덕하더니 방금 그들이 올라온 비탈길을 내려갔다. 산들바람 속에서도 그의 검은 머리는 뻣뻣했다.

"교도소장입니다. 나중에 만나게 될 겁니다."

맥퍼슨이 말했다.

테디는 왜 지금 소개해 주지 않는지 궁금해하며 고개를 끄덕였다. 교도소장은 비탈길 반대편으로 사라져버렸다.

병원 잡역부들 중 하나가 열쇠로 담장 중앙의 철문을 열자 문이 활짝 열렸고 잡역부들이 수레를 밀며 안으로 들어갔다. 그때 교도관 두 명이 맥퍼슨에게 다가와 그의 양편에 멈춰 섰다.

맥퍼슨이 갑자기 사무적인 태도로 돌변했다. 그가 몸을 꼿꼿이 펴고는 입을 열었다.

"두 분께 이곳의 기본적인 사항들을 알려드려야 합니다."

"그러시죠."

"두 분께 저희는 최대한의 호의와 최대한의 도움을 제공해 드리겠습니다. 여기 머무는 동안, 그 기간이 아무리 짧다 해도, 저희의 규칙을 지켜주십시오. 아시겠습니까?"

테디는 고개를 끄덕였고, 처크는 "알고말고요."라고 대답했다.

맥퍼슨은 두 사람의 머리 바로 위 어떤 지점에 눈을 고정시켰다.

"저희의 규칙에 대해 콜리 박사가 더 자세히 설명해 드릴 테지만, 우선 이 점을 반드시 지켜주십시오. 이곳에서 간수의 허락 없이 환자와 접촉하는 것은 금지되어 있습니다. 아시겠습니까?"

테디는 하마터면 "예, 알겠습니다."라고 대답할 뻔했다. 마치 초년병 시절로 돌아간 것처럼. 그러나 그는 간단히 "예."라고 대답하는 선에서 말을 멈췄다.

"이곳의 A 병동은 제 뒤 오른쪽에 있는 건물로 남자 병동입니다. 여자 병동인 B 병동은 제 왼쪽에 있습니다. C 병동은 이 단지 바로 뒤의 저 절벽 너머에 있으며 직원 숙소는 예전의 월튼 요새에 있습니다. 서면 동의서와 교도소장 및 콜리 박사의 동행 없이 C 병동에 들어가는 것은 금지되어 있습니다. 아시겠습니까?"

두 사람은 또 고개를 끄덕였다.

맥퍼슨이 마치 태양을 향해 탄원을 하는 것처럼 두툼한 손바닥 하나를 내밀었다.

"이제 무기를 저희에게 건네주시기 바랍니다."

처크가 테디를 바라보았다. 테디는 고개를 저으며 말했다.

"맥퍼슨 씨, 우리는 정식으로 임명된 연방 보안관입니다. 정부의 명령에 따라 우리는 언제나 무기를 소지해야 합니다."

맥퍼슨의 목소리가 강철 케이블처럼 허공을 갈랐다.

"연방 교도소 및 정신 이상 범죄자 수용소 규칙, 실행 명령 391조에는 예외 규정으로 치안 유지 요원들의 무기 소지 규정을 무효화시키는 것은 직속 상관의 직접적인 명령, 혹은 교도소나 정신병 관련 시설의 보호를 맡은 사람의 직접 명령뿐이라고 되어 있습니다. 두 분은 지금 그 예외 규정에 해당됩니다. 무기를 가지고는 이

문을 지나가실 수 없습니다."

테디는 처크를 바라보았다. 처크는 맥퍼슨이 손바닥을 내밀고 있는 쪽으로 살짝 고갯짓을 하면서 어깨를 으쓱했다.

테디가 말했다.

"우리가 그 예외 규정에 해당된다는 사실을 기록으로 남겨주기 바랍니다."

맥퍼슨이 말했다.

"교도관, 대니얼스 보안관과 아울 보안관의 예외 규정을 기록해 두게."

"기록했습니다, 부소장님."

"자."

맥퍼슨이 말했다.

맥퍼슨의 오른쪽에 있던 교도관이 작은 가죽 주머니를 열었다. 테디는 외투를 뒤로 젖히고 서에서 받은 권총을 총집에서 꺼냈다. 그리고 탄창을 연 다음 맥퍼슨의 손 위에 총을 올려놓았다. 맥퍼슨이 그 총을 교도관에게 넘겨주자 교도관은 그것을 가죽 주머니 속에 넣었다. 맥퍼슨이 다시 손을 내밀었다.

처크는 단추를 찾느라고 총집을 더듬거리며 시간을 끌었지만, 맥퍼슨은 조급한 기색 없이 처크가 어색한 동작으로 총을 넘겨줄 때까지 기다렸다.

맥퍼슨이 그 총을 교도관에게 주자 교도관이 그것을 주머니에 넣고 철문 안으로 들어갔다.

"교도소장 사무실 바로 바깥에 있는 소지품 보관실에 두 분의 무기를 보관해 두겠습니다."

맥퍼슨이 부드럽게 말했다. 나뭇잎이 살랑거리는 것 같은 목소리였다.
"교도소장의 사무실은 단지 중앙의 병원 건물 안에 있습니다. 떠나는 날 무기를 찾아 가시면 됩니다."
카우보이 같은 느슨한 미소가 맥퍼슨의 얼굴에 갑자기 다시 떠올랐다.
"자, 이제 공식적인 일은 대충 끝난 것 같군요. 두 분은 어떤지 모르겠지만, 저는 이 일을 해치워서 속이 시원합니다. 이제 콜리 박사를 만나러 가볼까요?"
그가 몸을 돌려 앞장서서 문을 통과했고, 테디와 처크가 뒤를 따랐다. 그리고 문이 닫혔다.
담장 안쪽에는 담과 똑같은 벽돌로 만들어진 중앙 통로가 나 있었고 양쪽으로 잔디밭이 펼쳐져 있었다. 발목에 족쇄를 찬 사람들이 잔디와 나무와 꽃밭을 돌보고 있었는데, 병원 벽을 따라 줄지어 자라고 있는 장미도 그들 차지였다. 그들 옆에는 병원 잡역부들이 붙어 있었다. 족쇄를 찬 다른 환자들이 오리처럼 이상한 걸음으로 걷고 있는 모습도 보였다. 대부분이 남자였고, 여자는 몇 명뿐이었다.
"의사들이 처음 여기 왔을 때, 여기는 온통 해초하고 덤불들 투성이었습니다. 그때 사진을 보면 알 겁니다. 하지만 지금은……"
병원 왼쪽과 오른쪽에는 붉은 벽돌로 똑같이 지은 식민지 양식의 건물 두 개가 서 있었다. 목조 부분에는 밝은 하얀색 페인트가 칠해져 있고, 창문마다 창살이 설치되어 있었으며, 창틀은 염분과 바닷물 때문에 누렇게 변해 있었다. 병원 건물은 석탄처럼 검은색이었는데, 벽돌이 바닷물에 씻겨 반들반들했다. 병원 건물은 6층 높이로 지붕 꼭대기의 창들이 사람들을 내려다보는 듯했다.

맥퍼슨이 말했다.

"남북전쟁 직전에 대대 본부로 지어진 겁니다. 이걸 훈련 시설로 만들 생각이었던 것 같은데, 전쟁이 임박해지자 요새를 짓는 데 힘을 집중했죠. 그리고 나중에 여기를 포로 수용소로 바꿔버렸습니다."

테디는 연락선에서 보았던 탑을 발견했다. 섬 반대편의 나무들 바로 위로 탑 꼭대기가 삐죽 나와 있었다.

"저 탑은 뭡니까?"

"옛날에 등대로 쓰던 겁니다. 1800년대 초 이후에는 등대로 쓰인 적이 없지만요. 북군이 저곳에 망을 보는 파수병을 배치했다고 들었지만, 지금은 처치실로 쓰입니다."

"환자들 처치요?"

맥퍼슨이 고개를 저었다.

"하수를 처치하는 곳이죠. 여기서 나오는 하수에 뭐가 들어 있는지 도저히 믿지 못할 겁니다. 연락선에서 보면 예쁘게 보이지만, 이 주에 있는 거의 모든 강의 모든 쓰레기가 내항으로 흘러 들어와서 중간항을 통해 결국 여기까지 흘러오죠."

"굉장하군요."

처크가 이렇게 말하면서 담배에 불을 붙이더니, 담배를 입에서 떼고 하품을 참으며 햇빛 속에서 눈을 깜박였다.

"저 벽 뒤, 저 쪽에는……."

그가 B 병동 뒤를 가리키며 말을 이었다.

"원래 사령관 숙소로 지어진 건물이 있습니다. 아마 올라오면서 보셨을 겁니다. 그때 저걸 짓는 데 엄청난 돈이 들었죠. 정부가 계산서를 받아보고는 사령관을 쫓아냈을 정도니까요. 저기도 한 번 꼭 봐야 하는 곳입니다."

"지금은 저기서 누가 삽니까?"

테디가 말했다.

"콜리 박사가 삽니다. 콜리 박사가 없었으면, 여기가 지금 같은 모습이 될 수 없었을 겁니다. 교도소장도 그렇고요. 두 사람이 여기서 정말로 대단한 일을 해낸 겁니다."

맥퍼슨이 말했다.

병동 단지 뒤쪽으로 가니 족쇄를 차고 정원을 돌보는 사람들과 병원 잡역부들이 또 나타났다. 뒤쪽 벽 바로 밑의 거무스름한 기름진 흙에 괭이질을 하는 사람이 많았다. 그 사람들 중에 가느다란 밀 색깔 머리카락이 거의 다 빠져서 정수리 부분이 거의 대머리가 되어 있는 중년 여자가 옆을 지나가는 테디를 빤히 바라보다가 손가락 하나를 자기 입술에 댔다. 테디는 감초만큼 굵고 검붉은 흉터가 그녀의 목을 가로지르고 있음을 알아보았다. 그녀가 손가락을 여전히 입술에 댄 채 미소를 짓더니 그를 향해 아주 천천히 고개를 가로저었다.

"이 분야에서 콜리 박사는 전설 같은 존재입니다."

그들 일행이 병원 정면을 향해 다시 걸어가는 동안 맥퍼슨이 말했다.

"존스 홉킨스하고 하버드에서 모두 최고의 자리를 차지했죠. 스무 살 때 망상의 병리학에 대한 첫 논문을 발표했고요. 런던 경찰국, MI5, OSS$^{CIA의 전신}$에 자문을 해준 적도 많습니다."

"왜요?"

테디가 물었다.

"왜냐고요?"

테디는 고개를 끄덕였다. 그가 보기에 이것은 하나도 이상할 게 없는 질문이었다.

"글쎄요. 그게……"

맥퍼슨은 당황한 것 같았다.

"OSS, 우선 거기부터 시작해 보죠. 그 사람들이 왜 정신과 의사에게 자문을 구한 겁니까?"

테디가 물었다.

"전쟁과 관련된 겁니다."

맥퍼슨이 대답했다.

"그렇군요. 어떤 종류의 일이죠?"

테디가 느리게 물었다.

"기밀입니다. 제 생각에 그런 것 같다는 얘깁니다."

맥퍼슨이 말했다.

"그게 어떻게 기밀일 수가 있죠? 우리가 지금 그 얘기를 하고 있는데."

처크가 어리둥절한 눈으로 테디를 슬쩍 바라보며 말했다.

맥퍼슨은 병원 앞에서 첫 번째 계단에 한 발을 올려놓은 채 걸음을 멈췄다. 당황한 기색이었다. 그는 잠시 둥글게 휘어진 오렌지색 담장을 바라보다가 입을 열었다.

"글쎄요, 박사한테 물어보시면 될 것 같군요. 지금쯤이면 회의가 끝났을 테니까."

　세 사람은 계단을 올라가 대리석으로 된 로비를 지나갔다. 아치형 천장이 머리 위의 둥근 지붕과 이어져 있었다. 일행이 어떤 문에 다가가자 지잉 소리가 나면서 문이 열렸고, 세 사람은 그 문을 통과해 커다란 대기실로 들어갔다. 병원 직원 하나가 오른쪽의 책상에 앉아 있었고, 그의 맞은편에도 한 사람이 있었다. 그리고 그 뒤로 출입문이 또 하나 있고, 그 너머에 긴 복도가 뻗어 있었다. 두 사람은 위쪽 계단 옆에 있는 직원에게 다시 배지를 보여주었다. 맥퍼슨은 직원이 배지와 신분을 조사한 뒤 테디와 처크에게 돌려주는 동안 서류에 세 사람의 이름을 적었다. 직원 뒤에는 철창이 있었는데, 테디는 교도소장과 비슷한 제복을 입은 남자가 그 안에 있는 것을 볼 수 있었다. 그 남자 뒤의 벽에 열쇠가 걸려 있었다.

　세 사람은 2층으로 올라가 나무로 만든 비누 냄새 같은 것이 풍기는 복도로 꺾어져 들어갔다. 발밑에서 번들거리는 떡갈나무 마룻바닥이 반대편의 커다란 창문에서 들어온 하얀 빛에 푹 잠겨 있었다.

　"경비가 엄중하군요."

　테디가 말했다.

　"저희는 만전을 기하고 있습니다."

　맥퍼슨이 말했다.

　"그러니 이곳에 있는 사람들이 아주 고맙게 생각하겠군요, 맥퍼슨 씨."

　처크가 말했다.

"저희 입장을 이해해 주셔야 합니다."

맥퍼슨이 이렇게 말하면서 다시 테디에게 고개를 돌렸다. 세 사람은 여러 사무실을 지나치고 있었는데, 사무실 문은 모두 닫혀 있었고, 의사들의 이름이 적힌 작은 은색 명판이 문에 붙어 있었다.

"미국에 이곳 같은 시설이 없습니다. 저희는 상태가 가장 심한 환자들만 받아들이죠. 그러니까 다른 시설에서 감당할 수 없는 사람들만 받아들인다는 겁니다."

"그라이스가 여기 있죠?"

테디가 물었다.

맥퍼슨은 고개를 끄덕였다.

"빈센트 그라이스 말이죠? 예, C 병동에 있습니다."

처크가 테디에게 물었다.

"그라이스라면 그……?"

테디는 고개를 끄덕였다.

"친척들을 전부 죽여서는 그들의 머리 가죽을 벗겨 모자를 만든 친구."

처크가 정신없이 고개를 끄덕였다.

"그리고 그 모자를 쓰고 시내로 나갔죠?"

"신문 기사에 의하면 그렇지."

세 사람은 두 짝으로 된 문 앞에 멈춰 서 있었다. 오른쪽 문짝 중앙에 부착된 동판에는 '병원장, J. 콜리 박사'라고 표기되어 있었다.

맥퍼슨이 한 손으로 손잡이를 잡고는 두 사람에게 시선을 돌렸다. 그는 강렬한 눈으로 두 사람을 바라보며 말했다.

"지금보다 덜 계몽된 시대에 그라이스 같은 환자는 죽임을 당했을 겁니다. 하지만 여기서는 사람들이 그를 연구해서 병을 규명할 수 있습니다. 어쩌면 그를 그토록 반사회적으로 만든 뇌의 이상 부위를 찾아낼 수 있을지도 모르죠. 그럴 수 있다면, 언젠가 그런 비정상적인 문제들을 사회 전체에서 뿌리 뽑을 수 있는 날이 올지도 모릅니다."

그는 대답을 기다리고 있는 것 같았다. 문 손잡이를 잡고 있는 그의 손이 뻣뻣했다.

"꿈을 갖는 건 좋은 일이죠. 그렇죠?"

처크가 말했다.

콜리 박사는 거의 초췌하다고 해야 할 정도로 마른 사람이었다. 테디가 다카우에서 본 사람들처럼 뼈가 다 드러날 정도는 아니었지만, 한동안 음식을 잘 먹어야 할 필요가 있는 것만은 분명했다. 박사의 작고 검은 눈은 눈구멍 안으로 깊숙이 들어가 있어서 거기서 새어나온 그림자들이 얼굴 전체로 번졌다. 뺨도 너무 홀쭉해서 푹 꺼진 것처럼 보였으며, 뺨 주위의 피부는 오래된 여드름 자국 때문에 울퉁불퉁했다. 박사의 입술과 코도 그의 몸만큼이나 가늘었으며, 턱도 뒤로 쑥 들어가서 없는 것처럼 보였다. 아직 남아 있는 머리카락은 그의 눈과 그 밑의 그림자처럼 검은색이었다.

그러나 그는 격정적인 미소를 지을 줄 알았다. 자신감으로 눈을 반짝이며 밝게 터질 듯한 미소를 짓는 것. 그는 미소를 띤 채 한 손을 내밀고 책상 옆을 돌아 나와 일행을 맞이했다.

"대니얼스 보안관과 아울 보안관, 이렇게 빨리 와주셔서 다행입니다."

테디의 손에 닿은 박사의 손은 동상처럼 매끄럽고 건조했지만 쥐는 힘은 놀라웠다. 테디의 손을 움켜쥔 힘 때문에 팔뚝까지 곧장 찌릿해질 정도였다. 콜리의 눈이 잠시 반짝이는 것이, 마치 '이럴 줄은 몰랐지?' 라고 말하는 듯했다. 박사는 곧 처크 앞으로 몸을 움직였다.

그는 "만나서 반갑습니다."라는 말과 함께 처크와 악수를 했다. 그러고는 곧장 얼굴에서 미소를 싹 지우더니 맥퍼슨에게 말했다.

"이제 됐소, 부소장. 고맙소."

"예. 즐거웠습니다, 두 분."

맥퍼슨이 대답하곤 뒷걸음질로 방을 나갔다.

콜리가 다시 미소를 지었지만 이번에는 끈적이는 느낌이 더 강해서 테디가 보기에는 스프 위에 얇은 막이 생긴 것 같았다.

"맥퍼슨은 좋은 친구입니다. 아주 열심이죠."

"무엇에요?"

테디가 책상 앞의 의자에 앉으며 물었다.

콜리의 미소가 다시 바뀌면서 그의 얼굴 한쪽이 말려 올라가 한동안 그대로 얼어붙었다.

"뭐라고 하셨죠?"

"열심이라고 하셨는데, 무엇에 열심이냐고요?"

테디가 다시 물었다.

콜리는 티크 책상 뒤에 앉아 양팔을 벌렸다.

"일에 열심이죠. 법과 질서, 그리고 의사로서의 애정이 도덕적으로 융합된 사람입니다. 겨우 반세기 전만 해도, 우리가 여기서 맡고 있는 그런 환자들에 대해 사람들은 기껏해야 족쇄를 채워두 거나 그냥 오물 속에서 뒹굴도록 내버려둬야 한다고 생각했죠. 최근에도 그런 생각을 하는 사람들이 있었습니다. 환자들은 조직적으로 구타를 당했습니다. 마치 그러면 정신병을 몰아낼 수 있기라도 한 것처럼. 그들을 악마로 취급하면서 고문하고, 사지를 묶어둔 겁니다. 뇌에다 나사를 박아 넣기도 하고, 때로는 물에 빠뜨려 죽이기까지 했죠."
"그럼 지금은요?"
처크가 물었다.
"지금은 그들을 치료합니다. 도덕적으로. 우리는 그들의 병을 고치고 치료해 주려고 애씁니다. 만약 그게 뜻대로 안 되더라도 최소한 어느 정도 고요한 삶을 살 수 있게 해주죠."
"그럼 그들이 죽인 사람들은요?"
테디가 물었다.
콜리는 눈썹을 치켜 올리며 테디의 다음 말을 기다렸다.
"이놈들은 전부 폭력적인 범죄를 저지른 자들입니다. 맞죠?"
테디가 다시 물었다.
콜리는 고개를 끄덕였다.
"사실, 상당히 폭력적이죠."
"그래요, 이놈들은 사람을 해쳤습니다. 죽인 경우도 많죠."
테디가 말했다.
"아, 대부분의 경우가 그렇죠."
"그렇다면 그런 피해자들을 생각할 때, 이놈들이 고요한 삶을 사는 게 왜 중요합니까?"

"이 사람들을 치료하는 게 내 일이니까요. 난 그 피해자들을 도울 수 없습니다. 사람이 하는 일에는 전부 한계가 있게 마련입니다. 내 한계는 그런 거예요. 나는 환자들에게만 관심을 기울일 수밖에 없습니다."

콜리는 미소를 지으며 말을 이었다.

"상원의원께서 상황을 설명해 주시던가요?"

테디와 처크는 자리에 앉아 서로를 바라보았다.

테디가 말했다.

"상원의원이라니, 무슨 말인지 모르겠군요, 박사. 우린 주의 현장 사무소에서 지시를 받았습니다."

콜리는 초록색 장부 위에 팔꿈치를 괴고 손바닥을 딱 소리가 나게 모으더니 그 위에 턱을 얹고 안경테 너머로 두 사람을 빤히 바라보았다.

"그럼 제가 잘못 안 것 같군요. 그래 무슨 얘기를 들으셨습니까?"

"여자 죄수 하나가 실종됐다고 알고 있습니다."

테디는 무릎에 수첩을 놓고 뒤적이며 말을 이었다.

"이름이 레이첼 솔란도군요."

"환자입니다."

콜리가 두 사람을 향해 메마른 미소를 지었다.

"예, 환자죠. 죄송합니다. 그 여자가 도망친 지 아직 24시간이 안 됐다고 알고 있습니다."

테디가 말했다.

콜리가 턱과 손을 살짝 한쪽으로 기울여 고개를 끄덕이는 듯한 동작을 했다.

"어젯밤입니다. 10시에서 12시 사이."

"그리고 아직 그 여자가 발견되지 않았고요."

처크가 덧붙여 말했다.

"맞습니다, 보안관. 아, 이……."

콜리가 미안하다는 듯 한 손을 들어올렸다.

"아울입니다."

처크가 말했다.

손 위에 턱을 괴고 있는 콜리의 얼굴이 가늘어졌다. 테디는 그의 뒤에 있는 창문에 물방울이 후두둑 떨어지는 것을 보았다. 그게 하늘에서 내리는 비인지, 아니면 바닷물인지 알 수가 없었다.

"이름은 찰스고요?"

콜리가 물었다.

"예."

처크가 대답했다.

"당신을 찰스로 생각하겠습니다. 아울이 아니라."

콜리가 말했다.

"어째 그 편이 다행인 것 같네요."

"왜요?"

"이름은 우리가 마음대로 고를 수 있는 게 아니니까. 그래서 누가 제 이름과 성 중 적어도 하나가 저와 맞는다고 생각해 주면 기분이 좋습니다."

처크가 말했다.

"이름을 누가 지어주셨는데요?"

콜리가 물었다.

"부모님이죠."

"당신의 성은?"

"그걸 누가 알겠습니까? 한 20세대는 거슬러 올라가야 할 텐데요."

처크가 어깨를 으쓱하며 말했다.

"한 세대일 수도 있죠."

처크가 이 말을 듣더니 의자에 앉은 채 앞으로 몸을 기울이며 물었다.

"뭐라고요?"

"당신은 그리스 인 아니면 아르메니아 인입니다. 어느 쪽이죠?"

"아르메니아 인입니다."

"그렇다면 아울은 원래……"

"아나스마지안이었죠."

콜리가 눈을 가늘게 뜬 채 테디에게 시선을 옮겼다.

"그럼 당신은요?"

"대니얼스 말입니까? 아일랜드 인의 10대 후손입니다."

그가 콜리에게 살짝 웃어 보이면서 말을 이었다.

"아, 그렇지, 난 우리 집 족보를 거슬러 올라갈 수 있습니다, 박사."

"그럼 당신 이름은요? 시어도어인가요?"

"에드워드입니다."

콜리는 의자에 등을 기대며 턱 밑에 괴고 있던 손을 자유롭게 늘어뜨렸다. 그리고 편지 봉투를 열 때 쓰는 칼로 책상 가장자리를 가볍게 톡톡 두드렸다. 마치 지붕에 눈이 떨어지는 것처럼 부드러운 소리가 끈질기게 들려왔다.

"내 아내의 이름은 마가렛입니다. 하지만 나 말고는 아무도 아내를 그렇게 부르지 않죠. 아주 어렸을 때부터 사귄 친구들 중에는 아내를 마고라고 부르는 사람들도 있는데, 어느 정도 일리 있는 이름이죠. 하지만 그 밖의 사람들은 전부 아내를 페기라고 부릅니다. 난 도통 이해를 못 하겠어요."

콜리가 말했다.

"뭘요?"

"어떻게 마가렛이 페기가 되느냔 말입니다. 그런데 그런 경우가 상당히 흔해요. 에드워드가 테디가 되는 것도 그렇고. 마가렛에는 p자가 하나도 없고, 에드워드에도 t자가 하나도 없지 않습니까."

테디는 어깨를 으쓱하며 물었다.

"당신 이름은요?"

"존입니다."

"혹시 당신을 잭이라고 부르는 사람이 있습니까?"

박사는 고개를 저었다.

"대부분의 사람들은 저를 그냥 박사라고 부릅니다."

창문에 물방울이 가볍게 흩뿌려졌다. 콜리는 머릿속으로 방금 나눈 이야기를 곱씹어보고 있는지 눈이 아련한 표정으로 반짝이고 있었다. 그때 처크가 물었다.

"솔란도 씨는 위험 인물인가요?"

"우리 환자들은 모두 폭력적인 성향을 나타낸 적이 있습니다. 그래서 그 사람들이 여기 와 있는 거고요. 남자든 여자든 모두. 레이첼 솔란도는 전쟁 미망인이었습니다. 그런데 자기 자식 셋을 집 뒤에 있는 호수에 빠뜨려 죽였죠. 애들을 하나씩 데리고 나가서 아이가 죽을 때까지 머리를 물 속에 처박은 겁니다. 그러고는 아이들 시체를 다시 집으로 가져와서 식탁에 앉혀 놓고 식사를 하다가 이웃사람에게 발각됐습니다."

콜리가 설명했다.

"그럼 그 이웃사람도 죽였나요?"

처크가 다시 물었다.

콜리는 눈썹을 치켜 올리면서 작게 한숨을 내쉬었다.

"아뇨. 그 사람더러 안으로 들어와서 자기들이랑 같이 아침식사를 하자고 했습니다. 그 사람은 당연히 거절했죠. 그리고 경찰을 불렀습니다. 레이첼은 지금도 아이들이 살아서 자기를 기다린다고 믿고 있습니다. 어쩌면 그래서 도망치려고 했던 건지도 모르죠."

"집으로 돌아가려고 그런 거군요."

테디의 말에 콜리가 고개를 끄덕였다.

"그럼 그 집이 어디죠?"

처크가 물었다.

"버크셔에 있는 작은 마을입니다. 여기서 대략 240킬로미터 떨어져 있죠."

콜리는 고개를 한쪽으로 살짝 기울이며 자기 등 뒤의 창문을 가리켰다.

"저쪽으로 헤엄쳐 간다면 16킬로미터나 가야 육지가 나올 겁니다. 북쪽으로는 뉴펀들랜드까지 육지가 전혀 없어요."

"그래서 여기 섬만 수색했겠군요."

테디가 말했다.

"그렇습니다."

"아주 철저히 하셨겠죠?"

콜리는 책상 한 귀퉁이에 있는 은제 말 흉상을 만지작거리면서 몇 초쯤 뜸을 들이다가 입을 열었다.

"교도소장하고 간수들, 그리고 잡역부들이 밤부터 오전까지 이 섬이며 병원 내의 건물들을 샅샅이 뒤졌습니다. 하지만 흔적조차 없었어요. 그런데 그보다 더 골치가 아픈 건 그 여자가 어떻게 자기 방에서 나왔는지 알 수가 없다는 겁니다. 방은 밖에서 잠겨 있었고, 하나밖에 없는 창문에는 창살이 있었는데 말이에요. 자물쇠에 누가 손을 댄 흔적은 전혀 없었습니다."

그는 말의 흉상에서 눈을 떼고 테디와 처크를 흘깃 바라보았다.

"마치 그 여자가 벽 사이로 증발해 버린 것 같습니다."

테디는 수첩에 '증발했다'는 말을 적어두었다.

"그럼 소등 시간에 그 여자가 방에 있었던 건 확실합니까?"

"확실합니다."

"그걸 어떻게 알죠?"

콜리는 말의 흉상에서 손을 떼고 인터콤의 단추를 눌렀다.

"마리노 간호사?"

"예, 박사님."

"갠튼보고 좀 들어오라고 하게."

"알겠습니다, 박사님."

창가에 물병과 잔 네 개가 놓인 작은 탁자가 하나 있었다. 콜리는 그리로 가서 잔 세 개에 물을 따랐다. 그리고 테디와 처크 앞에 잔을 하나씩 내려놓은 다음, 나머지 한잔을 들고 다시 자기 자리로 돌아갔다.

테디가 물었다.

"여기 아스피린 같은 건 없죠?"

콜리가 그를 향해 살짝 미소를 지으며 말했다.

"잘 찾아보면 있을 것도 같은데요."

그는 책상 서랍을 뒤져 바이엘 사의 상표가 찍힌 병을 꺼냈다.

"두 알이요, 세 알이요?"

"세 알이 좋겠습니다."

테디는 눈 뒤에서 욱신거리는 통증이 시작되는 것을 느낄 수 있었다.

그는 콜리가 책상 너머로 건네준 약을 입 속에 던져 넣고 물을 마셨다.

"두통이 잘 생기나보죠, 보안관?"

"뱃멀미를 잘하죠, 불행히도."

테디의 대답에 콜리가 고개를 끄덕였다.

"아, 탈수증이군요."

테디가 고개를 끄덕였다. 콜리는 호두나무로 만든 담배 상자를 열어 테디와 처크에게 내밀었다. 테디는 담배를 하나 집어 들었지만, 처크는 고개를 저으면서 자기 담뱃갑을 꺼냈다. 세 사람 모두 담배에 불을 붙였고, 콜리는 자기 뒤의 창문을 열었다.
그가 다시 자리에 앉아 사진 한 장을 책상 너머로 건네주었다. 아름다운 젊은 여자의 사진이었는데, 눈 밑의 거무스름한 자국이 얼굴을 망치고 있었다. 그 자국은 그녀의 검은 머리만큼이나 까맸다. 눈도 너무 컸다. 마치 머릿속에 뭔가 아주 뜨거운 것이 들어 있어서 그것이 눈을 쿡쿡 찔러대고 있는 것 같았다. 그녀가 사진을 찍는 사람의 등 뒤에서 본 것이 무엇인지는 몰라도, 그것은 사진에 나타나 있지 않았다. 어쩌면 그녀가 세상에 전혀 알려지지 않은 미지의 존재를 본 것 같기도 했다.
그녀가 왠지 낯설지 않게 느껴지는 것이 찝찝했는데, 테디는 마침내 그 이유를 찾아냈다. 그가 전쟁 때 수용소에서 만났던 어린 소년과 그녀가 닮았던 것이다. 그 소년은 음식을 주어도 먹으려 하질 않고 4월의 햇빛을 받으며 벽에 기대 앉아 사진 속의 여자와 똑같은 눈을 하고 있었다. 그러다가 결국 그 소년은 눈을 감았고, 사람들은 그를 시체 더미가 있는 기차역으로 옮겼다.
처크가 낮게 휘파람을 불었다.
"세상에."
콜리가 담배를 한 모금 빨아들이며 말했다.
"그 여자가 예뻐서 그러는 겁니까, 아니면 미쳤다는 게 확연히 드러나서 그러는 겁니까?"
"둘 다예요."
처크가 말했다.
저 눈, 사진 속에 고정되어 있는데도 저 눈이 울부짖고 있다고 테디는 생각했다. 그 사진을 보면 사진 속으로 들어가서 '아냐, 아냐. 괜찮아. 괜찮아.'라고 말해 주고 싶은 생각이 들었다. 그녀가 몸을 떨지 않게 될 때까지 그녀를 안고서 모든 게 다 괜찮아질 거라고 말해 주고 싶었다.

사무실 문이 열리더니 흰머리가 많이 난 키 큰 흑인 하나가 잡역부들이 입는 하얀색 제복을 입고 안으로 들어왔다.

"갠튼. 내가 전에 말했던 분들이네. 아울 보안관하고 대니얼스 보안관."

콜리가 말했다.

테디와 처크는 자리에서 일어나 갠튼과 악수를 했다. 테디는 강한 두려움이 갠튼을 휙 스치고 지나가는 것을 느꼈다. 바깥 세상에서 경찰을 피해야 하는 일을 저지르기라도 했는지, 국가 기관에서 나온 사람들과 악수를 하는 것이 아주 불편한 것 같았다.

"갠튼은 이곳에서 17년째 일하고 있습니다. 이곳 잡역부들의 대장이죠. 어젯밤에 레이첼을 방까지 데려다준 게 바로 갠튼이었습니다. 갠튼?"

갠튼은 의자에 앉아 발목을 교차시키고, 양손을 무릎에 놓은 뒤 몸을 앞으로 약간 웅크리고 자기 신발을 내려다보면서 입을 열었다.

"9시에 집단이 있었습니다. 그 다음에……"

"시핸 박사와 마리노 간호사가 이끈 집단 치료 시간을 말하는 겁니다."

콜리가 끼어들며 설명했다.

갠튼은 콜리의 말이 다 끝났다는 게 확실해질 때까지 기다렸다가 다시 말을 시작했다.

"그래서, 예. 집단이 있었는데, 10시쯤에 끝났습니다. 제가 레이첼 양을 방까지 데려다줬죠. 그 여자가 안으로 들어간 다음에 제가 밖에서 문을 잠갔습니다. 소등을 하고 나면 우리가 두 시간마다 순찰을 돕니다. 저는 자정에 다시 그 여자 방으로 가서 안을 들여다봤는데 침대가 텅 비어 있었습니다. 그래서 바닥에 있나보다 했죠. 바닥에서 자는 환자들이 많으니까요. 저는 문을 열고……"
"자네가 갖고 있던 열쇠로 연 거지, 갠튼?"
다시 콜리가 끼어들었다.
갠튼은 콜리에게 고개를 끄덕이고는 다시 무릎으로 시선을 떨궜다.
"예, 제 열쇠로 열었습니다. 문이 잠겨 있었으니까요. 안으로 들어갔는데, 레이첼 양이 아무 데도 없었습니다. 저는 문을 닫고는 창문하고 창살을 조사해 봤습니다. 그런데 거기도 단단하게 잠겨 있었습니다."
그는 어깨를 으쓱하며 말을 이었다.
"그래서 교도소장님을 불렀습니다."
그가 고개를 들어 콜리를 바라보자 콜리는 잘했다는 듯 다정하게 고개를 끄덕였다.
"두 분, 질문 없습니까?"
처크가 고개를 저었다.
테디가 수첩에서 시선을 들고 말했다.
"갠튼 씨, 방에 들어가서 환자가 없는 걸 확인했다고 하셨죠? 그게 무슨 뜻입니까?"
"예?"

"벽장 같은 건 없나요? 침대 밑에 그 여자가 숨을 만한 공간은?"
"둘 다 있습니다."
"그럼 그 두 곳을 모두 확인하셨겠군요."
"예."
"문을 계속 열어둔 채로."
"예?"
"방에 들어가서 주위를 둘러봤더니 환자가 없었다고 하셨습니다. 그 다음에 문을 닫았고요."
"아뇨, 저는…… 그게……."
테디는 그의 말을 기다리며 콜리가 준 담배를 한 번 더 빨아들였다. 그가 피우는 체스터필드보다 부드럽고 향이 풍부했으며, 그 냄새 또한 체스터필드와 달라서 거의 달게 느껴질 정도였다.
"다 해서 5초밖에 안 걸렸습니다. 벽장에는 문이 없고요. 저는 거기를 보고, 침대 밑을 보고, 그리고 문을 닫았습니다. 그동안 그 여자가 숨을 곳이 없습니다. 방이 작아요."
갠튼이 말했다.
"하지만 벽에 붙어 있었다면? 문 뒤에 붙어 있었다면?"
테디가 따지듯 물었다.
"천만에요."
갠튼이 고개를 저었다. 테디는 처음으로 그에게서 분노를 본 것 같았다. 아래로 내리깐 눈과 공손하게 대답하는 태도 뒤에 원시적인 분노 같은 것이 있었다.
"그럴 가능성은 없습니다. 무슨 뜻인지는 알겠습니다만, 보안관, 일단 그 방을 보면 이해하실 겁니다. 만약 그 여자가 그 방 안 어딘가에 있었다면 갠튼이 여간해서는 그 여자를 놓칠 리가 없다는 것을요."

콜리가 테디에게 말했다.

"맞습니다."

갠튼이 이제는 노골적으로 테디를 노려보며 말했다. 테디는 그가 열심히 일하고 있다는 강한 자부심을 갖고 있으며, 테디 자신의 질문이 그 자부심을 모욕했다는 사실을 알 수 있었다.

"고맙네, 갠튼. 이제 가 봐도 좋아."

콜리가 말했다.

갠튼은 자리에서 일어나 잠시 테디를 노려보다가 입을 열었다.

"고맙습니다, 박사님."

그리고 그는 방을 나갔다.

세 사람은 한동안 조용히 앉아 담배를 피우다가 각자 재떨이에 담배를 비벼 껐다. 그리고 처크가 입을 열었다.

"우리가 그 방을 봐야 할 것 같은데요, 박사."

"물론이죠."

콜리가 이렇게 말하면서 책상 앞쪽으로 걸어 나왔다. 자동차 휠캡만 한 크기의 열쇠고리가 그의 손에 들려 있었다.

"나를 따라 오시죠."

방은 아주 작았다. 문은 안쪽으로 열리게 되어 있었고, 강철로 된 문과 경첩에는 기름칠이 잘 되어 있어서 문짝이 오른쪽 벽에 세게 부딪혔다. 왼쪽에는 벽이 조금 드러나 있었고, 나무로 만든 작은 벽장이 곧이어 눈에 띄었다. 벽장 안의 플라스틱 옷걸이에는 환자복 몇 벌과 끈으로 묶게 되어 있는 바지가 걸려 있었다.

"그 생각은 포기해야겠군요."

테디가 자신의 가설이 틀렸음을 인정했다.

콜리가 고개를 끄덕였다.

"누가 문간에 서 있으면, 그 여자가 숨을 곳이 없습니다."

"글쎄, 천장이 있는데요."

처크의 말에 세 사람 모두 위를 올려다보았다. 심지어 콜리까지도 미소를 띠고 있었다.

콜리가 방문을 닫자마자 테디는 갇혀 있다는 느낌이 등골을 파고드는 것 같았다. 저 사람들은 이걸 그냥 방이라고 부를지 몰라도, 이건 감방이었다. 좁은 침대 뒤에 떠 있는 창문에는 창살이 있었고, 오른쪽 벽에는 작은 경대가 있고, 바닥과 벽은 이런 곳이 으레 그렇듯이 하얀 시멘트였다. 방 안에 세 사람이 들어와 있으니 움직일 때마다 팔다리가 부딪힐 만큼 공간이 좁았다.

테디가 말했다.

"이 방에 올 수 있는 사람이 또 누가 있습니까?"

"그 한밤중에요? 그 시간에는 굳이 병동에 들어올 사람이 거의 없습니다."

"그렇겠죠. 그래도 이 방에 올 수 있는 사람이 누굽니까?"

"잡역부들이죠, 물론."

"의사들은요?"

처크가 물었다.

"글쎄요, 간호사들은 올 수 있죠."

콜리가 대답했다.
"의사들한테는 이 방 열쇠가 없습니까?"
테디가 물었다.
"있습니다."
콜리가 짜증스러운 기색을 살짝 드러내며 말을 이었다.
"하지만 10시쯤이면 의사들이 전부 퇴근하고 없을 때입니다."
"그럼 퇴근하면서 열쇠를 반납하나요?"
"그렇죠."
"그걸 기록해 둡니까?"
"무슨 말인지 모르겠군요."
"의사들이 열쇠를 가져가거나 반납할 때 자기 이름을 적느냐, 그걸 묻는 거예요, 박사."
처크가 대신 설명했다.
"그거야 당연하죠."
"그럼 어젯밤의 반납 기록을 확인해 볼 수 있겠군요."
테디가 말했다.
"그럼요, 그럼요. 물론이죠."
"그게 1층에 있던 그 철창 안에 있겠죠? 안에 간수가 있고 벽에 열쇠가 걸려 있던 그 철창 말이에요."
처크의 말에 콜리가 짧게 고개를 끄덕였다.
"그리고 의료 인력하고 잡역부와 간수들의 인사 기록도 필요합니다."
테디가 말했다.
콜리는 마치 테디의 얼굴에서 벌레가 솟아나오기라도 한 것처럼 그를 빤히 바라보며 말했다.

"왜요?"

"자물쇠가 잠겨 있는 방에서 여자가 사라졌다면서요, 박사? 그 여자가 이 작은 섬 어딘가로 도망을 쳤는데 찾을 수가 없다고요? 그러니 최소한 그 여자를 도와주는 사람이 있을 거라고 생각할 수밖에요."

"그건 두고 보면 알겠죠."

콜리가 말했다.

"두고 보면 안다고요?"

"그래요, 보안관. 우선 교도소장하고 다른 직원들 몇 명하고 이야기를 해봐야겠습니다. 당신들의 요청이 정당한지 결정을……"

"박사, 이건 요청이 아닙니다. 우린 정부의 명령으로 온 사람들이에요. 여기는 연방 정부의 시설이고, 여기서 위험한 죄수가……"

"환자입니다."

"위험한 환자가 도망쳤습니다."

테디는 목소리를 가능한 한 차분하게 유지하면서 말을 이었다.

"만약 그 환자를 체포하려는 미국 연방 보안관을 도와주지 않는다면, 박사, 당신들은 불행히도…… 처크?"

"공무 집행 방해죠, 박사."

처크가 대신 말했다.

콜리는 처크를 바라보았다. 자기가 그렇게 하면 테디가 기분 나쁜 표정을 지을 거라고 기대하는 표정이었다. 그러나 테디는 처크에게 주의를 기울이지 않고 있었다.

"그래요 좋습니다. 나로서는 당신들의 요청을 수용하기 위해 내가 최선을 다할 거라는 말밖에 할 수 없습니다."

그가 생기 없는 목소리로 말했다.

테디와 처크는 살짝 시선을 교환하고는 다시 살풍경한 방 안으로 시선을 돌렸다. 콜리는 자기가 불쾌한 감정을 드러냈는데도 누군가가 자신에게 계속 질문을 던지는 것에 익숙하지 않을 터였다. 그래서 두 사람은 그에게 숨을 돌릴 시간을 좀 주었다.

테디가 작은 벽장을 들여다보다가 그 안에 있는 하얀 환자복 세 벌과 하얀 신발 두 켤레를 보고 말했다.

"환자들에게 신발을 몇 켤레나 지급합니까?"

"두 켤레입니다."

"그럼 그 여자가 맨발로 이 방을 나간 겁니까?"

"예."

그는 하얀 가운 속의 넥타이를 고쳐 맨 다음 침대 위에 놓여 있는 커다란 종이를 가리켰다.

"경대 뒤에서 저걸 발견했습니다. 그런데 저게 무슨 뜻인지 모르겠습니다. 누가 무슨 뜻인지 얘기를 해줬으면 좋겠습니다."

테디가 종이를 들어올려 뒤집어보았다. 종이 뒤편에는 병원에서 쓰는 시력 검사표가 있었다. 아래로 내려갈수록 글자들이 피라미드처럼 점점 작아지는 시력 검사표 말이다. 그는 종이를 다시 뒤집어 처크가 볼 수 있게 들었다.

4의 법칙

나는 47
그들은 80이었다.

+당신은 3

우리는 4
하지만
누가 67?

테디는 그 종이를 들고 있는 것조차 싫었다. 종이 가장자리에 닿은 손가락이 따끔따끔했다.
처크가 말했다.
"이런 걸 내가 어떻게 알아."
콜리가 두 사람 옆으로 다가섰다.
"우리가 임상적인 결론을 내릴 때 쓰는 말이랑 상당히 비슷하군요."
"우리가 지금 세 사람입니다."
테디가 말했다.
"어?"
처크가 종이를 바라보았다.
"여기 3이 우리일 수도 있어요. 지금 이 방에 서 있는 우리 세 사람 말입니다."
테디의 말에 처크가 고개를 저었다.
"그 여자가 그런 걸 어떻게 미리 알아요?"

테디는 어깨를 으쓱했다.
"그런 건 알 수 있어."
"나 참."
"사실입니다. 그리고 레이첼은 게임에 아주 뛰어났습니다. 그녀의 망상, 특히 자기 아이 셋이 아직 살아 있다는 망상 밑에는 아주 섬세하면서도 복잡한 구조가 있습니다. 그 구조를 유지하기 위해 레이첼은 자신의 인생에 완전히 가공의 이야기를 아주 정교하게 끼워넣었죠."
콜리가 말했다.
처크가 천천히 고개를 돌려 콜리를 바라보았다.
"나 같은 사람이 이해하려면 학위라도 따야겠네요, 박사."
콜리가 쿡쿡 웃었다.
"어렸을 때 부모님한테 했던 거짓말들을 한 번 생각해 보세요. 그게 얼마나 정교했는지. 학교를 빼먹거나 뭔가 할 일을 잊어버린 다음에 변명을 하려고 간단한 거짓말을 하는 대신 아이들은 아주 과장되고 엄청난 이야기를 지어냅니다. 그렇죠?"
처크가 잠시 생각을 해보더니 고개를 끄덕였다.
테디가 말했다.
"맞아. 범죄자들도 똑같지."
"그럼요. 중요한 건 상대를 혼란에 빠뜨리는 겁니다. 상대방이 얘기를 듣다 지쳐서 말 같지도 않은 얘기를 믿게 될 때까지 계속 상대를 혼란시키는 거죠. 이제, 두 분이 거짓말을 들었을 때의 일을 생각해 보세요. 레이첼의 행동이 바로 그런 겁니다. 4년 동안 레이첼은 자기가 시설에 수용되어 있다는 걸 잘 인정하지 않았습니다. 적어도 그 여자 머릿속에서 그 여자는 버크셔에 있는 자기 집에 있었어요. 우리는 그냥 지나가는 우유 배달부나 집배원이었습니다. 현실이야 어쨌든, 레이첼은 순수한 의지력으로 자신의 환상을 더 강하게 만들었습니다."

"하지만 어떻게 한 번도 진실을 깨닫지 못할 수가 있죠? 그러니까 내 말은, 그 여자가 지금 정신 병원에 있으면서 그 사실을 가끔씩 알아차리지 못한다는 게 어떻게 가능하냔 말입니다."

테디가 말했다.

"아, 이제 완전한 정신 분열증 환자의 편집증 구조가 얼마나 끔찍할 정도로 아름다운지 그 얘기를 할 차례가 됐군요. 만약 두 분이 세상에서 진실을 알고 있는 사람이 자기들밖에 없다고 믿는다면, 다른 사람들은 모두 거짓말쟁이가 됩니다. 그리고 다른 사람들이 모두 거짓말쟁이라면……."

"그럼 그 사람들이 아무리 진실을 얘기해도 다 거짓말이 되죠."

처크가 말했다.

콜리는 엄지손가락을 세우고 검지를 뻗어 마치 총을 겨누듯이 처크를 가리켰다.

"이제 이해가 되시나보군요."

"그럼 그것이 이 숫자들하고 어떤 식으로든 관련이 있다?"

테디가 물었다.

"틀림없습니다. 저 숫자에 틀림없이 뭔가 의미가 있을 겁니다. 레이첼은 쓸데없는 생각이나 하찮은 생각은 하지 않았습니다. 자기 머릿속에 있는 그 구조가 무너지지 않게 해야 하는데, 그러려면 항상 생각을 해야 하죠. 이건……."

그는 시력 검사표를 손가락으로 톡톡 두드리면서 말을 이었다.
"그 구조를 종이 위에 표현해 놓은 겁니다. 레이첼이 어디로 갔는지 틀림없이 이걸 통해 알 수 있을 겁니다."

한순간 테디는 종이가 자신에게 직접 말을 걸어와서 그 뜻이 한층 더 분명해진 듯한 느낌을 받았다. 중요한 건 처음의 두 숫자, 47과 80이었다. 틀림없었다. 그 두 숫자와 관련해서 뭔가가 머릿속에서 간질거리는 것이 느껴졌다. 라디오를 틀어놓고 거기서 나오는 노래하고는 전혀 다른 노래의 멜로디를 기억해 내려고 애쓸 때처럼. 47은 가장 쉬운 단서였다. 단서가 바로 눈 앞에 있었다. 너무나 단순한······.

그런데 갑자기 논리적인 연결 고리가 모두 무너져버렸다. 테디는 머릿속이 하얘지는 느낌을 받았다. 그 단서, 연결 고리, 서로를 이어주는 다리, 그것들이 다시 도망치고 있다는 걸 알 수 있었다. 그는 침대 위에 종이를 다시 내려놓았다.

"미쳤지."

처크가 말했다.

"무슨 소립니까?"

콜리가 물었다.

"그 여자가 미쳤다고요. 내가 보기에는."

"뭐, 그거야 확실하죠. 그건 그냥 기정사실로 받아들여도 될 겁니다."

콜리가 말했다.

세 사람은 방 밖에 서 있었다. 계단 난간이 있는 중앙에서 복도가 갈라졌다. 레이첼의 방 문은 계단 왼쪽 복도를 반쯤 내려온 곳의 오른쪽에 있었다.

"이 층을 벗어나는 길이 이것뿐입니까?"

테디가 물었다.

콜리가 고개를 끄덕였다.

"지붕으로 나가는 길도 없어요?"

처크가 말했다.

콜리는 고개를 저었다.

"위로 올라가는 길은 화재 탈출로뿐입니다. 건물 남쪽에서 보면 압니다. 탈출로에는 철문이 하나 있는데, 그 문은 항상 잠겨 있습니다. 물론 직원들이 열쇠를 갖고 있지만, 환자한테는 없어요. 레이첼이 지붕으로 가려면 계단을 내려가서 밖으로 나간 다음 열쇠로 문을 열고 다시 올라가야 했을 겁니다."

"그래도 지붕을 확인해 보기는 했습니까?"

콜리가 또 고개를 끄덕였다.

"병동에 있는 방을 전부 수색한 것처럼 지붕도 했죠. 레이첼이 도망친 걸 알자마자."

테디가 계단 앞의 작은 탁자 옆에 앉아 있는 잡역부를 가리키며 물었다.

"저기에는 24시간 내내 누가 있습니까?"

"예."

"그럼 어젯밤에도 누가 있었겠군요."

"갠튼이 있었습니다."

세 사람이 계단에 이르렀을 때 처크가 말했다.

"그러니까……."
그리고 그는 눈썹을 치켜 올리며 테디를 바라보았다.
"그래."
테디가 그에게 동의했다.
"그러니까, 솔란도 양이 자물쇠가 잠긴 방을 나와 이 복도를 지나서 이 계단을 내려갔단 말이죠."
세 사람이 계단을 내려가는 동안 처크가 2층 층계참에서 세 사람을 기다리고 있는 직원을 엄지손가락으로 가리켰다.
"그 여자가 여기 서 있는 직원도 지나쳐서, 투명 인간이 된 건지 어쩐 건지 방법은 모르겠지만 어쨌든 다음 계단을 내려가 밖으로……."
세 사람이 마지막 계단으로 꺾어지자 크게 탁 트인 방이 맞은편에 보였다. 방 안의 벽에는 침상이 여러 개 늘어서 있었고, 중앙에는 커다란 접는 탁자와 접는 의자가 있었으며, 불룩한 창문으로 들어오는 하얀빛이 방 안을 가득 채우고 있었다.
"중앙 거실입니다. 대부분의 환자들이 여기서 저녁 시간을 보내죠. 어젯밤에 여기서 집단 치료가 있었습니다. 저쪽 기둥이 있는 현관을 지나면 바로 간호사들이 있습니다. 소등을 하고 나면 잡역부들이 여기에 모이죠. 원래는 청소도 하고 창문도 닦고 그래야 하지만, 여기서 카드를 치다가 걸리는 경우가 많습니다."
콜리가 말했다.
"그럼 어젯밤에는요?"
"당시 근무 중이었던 사람들 말에 따르면, 카드 게임이 한창이었다고 합니다. 남자 일곱 명이 계단 바로 밑에 앉아서 스터드 포커를 치고 있었다는군요."
처크는 손으로 엉덩이를 짚고 입으로 길게 숨을 내쉬었다.
"그 여자가 여기서 또 투명 인간이 돼서 오른쪽인지 왼쪽인지 하여튼 어느 쪽으로든 움직인 거군요."
"오른쪽으로 가면 식당을 지나 주방이 나옵니다. 주방을 지나면 문이 하나 나오는데 철창도 쳐 있고 경보기도 달려 있죠. 주방 직원들이 퇴근하고 나면 밤 9시에 경보기를 맞춰둡니다. 왼쪽에는 간호사 대기실하고 직원 휴게실이 있습니다. 밖으로 나가는 문은 하나도 없어요. 밖으로 나가려면 거실 반대편의 저 문을 이용하든지, 아니면 계단 뒤의 복도를 다시 내려가야 합니다. 그런데 어젯밤 양쪽에 모두 근무자가 있었어요."
콜리는 시계를 흘깃 보며 말을 이었다.
"제가 지금 회의에 가봐야 합니다. 뭔가 물어볼 게 있으면 주저 마시고 직원들에게 물어보거나 맥퍼슨을 만나보세요. 그 친구가 지금까지 수색을 담당했으니까. 아마 그 친구한테서 필요한 정보를 전부 얻을 수 있을 겁니다. 직원들은 직원 기숙사 지하에 있는 구내식당에서 6시 정각에 식사를 합니다. 식사를 마치고 우리가 여기 직원 휴게실에 모일 테니, 어젯밤 사건이 일어났을 때 근무 중이던 사람들하고 얘기를 해보실 수 있을 겁니다."
콜리가 서둘러 앞문으로 나갔다. 두 사람은 그가 왼쪽으로 방향을 꺾어 시야에서 사라질 때까지 그를 지켜보았다.
테디가 말했다.
"이제 내부자 소행이 아닌 것 같다고 생각되는 점이 하나라도 있나?"

"저는 아까 제가 말한 그 투명 인간 이론이 마음에 드는데요. 그 여자가 투명 인간 약을 갖고 있었는지도 모르죠. 무슨 소린지 아시겠어요? 그 여자가 지금 우리를 지켜보고 있는지도 모른다고요, 선배."

처크는 자신의 어깨 너머를 재빨리 뒤돌아보고는 다시 테디를 바라보았다.

"그것도 한 번 생각해 볼 만해요."

오후에 두 사람은 수색대와 합류해서 섬 안쪽으로 들어갔다. 산들바람이 점점 강해지면서 바람의 온도도 올라갔다. 섬에는 초목이 무성하게 자라고 있는 곳이 아주 많았는데, 앞길을 막는 잡초와 키 큰 풀들이 두텁게 자라고 있는 들판 곳곳에서 오래된 떡갈나무의 덩굴손과 가시로 뒤덮인 초록색 덩굴들이 발목을 잡았다. 대부분의 경우 간수들 몇 명이 가져온 큰 칼을 아무리 휘둘러도 도저히 사람이 지나갈 수 없을 정도였다. 레이첼 솔란도가 그런 칼을 갖고 있지는 않았을 것이다. 아니, 설사 칼이 있었다 해도 모든 사람들을 해안으로 밀어내는 것이 이 섬의 천성인 것 같았다.

테디가 보기에는 수색 작업이 산만했다. 정말로 열심히 이 일에 달려든 사람은 자신과 처크뿐인 것 같았다. 수색대에 속한 사람들은 눈을 아래로 내리깔고 내키지 않는 걸음으로 해안선 위쪽의 길을 따라 움직였다. 한 번은 검은 바위턱 옆을 돌아서 나와 보니 바다까지 탑처럼 솟아 있는 절벽이 정면에 나타났다. 왼쪽으로는 이끼와 가시나무, 그리고 빨간 열매가 달린 덤불들이 무성하게 꼬불꼬불 뒤엉켜 있는 곳 너머로 나지막한 야산 기슭에 작은 공터가 있었다. 첩첩이 쌓인 산들은 뒤로 갈수록 점점 높아지다가 마침내 톱니처럼 들쭉날쭉한 절벽으로 이어졌다. 산 곳곳에 나무를 베어 낸 듯한 자국과 절벽 면에 타원형의 구멍들이 나 있는 것이 테디의 눈에 들어왔다.

"동굴인가요?"

그가 맥퍼슨에게 물었다. 맥퍼슨이 고개를 끄덕였다.

"동굴이 몇 개 있죠."

"거기도 확인했습니까?"

맥퍼슨은 한숨을 쉬며 손을 오므려 바람을 막고 성냥에 불을 붙여서 가느다란 담배에 불을 붙였다.

"레이첼 신발은 두 켤레입니다, 보안관. 그런데 두 켤레 전부 그 여자 방에서 발견됐어요. 우리가 방금 지나온 길을 그 여자가 어떻게 뚫고 와서 여기 이 바위들을 건너 저 절벽을 올라가겠어요?"

테디는 공터 뒤쪽의 가장 낮은 산들을 가리켰다.

"먼 길로 돌아서 서쪽에서부터 올라가지 않았을까요?"

맥퍼슨은 손가락으로 테디와 같은 곳을 가리키며 말했다.

"저기 공터가 뚝 끊어진 게 보입니까? 거기가 바로 지금 당신이 내밀고 있는 손가락 끝부분에 있는 습지예요. 여기 이 산기슭은 옻나무, 떡갈나무, 슈막옻나무의 일종 같은 걸로 뒤덮여 있죠. 저기서 자라는 식물이 한 1000종 되는데, 전부 내 거시기만 한 가시가 달려 있습니다."

"그러니까 그게 크다는 거예요, 작다는 거예요?"

그들보다 몇 걸음 앞에서 걷고 있던 처크가 어깨 너머로 뒤를 돌아보며 말했다.

맥퍼슨이 미소를 지었다.

"중간쯤 되겠죠."

처크가 고개를 끄덕였다.

"제가 하고 싶은 얘기는 말입니다, 레이첼이 해안선에 붙어서 움직일 수밖에 없었을 거라는 얘깁니다. 그런데 어느 쪽으로든 절반만 가면 해변이 끝나버려요."

맥퍼슨이 절벽을 가리키며 말을 이었다.

"저런 절벽이 나오거든요."

한 시간 후, 그들은 섬의 반대편에서 울타리와 마주쳤다. 울타리 뒤에는 옛날 요새와 등대가 있었는데, 등대에도 울타리가 따로 있는 것이 보였다. 간수 두 명이 총을 가슴 앞으로 들고 철문 앞에 서 있었다.

"하수 처리 중인가요?"

테디가 묻자 맥퍼슨이 고개를 끄덕였다.

테디가 처크에게 시선을 돌리자 처크가 눈썹을 치켜 올렸다.

"하수 처리?"

테디가 다시 말했다.

저녁식사 때 아무도 두 사람의 식탁에 앉지 않았다. 두 사람은 바닷가 아무렇게나 뿌리고 간 물방울 때문에 축축한 몸으로 식탁에 단 둘이 앉아 있었다. 오후에 불어오던 산들바람이 바닷물을 몰고 왔던 것이다. 건물 밖에서는 섬 전체가 어둠 속에서 덜컹거리고 있었다. 산들바람이 세찬 바람으로 변하는 중이었다.
"방은 잠겨 있고."
처크가 말했다.
"맨발에."
테디가 말했다.
"건물 안의 검문소 세 곳을 지나갔고."
"잡역부들이 가득 들어찬 방도 지나갔지."
"맨발로."
처크가 테디에게 동조했다.
테디는 음식을 헤집었다. 다진 고기와 감자로 만든 파이였는데, 고기가 아주 질겼다.
"전선이 감겨 있는 벽도 지나갔어."
"사람이 지키고 있는 문을 지나갔는지도 모르죠."
"어쨌든 나갔지."
바람에 건물이 흔들리고, 건물 바깥의 어둠이 흔들렸다.
"맨발로."
"그런데 그 여자를 본 사람이 아무도 없어."
처크는 음식을 씹고 커피를 한 모금 마셨다.
"이 섬에서 사람이 죽으면, 어쨌든 누군가 반드시 죽게 마련이잖아요, 그렇죠? 그러면 그 사람들을 어떻게 하죠?"
"땅에 묻지."
처크가 고개를 끄덕였다.
"오늘 여기서 묘지를 봤어요?"
테디는 고개를 저었다.

"아마 어딘가에서 울타리에 둘러싸여 있겠지."
"그 하수 처리장처럼 말이죠."
처크는 접시를 밀어놓고 뒤로 등을 기대고 앉으며 말을 이었다.
"밥 먹고 나서 누구랑 얘기를 해보죠?"
"직원들."
"그 사람들이 좀 도움이 될 것 같아요?"
"자네 생각엔 아냐?"
처크는 히죽 웃고는 테디에게 눈을 고정시킨 채 담배에 불을 붙였다. 히죽거리는 미소가 가벼운 웃음으로 바뀌고, 그 리듬에 맞춰 연기가 퐁퐁 뿜어져 나왔다.

테디는 직원들에게 둥글게 둘러싸인 채 방 한가운데에 서 있었다. 그는 금속으로 된 의자를 양손으로 짚은 자세였고, 처크는 손을 주머니에 넣은 채 가로 막대에 구부정하게 몸을 기대고 있었다.
"우리가 지금 왜 여기 있는지 다들 아실 겁니다. 어젯밤 탈주사건이 있었습니다. 우리가 아는 건 환자가 자취를 감췄다는 것뿐입니다. 환자가 아무의 도움도 받지 않고 혼자 힘으로 이곳을 나갔다고 생각할 만한 증거도 없습니다. 맥퍼슨 부소장, 동의하십니까?"
테디가 말했다.
"그럼요. 지금 상황을 아주 조리 있게 정리하신 것 같습니다."
테디가 다시 뭐라고 말을 하려 하는데 간호사 옆의 의자에 앉아 있던 콜리가 입을 열었다.

"두 분이 우선 자기 소개를 해주시겠습니까? 여기 직원들 중에 두 분을 모르는 사람들이 있어서요."

테디는 몸을 똑바로 폈다.

"연방 보안관 대니얼스입니다. 그리고 이쪽은 내 파트너인 찰스 아울 보안관입니다."

처크가 사람들을 향해 살짝 손을 흔들어 보이고는 다시 주머니에 찔러 넣었다.

테디가 이어 물었다.

"부소장님, 부하들과 함께 일대를 수색하셨죠?"

"물론입니다."

"그래 무엇을 찾아냈습니까?"

맥퍼슨이 의자에 앉은 채 몸을 쭉 폈다.

"도주한 여자의 흔적을 전혀 찾지 못했습니다. 찢어진 옷 조각도 없고, 발자국도 없고, 나무가 휘어진 곳도 없습니다. 어젯밤에는 물살이 세고, 밀물 때라 파도가 밀려들고 있었습니다. 헤엄을 쳐서 빠져나가는 건 생각조차 할 수 없었을 겁니다."

"하지만 시도를 해봤을 수는 있어요."

케리 마리노 간호사의 말이었다. 그녀는 몸집이 호리호리한 여자인데, 이 방으로 들어오자마자 위로 틀어 올린 빨간 머리카락을 풀어 등뼈 바로 위에 핀으로 고정시켰다. 그녀의 모자는 무릎 위에 놓여 있었고, 그녀가 피곤한 듯 손가락으로 머리를 대충 빗어내리고 있었는데도 방 안의 모든 남자들이 몰래 그녀를 훔쳐보고 있었다. 그렇게 지친 표정으로 머리를 빗어 내리는 모습을 보니 침대에 가서 눕고 싶다는 생각을 하고 있는 것 같았다.

맥퍼슨이 물었다.

"무슨 소리지?"

마리노는 머리를 빗던 손가락을 무릎으로 떨어뜨렸다.

"그 여자가 헤엄칠 생각을 안 했다는 걸 어떻게 알죠? 그러다가 익사했을 수도 있잖아요."

"그럼 지금쯤 시체가 해안으로 밀려왔을 거야."

콜리가 주먹을 입에 대고 하품을 하면서 말을 이었다.

"밀물 때."

마리노는 '아, 죄송해요, 여러분.' 이라고 말하는 것처럼 한 손을 들어올리고는 이렇게 말했다.

"그냥 한 번 말이나 해봐야겠다고 생각한 것뿐이에요."

"그래, 잘했군. 보안관, 이제 묻고 싶은 걸 물어보세요, 제발. 오늘은 아주 피곤한 날이었습니다."

콜리가 말했다.

테디가 처크를 흘깃 바라보자 그가 살짝 눈썹을 치켜 올렸다. 과거에 폭력적인 범죄를 저지른 여자가 사라져 작은 섬 안을 돌아다니고 있는데, 다들 자고 싶다는 생각만 하고 있는 기색이라니.

테디가 물었다.

"갠튼 씨가 한밤중에 솔란도 양의 방을 확인하러 왔다가 그녀가 사라진 걸 발견했다고 이미 우리한테 얘기해 주었습니다. 창문 쇠창살과 출입구 자물쇠에는 아무도 손을 댄 흔적이 없었다더군요. 갠튼 씨, 어젯밤 10시에서 12시 사이에 잠시라도 3층 복도에서 눈을 뗀 적이 없습니까?"

여러 사람이 고개를 돌려 갠튼을 바라보았다. 그 사람들 중 일부가 재미있다는 듯한 표정을 하고 있는 걸 보고 테디는 영문을 알 수 없었다. 마치 테디가 초등학교 3학년 담임선생이고, 그 담임선생이 학급에서 제일 세상 물정에 밝은 아이에게 질문을 던진 것 같은 분위기였다.

갠튼이 자기 발을 바라보며 말했다.

"제가 복도에서 눈을 뗀 건, 그 여자 방으로 들어가서 그 여자가 사라진 걸 발견했을 때뿐입니다."

"그게 한 30초 정도 걸렸겠군요."

"15초 정도였을 겁니다. 방이 작으니까요."

그가 테디를 바라보며 말했다.

"그럼 그때 말고는?"

"10시쯤에는 환자들이 전부 자기 방에 들어가 있었습니다. 그 여자가 마지막이었죠. 저는 그때부터 층계참에 앉아 있었는데 두 시간 동안 아무도 못 봤습니다."

"자리를 비운 적도 없고요?"

"없습니다."

"커피를 가지러 간 적도 없습니까?"

갠튼이 고개를 저었다.

"좋습니다, 여러분."

처크가 가로 막대에서 떨어져 나오면서 말을 이었다.

"이 대목에서 제가 이야기를 엄청나게 비약시키려고 합니다. 이건 그냥 가정을 해보는 것이니까 여기 계신 갠튼 씨에게 실례를 저지를 생각은 전혀 없습니다. 자 그럼, 방법은 잘 모르겠지만 어쨌든 솔란도 양이 천장 같은 데를 기어서 지나갔다고 생각해 봅시다."

여러 사람이 쿡쿡 웃음을 터뜨렸다.
"그래서 그녀가 2층으로 내려가는 계단에 이르렀다면, 거기를 지키고 있던 사람이 누구죠?"
우유처럼 하얀 피부에 머리카락이 오렌지색인 직원이 손을 들었다.
"이름이?"
테디가 물었다.
"글렌. 글렌 미가입니다."
"좋습니다, 글렌. 어제 밤새도록 자리를 지켰습니까?"
"음, 그렇죠."
"글렌."
"예?"
글렌은 손거스러미를 뜯고 있다가 시선을 들었다.
"사실을 얘기하세요."
글렌이 콜리가 있는 쪽을 바라보고는 다시 테디에게 시선을 돌렸다.
"예, 자리를 지켰습니다."
"글렌, 이러지 말아요."
테디가 말했다.
글렌은 테디의 시선을 맞받았다. 그러나 그의 눈이 점점 커지기 시작하더니 마침내 그가 사실을 털어놓았다.
"화장실에 갔었습니다."
콜리가 무릎 쪽으로 몸을 기울이며 말했다.
"자네 대신 누가 자리를 지켰지?"

"잠깐 오줌을 싸러 간 겁니다. 아니, 소변이요. 죄송합니다, 원장님."

글렌이 말했다.

"얼마나?"

테디가 물었다.

글렌은 어깨를 으쓱했다.

"길어야 1분 정돕니다."

"1분이라. 확실합니까?"

"제가 무슨 물통인가요?"

"아니죠."

"그냥 들어갔다 나왔습니다."

"그래도 규칙을 어겼어, 세상에."

콜리가 한숨을 쉬며 말했다.

"원장님, 저도 압니다. 저는……"

"그때가 몇 시였습니까?"

테디가 다시 물었다.

"11시 30분. 그쯤입니다."

콜리를 두려워하는 글렌의 감정이 테디에 대한 증오로 바뀌고 있었다. 질문을 몇 개만 더 하면 아예 적대적인 태도가 될 것 같았다.

"고맙습니다, 글렌."

테디는 이렇게 말을 하고 고갯짓으로 처크에게 질문을 넘겼다.

"11시 30분쯤에도 포커 게임이 한창이었나요?"

처크가 물었다.

여러 사람이 서로를 바라보다가 다시 처크에게 시선을 돌렸다. 그러더니 흑인 한 명이 고개를 끄덕였고, 이어 다른 잡역부들도 고개를 끄덕였다.

"그때 계속 게임을 하고 있던 사람이 누구죠?"

흑인 네 명과 백인 한 명이 손을 들었다.

처크는 그중 주동자격인 인물, 즉 처음에 고개를 끄덕이고 손도 가장 먼저 든 사람에게 초점을 맞췄다. 뚱뚱하고 둥글둥글한 몸집을 한 사람이었는데, 머리카락을 밀어 대머리였다. 그의 머리가 불빛을 받아 반짝였다.

"이름은?"

"트레이입니다. 트레이 워싱턴."

"트레이, 그때 어디 앉아 있었죠?"

트레이는 바닥을 가리켰다.

"바로 여기쯤입니다. 방 한가운데요. 계단이 바로 보이는 자리였습니다. 한쪽 눈으로는 앞문을 감시하고 한쪽 눈으로는 뒤를 감시했죠."

처크는 그의 자리로 다가가서 목을 쭉 빼고 앞문, 뒷문, 계단을 차례로 바라보았다.

"좋은 위치군요."

트레이가 목소리를 낮췄다.

"환자들만 감시한 게 아닙니다, 보안관님. 의사들하고, 우리를 싫어하는 간호사들도 감시했죠. 원래 카드를 치면 안 되는 거니까요. 누가 오는지 미리 보고 후다닥 걸레를 들어야 하거든요."

처크가 미소를 지었다.

"원래 동작이 아주 빠른 편이겠군요."
"8월에 번개 치는 거 본 적 있습니까?"
"그럼요."
"내가 걸레를 집어들 때에 비하면 그것도 느린 겁니다."
이 말이 사람들의 긴장을 풀어주었다. 마리노 간호사는 결국 참지 못하고 미소를 지을 정도였다. 테디는 흑인들 몇 명이 서로를 툭툭 치는 것을 보며 자기들이 이곳에 머무르는 동안 처크가 착한 경찰 역할을 맡게 되리라는 것을 알 수 있었다. 처크는 사람들을 대하는 요령이 좋았다. 피부색은 물론이고 언어가 다른 사람들하고 있을 때도 항상 편안해 보였다. 일본인 여자 친구가 있건 없건, 시애틀 사무소가 어떻게 저런 대단한 친구를 이곳으로 보냈는지 모르겠다는 생각이 들었다.
테디는 천성적으로 이른바 남자다운 남자였다. 일단 사람들이 이 점을 받아들인다면(전쟁터에서는 반드시 그래야 했다. 그것도 아주 빨리.) 그와 아주 잘 지낼 수 있었다. 그러나 그때까지는 그와 사람들 사이에 언제나 긴장이 흘렀다.
"좋습니다, 좋아요."
처크가 손을 들어올려 웃음을 멈추게 했다. 그러나 정작 자신도 여전히 활짝 웃는 얼굴이었다.
"그래, 트레이, 모두들 여기 계단 발치에서 카드를 치고 있었단 말이죠. 뭔가 문제가 생겼다는 걸 언제 알았죠?"
"아이크가, 어, 그러니까 갠튼이 소리를 지르기 시작했습니다. '소장님을 불러. 일이 생겼어.'"
"그게 몇 시였죠?"

"12시 2분 39초요."

처크가 눈썹을 치켜 올리며 물었다.

"당신이 시계예요?"

"아뇨. 하지만 뭔가 문제가 생기자마자 시계부터 보도록 훈련을 받았습니다. 뭐든 사람들이 '사건'이라고 부를 만한 일이 생기면 우리는 전부 IR, 그러니까 '사건 보고서(Incident Report)'를 써야 하거든요. IR의 첫 질문이 사건이 시작된 시간입니다. IR을 많이 쓰다보면요, 문제가 생긴 것 같다는 감이 오자마자 시계부터 보는 게 제2의 천성이 돼버린다니까요."

그가 말을 하는 동안 잡역부 여러 명이 고개를 끄덕였다. 교회 부흥회에 온 사람들처럼 "그렇지." 라든가 "그래, 맞아." 같은 말도 몇 번 들려왔다.

처크는 테디를 바라보았다. '이런, 이거 어떻게 생각해요?'

"그렇군요, 12시 2분."

처크가 말했다.

"39초였다니까요."

테디가 갠튼에게 말했다.

"자정에서 2분이 더 지난 건 당신이 솔란도 양의 방에 가기 전에 다른 방들을 몇 개 확인했기 때문이겠죠?"

갠튼이 고개를 끄덕였다.

"그 여자 방은 복도를 따라 다섯 번째입니다."

"교도소장이 현장에 도착한 건 언제입니까?"

테디가 물었다.

"힉스빌, 아, 이 사람은 간수입니다. 그 친구가 제일 먼저 앞문으로 들어왔습니다. 아마 바깥쪽 철문에서 근무를 하고 있었던 모양이에요. 그 사람이 들어온 게 12시 6분 22초였습니다. 소장님은 그 후로 4분이 더 지나서 부하 여섯 명하고 같이 도착했죠."
트레이가 말했다.
테디는 마리노 간호사에게 시선을 돌렸다.
"당신은 밖이 소란해지는 걸 듣고……"
"간호사 대기실 문을 잠갔어요. 그리고 힉스빌이 앞문으로 들어올 때, 저도 거의 동시에 휴게실로 나갔죠."
그녀는 어깨를 으쓱하더니 담배에 불을 붙였다. 이게 무슨 신호라도 되는지 다른 사람들 여러 명도 담배에 불을 붙였다.
"그럼 당신이 간호사 대기실에 있을 때 당신 몰래 그곳을 지나간 사람은 아무도 없겠군요."
그녀는 손바닥 위에 턱을 올려놓고 낫 모양으로 흘러나오는 연기 사이로 그를 빤히 바라보았다.
"거길 지나서 어디로 가게요? 물 치료실로? 거기 들어가면 작은 풀 몇 개하고 욕조가 많이 있는 시멘트 상자에 갇히는 꼴인데요?"
"그 방도 확인했습니까?"
"확인했습니다, 보안관."
맥퍼슨이 말했다. 이제는 지친 목소리였다.
"마리노 간호사, 당신도 어젯밤에 집단 치료에 참가했었죠."
테디가 말했다.
"예."
"뭔가 이상한 일 없었습니까?"

"이상하다는 게 정확히 무슨 뜻인데요?"
"뭐라고요?"
"여긴 정신 병원이에요, 보안관님. 그것도 정신병 때문에 범죄를 저지른 사람들이 있는 데라고요. 여기서는 정상적인 게 오히려 드물어요."
테디는 그녀를 향해 짧게 고개를 끄덕이며 겸연쩍은 미소를 지었다.
"그럼 말을 다시 하죠. 어젯밤 집단 치료 시간에 일어난 일 중에 더 기억에 남을 만한 일, 그러니까, 음……?"
"정상적인 것보다 더 기억에 남는 일 말인가요?"
그녀가 되물었다.
이 말을 들은 콜리가 미소를 지었고, 여기저기서 몇 명이 웃음을 터뜨렸다.
테디는 고개를 끄덕였다.
마리노는 잠시 생각을 해보는 눈치였다. 그동안 하얀 담뱃재가 점점 길어지면서 구부러지기 시작했다. 그녀가 그것을 눈치 채고 재떨이에 재를 턴 다음 고개를 들었다.
"없었어요. 죄송합니다."
"그럼 솔란도 양이 어젯밤 집단 치료에서 말을 했습니까?"
"두어 번했던 것 같아요."
"무슨 얘기였죠?"
마리노는 콜리가 있는 쪽을 바라보았다.
그가 말했다.
"지금은 환자들의 비밀 보호 원칙을 포기하기로 하지."

그녀가 고개를 끄덕였지만, 테디는 그녀가 별로 내켜하지 않는다는 걸 알 수 있었다.

"우리는 분노를 관리하는 법에 대해 얘기하고 있었어요. 최근에 부적절하게 분노가 폭발한 경우가 몇 번 있었거든요."

"어떤 일이었습니까?"

"환자들이 다른 환자들에게 소리를 지르고, 싸움을 벌이는, 뭐 그런 일이죠. 정상적인 범위를 벗어나는 일은 아니고, 그냥 최근 몇 주 동안 그런 일이 조금 늘어났을 뿐이에요. 십중팔구 무엇보다 더위 때문이겠죠. 그래서 어젯밤에 불안감이나 불쾌감을 표현하는 적절한 방법과 부적절한 방법에 대해 얘기했어요."

"솔란도 양이 최근 화를 낼 만한 일이 있었습니까?"

"레이첼이요? 아뇨. 레이첼은 비가 올 때만 흥분했어요. 어젯밤에도 그런 얘기를 했죠. '빗소리가 들려요. 빗소리가 들려요. 여기는 아니지만, 비가 다가오고 있어요. 음식을 어떻게 하죠?'"

"음식이라니요?"

마리노는 담배를 비벼 끄고는 고개를 끄덕였다.

"레이첼은 여기 음식을 아주 싫어했어요. 항상 불평을 했죠."

"일리가 있는 불평이었습니까?"

테디가 물었다.

엷은 미소를 띠고 있던 마리노는 자기도 모르게 활짝 웃으려는 것을 깨닫고 표정을 다잡았다. 그녀가 시선을 떨어뜨리면서 대답했다.

"그런 불평을 하는 것도 이해할 만하다고 할 수 있을 거예요. 우리는 환자들이 어떤 행동을 할 때 그 이유나 동기에 대해 좋다

느니 나쁘다느니 도덕적인 평가를 하지 않아요."

테디가 고개를 끄덕였다.

"어젯밤에 시핸 박사도 여기 있었다고 들었습니다. 시핸 박사가 치료를 이끌었다고. 박사님이 지금 여기 계십니까?"

아무도 입을 열지 않았다. 남자들 여러 명이 의자들 사이에 있는 재떨이에 담배를 비벼 껐다.

결국 콜리가 대답했다.

"시핸 박사는 오전 배로 떠났습니다. 두 분이 이곳으로 올 때 탔던 배 말입니다."

"왜요?"

"오래 전부터 휴가가 예정되어 있었습니다."

"하지만 우린 그분하고 반드시 얘기를 해봐야 합니다."

"집단 치료의 내용을 요약해 놓은 박사의 기록을 내가 갖고 있습니다. 박사가 메모해 놓은 것도 모두 나한테 있고요. 박사는 어젯밤 10시에 중앙 건물을 나가서 자기 숙소로 갔습니다. 그리고 오전에 떠났죠. 이미 오래 전에 휴가를 갔어야 했는데. 그래서 오래 전부터 휴가 계획을 잡아두었습니다. 우리는 박사를 여기 붙들어둘 이유가 없다고 생각했습니다."

콜리가 말했다.

테디는 맥퍼슨을 바라보았다.

"당신도 찬성한 겁니까?"

맥퍼슨이 고개를 끄덕였다.

"지금은 아무도 이곳을 떠나면 안 됩니다. 환자가 도망쳤는데, 어떻게 사람을 여기서 내보냅니까?"

테디가 말했다.

"어젯밤에 박사가 어디 있었는지 우리가 다 확인했습니다. 이미 철저한 조사를 했다고 생각했기 때문에 박사를 여기 붙들어둘 이유가 없다고 생각한 겁니다."

맥퍼슨이 말했다.

"그 사람은 의사입니다."

콜리가 덧붙여 말했다.

"젠장."

테디가 작은 소리로 말했다. 교도소에서 수사를 하면서 절차가 이렇게 크게 어긋난 적은 지금까지 한 번도 없었다. 그런데 다들 별일 아닌 것처럼 행동하고 있다니.

"박사가 어디로 갔습니까?"

"뭐라고요?"

"휴가 말입니다. 어디로 갔습니까?"

테디가 물었다.

콜리는 천장을 쳐다보며 기억을 더듬었다.

"뉴욕일 겁니다. 뉴욕 시. 그 사람 가족들이 원래 거기 살았거든요. 파크 애비뉴에."

"전화번호를 주십시오."

테디가 요구했다.

"난 이유를 모르겠……."

"박사, 전화번호를 주세요."

"나중에 알려드리겠습니다, 보안관."

콜리가 계속 천장을 바라보며 말을 이었다.

"다른 건 더 없습니까?"

"물론 있죠."

테디가 말했다.

콜리가 턱을 내리며 테디가 있는 쪽을 바라보았다.

"전화를 좀 써야겠습니다."

테디가 말했다.

간호사 대기실의 전화에서는 횡횡 바람 빠지는 소리밖에 들리지 않았다. 병동에는 전화가 네 대 더 있었는데, 자물쇠로 잠긴 유리문을 열고 들어가 보니 그 네 대도 마찬가지였다.

테디와 콜리 박사는 병원 건물 1층의 교환실까지 걸어갔다. 두 사람이 들어서자 교환원이 고개를 들었다. 검은 헤드폰이 그의 목에 둥글게 걸쳐져 있었다.

"원장님, 통신이 끊겼습니다. 무선도 안 돼요."

그가 말했다.

"바깥 날씨가 그렇게 나쁜 건 아닌데 왜?"

콜리가 묻자 교환원은 어깨를 으쓱했다.

"저도 계속 시도하고 있습니다. 하지만 여기 사정 때문에 이런 게 아닌 것 같습니다. 저쪽 날씨가 문제인 것 같아요."

"계속 해봐. 기계를 살려서 연락을 하라고. 이분이 아주 중요한 전화를 해야 한다니까 말이야."

콜리가 재촉했다.

교환원은 고개를 끄덕이고는 두 사람에게 등을 돌리며 헤드폰을 다시 썼다.

바깥의 공기는 마치 누군가가 잔뜩 숨을 참고 있는 것처럼 느껴졌다.
"당신이 제때 보고를 안 하면 저쪽에서는 보통 어떻게 합니까?"
콜리가 물었다.
"현장 사무소 말입니까? 야간 보고서에 표시를 하죠. 그리고 대개는 24시간이 지나야 비로소 걱정을 하기 시작합니다."
테디의 말에 콜리는 고개를 끄덕였다.
"그때쯤이면 일이 다 끝나 있을 겁니다."
"끝나요? 아직 시작도 안 했는데."
테디가 의아하다는 듯 말했다.
콜리는 어깨를 으쓱하고는 문을 향해 걷기 시작했다.
"난 집에 가서 담배를 피우면서 술이나 좀 마셔야겠습니다. 파트너하고 같이 들르고 싶으면 9시쯤에 한 번 들르세요."
"아, 그럼 그때 당신하고 얘기를 할 수 있는 겁니까?"
테디가 물었다.
콜리가 걸음을 멈추더니 뒤돌아보았다. 담장 반대편에서 검게 보이는 나무들이 살랑살랑 흔들리면서 속삭이는 것 같은 소리를 내고 있었다.
"지금까지 계속 얘기를 하고 있었잖습니까, 보안관."

처크와 테디는 어두운 영내를 걸었다. 이 세상이 임신을 해서 배가 불러오는 것처럼 공기 중에 숨어 있는 폭풍이 점점 부풀어오르면서 뜨거워지는 것이 느껴졌다.

"이건 말도 안 돼."

테디가 말했다.

"그렇고말고요."

"아주 뿌리까지 다 썩었어."

"제가 옛날에 침례교인이었는데요, 그쪽 표현을 쓴다면, '아멘, 형제여.'라고 했을 겁니다."

"형제?"

"저 아래쪽 지방에서는 다들 그러거든요. 전 미시시피에 1년간 있었어요."

"그래?"

"아멘, 형제여."

테디는 처크에게서 담배를 한대 더 빼앗아 불을 붙였다.

"서에 전화했어요?"

처크의 질문에 테디는 고개를 저었다.

"콜리 말이 교환대가 먹통이라는군."

그는 손을 들어올리며 말을 이었다.

"저 폭풍 때문에."

처크는 혀끝으로 담배를 뱉어냈다.

"폭풍이요? 그게 어디 있는데요?"

"폭풍이 다가오고 있다는 걸 느낄 수 있잖아."

테디는 어두운 하늘을 바라보며 말을 이었다.

"하지만 녀석이 중앙 사령부를 어디로 끌고 가고 있는지는 모르지."

"중앙 사령부라니. 아직도 군대 시절 기분을 떨쳐내질 못한 거예요. 아니면 아직도 제대 명령서를 기다리는 중이에요?"
"교환대가 제대로 돌아갈 기다리는 거야. 이름이야 어쨌든, 저 사람들이 갖고 있는 무선 장비도."
테디가 교환실을 향해 담배를 흔들어대면서 말했다.
"무선 장비라고요? 무선 장비 말이에요, 선배님?"
처크가 눈을 휘둥그렇게 뜨고 물었다.
테디는 고개를 끄덕였다.
"상황이 아주 한심하기는 하지. 이 섬에서 꼼짝도 못하고 그저 자물쇠가 잠긴 방에서 탈출한 여자나 찾고 있으니……"
"그 여자는 사람이 지키고 있는 검문소를 네 곳이나 통과했죠."
"직원들이 가득 들어차서 포커를 치고 있는 방도 지나갔고."
"그리고 3미터 높이의 벽돌담을 넘었어요."
"담 꼭대기에는 전선이 있는데."
"18킬로미터를 헤엄쳐서……"
"성난 파도를 헤치고……"
"……해안까지 갔죠. 성난 파도라. 그거 좋은데요. 게다가 날씨도 추웠다고요. 수온이 얼마죠? 섭씨로 한 13도 되나요?"
"기껏해야 16도일 거야. 하지만 밤이었으니까."
"결국 13도쯤 되겠군요."
처크가 고개를 끄덕이며 말을 이었다.
"선배님, 이 모든 게 좀 그래요."
"그리고 사라진 시핸 박사도."
테디가 말했다.
"선배님도 이상하다고 생각해요? 난 확신이 안 들었는데. 선배님이 콜리의 똥구멍을 제대로 파보지 못한 것 같아요."
 테디는 웃음을 터뜨렸다. 자신의 웃음소리가 밤공기에 실려 먼 파도 소리 속으로 사라지는 것이 느껴졌다. 마치 처음부터 웃음소리가 존재하지 않았던 것처럼, 마치 섬과 바다와 소금기가 사람들이 갖고 있다고 생각했던 것들을 가져가버린 것처럼…….
 "……우리가 표지를 장식한다면요?"
 처크가 말했다.
 "뭐?"
 "우리가 신문이나 잡지의 표지를 장식하게 된다면요? 사람들이 우리를 여기로 보낸 게, 저 사람들이 내놓은 사건의 설명을 도와주기 위해서라면요?"
 "좀 확실하게 말해 봐."
 처크가 또다시 미소를 지었다.
 "예, 홈스 선생님. 잘 들으세요."
 "알았어, 알았다고."
 "어떤 의사가 어떤 환자한테 홀딱 반해 있었다고 생각하면 어떨까요?"
 "솔란도 양 말이군."
 "선배님도 그 사진 보셨잖아요."
 "매력적인 여자지."
 "매력적이죠. 군인들 사물함에 붙어 있는 여배우들만큼이나. 그래서 그 여자가 이 시핸이라는 사람한테 수를 써서……, 이제 무슨 소린지 알겠어요?"
 테디는 담배를 바람 속으로 휙 튕겨 보냈다. 불씨가 이리저리

튀면서 산들바람 속에서 밝게 타오르다가 그와 처크의 뒤쪽으로 줄무늬를 그리며 떨어졌다.

"그래서 시핸이 그 여자한테 걸려들어서 그녀 없이는 살 수 없다는 생각을 하게 됐다?"

"작전명은 '살아보자.' 였겠죠. 현실 세계에서 자유롭게 부부로 살아보자고."

"그래서 섬을 도망쳤다 이건가?"

"어쩌면 지금쯤 한가하게 공연 같은 걸 보고 있는지도 모르죠."

테디는 오렌지색 벽을 마주보고 있는 직원 기숙사 맨 끝에서 걸음을 멈췄다.

"그러면 왜 누군가 사람을 부르지 않은 거야?"

"뭐, 부르기는 했죠. 규칙에 따라서. 누군가를 불러들이기는 해야겠는데, 이런 데서 누가 탈출하면 원래 우리 같은 사람을 불러들이게 돼 있잖아요. 하지만 만약 저 사람들이 이 사건에 직원이 관련된 걸 감추려 하는 거라면, 우리 역할은 저 사람들 얘기를 사실로 입증해 주는 것밖에 없어요. 그러니까 저 사람들이 모든 걸 규칙에 따라 처리했다는 증인이 되는 거죠."

"그건 좋아. 하지만 왜 시핸을 감싸냐고?"

처크는 신발 바닥을 벽에다 대고 무릎을 굽혔다 폈다 하면서 담배에 불을 붙였다.

"그건 모르겠어요. 아직 생각을 그렇게 많이 한 게 아니니까."

"만약 시핸이 정말로 그 여자를 데리고 나간 거라면, 뇌물을 좀 먹였겠는걸."

"그럴 수밖에 없었겠죠."

"뇌물 먹은 사람이 아주 많을 거야."
"어쨌든 직원 몇 명은 받았겠죠. 간수도 한두 명 받았을 거고."
"연락선 쪽에도 있을 거야. 어쩌면 여러 명인지도 모르지."
"그 사람이 연락선을 타고 떠났다면 그렇겠죠. 하지만 자기 배를 갖고 있을 수도 있어요."
테디는 잠깐 생각을 해보았다.
"부잣집 자식이라고 했지. 콜리 말로는 파크 애비뉴에 살았다니까."
"그래요, 맞아요. 그 사람한테 배가 있었던 거예요."
테디는 담 꼭대기의 가느다란 전선을 올려다보았다. 주위의 공기가 유리에 눌린 거품처럼 일그러져 있었다.
"그렇게 생각해도 문제가 많아."
테디가 잠시 후에 말했다.
"왜요?"
"레이첼 솔란도의 방에 왜 그런 암호를 남겼을까?"
"뭐, 그 여자는 미쳤잖아요."
"하지만, 그걸 왜 우리한테 보여줬을까? 내 말은, 만약 저 사람들이 진상을 숨기려 하는 거라면, 그냥 그럴듯한 이유를 대서 우리가 대충 보고서에 서명하고 가버리게 만드는 게 더 쉬웠을 거 아냐. '직원이 잠이 들었다.' 거나 '창문 자물쇠가 녹이 슬어서 끊어진 걸 미처 몰랐다.' 뭐 이러면서."
처크는 벽에 손을 대고 힘을 주었다.
"뭐 외로워서 그랬는지도 모르죠. 저 사람들 전부 밖에서 온 사람들하고 조금 같이 있고 싶었는지도."

"그래? 우리를 불러오려고 이야기를 지어냈다고? 뭔가 새로운 화제가 될 만한 얘길 들으려고? 그런 얘길 잘도 믿겠다."
처크가 고개를 돌려 애시클리프 병원을 뒤돌아보았다.
"농담은 그만두죠……."
테디가 처크를 향해 돌아섰다.
"그래……."
"여기 있는 게 점점 불안해지기 시작하는데요, 선배님."

"그 사람들은 여길 위대한 방이라고 불렀습니다."
콜리가 두 사람을 이끌고 나무 조각을 모자이크처럼 붙여 만든 로비를 지나 파인애플만 한 청동 손잡이가 달린 떡갈나무 문으로 가면서 말했다.
"농담이 아니에요. 제 아내가 원래 소유주인 스파이비 대령의 집 다락에서 미처 부치지 못한 편지를 몇 통 발견했습니다. 자기가 짓고 있는 위대한 방에 대해 한도 끝도 없이 얘기를 편지에 늘어놨더군요."
콜리가 파인애플 같은 손잡이 하나를 세게 잡아당겨서 억지로 문을 열었다.
처크가 낮게 휘파람을 불었다. 테디가 돌로레스와 함께 살던 버튼우드의 아파트도 하도 커서 친구들의 부러움을 샀었다. 중앙 통로의 길이가 미식 축구장만큼 길게 보였으니까. 그런데 그 아파트를 둘로 접으면 이 방에 넣을 수 있을 것 같았다.
대리석 바닥에는 어두운 색의 동양 융단이 여기저기 깔려 있었다. 벽난로는 웬만한 남자 키보다 높았다. 창문마다 걸려 있는 3미터 길이의 짙은 자주색 벨벳 커튼(이 방에는 창문이 아홉 개였다.) 값만 쳐도 테디의 1년 연봉보다 많을 것이다. 어쩌면 2년치 연봉이 될 것 같기도 했다. 유화가 걸려 있는 벽 밑에는 당구대가 구석자리를 차지하고 있었다. 유화는 모두 세 점이었는데 하나는 북군의 푸른 제복을 입은 남자의 초상화, 또 하나는 프릴이 달린 하얀 드레스를 입은 여자의 그림, 그리고 세 번째는 남자와 여자가 저 거대한 벽난로를 배경으로 포즈를 취하고 있고 발치에는 개가 있는 그림이었다.

"대령인가요?"

테디가 물었다.

콜리가 그를 따라 시선을 옮기면서 고개를 끄덕였다.

"저 그림들이 완성된 직후 전역했습니다. 저 그림들이 당구대, 융단, 의자랑 같이 지하실에 있는 걸 발견했죠. 그 지하실을 보셔야 되는데, 보안관. 거기다 폴로 경기장을 만들어도 될 정도입니다."

테디는 파이프 담배 냄새를 느꼈다. 처크와 동시에 고개를 돌린 그는 방 안에 다른 사람이 하나 더 있음을 깨달았다. 그 사람은 등받이가 높고 양쪽에 팔걸이가 있는 의자에 앉아 그들에게 등을 돌린 채 벽난로를 마주보며 앉아 있었다. 발 하나가 반대쪽 무릎 위로 튀어나와 있고, 펼쳐진 책 귀퉁이가 거기 걸쳐져 있었다.

콜리가 두 사람을 벽난로로 데리고 가더니 술을 넣어둔 벽장으로 다가가면서 벽난로를 향해 둥글게 놓여 있는 의자를 가리켰다.

"뭘 드시겠습니까, 두 분?"

"라이 위스키. 그게 있다면요."

처크가 말했다.
"잘 찾아보면 있을 것 같군요. 대니얼스 보안관은요?"
"소다수하고 얼음이면 됩니다."
정체를 알 수 없는 그 남자가 그들을 쳐다보았다.
"술을 마음껏 마시는 편이 아닌 모양이군요."
테디는 그 남자를 내려다보았다. 땅딸막한 몸 위에 붉은색의 작은 머리가 마치 버찌처럼 올려져 있었다. 그는 전체적으로 대단히 세련된 분위기였는데, 아침마다 욕실에서 활석과 향기 나는 기름으로 한참 동안 몸단장을 하는 사람 같았다.
"그러는 당신은?"
테디가 물었다.
"제 동료입니다. 제레미야 네이링 박사죠."
콜리가 말했다.
남자가 맞다는 듯 눈을 깜박였지만 손을 내밀지는 않았다. 그래서 테디와 처크도 악수를 청하지 않았다.
"궁금한 생각이 들어서 말이죠."
네이링이 말했다. 테디와 처크는 네이링의 왼쪽으로 둥글게 곡선을 그리고 있는 의자 두 개에 앉았다.
"그거 멋지군요."
테디가 말했다.
"왜 술을 마시지 않죠? 당신 같은 직업을 가진 남자들은 흔히들 술을 마시지 않나요?"
콜리가 그에게 잔을 건네주었고, 테디는 자리에서 일어나 벽난로 오른쪽의 서가로 갔다.

"아주 흔하죠. 당신 직업에서는요?"

그가 말했다.

"뭐라고요?"

"당신 직업 말입니다. 당신들 세계에도 술꾼들이 넘쳐난다고 하던데."

"난 모르겠는데요."

"그럼 주위 사람들을 잘 살펴보지 않은 모양이죠, 그렇죠?"

"무슨 얘긴지 잘 모르겠군요."

"당신 잔의 그건, 뭐죠? 차가운 차인가요?"

테디는 책에서 시선을 돌려 네이링을 바라보았다. 네이링은 자기 잔을 흘깃 바라보았다. 그의 부드러운 입술이 누에처럼 꿈틀거리며 미소를 지었다.

"훌륭해요, 보안관. 아주 뛰어난 방어 기제를 갖고 있어요. 심문하는 재주도 상당하겠는데요."

테디는 고개를 저었다. 서가를 보니 이 방에는 콜리가 의학 서적을 별로 가져다 놓지 않았다는 것을 알 수 있었다. 의학 서적이 몇 권 있기는 했지만, 소설이 대부분이었고, 시집으로 보이는 얇은 책들도 몇 권 있었다. 그리고 역사책과 전기가 책꽂이 여러 칸을 차지하고 있었다.

"아니라고요?"

네이링이 말했다.

"난 연방 보안관입니다. 범인을 잡아들이면 그걸로 끝이에요. 대부분 다른 사람들이 면담을 맡죠."

"난 '심문'이라고 했는데, 당신은 '면담'이라고 하는군요. 그래요, 보안관. 당신은 정말 놀라운 방어 능력을 갖고 있어요."
 네이링은 마치 박수갈채를 보내는 것처럼 위스키 잔 바닥을 탁자 위에 여러 번 부딪혀 덜걱덜걱 소리를 냈다.
 "폭력 세계의 남자들은 정말 매혹적이죠."
 "어떤 남자들이라고요?"
 테디는 한가로운 걸음걸이로 네이링의 의자로 다가가 몸집이 작은 네이링을 내려다보며 잔 속의 얼음을 흔들어 덜그럭덜그럭 소리를 냈다.
 네이링은 고개를 약간 뒤로 젖히고 위스키를 한 모금 마셨다.
 "폭력 세계의 남자들."
 "굉장한 억측을 하시는군요, 박사님."
 이건 처크의 목소리였다. 그는 테디가 지금까지 본 적이 없는 짜증스러운 표정을 노골적으로 드러내고 있었다.
 "억측 같은 건 없어요, 억측 같은 건."
 테디는 잔을 한 번 더 흔들어 덜그럭거리는 소리를 낸 다음 잔을 비웠다. 네이링의 왼쪽 눈 근처가 실룩거리는 게 보였다.
 "나도 내 파트너와 같은 생각입니다."
 그는 이렇게 말하고 나서 자리에 앉았다.
 "아니에요."
 네이링이 소리를 길게 늘이면서 말을 이었다.
 "난 당신들이 폭력 세계의 남자들이라고 했죠. 당신들을 폭력적인 남자들이라고 비난한 게 아니에요."
 테디는 그를 향해 커다란 미소를 지으며 말했다.
 "그럼 우리를 교화해 주시죠."

그들 뒤쪽에 있던 콜리가 축음기에 레코드를 얹자 바늘이 긁히는 소리가 나더니 곧 펑 하는 소리와 쉿쉿 소리가 산만하게 들려왔다. 그 소리를 들으며 테디는 아까 전화를 걸려고 했을 때 전화에서 나던 소리를 떠올렸다. 그런데 곧이어 쉿쉿 소리 대신 부드러운 현악기와 피아노 연주가 들려오기 시작했다. 그게 클래식 음악이라는 것 정도는 테디도 알 수 있었다. 프로이센 풍의 음악이었다. 그걸 들으니 외국의 카페와 다카우의 부사령관 사무실에서 보았던 레코드 판들이 생각났다. 부사령관은 그 음악을 들으면서 자기 입 속에 총을 쏘아 자살했다. 그러나 그는 테디가 다른 병사 네 명과 함께 그의 방에 들어갔을 때까지 살아 있었다. 목구멍에서 그르렁거리는 소리를 내면서. 그는 다시 한 번 총을 쏘려고 했지만 바닥에 떨어진 총까지 손이 닿지 않았다. 그 부드러운 음악은 마치 거미처럼 온 방 안을 기어다니고 있었다. 그는 20분이 더 지난 후에야 숨을 거뒀는데, 그동안 미군 병사 두 명은 그에게 방을 수색해도 괜찮겠느냐고 물었다. 테디는 남자의 무릎에서 액자에 넣은 사진을 집어들었다. 아내와 두 아이의 사진이었는데, 남자는 테디가 그 사진을 가져가는 것을 보고 눈이 휘둥그레지면서 사진을 향해 손을 뻗었다. 테디는 뒤로 물러나서 남자가 죽을 때까지 사진과 남자를 번갈아 보았다. 그동안 그 음악이 내내 방 안에 울려 퍼졌다.

"브람스인가요?"

처크가 물었다.

"말러입니다."

콜리가 네이링 옆의 의자에 앉으며 말했다.

"저더러 당신들을 교화해 달라고 하셨죠."

네이링이 말했다.

테디는 무릎에 팔꿈치를 대고 양손을 펼쳐 보였다.

"두 분 모두 학교에 다닐 때부터 물리적인 충돌이 있을 때 틀림없이 물러선 적이 없을 겁니다. 두 분이 싸움을 즐겼다는 얘기가 아니라, 뒤로 물러날 생각 자체를 하지 않았다는 얘기입니다. 맞죠?"

테디는 처크를 바라보았다. 처크가 그를 향해 살짝 미소를 지었다. 약간 겸연쩍은 표정으로 처크가 말했다.

"도망치는 건 배우지 않았어요, 박사님."

"아, 그래, 그렇게 배웠겠죠. 누가 당신을 키워주셨나요?"

"곰이 키웠습니다."

테디가 말했다.

콜리가 눈을 반짝이며 테디를 향해 살짝 고개를 끄덕였다.

그러나 네이링은 유머를 즐길 줄 모르는 모양이었다. 그는 바지의 무릎 부분을 똑바로 폈다.

"하나님을 믿습니까?"

네이링의 질문에 테디는 소리 내어 웃었다. 네이링이 앞으로 몸을 기울였다.

"아, 진담이었습니까?"

테디가 정색하며 되물었다.

네이링은 아무 말 없이 대답을 기다리고 있었다.

"죽음의 수용소를 본 적 있습니까, 박사?"

네이링이 고개를 저었다.

"못 봤다고요?"
테디는 박사처럼 몸을 앞으로 기울이면서 말을 이었다.
"당신의 영어는 아주 훌륭합니다. 거의 흠잡을 데가 없어요. 하지만 아직도 자음을 조금 강하게 발음하는군요."
"합법적인 이민도 죄가 됩니까, 보안관?"
테디는 미소를 지으며 고개를 저었다.
"그럼 다시 하나님 얘기로 돌아가지요."
"언젠가 죽음의 수용소를 본 다음에 하나님에 대한 생각을 얘기하세요, 박사."
네이링은 고개를 끄덕이는 대신 천천히 눈을 감았다가 떴다. 그리고 처크에게 시선을 돌렸다.
"그럼 당신은요?"
"난 수용소를 본 적이 없습니다."
"하나님을 믿습니까?"
처크는 어깨를 으쓱했다.
"하나님에 대해서 어떤 식으로든 별로 생각해 본 적이 없어서요. 오래 됐어요."
"아버지가 돌아가신 후부터 그랬겠죠, 맞습니까?"
이제는 처크도 앞으로 몸을 기울이고 유리 닦는 세제처럼 새파란 눈으로 땅딸막한 네이링을 빤히 바라보았다.
"아버지가 돌아가신 것 맞죠? 그리고 당신 아버지도요, 대니얼스 보안관. 사실, 내 장담하건데 두 분 다 열다섯 살 생일이 되기 전에 인생에서 지배적인 위치를 차지하던 남성적 인물을 잃었을 겁니다."

"다이아몬드 다섯 개짜리 카드."
테디가 말했다.
"뭐라고요?"
네이링이 몸을 더욱더 앞으로 기울이면서 물었다.
"도박할 때 그런 술수를 씁니까? 그럼 이제 내가 무슨 카드를 들고 있는지 한 번 얘기해 보시죠. 아니, 잠깐……. 간호사를 반으로 자르고 콜리 박사의 머리에서 토끼를 꺼내보시든가."
테디가 말했다.
"이건 도박할 때 쓰는 술수가 아닙니다."
"그럼 이건 어떻습니까?"
테디는 저 살찐 어깨에서 버찌 같은 머리를 확 뽑아버리고 싶은 심정이었다.
"어떤 여자한테 벽을 통과해서 걷는 법, 공중에 떠서 잡역부와 간수들로 가득 찬 건물 위로 지나가는 법, 그리고 공중에 뜬 채 바다를 건너는 법을 가르치는 건 어때요?"
"그거 좋네요."
처크가 맞장구쳤다.
네이링이 다시 한 번 천천히 눈을 깜박이는 것을 보며, 테디는 먹이를 양껏 먹은 집고양이를 떠올렸다.
"다시 말하지만 당신의 방어 기제는……"
"아, 또 나오는군."
"……아주 훌륭합니다. 하지만 지금 우리가 당면한 이슈는……"
"우리가 당면한 이슈는 어젯밤 이곳의 보안이 어처구니없게도 대략 아홉 번이나 뚫렸다는 겁니다. 여자 하나가 사라졌는데 아무도 찾으려……"

"우린 지금 수색 중입니다."

"열심히?"

네이링이 뒤로 물러나 앉으며 콜리를 흘깃 보았다. 테디는 그 눈길을 보며 둘 중 누가 이곳의 진짜 주인인지 모르겠다는 생각을 했다.

콜리가 테디의 시선을 알아차렸다. 그의 턱 아래쪽이 살짝 분홍색으로 물들었다.

"네이링 박사는 무엇보다도 특히 우리 시설의 감독위원회와 우리를 이어주는 연락관 역할을 하고 있습니다. 제가 아까 두 분의 요청과 관련해서 오늘밤 박사를 이곳에 모신 것은 바로 그 연락관의 자격으로 모신 겁니다."

"그게 무슨 요청이었죠?"

네이링이 손을 컵처럼 오므려 성냥으로 파이프 담배에 다시 불을 붙이고는 말했다.

"우리 의료 인력에 대한 인사 자료는 공개할 수 없습니다."

"시핸의 자료도?"

테디가 물었다.

"어느 누구의 자료도 안 됩니다."

"우리 일을 아주 징그럽게 방해하는군요."

"난 그런 말 모릅니다."

"좀더 여행을 해보시죠."

"보안관, 그냥 수사를 계속하세요. 우리도 도울 수 있으면 돕겠지만……."

"싫습니다."

"뭐라고요?"

이번에는 콜리가 몸을 앞으로 기울였다. 이제 네 사람 모두 어깨를 웅크리고 고개를 쭉 뺀 모습이었다.

"싫습니다. 이번 수사는 끝났습니다. 우린 첫 배를 타고 도시로 돌아갈 겁니다. 그리고 보고서를 제출한 다음 이 일을 넘길 겁니다. 어쩌면 FBI 친구들이 이 사건을 맡게 되지 싶은데. 어쨌든 우리는 손 떼겠습니다."

테디가 말했다.

파이프를 든 네이링의 손이 허공에 멈춰 있었다. 콜리는 자기 잔을 쭉 들이켰다. 말러의 음악이 울려 퍼졌다. 그리고 방 안 어디에선가 시계가 재깍거렸다. 밖에서는 빗발이 더 굵어져 있었다.

콜리가 의자 옆의 작은 탁자에 빈 잔을 내려놓았다.

"그렇게 하시죠, 보안관."

콜리의 집에서 나오니 비가 억수같이 쏟아지고 있었다. 슬레이트 지붕과 벽돌로 둘러싸인 안뜰, 그리고 얌전히 앉아 있는 자동차의 검은 지붕에 빗줄기가 부딪혀 덜걱덜걱 소리가 났다. 테디는 캄캄한 어둠 속에서 빗줄기가 비스듬히 기울어진 은색 종이처럼 어둠을 가르는 것을 볼 수 있었다. 콜리의 집 현관에서 차가 있는 곳까지는 겨우 몇 발짝밖에 되지 않는 거리였는데도 모두들 속까지 흠뻑 젖어버렸다. 그때 맥퍼슨이 차 앞쪽을 돌아 운전석으로 뛰어들었다. 그가 물기를 털어내려고 머리를 흔들자 계기판에 물방울이 튀었다. 맥퍼슨이 기어를 넣었다.

"좋은 밤이죠?"

찰싹찰싹 소리를 내며 움직이는 와이퍼와 차 지붕에 부딪혀 둥둥거리는 빗소리를 이기려고 그가 목소리를 높였다.

테디는 후면 창문을 통해 뒤를 돌아보았다. 콜리와 네이링이 현관에 나와 일행이 떠나는 것을 지켜보는 모습이 흐릿하게 보였다.

"사람한테나 짐승한테나 안 어울리는 날씨죠."

맥퍼슨이 이 말을 하는 동안 가느다란 가지 하나가 줄기에서 찢겨 나와 전면 유리창 앞으로 날아갔다.

처크가 물었다.

"여기서 일한 지 얼마나 됐죠, 맥퍼슨?"

"4년 됐습니다."

"전에 누가 도망친 적 있어요?"

"그럴 리가요."

"경비가 뚫린 적은요? 그러니까, 누가 한두 시간 사라지는 정도."

맥퍼슨은 고개를 저었다.

"그런 일도 없었어요. 그래봤자 완전히 미친 짓이니까. 여기서 어디로 가겠어요?"

"그럼 시핸 박사는? 그를 아십니까?"

테디가 물었다.

"그럼요."

"박사가 여기 얼마나 있었죠?"

"아마 저보다 1년 먼저 왔을 겁니다."

"그럼 5년이군요."

"그런 것 같네요."

"박사가 솔란도 양을 자주 접했습니까?"

"제가 아는 한은 아니에요. 콜리 박사가 그 여자 주치의였으니까."

"병원장이 환자 주치의가 되는 게 흔한 일입니까?"

"글쎄요······."

두 사람은 맥퍼슨의 대답을 기다렸다. 와이퍼가 계속 찰싹찰싹 소리를 냈고, 검게 보이는 나무들이 일행을 향해 구부러졌다.

"상황에 따라 다르죠."

맥퍼슨이 말했다. 그는 정문으로 자동차를 몰고 들어가며 경비원에게 손짓을 하고 있었다.

"C 병동에 콜리 박사가 주도적으로 맡고 있는 환자가 많기는 합니다. 하지만, 그래요, 다른 병동에는 박사가 주치의를 맡은 환자가 몇 명밖에 없네요."

"솔란도 양 말고 또 누가 있습니까?"

맥퍼슨은 남자 기숙사 바깥에 차를 세웠다.

"내가 차 문을 열어주지 않아도 괜찮겠죠? 가서 좀 주무세요. 아침이 되면 콜리 박사가 틀림없이 두 분 질문에 모두 답변해 주실 겁니다."

"맥퍼슨."

테디가 차 문을 열면서 그를 불렀다.

맥퍼슨이 등받이 너머로 그를 뒤돌아보았다.

"당신도 잘 하는 편은 아니군."

테디가 말했다.
"뭘 말입니까?"
테디는 그에게 차가운 미소를 던져 보이고 빗속으로 걸음을 내디뎠다.

두 사람은 병원 잡역부인 트레이 워싱턴, 비비 루스와 같은 방을 쓰도록 되어 있었다. 방은 웬만한 크기였고, 2단 침대 두 개가 있었다. 두 사람이 방에 들어갔을 때 트레이와 비비는 의자와 탁자가 놓여 있는 작은 공간에서 카드를 치고 있었다. 테디와 처크는 침대 2층에 누군가가 놔두고 간 하얀 수건으로 머리를 말린 다음 의자를 끌어당겨 카드놀이에 끼어들었다.

트레이와 비비는 푼돈 내기 포커를 치고 있었는데, 동전이 떨어지면 담배를 대신 받아주었다. 테디는 7번 카드를 모아 시간을 끌다가 5달러를 땄고, 클로버 플러시로 담배 열여덟 개비를 땄다. 그는 담배를 주머니에 챙기고 나서, 그때부터는 신중하게 게임을 했다.

그러나 알고 보니 처크야말로 진짜 선수였다. 그가 내내 유쾌한 표정이어서 도저히 패를 읽을 수가 없었던 것이다. 그가 동전과 담배를 계속 따가는 바람에 나중에는 지폐까지 나오게 되었는데, 게임이 끝난 후에는 자기 앞에 왜 그렇게 돈이 많이 와 있는지 모르겠다는 듯 깜짝 놀란 표정으로 아래를 내려다보았다.

"눈에다 엑스선이라도 단 모양이죠, 보안관님?"
트레이가 말했다.
"그냥 운이 좋았어요."

"웃기시네. 운이 좋기는 개코가 좋아? 틀림없이 뭔가 마술을 부렸을 거야."

"글쎄요, 개코를 가진 사람도 귓불을 잡아당기면 안 될 것 같은데."

처크가 말했다.

"엥?"

"워싱턴 씨는 귓불을 잡아당기는 버릇이 있어요. 풀하우스보다 처지는 패가 들어올 때마다."

처크는 비비를 가리키며 말을 이었다.

"그리고 이 개코는······."

이 말을 듣고는 세 사람 모두 웃음을 터뜨리고 말았다.

"이 사람은······, 이 사람은······. 아냐, 잠깐만 기다려요, 잠깐······. 이 사람은······, 이 사람은 항상 삐딱한 눈으로 패를 받아들고는 다른 사람들 칩을 자꾸 훔쳐보다가 높은 패를 쥔 것처럼 허풍을 떨어요. 근데 진짜 괜찮은 패가 들어오면 어떤 줄 알아요? 완전히 조용해져서 명상에 잠긴 것처럼 된다니까요."

트레이가 엄청나게 큰소리로 껄껄 웃음을 터뜨리며 탁자를 손바닥으로 두드려댔다.

"그럼 대니얼스 보안관님은요? 어떤 버릇으로 속을 드러내는데요?"

처크가 히죽 웃었다.

"나더러 파트너를 배신하라고요? 안 되지, 절대 안 돼요."

"우!"

비비가 탁자 맞은편의 두 사람을 손가락으로 가리키며 소리를 질렀다.

"안 돼요."

"알았어요, 알았어요. 그러니까 같은 백인끼리 어쩌고저쩌고 하는 뭐 그런 거죠?"

처크의 표정이 어두워지더니 트레이를 빤히 바라보았다. 나중에는 방에서 공기가 전부 빠져나간 것처럼 느껴질 정도였다. 트레이가 꿀꺽 침을 삼키면서 사과를 하려고 손을 들어올리려 했다. 그런데 처크가 말했다.

"당연하죠. 그것 말고 다른 이유가 어디 있겠어요?"

그리고 강폭만큼이나 넓게 입을 벌려 활짝 미소를 지었다.

"이런 개코 자식이!"

트레이가 손으로 처크의 손가락을 찰싹 때렸다.

"개코 자식!"

비비가 말했다.

"개코 자식."

처크가 그들을 따라 이렇게 말하자, 세 사람 모두 어린 여자아이들처럼 키득키득 웃어댔다.

테디는 자기도 한 번 그렇게 말해 볼까 생각해 봤지만, 실패할 것 같아 그만두기로 했다. 흑인을 흉내내는 백인이라니. 하지만 그럼 처크는? 방법은 잘 모르겠지만 어쨌든 처크는 그걸 해낼 수 있는 사람이었다.

"그래, 어떻게 내 패를 읽은 거야?"

테디는 어둠 속에 누워 처크에게 물었다. 방 건너편에서는 트레이와 비비가 누가 코를 더 잘 고는지 한창 경쟁을 벌이고 있었고, 밖에서는 30분 전부터 빗줄기가 가늘어져 있었다. 마치 비가 숨을 고르면서 지원 병력을 기다리고 있는 것 같았다.
"카드 칠 때요? 아유, 잊어버리세요."
처크가 아래쪽 침대에서 말했다.
"아냐, 알고 싶어."
"지금까지는 선배님이 패를 꽤 잘 감추는 줄 알았죠? 인정하세요."
"못한다고는 생각하지 않았어."
"그래요, 못하지는 않아요."
"근데 자네는 날 이겼잖아."
"그냥 몇 달러 딴 것뿐이에요."
"자네 아버지가 도박사였나? 그런 거야?"
"제 아버지는 아주 징글징글한 인간이었어요."
"아, 미안."
"선배님은 잘못한 거 없어요. 선배님은요?"
"우리 아버지?"
"당연히 선배 아버지 얘기죠."
테디는 어둠 속에서 아버지의 모습을 떠올려보려 했지만, 여기저기 흉터가 있는 아버지의 손밖에 떠오르지 않았다.
"아버지는 이방인이었어. 모든 사람들한테 다. 우리 어머니한테도 그랬으니까. 젠장, 아버지가 자기가 누군지 알고 있었는지도 의심스러워. 아버지는 바로 아버지가 가진 배 그 자체였어. 그래서 배를 잃어버린 후에는 그냥 정처없이 떠다닌 거지."

테디가 말했다.

처크는 아무 말도 하지 않았다. 어느 정도 시간이 흐른 후 테디는 그가 잠이 들었나보다고 생각했다. 그런데 그때 갑자기 아버지의 모습이 보였다. 일이 없는 날 의자에 앉아 있던 모습. 벽과 천장과 방에게 먹혀버린 남자.

"선배님."

"아직 안 잤어?"

"정말로 손을 뗄 거예요?"

"그래. 놀랐나?"

"선배님이 그러는 것도 무리가 아니죠. 난 그냥, 에휴 모르겠어요……"

"뭘?"

"지금까지 일을 중간에 그만둔 적이 한 번도 없거든요."

테디는 잠시 말없이 누워 있다가 마침내 입을 열었다.

"우리가 들은 얘기 중에는 진실이 단 한 마디도 없어. 돌파구도 없고, 의지할 것도 없고, 이 사람들 입을 열게 할 방법도 없어."

"알아요, 알아요. 나도 같은 생각이라고요."

"그런데?"

"지금까지 일을 중간에 그만둔 적이 한 번도 없었다, 그것뿐이에요."

"레이첼 솔란도가 맨발로 그곳을 탈출한 건 누군가 도와줬기 때문이야. 그것도 아주 많이 도와줬지. 이 병원 전체가 도왔다고. 내 경험을 얘기해 줄까? 어떤 집단 전체가 내 말을 듣고 싶어하지 않을 때, 그 집단의 뜻을 꺾을 방법은 없어. 우리 두 사람만 갖고는 안 돼. 일이 아주 잘 된다면, 아까 내 협박이 먹혀서 콜리가 지금 자기 저택에서 잠을 이루지 못하고 일어나 앉아 모든 걸 다 다시 생각해 보고 있겠지. 어쩌면 아침에……"
"그러니까 아까 그냥 허세를 부린 거군요."
"그렇게 말하진 않았어."
"난 조금 전까지 선배님하고 카드를 친 사람이에요."
두 사람은 말없이 누워 있었다. 테디는 한동안 바다 소리에 귀를 기울였다.
"선배님은 입을 꾹 다물어요."
처크가 졸음에 겨워 점점 흐려지는 목소리로 말했다.
"뭐?"
"좋은 패가 들어왔을 때 말이에요. 아주 잠깐이긴 하지만, 어쨌든 항상 그래요."
"아."
"안녕히 주무세요."
"잘 자."

그녀가 복도를 따라 그에게 온다.
눈에 분노가 보석처럼 박혀 있는 돌로레스. 아파트 안 어디에선가 빙 크로스비가「천국의 동쪽」을 감미롭게 노래하고 있다. 부엌 쪽인가? 그녀가 말한다.
"세상에. 테디. 세상에."
그녀가 손에 빈 JTS 브라운 병을 들고 있다. 그가 비워버린 병. 테디는 자기가 숨겨둔 곳을 그녀가 찾아냈다는 것을 깨닫는다.

"언제쯤 정신을 차릴 거야? 이제 아주 술에 절어 살 거야? 대답 좀 해봐."

하지만 테디는 대답을 할 수 없다. 말을 할 수 없다. 자기 몸이 어디 있는지도 확실치 않다. 그 긴 복도를 따라 자신에게 계속 다가오는 그녀의 모습은 보이지만, 정작 자기 몸은 보이지 않는다. 아니, 느껴지지도 않는다. 돌로레스 뒤쪽, 복도 반대편 끝에 거울이 하나 있는데, 거기에도 그의 모습이 비치지 않는다.

그녀가 왼쪽으로 방향을 꺾어 거실로 들어간다. 그녀의 등이 검게 그을려 있고 연기도 조금 난다. 그녀의 손에는 이제 술병이 없다. 작은 갈비뼈처럼 생긴 연기가 그녀의 머리카락 속에서 풀려 나온다.

그녀가 창가에서 걸음을 멈춘다.

"아, 저기 좀 봐. 저렇게 해놓으니까 참 예쁘네. 둥둥 떠 있어."

테디는 창가의 그녀 옆에 있다. 그녀의 몸은 이제 불에 탄 게 아니라 물에 흠뻑 젖어 있다. 이제 그의 눈에는 자기 몸이 보인다. 그녀의 어깨에 손을 올리는 모습, 그녀의 쇄골 위로 늘어뜨린 손가락. 그녀가 고개를 돌려 그의 손가락에 재빨리 쪽 하고 입을 맞춘다.

"당신 뭐 했어?"

그가 묻는다. 하지만 자기가 왜 이걸 묻는지 그 이유조차 확실치 않다.

"밖에 저것 좀 봐."

"여보, 왜 이렇게 젖은 거야?"

그는 이렇게 물어보지만, 그녀가 대답을 하지 않아도 놀라지 않는다.
 창 밖의 풍경은 그가 생각했던 것과 다르다. 버튼우드의 아파트에서 내다보던 풍경이 아니라, 두 사람이 옛날에 머물렀던 어떤 오두막에서 보이던 풍경이다. 밖에는 작은 연못이 있고, 그 안에 작은 통나무들이 둥둥 떠 있다. 테디는 통나무들이 너무나 매끄럽다는 것을 깨닫는다. 통나무가 거의 알아차리기 어려울 정도로 살짝 방향을 바꾸고, 물은 부르르 몸을 떤다. 달빛이 비치는 곳의 물이 하얗게 변해 있다.
 "저 전망대 정말 좋아. 완전히 하얀색이야. 금방 칠한 페인트 냄새가 나."
 그녀가 말한다.
 "그래, 좋군."
 "그래."
 "전쟁에서 사람을 많이 죽였어."
 "그래서 술을 마시는 거야?"
 "어쩌면."
 "그 여자가 여기 있어."
 "레이첼?"
 돌로레스가 고개를 끄덕인다.
 "그 여자는 한 번도 떠난 적이 없어. 당신도 그걸 거의 깨달았잖아. 거의."
 "4의 법칙."
 "그건 암호야."
 "그렇지. 하지만 무슨 암호?"

"그 여자가 여기 있어. 당신은 떠날 수 없어."
그가 뒤에서 그녀를 끌어안고 목덜미에 얼굴을 묻는다.
"떠나지 않을 거야. 당신을 사랑해. 정말로 사랑해."
그녀의 배에서 액체가 쏟아져 나와 그의 손 사이로 흐른다.
"난 이미 백골이 됐어, 테디."
"아냐."
"그래. 당신은 이제 깨어나야 해."
"당신이 여기 이렇게 있잖아."
"그렇지 않아. 사실을 인정해야 돼. 그 여자가 여기 있어. 당신도 여기 있어. 그리고 그 남자도 여기 있어. 침대 수를 세어봐. 그 남자가 여기 있어."
"누구?"
"레이디스."
이 이름이 그의 살 속을 슬금슬금 기어 뼈 위로 기어오른다.
"아냐."
"그래."
그녀가 고개를 뒤로 젖히고 그를 쳐다본다.
"당신도 이미 알고 있어."
"아냐, 몰라."
"알고 있어. 당신은 떠날 수 없어."
"당신은 항상 너무 긴장하고 있어."
그가 그녀의 어깨를 주무른다. 그녀가 깜짝 놀란 듯 작은 신음 소리를 토해내자 그의 성기가 발기한다.
"난 이제 긴장하고 있지 않아. 집에 왔으니까."

그녀가 말한다.
"여긴 집이 아냐."
"집이야. 내 집. 그 여자가 여기 있어. 그 남자도 여기 있어."
"레이디스."
"그래, 레이디스."
그녀가 곧 말을 잇는다.
"난 가봐야 돼."
"안 돼. 안 돼. 여기 있어."
그가 울면서 말한다.
"오, 하나님."
그녀가 그의 품에 등을 기대면서 말한다.
"날 놔줘. 날 놔줘."
"제발 가지 마."
그의 눈물이 그녀의 몸을 따라 흘러내려 그녀의 배에서 쏟아져 나오는 액체와 섞인다.
"조금만 더 안고 있을게. 조금만 더. 제발."
그녀가 작은 소리를 토해낸다. 반은 한숨이고, 반은 울부짖는 소리. 너무나 고뇌에 찬, 괴롭고도 아름다운 소리. 그녀가 그의 손마디에 입을 맞춘다.
"그래. 세게 안아줘. 힘껏."
그가 아내를 안는다. 그가 그녀를 안는다. 그녀를 안는다.

새벽 5시, 빗방울이 세상을 두드리는 가운데 테디는 위층 침대에서 내려와 외투에서 수첩을 꺼냈다. 그리고 전날 밤 포커를 쳤던 탁자에 앉아 수첩에서 레이첼 솔란도의 4의 법칙을 적어놓은 페이지를 펼쳤다.

트레이와 비비는 여전히 빗소리만큼이나 크게 코를 골아대고 있었고, 처크는 엎드린 자세로 조용히 자고 있었다. 한쪽 손이 귀 근처에 놓여 있어서 마치 뭔가 비밀을 속삭이고 있는 것 같았다.

테디는 수첩을 내려다보았다. 일단 읽는 법을 알고 나니 아주 간단한 암호였다. 어린애들이 쓰는 암호나 마찬가지였다. 그래도 암호는 암호였으므로, 테디는 6시가 되어서야 그 암호를 풀었다.

그가 고개를 들어보니 처크가 아래층 침대에서 턱을 괴고 그를 지켜보고 있었다.

"떠나는 거예요, 선배님?"

테디는 고개를 저었다.

"이 웃기는 곳을 떠나는 사람은 하나도 없어요."

잠에서 깨어난 트레이가 침대에서 내려오면서 말했다. 그가 창문 블라인드를 올리자 빗물에 푹 빠진 진주색 풍경이 나타났다.

"방법이 없거든요."

갑자기 꿈을 간직하기가 더 어려워졌다. 창문 블라인드가 올라가고, 비비가 마른 기침을 하고, 트레이가 시끄럽게 한참 동안 하품을 하면서 기지개를 켜는 가운데 그녀의 체취가 덧없이 사라지고 있었다.

'오늘이야말로 그녀를 그리워하는 걸 더 이상 견딜 수 없게 되는 걸까?' 테디가 이런 생각을 한 건 처음이 아니었다. 전혀 아니었다. 세월을 되돌려 화재가 일어난 그날 아침으로 돌아가서 그녀의 자리에 자기가 대신 들어설 수만 있다면, 그는 그렇게 할 터였다. 그건 생각할 필요도 없는 일이었다. 옛날부터 항상 그랬다. 그러나 세월이 흐를수록 그녀에 대한 그리움이 더 약해지는 게 아니라 더 강해졌다. 그녀를 원하는 그의 마음은 새살이 돋아나 흉터가 되지도 않고, 피가 멈추지도 않는 상처가 되었다.

'난 그녀를 안고 있었어.' 처크와 트레이와 비비에게 이렇게 말하고 싶었다. 부엌 라디오에서 흘러나오는 빙 크로스비의 감미로운 노래를 들으면서 그녀를 안고 있었다고. 그녀의 체취와 버튼우드의 아파트에서 나던 냄새, 그리고 우리가 그해 여름을 보낸 호수의 냄새도 났다고. 그리고 그녀의 입술이 내 손마디를 스쳤다고.

'난 그녀를 안고 있었어. 그런데 이 세상은 나한테 그걸 허락해주지 않아. 이 세상은 이미 나한테 없는 것, 절대 가질 수 없는 것, 오랫동안 가져보지 못한 것을 자꾸만 일깨워줄 뿐이야.'

'우린 같이 늙어가기로 돼 있었잖아, 돌로레스. 아이도 낳고, 오래된 나무 밑에서 산책도 하면서. 난 당신의 피부에 주름살이 새겨지는 걸 지켜보고 싶었어. 주름살 하나하나가 언제 생겨나는지 보고 싶었어. 그리고 같이 죽고 싶었어.'

'이건 아냐. 이건 아냐.'

'난 그녀를 안고 있었어.' 그는 이렇게 말하고 싶었다. 내가 죽기만 하면 그녀를 다시 안을 수 있다는 걸 확실히 알았다 해도 나는 재빨리 총을 머리에 대지 못했을 거라는 얘기도.

처크가 그를 빤히 바라보며 그의 말을 기다리고 있었다.

테디가 말했다.

"레이첼의 암호를 풀었어."

"아, 그게 다예요?"
처크가 말했다.

SHUTTER
ISLAND

둘째 날

레이디스

B 병동 로비에서 콜리가 두 사람을 맞이했다. 옷과 얼굴이 물에 흠뻑 젖어 있어서 버스 정류장 벤치에서 밤을 보낸 사람처럼 보였다.

처크가 초췌한 그를 보며 말했다.

"누우면 곧장 자는 게 요령이에요, 박사님."

콜리는 손수건으로 얼굴을 훔쳤다.

"아, 그게 요령입니까, 보안관? 뭔가 잊어버린 줄은 알았지만, 잠자는 걸 잊어버렸다고요? 맞습니다."

세 사람은 노란색 계단을 올라가 첫 번째 층계참에 배치된 직원에게 고개를 끄덕했다.

"오늘 아침에 네이링 박사는 어떻습니까?"

테디가 물었다.

콜리는 그를 바라보며 진저리가 난다는 듯이 눈썹을 한 번 치켜

올렸다가 다시 내렸다.
"제가 대신 사과드리겠습니다. 제레미야는 천재지만, 사교적인 면을 좀 다듬으면 좋을 텐데. 그 친구는 역사를 통틀어 남성 전사들의 문화에 대한 책을 쓸 생각을 하고 있죠. 그래서 대화를 할 때마다 항상 자기가 집착하고 있는 주제를 끄집어내서 자기가 미리 생각해 놓은 모델에 사람들을 맞춰 넣으려고 합니다. 죄송합니다."
"정신과 의사들은 원래 그런 짓을 자주 합니까?"
"그런 짓이라니요, 보안관?"
"술잔을 들고 둘러앉아서, 음, 사람들을 탐색하는 것?"
"일종의 직업병이라고 할까요? 전등을 제자리에 끼워 넣는 데 정신과 의사가 몇 명이나 필요한지 아십니까?"
"모르겠는데요. 몇 명입니까?"
"여덟 명입니다."
"왜요?"
"아, 너무 파고들지 마세요."
테디는 처크와 눈을 마주치며 그와 함께 웃음을 터뜨렸다.
"정신과 의사다운 우스갯소리군요. 그런 걸 누가 알겠습니까?"
"요즘 정신 의학 분야의 상황을 알고 계시지요?"
"전혀 모릅니다."
테디가 말했다.
"전쟁터입니다."
콜리는 축축한 손수건에 대고 하품을 하면서 말을 이었다.
"이념 전쟁, 철학 전쟁, 심지어 심리전까지."

"의사들은 원래 상냥하게 굴면서 다른 사람들하고 사이좋게 지내야 되는 것 아닌가요?"

처크가 묻자 콜리는 미소를 지었다. 그리고 세 사람은 2층 층계참에 있는 직원 앞을 지나갔다. 아래쪽 어딘가에서 환자가 비명을 지르자 그 메아리가 그들을 향해 계단을 타고 쏜살같이 올라왔다. 그 구슬픈 울부짖음 속에서 테디는 절망을 느낄 수 있었다. 무엇을 원하든 절대로 얻을 수 없을 거라는 확신도.

"옛날 학파는 충격요법, 부분적인 전두엽 절제술, 가장 얌전한 환자들에 대한 온천 요법을 신봉하죠. 우린 그걸 통틀어 정신외과적 방법이라고 부릅니다. 새로운 학파는 정신 약리학에 푹 빠져 있습니다. 그것이 우리의 미래라면서요. 어쩌면 그럴지도 모르죠. 저는 모르겠습니다."

콜리는 이 말을 마친 후, 2층과 3층 중간쯤에서 난간에 한 손을 얹은 채 걸음을 멈췄다. 테디는 그가 탈진해 있다는 것을 느낄 수 있었다. 너무 지쳐서 망가져버린 또 하나의 실체가 그곳에 함께 있는 것 같았다.

"정신 약리학은 어떻게 적용되죠?"

처크가 물었다.

"바로 얼마 전에 승인된 약이 있습니다. 리튬염이라는 약인데, 그 약이 정신병 환자들의 긴장을 풀어주고 얌전하게 만든다고 주장하는 사람들이 있습니다. 환자들에게 구속 장치를 채우는 건 옛날 얘기가 될 거라는 거죠. 사슬이나 수갑 같은 것. 심지어 철창도. 그게 낙관주의자들의 주장입니다. 물론 옛날 학파에 속하는 사람들은 정신 외과적 방법을 대신할 수 있는 건 하나도 없다고 주장합니다. 하지만 새로운 학파가 더 센 것 같아요. 자금도 지원 받게 될 겁니다."
콜리가 말했다.
"누가 자금을 댄다는 거죠?"
"물론 제약 회사들이죠. 두 분도 지금 그 회사들의 주식을 사두세요. 정년퇴직을 할 때가 되면 섬을 하나 살 수 있을 테니. 새로운 학파, 옛날 학파. 아이고, 이런, 내가 가끔 이렇게 혼자 떠들어 댄다니까요."
"박사는 어느 학파입니까?"
테디가 부드럽게 물었다.
"믿거나 말거나 당신 마음이지만, 난 대화 치료법을 신봉합니다. 사람들을 대할 때의 기본적인 재주 말이에요. 나는 환자를 치료할 때 그 사람을 존중하는 마음을 갖고 그 사람이 하고자 하는 얘기에 귀를 기울인다면, 그 사람의 마음을 열 수 있을지도 모른다는, 그런 급진적인 생각을 갖고 있습니다."
울부짖는 소리가 또다시 들려왔다. 테디는 이번에도 아까 그 여자가 틀림없다고 생각했다. 그 소리가 세 사람 사이로 미끄러지면서 콜리를 자극하는 것 같았다.
"그럼 이 환자들도 그렇게 대합니까?"
테디가 물었다.
콜리는 미소를 지으며 대답했다.
"여기 환자들 중에 약으로 치료해야 하는 사람이 많은 건 사실입니다. 구속 장치를 채워놓아야 하는 사람도 있고요. 그걸 아니라고 하지는 않겠습니다. 하지만 그런 방법은 상당히 위험합니다.

우물에 독을 풀어놓고서 그걸 어떻게 제거할 수 있겠습니까?"
"제거할 수 없죠."
테디가 말했다.
콜리가 고개를 끄덕였다.
"맞습니다. 최후의 수단으로 사용되어야 할 것이 점점 일반적인 치료법으로 변하고 있습니다. 예, 압니다. 내가 비유를 뒤죽박죽 섞어서 사용하고 있죠? 잠을 제대로 못 자서 그럽니다."
그는 처크를 바라보며 말을 이었다.
"그래요. 다음에는 아까 당신 말대로 한 번 해보겠습니다."
"제가 듣기로는 그 방법이 기적처럼 효과를 발휘한다고 하던데요."
처크가 말했다. 세 사람은 마지막 계단을 올라갔다.
레이첼의 방에 들어서자 콜리는 그녀의 침대 가장자리에 무겁게 주저앉았고, 처크는 벽에 몸을 기대며 물었다.
"잠깐. 전구를 제자리에 끼워 넣는 데 초현실주의자가 몇 명이나 필요하죠?"
콜리가 그를 바라보았다.
"모르겠는데요. 몇 명입니까?"
"내 미끼에 걸려들었어."
처크는 이렇게 말하고 나서 밝게 웃음을 터뜨렸다.
"철이 좀더 들어야겠군요, 보안관. 그렇죠?"
콜리가 말했다.
"철이 들지 저도 의심스러운데요."
테디는 종이 한 장을 가슴 앞에 들고 두 사람의 주의를 끌기 위해 종이를 톡톡 두드렸다.
"자, 한 번 더 보세요."

4의 법칙

나는 47
그들은 80이었다.

+당신은 3

우리는 4
하지만
누가 67?

1분이 지난 후 콜리가 말했다.
"내가 너무 피곤한 모양입니다, 보안관. 지금은 그냥 횡설수설로밖에 안 보여요. 미안합니다."
테디는 처크를 바라보고 그는 고개를 저었다.
테디가 말했다.
"내가 이 암호를 다시 들여다보게 된 건 이 덧셈 부호 때문이었습니다. '그들은 80이었다' 밑에 줄이 쳐진 걸 보세요. 그러니까 여기 두 줄을 더해야 하는 겁니다. 그럼 얼마가 되죠?"
"127."
"1, 2, 7. 맞습니다. 이제 거기다 3을 더해 보세요. 하지만 그 숫자들을 전부 따로 떼어서 봐야 합니다. 그 여자는 이 숫자들을 따로 떼어놓고 싶어해요. 그러니까, 1 더하기 2 더하기 7 더하기 3이 되는 겁니다. 그럼 얼마가 나옵니까?"

"13."

콜리는 침대에 앉은 채 아까보다 약간 허리를 똑바로 펴고 있었다.

테디는 고개를 끄덕였다.

"13이라는 숫자와 레이첼 솔란도 사이에 무슨 특별한 관계가 있습니까? 그 여자 생일이 13일인가요? 아니면 결혼기념일? 아이들을 죽인 게 13일이었습니까?"

"확인을 해봐야겠습니다. 하지만 13은 대개 정신 분열증 환자들에게 의미 있는 숫잡니다."

콜리가 말했다.

"왜요?"

그는 어깨를 으쓱했다.

"다른 사람들이 생각하는 것과 똑같습니다. 불길한 징조라는 거죠. 대부분의 정신 분열증 환자들은 공포 속에서 살아갑니다. 그게 그 환자들을 묶어주는 흔한 요소예요. 따라서 대부분의 정신 분열증 환자들은 미신적인 성향이 아주 강합니다. 13이 그래서 의미를 갖는 거고요."

"그렇다면 말이 되는군요. 다음 숫자를 보세요. 4죠. 1하고 3을 더하면 4가 됩니다. 하지만 1하고 3을 그냥 붙여서 읽으면?"

"13이죠."

처크가 벽에서 떨어져 나와 고개를 갸우뚱하며 종이를 바라보았다.

"그럼 마지막 숫자도 마찬가지군요. 67. 6하고 7을 더하면 13이 되죠."

콜리의 말에 테디가 고개를 끄덕였다.

"이건 '4의 법칙'이 아닙니다. 13의 법칙이에요. 레이첼 솔란도 (Rachel Solando)라는 이름의 글자 수도 13개입니다."

테디는 콜리와 처크가 머릿속으로 글자 수를 세어보는 걸 지켜보았다. 콜리가 말했다.

"계속하세요."

"우리가 일단 그 사실을 받아들이고 나면, 레이첼이 엄청나게 많은 흔적들을 남겨놨다는 걸 알 수 있습니다. 이 암호는 글자를 숫자로 대신 표기하는 가장 기본적인 원칙을 따르고 있어요. 1은 A에 해당합니다. 2는 B고요. 무슨 말인지 알겠습니까?"

콜리가 고개를 끄덕였고, 몇 초 후 처크도 고개를 끄덕였다.

"그 여자 이름의 첫 글자는 R입니다. 숫자로 바꾸면 18이죠. A는 1, C는 3, H는 8, E는 5. 18, 1, 3, 8, 5, 그리고 12. 자, 이걸 더해보세요. 얼마가 나옵니까?"

"세상에."

콜리가 낮은 소리로 말했다.

"47이에요."

처크가 말했다. 그는 눈이 휘둥그레져서 테디가 가슴 앞에 들고 있는 종이를 뚫어져라 바라보고 있었다.

"그러니까 자기 이름을 말한 거군요. 이제 알겠습니다. 하지만 '그들'은 뭐죠?"

콜리가 말했다.
"그 여자의 성(姓)입니다. 그건 그들의 것이죠."
"누구 말입니까?"
"그 여자 남편의 가족들하고 조상들. 그 이름은 그녀가 태어났을 때부터 갖고 있던 이름이 아닙니다. 아니면, 그 이름이 그 여자 아이들을 뜻하는 것인지도 모르죠. 어느 쪽이든 왜 그렇게 됐는지 이유는 중요하지 않습니다. 그 숫자는 그 여자의 성, 솔란도예요. 그 글자들을 숫자로 바꿔서 더해 보세요. 틀림없이 80이 나올 겁니다."
콜리가 침대에서 일어섰다. 이제 그와 처크 둘 다 테디 앞에 서서 그가 가슴에 대고 있는 암호를 바라보고 있었다.
얼마쯤 시간이 흐른 후 처크가 시선을 들어 테디의 눈을 바라보며 말했다.
"선배님 혹시…… 아인슈타인 아니에요?"
"전에 암호를 해독해 본 적이 있습니까, 보안관? 전쟁에 나갔을 때?"
콜리가 여전히 종이를 들여다보면서 말했다.
"아뇨."
"그럼 어떻게……?"
처크가 물었다.
종이를 오랫동안 들고 있어서 테디의 팔이 저려오기 시작했다. 그는 침대 위에 종이를 놓았다.
"나도 몰라. 십자말풀이를 많이 하기는 하지. 난 퍼즐을 좋아하거든."

그는 어깨를 으쓱했다.

콜리가 말했다.

"하지만 해외에서 군대 정보부에 있었죠?"

테디는 고개를 저었다.

"보통 군인이었습니다. 하지만, 박사, 당신은 OSS였죠."

"아뇨. 난 그냥 자문을 조금 해줬을 뿐입니다."

"무슨 자문?"

콜리는 그를 향해 그 특유의 불분명한 미소를 지어 보였다. 그러나 그 미소는 나타나자마자 사라져버렸다.

"절대 말하면 안 된다는, 그런 종류의 일이었습니다."

"하지만 이 암호는 아주 간단한 겁니다."

테디가 말했다.

"간단해요? 선배님이 설명을 해줬는데도 난 아직 머리가 아파요."

처크가 엄살을 부리며 말했다.

"하지만 당신은요, 박사?"

콜리는 어깨를 으쓱했다.

"내가 무슨 말을 하겠습니까, 보안관? 암호를 해독하는 건 내 일이 아니었습니다."

콜리는 고개를 숙이고 턱을 쓰다듬으며 다시 암호로 시선을 돌렸다. 처크가 테디와 눈을 마주쳤다. 그의 눈에는 온통 물음표가 가득 차 있었다.

콜리가 말했다.

"그러니까, 이제 우리가, 아니 보안관 당신이 47과 80의 의미를 알아냈군요. 모든 단서가 숫자 13을 의미한다는 것도 확인했고. 그럼 3은 뭡니까?"

"그 숫자 역시 우리를 의미하는 것일 수도 있고, 그렇다면 그 여자에게 투시력이 있다는 얘기가 되겠지만……"

"그럴 가능성은 없습니다."

"아니면 그 여자 아이들을 가리키는 것일 수도 있습니다."

"그게 더 그럴 듯하군요."

"3에다 레이첼을 더하면……"

"그럼 다음 줄의 내용이 되지요. '우리는 4.'"

콜리가 말했다.

"그럼 67은 누구죠?"

"그냥 한 번 물어보는 건가요?"

콜리가 테디를 바라보며 물었지만 그는 고개를 저었다.

콜리가 종이 오른쪽을 손가락으로 훑으면서 말했다.

"여기 숫자들을 아무리 더해도 67은 안 나오죠?"

"그래요."

콜리는 손바닥으로 이마 윗부분을 훔치며 몸을 똑바로 폈다.

"달리 생각나는 것도 없고요?"

"내가 풀지 못한 건 그것 하나뿐입니다. 그게 뭘 의미하는지는 몰라도 하여튼 내가 잘 모르는 거예요. 그래서 말인데, 이 섬에 있는 뭔가를 가리키는 것 같습니다. 당신은요, 박사?"

테디가 말했다.

"내가 뭘요?"

"뭐 생각나는 것 없습니까?"

"없습니다. 나 혼자 했으면 첫 번째 줄도 못 풀었을 겁니다."
"그래요, 아까 그랬죠. 피곤하다고."
"아주 피곤해요, 보안관."
콜리는 테디의 얼굴에서 시선을 떼지 않은 채 이렇게 말을 하고는 창가로 다가가 유리창에 흘러내리는 빗물을 바라보았다. 창을 뒤덮은 물막이 하도 두꺼워서 바깥의 섬 풍경이 보이지 않았다.
"어젯밤에는 떠나겠다고 하셨잖습니까?"
콜리가 말했다.
"첫 배를 타고 갈 겁니다."
테디가 계속 허세를 부렸다.
"오늘은 배가 없을 겁니다. 틀림없어요."
"그럼 내일 가지요. 아니면 그 다음날이나. 아직도 그 여자가 저기 어딘가에 있다고 생각합니까? 이 섬에?"
"아뇨. 아닙니다."
"그럼 어디 있을까요?"
콜리가 한숨을 쉬었다.
"나도 모릅니다, 보안관. 내 전공은 그런 게 아니니까요."
테디는 침대에서 종이를 들어올렸다.
"이건 하나의 본보기입니다. 앞으로 등장할 암호 해독의 길잡이죠. 내 한 달치 월급을 걸어도 좋습니다."
"당신 말이 맞다면 어떻게 되는 겁니까?"
"그 여자가 여길 도망칠 생각이 없다는 뜻이 됩니다, 박사. 그 여자가 우리를 이리로 불러왔어요. 아마 이런 게 더 있을 겁니다."
"이 방에는 없습니다."

"그렇죠. 하지만 어쩌면 이 건물 안에는 있을지 모릅니다. 섬 어딘가에 있을지도 모르고요."

콜리는 창턱을 한 손으로 짚고 방 안의 공기를 빨아들였다. 그렇게 서 있는 모습이 마치 다 죽어가는 사람 같았다. 테디는 저 남자가 과연 무엇 때문에 어젯밤 잠을 이루지 못한 건지 궁금해졌다.

"그 여자가 당신들을 이리로 불러왔다고요? 무슨 목적으로?"

콜리가 물었다.

"그거야 당신이 알겠죠."

콜리는 눈을 감고 한참 말이 없었다. 혹시 그냥 잠들어버린 건 아닌가 하는 생각이 들 정도였다.

그가 다시 눈을 뜨더니 두 사람을 바라보았다.

"오늘은 제가 너무 바쁩니다. 직원들하고 회의도 해야 하고, 감독관들하고도 예산 회의가 있고, 이번 폭풍이 정말로 여기를 강타할 경우를 대비해서 대책을 마련하는 회의에도 참석해야 합니다. 다행히 솔란도 양이 사라지던 날 밤에 집단 치료에 참가했던 환자들 전부하고 두 분이 얘기를 나눌 수 있도록 제가 조치를 취해 놓았습니다. 그 환자들하고의 면담은 15분 후로 예정되어 있습니다. 두 분이 여기 와주셔서 감사합니다. 진심입니다. 그렇게 안 보일지 모르지만, 난 지금 두 분의 지시를 따르고 있습니다."

"그럼 시핸 박사의 인사 기록을 주십시오."

"그건 안 됩니다. 절대 그럴 수 없어요."

콜리는 벽에 머리를 기대며 말을 이었다.

"보안관, 교환원더러 계속 시핸 박사 집에 전화를 걸어보라고 했습니다. 하지만 지금은 어디하고도 연결이 안 돼요. 잘은 몰라도, 동해안 일대가 전부 물에 잠겨 있는 것 같습니다. 인내심을 가지세요. 내가 원하는 건 그것뿐입니다. 레이첼을 찾아내든지, 아니면 그 여자가 도망친 후로 어떻게 됐는지 알아낼 수 있을 겁니다."

그는 손목시계를 바라보았다.

"회의에 늦었군요. 더 하실 말씀 있습니까? 나중에 해도 되는 얘긴가요?"

두 사람은 병원 밖에서 비를 막기 위해 친 차일 밑에 서 있었다. 두 사람 앞에서는 기차만큼이나 굵직한 빗발이 억수같이 쏟아지고 있었다.

"박사가 67의 의미를 안다고 생각하세요?"

처크가 말했다.

"응."

"박사가 선배님보다 먼저 암호를 푼 것 같아요?"

"내 생각에 그 사람은 OSS였어. 그 방면에 재능이 조금 있는 것 같아."

처크는 얼굴을 훔치고서 바닥을 향해 손가락을 튕겼다.

"여기 환자가 몇 명이나 있죠?"

"별로 많지 않아."

"그렇군요."

"보자, 여자가 한 20명에 남자가 30명인가?"

"많지 않네요."

"그래."
"어쨌든 67에는 못 미치니까."
테디는 고개를 돌려 처크를 바라보았다.
"하지만······."
"그래요. 하지만."
처크가 말했다.
두 사람은 멀리 나무들이 서 있는 곳과 그 너머를 바라보았다. 폭우에 짓눌린 요새 꼭대기가 연기 자욱한 방에 걸린 목탄 스케치처럼 희미하고 흐릿하게 보였다.
테디는 꿈 속에서 돌로레스가 한 말을 기억해 냈다. 침대 수를 세어보라던 말.
"저 위에 몇 명이나 있을 것 같아?"
"모르죠. 우리를 잘 도와주는 그 박사한테 물어봐야지."
"그래, 그 사람, 자기는 남을 잘 도와주는 사람이라고 아주 얼굴에 써 붙이고 다니지. 안 그래?"
"저기, 선배님."
"응."
"지금까지 연방 정부 소유의 땅이 이렇게나 낭비되고 있는 걸 본 적 있어요?"
"무슨 소리야?"
"병동 두 개에 환자는 50명뿐이라니요? 이 두 건물에 몇 명이나 들어갈 수 있을 것 같아요? 한 200명쯤 더 들어갈까요?"
"적어도 그 정도는 되겠지."
"게다가 직원들하고 환자 비율도 그래요. 직원이 2대 1로 많은 것 같다고요. 지금까지 이런 거 본 적 있어요?"
"아무래도 못 본 것 같은데."
두 사람은 빗줄기 밑에서 부글거리고 있는 땅을 바라보았다.
"도대체 여긴 뭐하는 데죠?"
처크가 말했다.

환자들과의 면담은 구내 식당에서 열렸다. 처크와 테디는 식당 뒤쪽의 식탁에 앉았다. 소리를 지르면 서로 얘기를 할 수 있을 만한 거리에 잡역부 두 명이 앉아 있었고, 트레이 워싱턴은 환자들을 두 사람 앞으로 데려왔다가 면담이 끝난 후 다시 데려가는 임무를 맡았다.
첫 번째 환자는 수염 자국이 파랗게 나 있는 남자로 안면 근육에 계속 경련을 일으키면서 눈을 깜박거리는 신경 쇠약 환자였다. 그 남자는 참게처럼 잔뜩 웅크리고 앉아서 팔을 긁적이며 두 사람과 눈을 마주치려 하지 않았다.
테디는 콜리가 제공해 준 기록의 맨 위 페이지를 내려다보았다. 실제 환자 기록이 아니라 콜리가 자기 기억을 되살려서 작성한 간략한 자료였다. 목록의 맨 위에 적혀 있는 이 남자의 이름은 켄 게이지였으며, 변두리 식품점에서 완두콩 통조림 깡통으로 낯선 사람의 머리를 내려치면서 내내 나직한 목소리로 "이제 내 편지 읽지 마."라고 중얼거렸기 때문에 이곳으로 오게 되었다고 적혀 있었다.
"아, 켄, 안녕하세요?"
처크가 말을 걸었다.

"난 감기 걸렸어요. 발에 감기가 걸렸어요."

"저런, 안됐군요."

"걸을 때마다 아파요."

켄은 팔에 딱지가 앉은 곳 주위를 긁어댔다. 처음에는 딱지의 윤곽을 손으로 따라가는 것처럼 손놀림이 섬세했다.

"그저께 밤에 집단 치료를 받았어요?"

"발에 감기가 걸려서 걸을 때마다 아파요."

"양말이 필요합니까?"

이번에는 테디가 대화를 시도해 보았다. 잡역부 두 명이 킬킬거리며 이쪽을 보고 있는 것이 눈에 들어왔다.

"그래요, 양말이 필요해요. 양말이 필요해요. 양말이 필요해요."

켄은 고개를 수그린 채 약간 주억거리면서 속삭이듯이 말했다.

"좋습니다, 금방 양말을 갖다드리죠. 우린 당신이 그저께 밤에……"

"너무 추워요. 내 발이 어떠냐고요? 너무 차가워서 걸을 때마다 아파요."

테디는 처크를 바라보았다. 처크는 여기까지 소리가 들리도록 키득거리고 있는 잡역부들을 향해 미소를 지었다.

"켄, 켄, 날 좀 볼래요?"

처크가 말했다.

켄은 계속 고개를 수그린 채 약간 더 세게 머리를 주억거렸다. 그가 손톱으로 딱지를 잡아 뜯자 그의 팔에 난 털 속으로 가느다란 혈선이 생겼다.

"켄?"

"걸을 수가 없어요. 이런 게 아냐, 이런 게 아냐. 너무 추워, 추워, 추워."

"켄, 이봐요, 날 좀 봐요."

켄은 주먹으로 탁자를 내리쳤다.

잡역부 두 명이 모두 일어섰다. 켄이 말했다.

"그게 아플 리가 없는데. 아플 리가 없는데. 하지만 그 사람들은 그게 아프기를 원해. 그 사람들은 공기를 차가운 걸로 가득 채워. 그 사람들은 내 무릎뼈를 가득 채워."

잡역부들이 탁자로 다가와서 켄의 몸 너머로 처크를 바라보았다. 백인 잡역부가 말했다.

"대충 끝난 건가요, 아니면 자기 발이 어쩌고 하는 소리를 더 들으실 건가요?"

"내 발이 차가워."

흑인 잡역부가 눈썹을 치켜 켄에게 올리며 말했다.

"괜찮아, 케니. 우리가 물 치료실로 데려가서 금방 따뜻하게 해줄게."

백인 잡역부가 이어 말했다.

"제가 여기 온 지 5년인데, 이 사람이 그동안 다른 얘기를 한 적이 없어요."

"한 번도?"

테디가 물었다.

"걸을 때마다 아파."

"한 번도."

백인 잡역부가 대답했다.

"걸을 때마다 아파. 그 사람들이 내 발에 차가운 걸 넣어서……."

다음 환자인 피터 브린은 스물여섯 살이고, 금발이며, 땅딸막했다. 그는 계속 손마디를 꺾으면서 손톱을 씹어댔다.

"왜 여기에 오게 됐죠, 피터?"

피터는 항상 젖어 있는 것 같은 눈으로 탁자 건너편의 테디와 처크를 바라보았다.

"난 항상 무서워요."

"뭐가 무서워요?"

"여러 가지 것들이."

"그렇군요."

피터는 왼쪽 발목을 오른쪽 무릎 위로 올리고 발목을 꼭 잡더니 앞으로 몸을 기울였다.

"멍청한 소리로 들리겠지만, 난 시계가 무서워요. 그 재깍거리는 소리. 그게 머릿속으로 비집고 들어오거든요. 쥐도 무서워요."

"나도 그래요."

처크가 말했다.

"그래요?"

피터의 표정이 활짝 밝아졌다.

"그럼요. 그 찍찍거리는 소리라니. 쥐만 보면 오줌 쌀 때처럼 몸이 부르르 떨린다니까요."

"그럼 밤에는 담 밖으로 나가지 마세요. 쥐 천지거든요."

피터가 말했다.
"미리 알게 돼서 다행이네요. 고마워요."
"연필, 납, 알죠? 종이 위에서 긁적긁적하는 거. 난 당신이 무서워요."
"내가요?"
"아뇨. 저 사람이요."
피터가 턱짓으로 테디를 가리키며 말했다.
"왜죠?"
테디가 물었다.
피터는 어깨를 으쓱했다.
"몸집이 크니까요. 머리를 짧게 깎은 것도 못돼 보이고. 당신은 자신을 감당할 수 있는 사람이에요. 손마디에 흉터가 있네요. 우리 아버지도 그랬어요. 흉터는 없었지만. 손이 아주 매끄러웠거든요. 하지만 진짜 못되게 보였어요. 우리 형들도 그랬고. 형들이 날 자주 때렸어요."
"난 당신을 때릴 생각이 없습니다."
테디가 말했다.
"하지만 그러려면 그럴 수 있잖아요. 모르겠어요? 당신한텐 힘이 있다고요. 나한텐 없고. 그러니까 내가 약자가 되는 거죠. 내가 약하니까 겁이 나는 거고."
"그럼 그렇게 겁이 났을 때는?"
피터는 발목을 꽉 붙들고 앞뒤로 몸을 흔들었다. 가지런히 깎은 앞머리가 이마 위로 흘러내렸다.
"그 여자는 좋은 사람이었어요. 난 아무 생각도 없었는데, 그 여자가 커다란 가슴으로 나한테 겁을 줬어요. 하얀 옷을 입고 매일 우리 집에 와서는 나를 볼 때마다 그 표정이……. 사람들이 어린애들을 보면서 웃는 표정이 어떤 건지 알죠? 그 여자가 그런 표정으로 날 봤어요. 나랑 같은 또래면서. 아, 그래요, 그 여자가 어쩌면 나보다 몇 살 위인지도 모르죠. 하지만 그래도 아직 20대였어요. 그런데 섹스에 대해 무지 많이 알고 있었어요. 그 눈에 분명히 나타나 있었다고요. 그 여자는 알몸이 되는 걸 좋아하고, 남자 고추도 빠는 여자예요. 그런데 그 여자가 나한테 물을 한 잔 달라고 했어요. 나랑 단 둘이 부엌에 있는데, 그게 아무것도 아닌 것처럼 말이에요."

테디는 쳐크가 콜리의 메모를 볼 수 있도록 쳐크 쪽으로 자료를 비스듬하게 들어올렸다.

깨진 유리로 아버지의 간호사를 공격했음. 피해자는 심한 상처를 입었고, 영구적인 흉터가 남았음. 환자는 그 사건에 대한 자신의 책임을 부인하고 있음.

"그게 다 그 여자가 나한테 겁을 줘서 그런 거예요. 그 여자는 내가 거시기를 꺼내기를 바라고 있었다고요. 내 거시기를 비웃으려고. 그리고 내가 절대 여자랑 사귈 수 없고, 애도 못 낳고, 남자도 될 수 없을 거라는 얘기를 하려고. 왜냐하면, 그 여자가 그러지만 않았으면, 두 분이 제 얼굴을 보면 아시겠지만, 저는 파리 한 마리도 못 죽이는 사람이에요. 난 원래 그런 사람이라고요. 근데 겁이 나면 어떻게 되는지 알아요? 아, 그건 마음이죠."

"마음이 어쨌다고요?"
처크가 달래는 듯한 목소리로 말했다.
"생각해 본 적 있어요?"
"당신 마음에 대해서?"
"그냥 마음이요. 내 마음, 당신 마음, 모든 사람들의 마음. 그건 기본적으로 엔진이에요. 엔진이라고요. 아주 섬세하고 복잡한 엔진이죠. 온갖 부품이며, 기어며, 나사못이며, 경첩들이 그 안에 다 갖춰져 있는데 우리는 그놈들이 뭘 하는 놈들인지 절반도 몰라요. 하지만 기어 하나만 삐끗해도, 하나만……. 이런 생각 해봤어요?"
"최근에는 안 해 봤어요."
"해 봐야 돼요. 자동차하고 똑같아요. 다를 게 없어요. 기어 하나가 삐끗하거나, 나사 하나만 부서져도 모든 게 다 미친 듯이 돌아가거든요. 그걸 알면서도 견딜 수 있겠어요?"
그는 관자놀이를 손가락으로 톡톡 두드리며 말을 이었다.
"그 모든 게 전부 이 안에 갇혀 있는데, 난 그것에 손을 댈 수도 없고, 내 맘대로 통제할 수도 없어요. 오히려 그게 나를 통제하죠, 안 그래요? 그런데 어느 날 그놈이 오늘은 별로 일하고 싶지 않다고 생각해 버린다면?"
그가 앞으로 몸을 기울였다. 그의 목 힘줄이 잔뜩 긴장하고 있는 것이 보였다.
"그럼 뭐 그냥 완전히 망가지는 거죠, 안 그래요?"
"재미있는 생각이네요."
처크가 말했다.
피터는 갑자기 나른해진 표정으로 의자 등받이에 몸을 기댔다.

"내가 제일 무서운 게 바로 그거예요."

편두통 때문에 사람이 마음을 제대로 통제하지 못한다는 사실에 대해 어느 정도 일가견이 있는 테디는 피터의 얘기에 전체적으로 일리가 있다고 인정할 만도 했지만, 그저 저 망할 놈의 목줄기를 붙들고 식당 뒤쪽에 있는 오븐에다가 녀석을 찧으면서 녀석에게 당한 불쌍한 간호사에 대해 물어봤으면 좋겠다는 생각뿐이었다.

'그 여자 이름이 뭔지는 아나, 피트? 그 여자는 뭘 무서워했을 것 같아? 엉? 바로 너야. 널 무서워했다고. 그 여자는 생계를 위해 성실하게 일을 하고 있었어. 어쩌면 아이들도 있고 남편도 있었을지도 모르지. 나중에 아이가 더 나은 삶을 살 수 있게 대학에 보내려고 부부가 돈을 모으고 있었는지도 몰라. 작은 꿈을 위해서.'

'그런데 못된 부자 노인네의 정신이 나간 마마보이가 그 여자의 꿈을 빼앗아버렸어. 미안하지만 안 돼요, 당신은 정상적인 생활을 할 수 없어요, 아가씨, 다시는 안 돼요, 이러면서.'

테디는 탁자 건너편의 피터 브린을 바라보며 그 얼굴을 두들겨주고 싶다는 생각을 했다. 코뼈가 완전히 부서져서 뼛조각들이 절대 제자리를 찾을 수 없게 될 때까지. 브린이 그 주먹질 소리를 평생 잊지 못할 정도로 세게.

그러나 그는 그냥 자료를 덮고 이렇게 말했다.

"그저께 밤에 레이첼 솔란도와 함께 집단 치료에 참가했죠. 맞습니까?"

"그럼요."

"그 여자가 자기 방으로 올라가는 걸 봤습니까?"

둘째 날 157

"아뇨. 남자들이 먼저 나갔거든요. 그 여자는 브리지트 컨스랑 레오노라 그랜트랑 그 간호사랑 계속 앉아 있었어요."

"그 간호사?"

피터는 고개를 끄덕였다.

"빨간 머리 말이에요. 가끔은 그 여자가 마음에 들어요. 성실한 것 같아서. 하지만 다른 때는, 그런 거 아세요?"

"아니."

테디는 처크의 목소리처럼 부드러운 목소리를 내려고 애쓰면서 말을 이었다.

"몰라요."

"어쨌든 그 간호사를 보기는 했죠?"

"물론이죠. 그런데 그 간호사 이름이 뭐였죠?"

"그 여자한테 이름 같은 건 필요 없어요. 그런 여자한테 이름이라니요. 맞는 이름이 없어요. 더러운 년. 그게 그 여자 이름이죠."

"하지만 피터, 아까는 그 여자가 마음에 든다고 했잖아요."

처크가 말했다.

"내가 언제 그런 소리를 했다고 그래요?"

"바로 조금 전에."

"이런, 이런. 그 여자는 쓰레기예요. 질퍽질퍽하다고요."

"그럼 다른 걸 물어볼게요."

"더러워, 더러워, 더러워."

"피터?"

피터가 시선을 들어 테디를 바라보았다.

"뭘 좀 물어봐도 되겠어요?"

"아, 그럼요."

"그날 밤 집단 치료 시간에 평소 때하고 다른 점은 없었습니까? 레이첼 솔란도가 평소 때하고 다른 말을 하거나 행동을 하지 않았습니까?"

"그 여자는 한 마디도 하지 않았어요. 그 여자는 생쥐예요. 그냥 가만히 앉아 있기만 했죠. 그 여자가 자기 애들을 죽인 거 아시요? 셋이나. 그게 말이 돼요? 사람이 어떻게 그런 짓을 저지를 수가 있어요? 제가 이런 말을 해도 괜찮을지 모르겠지만, 이 세상에는 정말 정상이 아닌 인간들이 있어요."

"사람들한테는 각자 문제가 있어요. 그중에는 다른 사람보다 문제가 깊은 사람도 있죠. 당신 말처럼 정상이 아닌 거예요. 그런 사람들에게는 도움이 필요해요."

처크가 말했다.

"그런 놈들한테 필요한 건 독가스예요."

피터가 그를 불렀다.

"뭐라고요?"

"독가스."

피터가 테디를 향해 말을 계속했다.

"덜 떨어진 놈들도 가스로 죽이고. 살인자들도 가스로 죽여야 돼요. 그 여자가 자기 자식을 죽였다고요? 그 나쁜 년도 가스로 죽여야 돼요."

세 사람은 말없이 앉아 있었다. 피터는 자기가 두 사람에게 이 세상이 어떤 곳인지 똑바로 가르쳐주었다는 듯 눈을 빛내고 있었다. 얼마쯤 시간이 흐른 후 그가 탁자를 짚고 몸을 일으켰다.

"만나서 반가웠어요. 난 그만 돌아갈래요."

테디는 연필로 서류철 표지에 낙서를 하고 있었다. 피터가 움직임을 멈추고 그를 다시 바라보았다.

"피터."

테디가 말했다.

"예?"

"나는……"

"그것 좀 그만둘 수 없어요?"

테디는 종이 위에 천천히 길게 자기 이름 첫 글자를 썼다.

"궁금한 게 있는데……"

"제발 좀 그만둬요. 제발……"

테디는 서류철 표지 위에서 여전히 연필로 긴 선을 그리면서 시선을 들었다.

"어떤 걸 말하는 겁니까?"

"……그만둬요."

"뭐라고요?"

테디는 그를 바라보다가 시선을 내려 서류를 바라보았다. 그리고 한쪽 눈썹을 치켜 올리며 연필을 종이에서 떼었다.

"그래요, 그것 말이에요. 제발."

테디는 서류철 표지 위에 연필을 툭 떨어뜨렸다.

"이제 좀 낫습니까?"

"고마워요."

"앤드루 레이디스라는 환자를 압니까, 피터?"

"아뇨."

"아니라고요? 여기 그런 이름을 가진 환자가 없다는 말입니까?"

피터는 어깨를 으쓱했다.

"A 병동에는 없어요. C 병동에 있는지도 모르죠. 우린 거기 사람들하고 같이 어울리지 않아요. 그놈들은 진짜 미친놈들이니까."

"그렇군요. 수고했습니다. 피터."

테디는 이 말을 마치고 나서 다시 연필을 집어들고 낙서를 하기 시작했다.

피터 브린 다음은 레오노라 그랜트였다. 레오노라는 자기가 메리 픽포드이고, 처크는 더글러스 페어뱅크스^{두 사람 모두 1920년대의 유명한 영화 배우로 부부 사이였다}이며, 테디는 찰리 채플린이라고 굳게 믿고 있었다. 그녀는 이 구내 식당이 선셋 대로에 있는 사무실이며 자기들은 지금 유나이티드 아티스트 영화사의 공모주와 관련된 논의를 하기 위해 이 자리에 모였다고 생각했다. 그녀는 계속 처크의 손등을 어루만지며 자기들의 대화를 기록하는 사람이 누구냐고 물었다.

결국 병원 잡역부들이 처크의 손목을 만지던 그녀의 손을 떼어내자 그녀는 "Adieu, mon cheri. Adieu" ^{'안녕, 내 사랑. 안녕' 이라는 뜻의 프랑스어}라고 소리쳤다.

그녀는 잡역부들에게 붙들려 식당 입구까지 절반쯤 끌려가다가 잡역부들을 뿌리치고 두 사람을 향해 달려와서는 처크의 손을 움켜쥐었다.

"고양이 먹이 주는 거 잊지 말아요."

처크는 그녀의 눈을 바라보며 대답했다.
"알았소."
다음 환자는 아서 투미였는데, 그는 자기를 조라고 불러달라고 계속 고집을 부렸다. 조는 그날 밤 집단 치료 시간에 내내 잠만 잤다고 했다. 알고 보니 조는 마약 때문에 정신 이상이 된 사람이었다. 그는 두 사람과 얘기하는 도중에도 두 번이나 잠이 들었는데, 두 번째에는 도통 깨어날 것 같지가 않았다.
이때쯤 테디는 이곳의 분위기 때문에 뒤통수가 근질근질해지고 있었다. 브린을 제외한 모든 환자들에게 연민을 느끼면서도, 이곳에서 일하는 사람들이 어떻게 견디는지 모르겠다는 생각을 떨쳐버릴 수 없었다.
트레이가 금발 머리에 늘어뜨린 목걸이 모양의 얼굴을 한 자그마한 여자를 데리고 나타났다. 그녀의 눈은 맑게 고동치고 있었다. 미친 사람의 맑은 눈이 아니라, 별로 지적이지 못한 세상을 살아가는 지적인 여자에게서 항상 볼 수 있는 맑은 눈이었다. 그녀는 미소 띤 얼굴로 자리에 앉으며 두 사람에게 차례로 수줍은 듯 살짝 손을 흔들었다.
테디는 콜리의 메모를 확인해 보았다. 브리지트 컨스였다.
"난 평생 여길 못 나갈 거예요."
자리에 앉은 지 몇 분이 지난 후에 그녀가 말했다. 그리고 반밖에 피우지 않은 담배를 비벼 껐다. 그녀의 목소리는 부드럽고 자신감에 넘쳤지만, 십여 년 전에 도끼로 남편을 죽였다고 했다.
"내가 꼭 나가야 하는 건지도 잘 모르겠어요."
그녀가 말했다.

"왜요?"
 처크가 계속 말을 이었다.
 "그러니까, 이런 말을 해서 죄송하지만, 컨스 양……."
 "부인."
 "컨스 부인. 죄송하지만 제가 보기에는, 글쎄, 정상인 같은데요."
 그녀는 두 사람이 지금까지 이곳에서 만난 다른 사람들 못지않게 편안한 자세로 의자에 등을 기대며 작은 소리로 쿡쿡 웃었다.
 "내 생각도 그래요. 하지만 여기 처음 올 때는 안 그랬어요. 오, 하나님. 저 사람들이 그때 사진을 찍어두지 않은 게 얼마나 다행인지 몰라요. 난 조울증 진단을 받았죠. 그 진단은 틀림없어요. 지금도 우울해지는 날이 있으니까. 그건 누구나 마찬가지겠지만, 대부분의 사람들은 도끼로 남편을 죽이지 않는다는 게 나랑 다른 점이에요. 사람들 말로는 나하고 아버지 사이에 깊은 갈등이 있는데, 그게 해결되지 않아서 그렇다고 하더군요. 그것 역시 옳은 말이에요. 지금 같아선 내가 여길 나가더라도 다시 누굴 죽이지는 않을 것 같지만, 그거야 아무도 모르는 일이죠."
 그녀는 담배 끝으로 두 사람이 있는 방향을 가리키며 말을 이었다.
 "남편이 아내를 때리고, 만나는 여자들 중 절반을 침대로 끌어들이는데도 아무도 도와줄 사람이 없다면, 아내가 도끼로 그 남자를 죽이는 것도 그렇게 이해 못할 일은 아닐 거예요."
 그리고 그녀가 테디와 눈을 마주쳤는데, 그는 그 눈동자의 묘한 표정(수줍어하면서도 들떠 있는 어린 여학생 같았다.) 때문에 웃음을 터뜨렸다.
"왜요?"
그녀가 테디와 함께 웃으면서 물었다.
"당신이 여기서 나가면 절대 안 될 것 같군요."
테디가 말했다.
"당신은 남자니까 그런 말을 하는 거예요."
"그래요, 맞습니다."
"뭐, 그렇다면, 당신 탓이 아니죠."
피터 브린을 만난 후라 이렇게 소리 내어 웃고 나니 속이 후련했다. 테디는 자기가 정말로 컨스에게 추파를 던지고 있었던 건지도 모른다는 생각이 들었다. 정신병 환자한테, 도끼로 사람을 죽인 사람한테 추파를 던지다니.
'그래, 결국 이 지경이 된 거야, 돌로레스.'
하지만 그런 생각을 해도 기분이 나쁜 것만은 아니었다. 지난 2년간 슬픔에 잠겨 암울한 시절을 보냈으니 이제 여자랑 가볍게 말장난을 하는 것쯤은 괜찮을 것 같기도 했다.
"내가 여길 나가면 뭘 할까요? 난 이제 저 바깥세상이 어떻게 돌아가는지 전혀 몰라요. 폭탄이 새로 나왔다는 얘길 들었어요. 도시 전체를 잿더미로 만들어버릴 수 있는 폭탄이라더군요. 텔레비전도 있다던데. 그거 이름이 텔레비전 맞죠? 병동마다 텔레비전이 한 대씩 생길 거라는 소문이 있어요. 그러면 그 상자 속에서 연극을 볼 수 있대요. 내가 그걸 좋아하게 될지 잘 모르겠어요. 상자에서 목소리가 나오고, 상자에 사람들 얼굴이 나타난다니. 내가 매일 듣는 목소리나 매일 보는 얼굴들만으로도 충분해요. 더 이상

소음이 생기는 건 싫어요."
브리지트가 말했다.
"레이첼 솔란도에 대해 말씀해 주시겠어요?"
처크가 물었다.
그녀는 잠시 가만히 있었다. 아니 사실 자동차가 급정거할 때처럼 갑작스럽게 그녀의 움직임이 멈췄다. 테디는 그녀의 눈동자가 살짝 위로 올라가는 것을 지켜보았다. 자기 머릿속에서 올바른 자료를 찾으려고 기억을 뒤지는 것 같았다. 테디는 수첩에 '거짓말'이라고 갈겨쓴 다음, 곧바로 손목을 구부려 그 단어를 감췄다.
브리지트가 아까보다 더 신중하게 말을 하기 시작했는데, 왠지 기계처럼 미리 외워둔 말 같았다.
"레이첼은 괜찮은 사람이에요. 다른 사람들하고 어울리질 않죠. 비 얘기를 많이 하지만, 아예 얘기를 안 하는 경우가 대부분이에요. 레이첼은 자기 애들이 살아 있다고 믿었어요. 자기가 아직도 버크셔에 살고 있고, 우린 전부 동네 사람이거나, 우체부거나, 우유 배달부라는 거예요. 레이첼은 친해지기 어려운 사람이었어요."
그녀는 고개를 숙인 채 말을 마치고는 테디와 시선을 마주치려 하지 않았다. 그녀는 그의 얼굴을 제대로 보지 않은 채 탁자를 뚫어져라 바라보며 다시 담배에 불을 붙였다.
테디는 그녀가 방금 한 말을 생각해 보면서, 레이첼의 망상을 설명한 말이 어제 콜리에게서 들은 얘기와 거의 한 자도 다르지 않다는 것을 깨달았다.
"그 여자가 여기 얼마나 있었습니까?"

"예?"

"레이첼 말입니다. 그 여자가 당신과 함께 B 병동에 있은 지가 얼마나 됐어요?"

"한 3년인가? 아마 그 정도일 거예요. 시간이 어떻게 흘러가는지는 잘 모르겠지만. 여기서는 시간이 얼마나 됐는지 깜박깜박하게 돼요."

"그럼 그 여자가 그 전에는 어디 있었습니까?"

테디가 물었다.

"C 병동이라고 들었어요. 거기서 여기로 옮겨진 모양이에요."

"하지만 확실한 건 아니군요."

"예. 저는…… 여기서는 그런 것도 깜박깜박하니까."

"그렇겠죠. 레이첼을 마지막으로 봤을 때 뭔가 이상한 점 없었습니까?"

"없었어요."

"집단에서 봤죠?"

"예?"

"당신이 레이첼을 마지막으로 봤을 때 말입니다. 그저께 밤, 집단 치료 시간에 봤죠?"

테디가 물었다.

"예, 예."

그녀는 여러 번 고개를 끄덕이고는 재떨이 가장자리에 재를 털었다.

"집단에서 봤어요."

"그때 모두들 다 함께 방으로 올라갔습니까?"

"맞아요. 갠튼 씨하고요."
"그날 밤 시핸 박사는 어땠습니까?"
그녀가 시선을 들었다. 테디는 그녀의 얼굴에서 혼란을 보았다. 어쩌면 약간의 공포도 있는 것 같았다.
"무슨 말씀인지 모르겠어요."
"그날 밤 시핸 박사가 거기 있었습니까?"
그녀는 처크를 봤다가 다시 테디에게로 시선을 옮기고는 이빨로 윗입술을 빨아들였다.
"예, 거기 있었어요."
"어떻던가요?"
"시핸 박사요?"
테디는 고개를 끄덕였다.
"괜찮은 사람이에요. 좋은 사람이죠. 미남이고."
"미남이요?"
"예. 박사는…… 옛날에 우리 어머니가 하시던 말처럼 눈빛이 그렇게 보기 흉하지 않아요."
"박사가 당신에게 추근거린 적이 있습니까?"
"없어요."
"당신한테 성적으로 관심을 보인 적은?"
"없어요, 없어요, 없어요. 시핸 박사는 좋은 의사예요."
"그럼 그날 밤에는요?"
"그날 밤이요?"
그녀는 잠깐 생각을 해보고 나서 입을 열었다.
"그날 밤에 이상한 일은 하나도 없었어요. 우리가 나눈 얘기가,

그러니까, 화를 다스리는 법이라고 해야 하나요? 레이첼은 비에 대해서 불평을 했죠. 시핸 박사는 사람들이 흩어지기 직전에 방을 나갔어요. 미스터 갠튼이 우리를 방까지 데려다줬고, 우린 잠자리에 들었죠. 그게 전부예요."

테디는 아까 '거짓말'이라고 쓴 것 밑에 '코치를 받았음'이라고 쓰고 수첩을 닫았다.

"그게 전부라고요?"

"예. 그리고 다음날 아침 일어나보니 레이첼이 없어졌더군요."

"다음날 아침?"

"예. 자고 일어나서 레이첼이 도망쳤다는 얘기를 들었어요."

"그럼 그날 밤에는요? 자정 무렵에……, 그 소리를 들었죠, 그렇죠?"

"뭘 들어요?"

담배를 비벼 끄고 손을 저어 허공의 연기를 흩어버리면서 그녀가 말했다.

"밖이 소란해진 것 말입니다. 레이첼이 없어졌다는 게 발견됐을 때."

"아뇨. 저는……"

"사람들이 고함을 질러대고, 사방에서 간수들이 달려왔습니다. 경보도 울렸고."

"난 꿈인 줄 알았어요."

"꿈이요?"

그녀가 빠르게 고개를 끄덕였다.

"그럼요. 악몽인 줄 알았어요."

그녀는 처크를 바라보며 말을 이었다.

"물 한 잔 마실 수 있을까요?"

"물론이죠."

처크는 자리에서 일어나 주위를 둘러보다가 식당 뒤쪽에 있는 강철 물통 옆에 유리잔들이 쌓여 있는 것을 발견했다.

잡역부 한 사람이 의자에서 반쯤 일어서며 말했다.

"보안관님?"

"그냥 물을 좀 가지러 가는 거예요. 괜찮아요."

처크는 물통으로 다가가 잔을 하나 고른 다음, 우유가 나오는 꼭지와 물이 나오는 꼭지를 구분하느라 잠깐 서 있었다.

그가 금속으로 된 말발굽처럼 생긴 두꺼운 물통 꼭지를 위로 들어올렸을 때, 브리지트 컨스가 테디의 수첩과 펜을 움켜쥐었다. 그녀는 자신의 시선으로 그를 붙들어둔 채 수첩을 열어 아무것도 씌어 있지 않은 곳을 펼치더니 뭔가 끄적이고 나서 수첩을 닫아 펜과 함께 다시 테디에게 돌려주었다.

테디는 무슨 일이냐는 시선으로 그녀를 바라보았지만, 그녀는 다시 시선을 떨어뜨리더니 자기 담배갑을 무심하게 어루만질 뿐이었다.

처크가 물을 가지고 돌아와 자리에 앉았다. 브리지트는 두 사람이 지켜보는 가운데 물을 절반쯤 들이키더니 이렇게 말했다.

"고마워요. 더 물어볼 게 있나요? 제가 좀 피곤해서요."

"앤드루 레이디스라는 환자를 만나본 적 있습니까?"

테디가 물었다.

그녀의 얼굴에는 아무런 표정도 나타나지 않았다. 완전한 무표정. 마치 그녀의 얼굴이 석고로 변해 버린 것 같았다. 그녀의 손은 탁자 위에 계속 평평하게 놓여 있었다. 마치 손을 치우면 탁자가 둥둥 떠올라 천장에 닿을 거라고 생각하는 것처럼.

테디는 도저히 이유를 알 수 없었지만, 그녀가 금방이라도 울음을 터뜨리기 직전이라는 것은 확실히 알 수 있었다.

"아뇨. 그런 이름은 한 번도 들어본 적이 없어요."

그녀가 말했다.

"그 여자가 코치를 받았다고 생각한다고요?"

처크가 물었다.

"자넨 아냐?"

"좋아요, 조금 억지로 말하는 것 같기는 했어요."

두 사람은 애시클리프 병원 본부와 B 병동을 이어주는 통로에 있었다. 지붕이 있어서 비를 맞지 않았다.

"조금? 그 여자가 콜리랑 정확하게 똑같은 단어를 사용한 게 몇 번 있었어. 우리가 집단 치료 시간에 대화 주제가 뭐였느냐고 물었을 때, 그 여자는 잠시 가만히 있다가 '화를 다스리는 법이라고 해야 하나요?' 이랬지. 이게 맞는 건지 잘 모르겠다는 듯이. 오늘 쪽지 시험을 보려고 어젯밤에 벼락치기로 공부를 한 사람처럼 말이야."

"그래서 그게 뭘 의미하는 건데요?"

"내가 알면 이러고 있겠어? 있는 거라고는 의문밖에 없으니. 30분마다 의문이 30개씩 더 생겨나는 것 같아."

테디가 말했다.

"맞아요. 선배님, 선배님한테 궁금한 게 하나 있어요. 앤드루 레이디스가 누구죠?"
처크가 물었다.
"그걸 알아차렸나?"
테디는 어젯밤 포커에서 딴 담배에 불을 붙였다.
"오늘 환자를 만날 때마다 물어보셨잖아요."
"켄하고 레오노라 그랜트한테는 안 물어봤어."
"선배님, 그 사람들은 똥오줌도 분간 못하는 사람들이에요."
"맞는 말이야."
"전 선배님 파트너잖아요."
테디가 돌벽에 등을 기대자 처크도 같이 등을 기댔다. 테디는 고개를 돌려 처크를 바라보았다.
"우린 바로 엊그제께 만난 사이야."
"아, 저를 못 믿으시는 거군요."
"난 자네를 믿어, 처크. 정말이야. 하지만 난 여기서 규칙을 어기고 있어. 이번 사건은 내가 일부러 자청해서 맡은 거야. 현장 사무소에 이 사건 소식이 들어오는 순간 자청을 했다고."
"그래서요?"
"그러니까 내가 전적으로 공평무사한 태도를 갖고 있는 게 아니라는 얘기지."
처크는 고개를 끄덕이고 담배에 불을 붙인 다음, 잠시 생각에 잠겼다.
"제 여자 친구, 줄리 말인데요(이름이 줄리 타케토미예요.) 그녀는 저하고 똑같은 미국인이에요. 일본어는 한 마디도 못한다고요. 그녀와 부모님은 여기서 60년을 살았어요. 그런데도 사람들이 그녀를 수용소에 집어넣고는······."

그는 고개를 젓더니 담배를 빗속으로 튕겨 보내고 셔츠를 끌어 올려 오른쪽 엉덩이 위의 피부를 보여주었다.

"한 번 보세요, 선배님. 여기도 흉터가 있어요."

테디는 흉터를 보았다. 젤리처럼 길고 검은 색이며, 그의 엄지 손가락만큼 굵은 흉터였다.

"이것도 전쟁 때 생긴 게 아니에요. 보안관 일을 하다가 생긴 거죠. 타코마에서 어떤 문 안으로 들어갔는데, 우리가 쫓고 있던 친구가 검으로 절 그었어요. 세상에, 말이나 돼요? 검이라니. 저는 병원에 3주 동안 있었죠. 의사들이 내 창자를 다시 꿰매줬고요. 미국 연방 보안국 일을 하다가 그렇게 된 거예요, 선배님. 조국을 위해 일을 하다가 그렇게 된 거라고요. 그런데 내가 동양계 미국인 여자하고 사랑에 빠졌다는 이유로 날 고향에서 쫓아내다니요?"

그는 셔츠를 다시 바지 속으로 집어넣으면서 말을 이었다.

"나쁜 새끼들."

"누가 보면, 자네가 그 여자를 진심으로 사랑하는 줄 알겠어."

테디가 잠시 후 말했다.

"그녀를 위해서라면 죽을 수도 있어요. 아무런 후회 없이."

처크가 말했다.

테디는 고개를 끄덕였다. 그가 아는 한 이 세상에서 그보다 더 순수한 감정은 없었다.

"지금 그 감정 놓치지 마."

"그럴 거예요, 선배님. 내 얘기가 바로 그 말이라고요. 이제 우리가 여기 온 이유를 얘기해 주세요. 앤드루 레이디스가 도대체 누구죠?"

테디는 담배꽁초를 돌바닥에 떨어뜨리고 신발 뒷굽으로 짓이겼다.

돌로레스, 이 친구한테 얘기를 해줘야겠어. 나 혼자서는 이걸 할 수 없어.

내가 그렇게 수많은 죄를 지었지만(술을 마셔대고, 오랫동안 당신을 혼자 내버려두고, 당신을 실망시키고, 마음을 아프게 하고), 그 죄를 조금이라도 갚을 수 있다면, 지금이 바로 그때일지도 몰라. 나한테는 이게 마지막 기회인지도 몰라.

난 제대로 해내고 싶어, 여보. 속죄를 하고 싶어. 다른 사람은 다 몰라도 당신만은 이 마음을 이해해 주겠지.

"앤드루 레이디스는……."

그가 처크를 향해 입을 열었다. 그러나 바싹 마른 목에 단어가 걸려버렸다. 그는 침을 꿀꺽 삼켜서 입 안을 촉촉하게 만든 다음 다시 시도해 보았다…….

"앤드루 레이디스는 내가 아내랑 같이 살던 아파트의 관리인이었어."

"그래요?"

"아파트에 불을 지른 것도 그 사람이지."

처크는 이 말의 의미를 이해하고 나서 테디의 얼굴을 유심히 살펴보았다.

"그러니까……"

"앤드루 레이디스가 성냥불로 아파트에 불을 냈다는……"

"이런 세상에."

"……그리고 그 불로 내 아내가 죽었어."

테디는 통로 가장자리로 걸어가서 빗속으로 고개를 내밀었다. 빗방울 속에서 돌로레스의 모습이 보였다. 빗방울에 맞아 녹듯이 사라져가고 있는 모습이.

그날 아침 돌로레스는 테디에게 출근하지 말라고 했었다. 생애의 마지막 한 해 동안 그녀는 알 수 없는 이유로 깜짝깜짝 놀라곤 했으며, 밤잠도 잘 이루지 못해서 곧잘 몸을 벌벌 떨며 멍해지곤 했다. 그녀는 자명종이 울린 후에 그를 간질이면서 덧창을 닫아서 햇빛을 가리고 하루 종일 침대에 있자고 말하곤 했다. 그녀가 그를 안을 때면 너무나 세게, 너무나 오랫동안 그에게 매달리곤 했기 때문에 그녀의 팔뼈가 테디의 목을 부숴버릴 것처럼 파고드는 것이 느껴졌다.

그가 샤워를 하고 있을 때 그녀가 그에게 왔지만, 그는 이미 출근 시간에 늦었기 때문에 별로 서두르지 않았다. 그는 그 당시 자주 그랬던 것처럼 숙취에 시달리고 있었다. 머리가 멍하고 마치 머릿속에 못이 잔뜩 들어 있는 것 같았다. 그의 몸에 바짝 달라붙은 그녀의 몸이 사포 같았다. 샤워가의 물줄기가 총알처럼 세게 떨어졌다.

"가지 마. 하루만. 하루쯤 빠진다고 뭐가 달라지겠어?"

그녀가 말했다. 그는 미소를 지으려고 애쓰면서 그녀를 부드럽게 밀쳐내고 비누를 향해 손을 뻗었다.

"여보, 그럴 수는 없어."

"왜?"

그녀는 그의 다리 사이를 손으로 훑으면서 말을 이었다.

"자. 비누 좀 줘봐. 내가 씻겨줄게."

그녀의 손바닥이 그의 고환 밑에서 부드럽게 움직이고, 그녀의 이빨이 그의 젖꼭지를 깨물었다.

그는 그녀를 밀쳐내지 않았다. 대신 가능한 한 부드럽게 그녀의 어깨를 붙들고 한두 발짝쯤 뒤로 그녀를 옮겨놓았다.

"이러지 마. 정말로 가봐야 돼."

그녀는 소리 내어 웃으면서 다시 그에게 파고들려고 했지만, 그녀의 눈이 점점 더 필사적으로 변해 가는 것이 보였다. 행복해지고 싶어서, 혼자 남지 않으려고, 옛날을 되돌리려고 그녀는 필사적이었다. 그가 일을 너무 많이 하지도 않고, 술을 너무 많이 마시지도 않던 시절. 그녀가 눈을 떴을 때 세상이 너무 밝고, 너무 시끄럽고, 너무 차갑게 느껴졌던 그날 아침 이전의 시절.

"알았어, 알았어."

그녀가 뒤로 물러났다. 물방울이 그녀의 어깨에서 튀어 올라 안개처럼 그녀의 몸을 감싸는 가운데 그녀의 얼굴이 보였다.

"그럼 우리 이렇게 해. 하루 종일 같이 있는 게 아냐. 하루 종일은 아냐. 딱 한 시간만. 딱 한 시간만 늦게 가."

"난 이미……."

"한 시간이야."

그녀가 다시 그를 어루만지며 말했다. 이번에는 그녀의 손에 비누 거품이 묻어 미끌미끌했다.
"한 시간만 있다가 가. 당신을 내 몸 안에서 느끼고 싶어."
그녀가 그에게 키스하려고 발꿈치를 들어올렸다.
그는 그녀의 입술에 급히 입을 맞추고 나서 말했다.
"여보, 안 돼."
그리고 그는 샤워기를 향해 얼굴을 돌렸다.
"그 사람들이 당신을 다시 불러갈까?"
그녀가 말했다.
"응?"
"싸우라고."
"그 보잘 것 없는 나라랑? 여보, 내가 군화 끈을 다 매기도 전에 전쟁이 끝나버릴 거야."
"모르겠어. 우리나라가 왜 거기서 싸우는지도 모르겠어. 그러니까 내 말은……."
"북한 인민군은 그런 무기를 어디서도 구할 수가 없어. 그놈들은 스탈린한테서 무기를 얻은 거라고. 우리는 뮌헨에서 이미 교훈을 얻었기 때문에 그때 히틀러를 막았어야 한다는 걸 알고 있어. 그러니까 이번에는 스탈린하고 마오쩌둥을 막을 거야. 한국에서."
"거기 갈 생각이구나."
"나라에서 날 부르면? 갈 수밖에 없을 거야. 하지만 날 부르지 않을 거야, 여보."
"그걸 어떻게 알아?"
그는 머리에 샴푸를 발랐다.

"그 사람들이 우리를 왜 그렇게 미워하는 건지 생각해 본 적 있어? 공산주의자들 말이야. 그 사람들은 왜 우리를 가만 내버려두지 못하는 걸까? 세상이 금방 폭발할 것 같은데 난 그 이유도 모르고 있어."

그녀가 말했다.

"세상은 폭발하지 않아."

"폭발할 거야. 신문을 보면……"

"그럼 이제 신문을 안 읽으면 되잖아."

테디는 샴푸 거품을 헹궈냈다. 그녀가 그의 등에 얼굴을 붙이고 그의 배를 끌어안았다.

"그로브에서 당신을 처음 봤을 때가 기억 나. 당신이 제복을 입고 있던 모습."

테디는 그녀가 이런 얘기를 하는 것을 끔찍하게 싫어했다. 그녀는 기억을 더듬는 것 때문에 현실에 적응하지 못했다. 좋은 점도 있고 나쁜 점도 있는 지금 자신들의 모습에. 그래서 그녀는 구불구불한 기억의 길을 더듬어 과거로 가서 온기를 찾는 것이다.

"당신 그때 얼마나 미남이었는지 몰라. 린다 콕스는 '내가 먼저 저 사람을 봤어' 이랬지. 그때 내가 뭐라고 했는지 알아?"

"나 늦었어, 여보."

"'내가 똑같은 말을 했을 것 같아? 아니지. '린다, 네가 먼저 저 사람을 봤는지 몰라도, 저 사람을 마지막까지 보는 건 내가 될 거야.' 내가 이랬어. 린다는 당신을 가까이서 보니 좀 못되게 보인다고 했지만 난 '그 사람 눈을 들여다봤어? 거긴 못된 구석이 하나도 없어.' 이렇게 말했지."

테디는 샤워기를 잠그고 몸을 돌렸다. 그리고 자기 몸에 묻어 있던 비누 거품이 아내의 몸에도 조금 옮겨갔음을 알아차렸다. 그녀의 몸에 비누 거품이 튀어 있었다.
"물을 다시 틀어줄까?"
그녀는 고개를 저었다.
그는 허리에 수건을 두르고 세면대에서 면도를 했다. 돌로레스는 몸에 묻은 비누 거품이 하얗게 말라가도록 내버려둔 채 벽에 몸을 기대고 그를 지켜보았다.
"물기를 좀 닦지 그래? 목욕 가운이라도 입든지."
테디가 말했다.
"벌써 다 말랐어."
"안 말랐어. 온 몸에 하얀 거머리가 붙어 있는 것 같은데 뭐."
"그건 비누 거품이 아냐."
"그럼 뭔데?"
"코코넛 그로브야. 당신이 거기 있을 때 불에 타서 없어진 숲."
"그래, 여보. 그 얘긴 나도 들었어."
"거기 있을 때."
그녀는 흥얼흥얼 노래를 부르면서 무거운 분위기를 바꿔보려고 애썼다.
"거기 있을 때……."
그녀의 목소리는 옛날부터 항상 세상에서 가장 예뻤다. 그가 전쟁에서 돌아온 날 밤, 두 사람은 돈을 아끼지 않고 파커 하우스에서 비싼 방을 빌렸다. 그곳에서 사랑을 나눈 후, 그는 생전 처음으로 그녀의 노랫소리를 들었다. 그는 침대에 누워 있었고, 그녀는 욕실에 있었다. 욕실 문 밑으로 배어나오는 수증기와 함께 「버팔로 아가씨들」이라는 노랫가락이 흘러나왔다.
"여보."
그녀가 말했다.
"응?"
거울에 그녀의 몸 왼편이 비쳤다. 피부에 묻어 있던 비누 거품이 대부분 말라 있었는데, 그 모습을 보며 그는 왠지 짜증이 치밀었다. 뭐라고 꼭 집어서 말할 수는 없지만, 뭔가 규칙이 깨진 것 같았다.
"당신 다른 여자가 있는 거야?"
"뭐?"
"그런 거야?"
"무슨 말도 안 되는 소리를 하는 거야? 난 직장에서 일을 할 뿐이야, 돌로레스."
"내가 당신의 그곳을 만졌는데……"
"그런 말 좀 하지 마, 제발."
"……아까 샤워할 때. 그런데 전혀 아무 느낌도 없었어?"
"돌로레스."
그는 거울에서 돌아서면서 말을 이었다.
"당신 아까 폭발이 어쩌고 그런 얘기를 했잖아. 세상이 끝날 거라고."
그녀는 어깨를 으쓱했다. 지금 얘기하고 그 얘기는 전혀 상관이 없다는 듯이. 그녀는 벽에다 발바닥을 대고 손가락으로 허벅지 안쪽의 물기를 훔쳤다.

"당신 요즘은 나랑 그 짓 안 하잖아."

"돌로레스, 나 지금 농담하는 거 아냐. 이 집에서는 그런 말 하지 마."

"그러니까 당신이 다른 여자랑 그 짓을 한다고 생각할밖에."

"난 아무하고도 안 해. 그 말 좀 그만 할 수 없어?"

"무슨 말?"

그녀는 자신의 검은 치모에 손을 갖다대며 말을 이었다.

"그 짓이라는 말?"

"그래."

그는 한 손을 들어올리고 다른 손으로는 다시 면도를 하기 시작했다.

"그럼 그게 나쁜 말이야?"

"당신도 알잖아."

그는 목 아래에서 위쪽으로 면도칼을 밀어 올렸다. 거품 속에서 수염이 칼날에 긁히는 소리가 들렸다.

"그럼 뭐가 좋은 말인데?"

"뭐?"

그는 면도칼을 물에 담갔다가 꺼내 흔들었다.

"내 몸에 대해 내가 무슨 말을 해야 당신이 화를 내지 않을까?"

"난 화 안 냈어."

"화냈어."

그는 목의 면도를 마치고 얼굴을 닦는 수건으로 면도칼을 닦았다. 그리고 왼쪽 구레나룻 밑에 칼을 갖다댔다.

"아냐, 여보, 화 안 냈어."

그는 거울 속에서 그녀의 왼쪽 눈과 시선을 마주쳤다.

"그럼 내가 뭐라고 말해야 하지?"

그녀는 양손으로 치모의 위쪽과 아래쪽을 각각 쓰다듬으면서 말을 이었다.

"그러니까, 내 말은 당신이 이걸 핥을 수도 있고, 입을 맞출 수도 있고, 그 짓을 할 수도 있다는 거야. 여기서 애가 나오는 걸 볼 수도 있어. 그런데 이런 말을 하면 안 된다고?"

"돌로레스."

"보지."

그녀가 말했다.

순간 면도칼이 피부 속으로 깊숙이 미끄러져 들어갔다. 얼마나 깊이 들어갔는지 칼이 턱뼈까지 파고든 건 아닌지 모르겠다는 생각이 들 정도였다. 그의 눈이 휘둥그레졌고, 얼굴 왼쪽 전체가 불에 덴 듯 화끈거렸다. 그러다가 면도용 크림이 상처 속으로 들어가면서 머릿속에서 폭탄처럼 터져버렸고, 세면대 속의 하얀 거품과 물 속으로 피가 소나기처럼 쏟아져내렸다.

그녀가 수건을 가지고 다가왔지만 그는 그녀를 밀쳐버리고 이를 악물었다. 통증이 두더지가 굴을 파는 것처럼 그의 눈 속으로 스며들고, 그의 뇌를 까맣게 태워버렸다. 그렇게 세면대 속으로 피를 쏟아내면서 그는 울고 싶은 심정이었다. 아파서가 아니었다. 숙취 때문도 아니었다. 자기 아내가, 코코넛 그로브에서 그가 생전 처음으로 함께 춤을 춘 여자가 왜 저렇게 변해 가고 있는 건지 그 이유를 알 수 없어서였다. 그녀가 저렇게 변해서 무엇이 될지, 더러운 전쟁들이 수도 없이 일어나는 이 세상이 앞으로 어떻게 될지 알 수가 없었다. 워싱턴과 할리우드에서는 격렬한 증오와 스파이들이 판을 치고, 학교에는 방독면이 비치되어 있고, 지하실에는 시멘트로 만든 방공호들이 있는 이 세상이 어떻게 될지. 게다가 이 모든 것들이 웬일인지 서로 다 연결되어 있었다. 그의 아내, 이 세상, 그가 술을 마시는 것, 이 모든 일들이 다 끝날 것이라고 진심으로 믿었기 때문에 그가 참전했던 전쟁⋯⋯.

그가 그렇게 싱크대 속으로 피를 쏟아내고 있는데 돌로레스가 용서를 구했다.

"미안해, 미안해, 미안해."

그는 그녀가 다시 내미는 수건을 받아들었지만 그녀를 만질 수도, 그녀를 바라볼 수도 없었다. 그녀의 목소리가 울먹이고 있는 것도 알 수 있었고, 그녀의 눈과 얼굴이 눈물에 젖어 있다는 것도 알고 있었다. 이 세상이 온통 개판처럼 변해 버렸다는 것이 너무나 싫었다.

아내가 죽은 사고 후 사건 관련 서류에는 그가 아내에게 마지막으로 한 말이 사랑한다는 말이었다고 씌어 있었다.

거짓말.

그가 마지막으로 한 말이 실제로는 무엇이었느냐고?

그는 수건을 세 번째 바꿔서 턱에 댄 채 문 손잡이를 향해 손을 뻗으면서 말했다. 그녀의 눈은 그의 얼굴을 찾아 헤매고 있었다.

"젠장, 돌로레스, 정신 좀 차려. 당신한테는 할 일이 있잖아. 가끔 그런 것도 좀 생각해 보라고, 알았어? 그리고 그 망할 놈의 머릿속 좀 어떻게 정리해 봐."

그의 아내가 그에게서 마지막으로 들은 말은 바로 이런 것이었다. 그는 이 말을 한 후 문을 닫고 계단을 내려가다가 마지막 계단에서 잠시 멈춰 섰다. 그리고 돌아갈까 생각해 보았다. 계단을 다시 올라가서 집으로 들어가 방금 아내에게 한 말을 어떻게든 제대로 바로 잡아볼까. 아니, 바로잡지는 못할망정 적어도 부드럽게라도 만들어볼까.

부드럽게. 그랬더라면 좋았을 텐데.

목에 감초 모양의 흉터가 나 있는 여자가 비틀거리며 통로를 따라 두 사람이 있는 방향으로 걸어왔다. 그녀의 발목과 손목은 사슬로 묶여 있고, 양 옆에는 병원 직원들이 각각 한 명씩 붙어 있었다. 그녀는 행복한 표정으로 오리 같은 소리를 내며 팔꿈치를 퍼덕거리려고 했다.

"이 여자는 무슨 짓을 저질렀죠?"

처크가 물었다.

"이 여자 말입니까? 이 여자는 매기 노파입니다. 우리는 매기 문파이라고 부르죠. 지금 물 치료실로 가는 길인데, 잠시라도 혼자 놔둘 수가 없는 사람이라서요."

병원 직원이 대답했다.

매기가 두 사람 앞에서 걸음을 멈추자 직원들은 반 건성으로 그녀를 잡아끌려고 했지만, 그녀는 팔꿈치를 뒤로 내밀고는 발꿈치로 돌바닥을 파고들었다. 직원 하나가 눈알을 굴리며 한숨을 쉬었다.

"매기는 완전히 개종했어요. 그녀의 말을 들어보세요."

매기는 두 사람의 얼굴을 올려다보았다. 오른쪽으로 비스듬히 기울어진 머리가 조심스레 머리를 내미는 거북이처럼 움직이고 있었다.

"나는 길이요, 빛이다. 난 너희들을 위해 그 망할 놈의 파이를 굽지 않을 것이다. 안 구울 거야. 알겠나?"

그녀가 말했다.

"그럼요."

처크가 말했다.

"알고말고요. 파이는 없습니다."

테디가 덧붙여 말했다.

"너희는 지금까지 여기 있었고, 앞으로도 이곳에 머무를 것이다."

매기는 허공을 향해 코를 킁킁거리면서 말을 이었다.

"그것이 너희의 미래요 과거이며, 달이 지구 주위를 돌듯이 그것도 돌 것이다."

"예, 알겠습니다."

그녀는 몸을 앞으로 숙여 코를 킁킁거리며 두 사람의 냄새를 맡았다. 처음에는 테디, 다음에는 처크였다.

"그들은 비밀을 갖고 있다. 그것이 이 지옥의 먹이야."

"글쎄요, 그것하고 파이가 먹이겠죠."

처크의 말에 그녀가 그를 향해 미소를 지었다. 한순간 대단히 명석한 사람이 그녀의 몸속으로 들어와 그녀의 눈동자 뒤를 스치고 지나간 것 같았다.

"웃어라. 웃음은 영혼에 좋은 것이야. 웃어라."

그녀가 처크에게 말했다.
"예, 그럴게요."
처크가 말했다.
그녀가 갈고리처럼 손가락을 구부려 그의 코를 만졌다.
"난 너를 그렇게 기억하고 싶다. 웃는 모습으로."
그리고 그녀는 몸을 돌려 걷기 시작했다. 병원 직원들이 그녀와 보조를 맞췄고, 세 사람은 통로를 따라 내려가 옆문을 통해 병원 안으로 들어갔다.
처크가 말했다.
"재미있는 아가씨네요."
"어머니한테 한 번 보여주고 싶은 사람이지."
"그럼 저 여자가 어머니를 죽여 헛간에 묻어버리겠죠. 하지만……."
처크가 담배에 불을 붙이며 말을 이었다.
"레이디스는……."
"내 아내를 죽였지."
"그 이야기는 아까 했어요. 어떻게 죽인 거죠?"
"그놈이 불을 질렀어."
"그 말도 했어요."
"그놈은 우리 건물의 관리인이기도 했어. 그런데 건물 주인하고 싸움을 벌이는 바람에 해고당했지. 그때 우리가 아는 거라고는 화재가 방화에 의한 것이라는 사실뿐이었어. 누가 일부러 불을 질렀다는 거지. 레이디스도 용의자 중 한 사람이었지만, 범행이 발각될 때까지 시간이 좀 걸렸어. 그런데 수사관들이 자기를 범인으로 지목하니까 그놈이 알리바이를 내놓은 거야. 젠장, 그때 나는 그놈이 정말로 범인인지 아닌지 그것도 모르겠더라고."

"그럼 왜 생각이 바뀐 거예요?"

"1년 전에 신문을 펼쳤더니 거기 그놈이 있는 거야. 자기가 일하던 학교 건물을 불태웠다나. 똑같은 얘기야. 거기서 해고당한 다음에 지하실에서 불을 붙이고, 보일러에 기름을 부어서 폭발시켰다더군. 범행 수법이 아주 똑같아. 정확하게. 학교에 애들은 하나도 없었지만 교장이 늦게까지 남아서 일을 하고 있었어. 교장은 죽었지. 레이디스는 재판에서 네가 가진 게 무엇이냐고 속삭이는 목소리가 들린다고 주장했어. 사람들은 그놈을 새턱 교도소로 보냈지. 그런데 거기서 무슨 일이 일어났는지 그놈이 6개월 전에 여기로 이감됐어."

"그런데 아무도 그 사람을 못 봤다고 한다?"

"A 병동이나 B 병동 사람들은 전부 못 봤다는 거지."

"그럼 그 사람이 C 병동에 있다는 얘기네요."

"그래."

"아니면 죽었거나."

"그럴 수도 있지. 그러니 묘지를 찾아야 할 이유가 하나 더 있는 셈이야."

"하지만, 일단 그 사람이 죽지 않았다고 생각하기로 하죠."

"그러지……"

"그 사람을 찾으면 어떻게 하실 작정이에요, 선배님?"

"나도 몰라."

"날 속일 생각은 하지 마세요, 선배님."

간호사 두 명이 따각따각 구두굽 소리를 내며 두 사람 쪽으로 걸어왔다. 비를 피하려고 벽에 몸을 바짝 붙이고 있었다.
"두 분 다 젖었군요."
간호사 한 명이 말했다.
"그게 잘못인가요?"
처크가 이렇게 말하자 벽에 더 가까이 붙어 있던, 작은 몸집에 검고 짧은 머리의 간호사가 웃음을 터뜨렸다.
그 검은 머리 간호사는 두 사람 앞을 지나간 뒤에도 고개를 돌려 어깨 너머로 두 사람을 바라보았다.
"보안관들은 항상 그렇게 여자들을 꼬시나요?"
"상황에 따라 다르죠."
처크가 말했다.
"어떤 상황?"
"직원들의 질에 따라."
이 말을 듣고 두 사람 모두 잠시 걸음을 멈췄지만, 곧 말뜻을 이해한 모양이었다. 검은 머리 간호사가 다른 간호사의 어깨에 얼굴을 묻었고, 두 사람은 커다랗게 웃음을 터뜨리면서 병원 문으로 걸어갔다.
세상에, 테디는 처크가 매우 부러웠다. 자기가 하는 말을 믿을 수 있다는 것, 여자들하고 멍청한 장난을 주고받는 것, 태평한 병사처럼 아무 뜻도 없는 말장난을 속사포처럼 주고받곤 한다는 것, 테디는 이 모든 것이 부러웠다. 그러나 가장 부러운 것은 그의 가볍고 경쾌한 매력이었다.
테디는 원래 자신의 매력을 쉽게 드러내지 못하는 사람이었다.

그런데 전쟁에 다녀온 후에는 그것이 더 어려워졌다. 그리고 돌로레스가 죽은 후에는 아예 불가능해졌다.

매력을 드러내는 것은 세상이 기본적으로 옳다고 여전히 믿고 있는 사람들이나 누릴 수 있는 사치였다. 순수함과 세상의 규칙을 믿는 사람들.

"저, 내가 아내를 본 마지막 날 아침에 그녀가 코코넛 그로브의 화재 얘기를 꺼냈어."

그가 처크에게 말했다.

"그래요?"

"우리가 처음 만난 게 거기거든. 코코넛 그로브. 아내는 그때 아주 돈이 많은 친구하고 방을 같이 쓰고 있었는데, 내가 그 집에 세를 들었어. 집을 관리해 주는 대신 집세를 적게 낼 수 있었으니까. 그리고 내가 그곳을 떠나기 직전에 밤새 아내하고 춤을 췄지. 폭스트롯까지 췄다니까."

처크는 벽에 몸을 붙인 채 고개를 쭉 빼서 테디의 얼굴을 들여다보았다.

"선배님이 폭스트롯을 춰요? 도저히 상상이 안……"

"이봐, 자네가 그날 밤 내 아내를 봤으면 어땠을 것 같아? 그녀가 자네더러 토끼처럼 무도회장을 펄쩍펄쩍 뛰어다니라고 해도 그 말대로 했을걸."

"그렇게 해서 코코넛 그로브에서 부인을 만난 거군요."

테디는 고개를 끄덕였다.

"그런데 내가……, 이탈리아였던가? 하여튼 거기 있을 때 그 숲이 타버렸어. 그래, 그때 이탈리아에 있었던 게 맞아. 그런데 난 잘 모르겠지만, 아내는 그 사실에 무슨 의미가 있다고 생각한 모양이야. 불을 아주 무서워했으니까."
"그러다가 불 속에서 돌아가셨군요."
처크가 부드럽게 말했다.
"기가 막힐 노릇이지, 안 그래?"
테디는 그날 아침 그녀의 모습을 떠올리며 입술을 깨물었다. 벌거벗은 채 욕실 벽에 다리를 올리던 모습, 이미 죽어버린 하얀 거품들이 그녀의 몸에 여기저기 튀어 있던 모습.
"선배님?"
테디는 처크를 보았다.
처크가 양손을 벌리면서 말했다.
"무슨 일이 생기든 제가 선배님을 도와드릴게요. 레이디스를 찾아내서 죽이고 싶어요? 그래도 난 '네 맘대로 하세요.' 예요."
테디는 미소를 지었다.
'네 맘대로 하세요.' 라……. 그 말을 들어본 지도……."
"하지만 선배님, 선배님 생각이 뭔지 그건 알아야겠어요. 난 지금 심각해요. 똑바로 정신차리지 않으면 어디서 청문회 같은 데 나가게 될지도 몰라요. 요즘은 사방에 감시하는 사람들이 있으니까. 모든 사람들이 다른 모든 사람들을 감시한다고요. 날이 갈수록 세상이 좁아지고 있으니."
처크는 이마로 흘러내린 텁수룩한 머리칼을 뒤로 밀어 보내면서 말을 이었다.
"선배님이 이 병원에 대해 뭔가 아는 게 있는 것 같아요. 뭔가 아는 게 있으면서도 나한테 말을 안 한 것 같다고요. 선배님은 처음부터 여기서 뭔가 일을 저지를 생각이었어요."
테디는 심장 부근에서 한 손을 퍼덕거렸다.
"난 지금 심각해요, 선배님."
"우린 이미 젖었어."
"그래서요?"
"내 말은, 여기서 조금 더 젖는 게 신경 쓰여?"

두 사람은 정문을 지나 밖으로 나가서 해변을 걸었다. 빗발이 모든 것을 담요처럼 가려버렸고, 집채만 한 파도가 바위를 후려쳤다. 파도는 높이 솟아올랐다가 산산이 부서지며 새로운 파도에 길을 내주었다.
"난 그놈을 죽이고 싶지 않아."
으르렁거리는 파도 소리 위로 테디가 소리를 질렀다.
"그래요?"
"그래."
"그 말을 믿어야 할지 모르겠어요."
테디는 어깨를 으쓱했다.
"만약 내 아내가 죽었다면? 난 그놈을 두 번 죽일 거예요."
처크가 말했다.
"사람을 죽이는 건 이제 신물이 나. 전쟁터에서 몇 명을 죽였는지 셀 수도 없어. 어떻게 그럴 수 있느냐고, 처크? 하지만 내가 실제로 겪은 일이야."
"그래도, 선배님 부인이잖아요."
두 사람은 해변에서 숲을 향해 검은 바위들이 날카롭게 튀어나와 있는 곳을 발견하고, 그곳을 올라 좀더 육지 안쪽으로 들어갔다.

"이봐."

두 사람이 땅이 평평한 작은 공터를 발견했을 때 테디가 말했다. 공터를 둥글게 둘러싼 키 큰 나무들이 빗줄기를 조금 막아주고 있었다.

"난 지금도 내 임무를 먼저 생각해. 레이첼 솔란도가 어떻게 됐는지 알아내는 게 먼저야. 그러다가 우연히 레이디스를 만나면? 그럼 좋지. 그럼 그놈한테 네가 내 아내를 죽였다는 걸 알고 있다고 말해 줄 거야. 그놈이 여기서 풀려날 때까지 내가 육지에서 기다리고 있을 거라고, 내가 살아 있는 동안 네 놈은 절대 자유롭게 숨쉴 수 없을 거라고 말해 줄 거야."

"그게 다예요?"

"그게 다야."

처크는 소매로 눈을 훔치고, 이마로 흘러내린 머리카락을 쓸어 올렸다.

"못 믿겠어요. 전혀."

테디는 둥글게 늘어선 나무들 중 남쪽 방향을 바라보았다. 애시클리프 병원 꼭대기에 사람들을 감시하는 것처럼 나 있는 지붕창이 보였다.

"선배님이 여기 온 진짜 목적이 뭔지 콜리가 알고 있을 것 같지 않아요?"

"내가 여기 온 건 레이첼 솔란도 때문이야."

"젠장, 선배님, 선배님 부인을 죽인 놈이 여기 있다면……"

"그놈이 유죄 판결을 받은 건 그 사건 때문이 아냐. 그놈하고 나를 한데 엮을 만한 게 하나도 없다고. 하나도."

쳐크는 바닥에서 불쑥 튀어나온 바위 위에 앉아 비를 향해 고개를 숙였다.

"좋아요, 그럼 묘지를 찾기로 하죠. 이왕 나왔으니 한 번 찾아보는 게 어때요? 만약 거기 '레이디스'라는 묘비가 있으면, 싸움이 절반쯤 끝난 거나 마찬가지잖아요."

테디는 둥글게 늘어선 나무들을 바라보았다. 검은 심연 같은 나무들.

"좋아."

"그건 그렇고, 그 여자가 선배님한테 뭐라고 한 거죠?"

쳐크가 자리에서 일어나며 물었다.

"누구?"

"그 환자요."

쳐크는 손가락을 퉁기면서 말을 이었다.

"그래, 브리지트. 그 여자가 물 좀 달라면서 나를 쫓아버리고 선배님한테 뭐라고 말을 했잖아요. 나도 다 알아요."

"아무 말도 안 했어."

"아무 말도 안 했다고요? 거짓말. 내가 다 아는데……."

"글로 썼어."

테디가 수첩을 찾으려고 레인코트 주머니들을 툭툭 두드리며 말했다.

그가 마침내 안주머니에서 수첩을 찾아 종이를 넘기기 시작했다.

처크는 휘파람을 불면서 물에 젖어 부드러워진 땅 위에서 독일 병정처럼 딱딱한 걸음으로 딱딱 소리를 내기 시작했다.
마침내 원하던 페이지를 찾은 테디가 말했다.
"이봐 히틀러, 그만해."
처크가 그에게 다가왔다.
"찾았어요?"
테디는 고개를 끄덕이며 처크가 볼 수 있도록 수첩의 방향을 돌려주었다. 브리지트가 긴장된 필체로 갈겨쓴 단 하나의 단어가 거기 있었다. 빗물 때문에 벌써 잉크가 피처럼 번지고 있는 단어가.

달아나

마치 슬레이트처럼 밑이 평평한 구름들 속에서 하늘이 빠르게 어두워지고 있던 무렵, 테디와 처크는 섬 안쪽으로 1.5킬로미터쯤 들어간 지점에서 돌멩이들을 발견했다. 두 사람은 길고 부드러운 해초와 빗물 때문에 미끌거리는 젖은 절벽들을 넘어온 덕에 온 몸이 진흙투성이였다.
두 사람 앞에 펼쳐진 벌판은 구름의 밑바닥처럼 평평했고, 폭풍에 날려 온 두꺼운 이파리들과 한두 군데 덤불이 자라는 곳을 제외하고는 풀 한 포기 없었다. 테디는 작은 돌들이 많이 있는 것을 보고 처음에는 그 돌멩이들도 이파리처럼 바람에 실려 온 것이려니 했다. 그러나 그는 절벽을 반쯤 내려가다가 움직임을 멈추고 돌멩이들을 다시 살펴보았다.
돌멩이를 단단하게 쌓아올린 작은 돌무더기들이 벌판 전체에

퍼져 있었는데, 돌무더기들 사이의 간격은 약 15센티미터였다. 테디는 처크의 어깨에 손을 올리며 그 돌무더기들을 가리켰다.

"돌무더기가 몇 개나 될 것 같아?"

"예?"

"저 돌멩이들 말이야. 보여?"

"예."

"따로따로 무더기를 이루고 있잖아. 몇 개나 될 것 같아?"

처크는 이 사람 폭풍 때문에 머리가 어떻게 된 게 아닌가 하는 시선으로 그를 바라보았다.

"그냥 돌멩이잖아요."

"나 농담하는 거 아냐."

처크는 머리가 이상해진 사람을 보는 것 같은 표정으로 테디를 잠시 더 바라본 다음 벌판으로 시선을 돌렸다. 1분쯤 후, 그가 말했다.

"열 개예요."

"나도 열 개야."

처크가 발을 딛고 있던 진흙탕이 무너지면서 그가 미끄러졌다. 테디는 처크가 정신없이 휘두르는 팔을 붙잡아 그가 몸을 바로잡을 때까지 그를 붙들어주었다.

"아래로 내려갈 수 있을까요?"

처크는 이렇게 말하면서 테디를 향해 약간 짜증스럽다는 듯 얼굴을 찡그렸다.

두 사람은 힘들게 절벽을 내려왔다. 테디가 돌무더기들이 있는 곳으로 다가가 살펴보니 돌무더기들이 두 줄로 쌓여 있었다. 다른 것보다 훨씬 작은 돌무더기들도 있었다. 대개 열 개 이상, 많으면 스무 개 이상 돌이 쌓여 있는 반면, 돌이 겨우 서너 개밖에 되지 않는 것도 몇 개 있었다.

테디는 두 줄로 늘어선 돌무더기들 사이를 걷다가 걸음을 멈추고 처크를 바라보며 말했다.

"아까 우리가 잘못 셌어."

"무슨 소리예요?"

"여기 돌무더기 두 개 사이 좀 봐."

테디는 처크가 다가올 때까지 기다렸다가 그와 함께 아래를 내려다보았다.

"여기 돌이 하나 있잖아. 이것도 돌무더기로 포함시켜야 해."

"이렇게 바람이 부는데요? 아니에요. 이건 다른 돌무더기에서 떨어진 거라고요."

"다른 무더기들하고 같은 거리에 있어. 저쪽 것에서 왼쪽으로 15센티미터, 그리고 또 저쪽 것에서 오른쪽으로 15센티미터 떨어져 있다고. 그리고 다음 줄에도 같은 게 두 개나 있어. 돌멩이 하나만 있는 게."

"그래서요?"

"그러니까 돌무더기는 열세 개야, 처크."

"그 여자가 이걸 여기 놔두고 갔다고 생각하는 거죠?"

"누군가가 일부러 놔둔 것 같아."

"이것도 암호군요."

테디는 돌멩이들 옆에 쭈그리고 앉았다. 그리고 수첩이 비에 젖는 걸 막으려고 트렌치코트를 머리 위로 끌어올려 코트 자락을 앞으로 당겼다. 그는 게처럼 옆으로 움직이면서 각각의 돌무더기 앞에서 걸음을 멈추고 돌의 숫자를 세어 수첩에 적었다. 마침내 13개 숫자가 모두 수첩에 기록되었다. 18, 1, 4, 9, 5, 4, 23, 1, 12, 4, 19, 14, 5.

"어쩌면 세계에서 제일 큰 자물쇠를 여는 번호인지도 몰라요."
처크의 말에 테디는 수첩을 닫아 주머니에 넣었다.
"좋은 생각이야."
"아이고, 고마워요. 제가 원래 머리가 좋거든요. 선배님도 그렇죠?"
테디는 트렌치코트를 다시 머리 위로 뒤집어쓰고 일어섰다. 빗줄기가 다시 그를 두들겨대고 바람이 거세게 불었다.
두 사람은 북쪽을 향해 걸었다. 오른쪽에는 절벽이 있었고, 비바람이 거세게 몰아치는 왼쪽 어딘가에는 애시클리프 병원이 있을 터였다. 30분쯤 지나자 확연히 느낄 수 있을 정도로 비바람이 거세져서 두 사람은 서로의 목소리를 듣기 위해 어깨를 바짝 붙이고 주정뱅이처럼 비틀거렸다.
"콜리가 선배님더러 군대 정보부에 있지 않았느냐고 물었죠? 그때 거짓말을 한 건가요?"
"그렇기도 하고 아니기도 하지. 난 일반 군대 소속으로 제대했으니까."
"하지만 거길 어떻게 들어갔죠?"
"초년병 시절에 무전 학교로 파견됐어."
"그 다음에는요?"
"전쟁 대학에서 집중 훈련을 받고, 그 다음에 정보부로 갔지."

"그런데 어쩌다 일반 부대로 다시 갔어요?"

"내가 일을 망쳤거든. 암호 해독을 잘못했어. 적의 위치 좌표를 말이야."

테디는 바람 소리 때문에 거의 고함을 지르다시피 말을 해야 했다.

"얼마나 망쳤는데요?"

테디는 그때 무전기로 들려오던 소리를 지금도 들을 수 있었다. 비명 소리가 들리다가 지직거리고 우는 소리가 들리다가 다시 지직거리고, 기관총 소리가 들리더니 비명 소리, 우는 소리, 지직거리는 소리가 또 들려왔다. 그리고 그렇게 시끄러운 와중에 어떤 소년 병사의 목소리가 들려왔다. "내 몸이 어디 갔는지 알아요?"

"대대병력 절반쯤을 내가 적한테 갖다 바친 셈이야."

테디가 바람 속에서 소리쳤다.

한동안 그의 귀에는 거센 바람 소리밖에 들리지 않았다. 그러다가 처크가 고함을 질렀다.

"그런 끔찍한 일을 물어봐서 미안해요."

두 사람은 낮은 언덕 꼭대기로 올라갔다. 그런데 그곳의 바람이 너무 세서 두 사람이 아래로 날려갈 뻔했다. 테디는 처크의 팔꿈치를 움켜쥐고 고개를 숙인 채 함께 앞으로 돌진했다. 두 사람은 한동안 그렇게 고개를 숙이고 바람을 맞으며 걸었다. 그래서 처음에는 묘석이 있다는 것도 눈치 채지 못했다. 빗물이 자꾸만 눈으로 흘러드는 가운데 터벅터벅 걷던 테디가 뒤로 약간 기울어진 평평한 돌에 부딪혔다. 그 돌은 결국 바람 때문에 뿌리가 뽑혀 뒤로 벌렁 드러눕더니 두 사람을 올려다보았다.

제이콥 플러
부선장
1832~1858

왼쪽에서 나무 한 그루가 양철 지붕에 도끼를 휘두르는 것 같은 소리를 내며 부러졌다. 처크가 그걸 보고 "세상에!"라고 소리를 질렀다. 부러진 나무 조각들이 바람에 실려 두 사람 눈 앞을 쏜살같이 지나갔다.

두 사람은 팔로 얼굴을 가린 채 묘지 안으로 들어갔다. 흙이며 나뭇잎이며 나무 조각들이 제멋대로 살아 움직이는 바람에 거의 앞이 보이지 않아 두 사람은 여러 번 넘어졌다. 그러다가 테디가 두툼한 까만색 물체를 앞에서 보고 손가락으로 가리키며 뭐라고 소리를 질렀지만 그의 목소리는 바람 속에 묻혀버렸다. 뭔가 커다란 것이 머리카락을 스치며 그의 머리 옆을 지나갔다. 두 사람은 뛰었다. 바람이 다리를 후려치고, 흙덩이들이 바닥에서 일어나 무릎을 두들겨댔다.

묘당이 있었다. 문은 강철이었지만 경첩이 부러져 있었고, 바닥에서는 잡초들이 고개를 내밀고 있었다. 테디가 문을 잡아당기는 순간 바람이 그의 품속으로 파고들어 문과 함께 그를 왼쪽으로 내동댕이쳤다. 그는 바닥에 넘어졌고, 문은 아래쪽 경첩이 부러진 채 비통한 소리를 내지르다가 다시 벽에 가서 쾅 부딪혔다. 테디가 미끌거리는 진흙 속에서 몸을 일으켰지만 바람이 그의 어깨를 후려치는 바람에 한쪽 무릎을 꿇고 다시 쓰러졌다. 그때 정면에 검은 출입구가 보여서 그는 진흙탕을 뚫고 앞으로 기듯이 돌진해

안으로 들어갔다.

"폭풍이 이렇게 심한 거 본 적 있어요?"

처크가 말했다. 두 사람은 문 안쪽에 서서 섬이 요동치며 날뛰는 것을 지켜보고 있었다. 바람 속에는 흙과 나뭇잎, 나뭇가지와 돌멩이들이 잔뜩 들어 있었다. 물론 빗물도 빠지지 않았다. 바람은 멧돼지 무리처럼 소리를 질러대며 땅을 찢어발겼다.

"한 번도 없어."

테디가 말했다. 두 사람은 문에서 뒤로 물러섰다.

처크가 코트 안주머니에서 아직 젖지 않은 성냥갑을 찾아내 몸으로 바람을 막으며 한꺼번에 성냥 세 개에 불을 붙였다. 방 중앙의 시멘트 판에는 관도, 시체도 없었다. 장례가 끝난 후 오랜 세월이 지나는 동안 누군가가 그것을 옮기거나 훔쳐간 모양이었다. 시멘트 판 반대편 벽에 돌로 된 긴 의자가 있어서 두 사람은 꺼져가는 성냥불을 들고 그리로 걸어갔다. 두 사람이 의자에 앉은 다음에도 바람은 계속 문간을 휩쓸며 문을 벽에다 짓찧고 있었다.

"근데 좀 보기 좋은 것 같기도 하네요. 자연이 미쳐 날뛰고, 하늘도 저런 색이고……. 아까 묘석이 뒤로 쓰러지는 거 봤죠?"

"내가 좀 밀어서 그래. 그래도 굉장하긴 했지."

"우와."

처크가 바짓자락을 비틀어 짜자 그의 발밑에 물웅덩이가 생겼다. 그는 흠뻑 젖은 셔츠 앞섶을 가슴 앞에서 흔들면서 말했다.

"본부 근처에 있을 걸 그랬어요. 어쩌면 여기서 이 폭풍이 끝날 때까지 기다려야 될지도 몰라요."

테디는 고개를 끄덕였다.

"허리케인에 대해서는 잘 모르지만, 아무래도 이건 그냥 몸 풀기 단계인 것 같아."

"저기 바람 방향이 바뀐 거 보여요? 저 묘지가 통째로 이쪽으로 날려 올 것 같아요."

"그래도 바깥보다 여기 있는 게 나아."

"그렇죠. 하지만 허리케인 속에서 높은 데를 찾다니, 우리도 참 멍청했어요."

"별로 똑똑한 짓은 아니었지."

"폭풍이 너무 빨랐어요. 그냥 장대비가 내리나보다 했는데 순식간에 오즈로 날아가는 도로시 신세가 돼버렸잖아요."

"그건 토네이도였어."

"뭐가요?"

"캔자스에서 도로시를 날려버린 거."

"아."

바람의 찢어지는 비명 소리가 한 단계 더 높아졌다. 테디는 바람이 자기 뒤의 두꺼운 돌벽을 주먹으로 두들겨대는 듯한 소리를 들을 수 있었다. 바람의 주먹질이 얼마나 셌는지 나중에는 벽이 미약하게 부르르 떠는 것이 등으로 느껴질 정도였다.

"이건 그냥 몸 풀기 단계야."

그가 아까 했던 말을 되풀이했다.

"저기 있는 미친놈들은 지금쯤 뭘 하고 있을까요?"

"바람에 맞서서 마주 비명을 질러대고 있겠지."

두 사람은 한동안 말없이 앉아 각자 담배를 피워 물었다. 테디는 아버지의 배를 타고 나갔던 그날, 자연은 테디라는 인물에게 관심이 없으며 자신보다 훨씬 더 강력한 존재라는 것을 처음 깨달았던 그날을 생각했다. 그리고 바람이 매의 얼굴과 갈고리 같은 부리로 이 건물을 덮치고는 까악까악 울어대는 모습을 상상해 보았다. 파도를 탑처럼 높이 밀어올리고, 건물들을 씹어 성냥개비로 만들어 놓고, 테디를 들어올려 중국까지 던져버릴 수도 있는 성난 바람.

"1942년에 제가 북아프리카에 있었는데요. 그때 모래 폭풍을 두어 번 겪었어요. 하지만 이거랑은 완전히 달라요. 하지만 뭐 사람은 뭐든 잊게 마련이니까, 그 모래·폭풍도 이것만큼 심했는지도 모르죠."

처크가 말했다.

"난 아니야. 내 말은, 지금 저 밖으로 나가서 돌아다니고 싶은 생각이 없다는 거야. 이건 아르덴의 추위보다 더해. 세상에. 거기서는 입김이 입에서 나오자마자 얼어버렸는데. 지금도 그때 얼마나 추웠는지 생생해. 하도 추워서 손가락에 불이 붙은 것처럼 화끈거릴 지경이었으니. 그러니 어땠겠어?"

"북아프리카는 더웠어요. 더위 때문에 사람들이 픽픽 쓰러졌죠. 더위 속에 1분만 서 있으면 그냥 쓰러지는 거예요. 더위 때문에 심장이 마비돼서 말이죠. 내가 어떤 놈을 총으로 쐈는데, 그놈 살갗이 더위 때문에 하도 노골노골해져서 그놈이 자기 몸 반대편으로 총알이 쌩 하고 빠져나가는 걸 직접 볼 수 있을 정도였다니까요."

처크는 이 말을 하고 나서 부드러운 목소리로 덧붙였다.

"하나님의 이름을 걸고 틀림없어요."

"사람을 죽인 건 그때뿐인가?"

"가까이서 죽인 건요. 선배님은요?"

"난 반대야. 죽인 사람이 무지 많은데, 대부분 얼굴을 직접 보면서 죽였지."

테디는 벽에 머리를 기대고 천장을 올려다보았다.

"만약 나한테 아들이 있어서 그 애가 전쟁에 나가겠다고 한다면 내가 그러라고 할지 잘 모르겠어. 어쩔 수 없이 전쟁에 나가야 하는 경우라 해도 말이야. 어느 누구한테도 그런 짓을 하라고 요구해서는 안 될 것 같아."

"무슨 짓요?"

"사람을 죽이는 거."

처크는 한쪽 무릎을 가슴까지 올렸다.

"우리 부모님, 내 여자 친구, 그리고 체력 심사를 통과하지 못한 내 친구들, 그 사람들이 모두 나더러 대신 전쟁에 나가달라고 할 텐데요?"

"그렇지."

"'전쟁이라는 게 어땠나?' 사람들은 그런 걸 알고 싶어하죠. 그러면 우리처럼 전쟁에 나갔던 사람들은 '전쟁이 어땠는지 난 몰라. 그건 내가 아닌 다른 사람이 겪은 일이니까. 난 그냥 어딘가에서 그걸 지켜보고 있었을 뿐이야,' 이렇게 말하고 싶어져요."

그는 양손을 앞으로 뻗으며 말을 이었다.

"나로서는 그 이상 뭐라고 표현할 수가 없어요. 지금 내가 한 얘기가 말이 되나요?"

"다카우에서 SS나치 친위대 소속 간수들이 우리한테 항복했어.

모두 500명이었지. 그 자리에 기자들도 있었는데, 그 사람들도 기차역에 시체가 쌓여 있는 걸 이미 본 다음이었어. 그 사람들도 우리하고 똑같은 냄새를 맡고 있었던 거야. 그 사람들이 우리를 바라보는데, 그 사람들이 우리에게 원한 거랑, 우리가 나중에 저지른 짓이 똑같은 거였어. 물론 우리도 정말 너무나 하고 싶어서 그런 짓을 한 거였고. 그러니까, 그 망할 독일놈들을 한 놈도 남김없이 전부 다 처형해 버렸다는 얘기야. 그놈들 무장을 해제하고 벽에 기대서게 한 다음 처형해 버렸다고. 한 번에 300명이 넘는 독일놈들한테 기관총을 쏴댔지. 그리고 줄줄이 쓰러진 그놈들 옆을 지나가면서 아직 숨이 붙어 있는 놈이 있으면 머리에 총알을 박아버렸어. 전쟁 범죄라는 게 있다면, 바로 그런 게 전쟁 범죄지. 안 그래? 하지만 처크, 우리가 할 수 있는 일이라는 게 그것밖에 없었어. 그 빌어먹을 기자 놈들은 박수를 치고 있었지. 수용소에 갇혀 있던 사람들은 좋아서 눈물을 줄줄 흘리고 있었고. 그래서 우리는 그 나치 친위 대원 몇 명을 그 사람들한테 넘겨줬어. 그랬더니 그놈들을 아주 갈가리 찢어버리더만. 그날 저녁까지 우리는 지상에서 500명의 영혼을 없애버렸어. 전부 다 죽여버린 거야. 그놈들은 자기 방어도 못했고, 우리랑 싸움을 벌이지도 않았어. 그건 살인이야. 하지만 그건 망설일 필요가 없는 살인이었어. 그놈들은 그보다 더 심한 짓을 당해도 싸니까. 그런데 그건 그렇다 치고, 자기가 그런 짓을 저질렀다는 걸 평생 동안 어떻게 견디며 살까? 아내나 부모님이나 자식들한테 자기가 그런 짓을 저질렀노라고 어떻게 얘기하지? 무기도 없는 사람들을 처형해 버렸다고? 어린 소년들까지 죽여버렸다고? 총을 들고 군복을 입고 있었지만 그래도 어린 소년들이었는데? 답이 뭔지 알아? 이런 얘기를 절대 할 수 없다는 거야. 사람들이 도무지 이해를 못할 테니까. 내가 그런 짓을 한 데는 정당한 이유가 있었지만, 그래도 그건 잘못된 행동이었어. 그 죄는 절대 씻어낼 수 없어."

처크가 한동안 가만히 있다가 입을 열었다.

"적어도 거기에는 정당한 이유가 있었죠. 한국 전쟁 참전했다가 돌아온 불쌍한 친구들 본 적 있어요? 그 녀석들은 자기가 왜 거기 갔는지 지금도 이해를 못해요. 하지만 독일에서는 히틀러를 막아서 수백만의 목숨을 구했죠. 그렇죠? 우리는 뭔가 괜찮은 일을 한 거예요, 선배님."

"그래, 그랬지. 가끔은 그랬어. 그것만으로 충분해."

테디가 인정했다.

"당연히 그래야죠. 그렇죠?"

문 앞에서 나무 한 그루가 통째로 쓰러졌다. 위아래가 바뀌어버린 그 나무의 뿌리들이 마치 뿔처럼 위로 솟아 있었다.

"저거 봤어요?"

"그래. 저 녀석은 바다 한가운데까지 끌려간 다음에야 간신히 정신을 차리고 이러겠지. '잠깐, 이게 아닌데.'"

"원래대로라면 내가 저기 있었을 거예요."

"'그 산을 내가 원하는 모양으로 만드는 데 오랜 세월이 걸렸다.'"

두 사람은 어둠 속에서 작게 웃으며 섬 전체가 열에 들뜬 꿈처럼 빗물에 쓸려가는 것을 지켜보았다.

"그래, 여기에 대해서 정말로 얼마나 알고 있어요, 선배님?"

테디는 어깨를 으쓱했다.
"조금 알지. 충분한 정도는 아니고. 그래도 겁이 날 정도는 돼."
"나 참, 겁이 난다고요? 그럼 그냥 평범한 인간이 이런 상황에서 어때야 하는데요?"
테디는 미소를 지으며 말했다.
"절망적인 공포를 느껴야 하나?"
"그래요. 내가 공포에 질렸다고 생각하세요."
"여긴 실험적인 시설로 알려져 있어. 내가 전에 말했지? 급진적인 치료법을 쓰고 있다고. 여기 운영자금 일부는 주정부하고 연방 교정국이 대고 있지만, 가장 많이 자금을 대는 건 1951년에 HUAC미 하원 비미국적 행동 조사위. 1947년과 1951년에 할리우드 연예인들 중 공산주의자를 색출했다.가 만든 재단이지."
"아, 끝내주는군요. 보스턴 항에 있는 섬에서 공산당 놈들하고 싸운다니. 그런데 공산당이랑 어떻게 싸운다는 거예요?"
"내 추측으로는 인간의 정신을 상대로 실험을 하고 있는 것 같아. 자기들이 알아낸 걸 글로 적어서 CIA에 있는 콜리의 옛날 OSS 동료들한테 넘겨주는지도 모르지. 펜시클리딘이라는 약 이름을 들어본 적 있어?"
처크가 고개를 흔들었다.
"LSD는? 메스칼린은?"
"둘 다 못 들어봤어요."
"전부 다 환각제야. 사람한테 환각을 일으키는 약."
"알았어요."
"그런 약을 아주 조금만 먹어도, 자네나 나처럼 지극히 멀쩡한 사람들이 환상을 보기 시작하지."
"위아래가 뒤집힌 나무가 문 앞을 지나가는 모습 같은 거요?"
"아, 그게 문제야. 만약 우리 둘 다 똑같은 광경을 보고 있다면, 그건 환상이 아냐. 사람마다 다른 걸 봐야 환상이지. 자네가 지금 아래를 내려다봤더니 자네 팔이 코브라로 변해서 위로 올라오면서 자네 머리를 먹어버리려고 입을 쩍 벌리고 있다면 어떨까?"
"그럼 오늘이 엄청 재수 없는 날이라고 해야죠."
"아니면 저 빗방울들이 불꽃으로 변한다면? 덤불이 이리로 돌진하는 호랑이로 변한다면?"
"그럼 훨씬 더 재수가 없는 거죠. 그런 날은 아침에 아예 침대에서 일어나지 말아야 돼요. 그런데 선배님, 약 하나 때문에 사람이 정말로 그런 말도 안 되는 환상을 볼 수 있게 된단 말이에요?"
"볼 수 있는 게 아냐. 반드시 그렇게 돼. 약의 양을 잘 맞추면 반드시 환상을 보게 된다고."
"굉장한 약이네요."
"그래, 맞아. 그런 약을 많이 먹으면 어떻게 되는 줄 알아? 심한 정신 분열증하고 똑같은 증세가 나타난다고 돼 있어. 그 사람 이름이 뭐였지? 그래, 켄. 발이 춥다던 사람 말야. 그 사람은 정말 그렇게 믿고 있어. 레오노라 그랜트, 그 여자도 자네를 더글러스 페어뱅크스로 봤지."
"찰리 채플린은 왜 빼먹는 거예요?"
"그 사람 흉내를 내라면 내겠지만, 난 그 사람 목소리를 몰라."
"그 정도면 나쁘지 않은데요, 선배님."
"정신 분열증 환자가 자기 손을 손이 아니라 동물이나 뭐 다른 것으로 생각하고 그 손으로 자기 얼굴을 찢어버린 사례들이 있어. 그 사람들은 실제로 있지 않은 것을 보고, 아무도 못 듣는 목소리를 듣고, 멀쩡한 건물에 불이 났다며 지붕에서 뛰어내리기도 해. 그런데 환각제가 그런 것하고 비슷한 환각을 일으키는 거야."

처크가 테디에게 손가락 하나를 들이대며 말했다.

"갑자기 평소 때보다 훨씬 박식한 얘기를 하시네요."

"나 참, 할 말이 없네. 그래, 공부 좀 했어. 처크, 지독한 정신 분열증을 앓고 있는 사람들한테 환각제를 주면 어떻게 될 것 같아?"

"그런 짓을 할 사람이 어디 있어요?"

"저 사람들이 그런 짓을 하고 있어. 합법적으로. 정신 분열증에 걸리는 건 인간뿐이야. 쥐나 토끼나 소는 그런 병에 걸리지 않지. 그럼 치료법을 시험하려면 어떻게 해야 할까?"

"사람한테 실험해야죠."

"그 사람은 사형 선고를 받은 거나 마찬가지지."

"하지만 다 그런 건 아니잖아요, 안 그래요?"

"좋을 대로 생각해."

처크는 자리에서 일어나 석판을 손으로 짚고 폭풍이 부는 바깥을 바라보았다.

"그러니까 저 사람들이 정신 분열증 환자들한테 증상을 더 부채질하는 약을 주고 있단 말이죠?"

"실험 집단 중 하나한테 그렇게 하고 있지."

"다른 실험 집단은 또 뭐예요?"

"정신 분열증이 없는 사람들에게 환각제를 주고 그 사람들 뇌가 어떻게 반응하는지 보는 거야."

"말도 안 돼."

"이건 공적인 기록에 들어 있는 얘기야. 정신과 의사들 학회에 언제 한 번 가보라고. 난 가봤으니까."

"하지만 그게 합법적이라고 했잖아요."

"합법적이야. 옛날에 우생학 연구도 합법적이었지."

"하지만 그게 합법적이라면, 우린 도저히 손을 쓸 수가 없어요."

테디는 석판에 몸을 기대며 말했다.

"맞는 말이야. 난 누굴 체포하려고 여기 온 게 아냐. 아직은. 난 정보를 모으기 위해서 파견된 거야. 그뿐이야."

"잠깐만요······. 파견됐다고요? 세상에, 선배님, 도대체 우리가 지금 얼마나 깊이 발을 담그고 있는 거예요?"

테디는 한숨을 내쉬며 처크를 바라보았다.

"아주 깊어."

"얘기를 다시 해봐요. 처음부터. 선배님은 어떻게 이 일에 끼게 됐어요?"

처크가 한 손을 들어올리며 말했다.

"시작은 레이디스였어. 1년 전에 그자하고 면담을 하고 싶다는 구실을 내세워서 섀턱 교도서에 갔었지. 이미 정체가 드러난 그자 공범이 연방 경찰의 추적을 받고 있기 때문에. 레이디스가 그 공범의 행방에 대해 뭔가 알려줄 수도 있을 것 같다는 얘기를 엉터리로 꾸며내서 만나러 간 거야. 그런데 레이디스가 거기 없었어. 애시클리프로 이미 이감된 거지. 그래서 여기로 전화를 했는데, 여기 기록에 레이디스라는 이름이 없다는 거야."

"그래서요?"

"그래서 이상하다는 생각이 들었지. 시내에 있는 정신 병원 몇 군데에 전화를 해봤더니 다들 애시클리프 병원이 있다는 걸 알면서도 얘기를 꺼리더군. 범죄를 저지른 정신 병자들이 수용된 렌튼 병원의 교도소장하고도 얘기를 해봤어. 그 사람을 한 두어 번 만난 다음에 이렇게 물었지. '바비, 다들 왜 그러는 겁니까? 거기도 여기랑 똑같이 병원이자 감옥이잖아요?' 그랬더니 그 사람이 고개를 저으면서 이러는 거야. '테디, 거긴 완전히 다른 곳이야. 기밀로 분류된 곳이라고. 기밀 중의 기밀이란 말이야. 거긴 가지 마.'"

"하지만 왔잖아요. 그리고 나도 선배님하고 같이 이 임무를 맡았고."

처크가 말했다.

"내 계획은 원래 그런 게 아니었어. 위에서 파트너가 꼭 있어야 한다기에 파트너를 받아들인 것뿐이야."

테디가 말했다.

"그러니까, 여기 올 구실이 생기기만 기다리고 있었다는 얘기예요?"

"그런 셈이지. 그런데 말이야, 그런 기회가 정말로 오기는 올 건지 장담을 할 수가 없었어. 내 말은, 여기서 환자가 탈출하는 사건이 일어난다 해도 내가 그때 마침 서에 있을지 알 수가 없었다는 얘기야. 누구 다른 사람이 그 사건을 맡게 될 수도 있고. 하여튼 내가 이렇게 장담할 수 없는 일들이 수도 없이 많았어. 운이 좋았지."

"운이 좋았다고요? 웃기시네."

"뭐?"

"운이 좋은 게 아니에요, 선배님. 원래 행운이라는 건 이런 식으로 찾아오는 게 아니라고요. 세상이 이런 식으로 돌아가는 게 아니란 말이에요. 선배님이 우연히 이 사건을 맡게 됐다고 생각하는 거예요?"

"물론이지. 좀 웃기는 얘기처럼 들리겠지만……"

"처음에 레이디스에 대해 물어보려고 애시클리프에 전화했을 때, 선배님 신분을 밝혔나요?"

"당연하지."

"그러면……"

"처크, 그건 1년 전 얘기야."

"그래서요? 저 사람들이 그런 걸 잘 기록해 두지 않을 것 같아요? 더구나 자기들한테 전혀 기록이 없다고 주장하는 환자에 대한 일인데?"

"그래도 이미 12개월이나 지났다고."

"선배님, 세상에."

처크는 손바닥으로 석판을 짚고 길게 숨을 들이쉬며 목소리를 낮췄다.

"저 사람들이 여기서 뭔가 지독히 구린 일을 하고 있다면, 그래서 선배님이 이 섬에 발을 디디기도 전에 선배님의 움직임을 좇고 있었다면요? 저 사람들이 선배님을 여기로 불러들인 거라면요?"

"그건 말도 안 돼."

"말도 안 된다고요? 그럼 레이첼 솔란도는 어디 있죠? 그 여자가 정말로 존재하는 사람이라는 증거가 어디 있어요? 우리가 본 여자 사진이나 자료철 같은 건 누구라도 가짜로 만들어낼 수 있어요."

"하지만 처크……. 저 사람들이 그 여자를 가짜로 만들어냈다 해도, 이 사건이 처음부터 끝까지 가짜로 만들어진 거라고 해도, 그래도 내가 이 사건을 맡게 될 거라는 사실까지 저 사람들이 미리 알아낼 수는 없었을 거야."

"선배님이 여기저기 물어보고 다니셨잖아요. 여기를 조사해 보고, 다른 사람들한테도 여러 가지를 물어봤잖아요. 여긴 하수처리장에도 전깃줄을 감은 울타리가 있어요. 병동 하나는 요새 안에 있고요. 300명을 수용할 수 있는 시설에 환자는 100명도 안 돼요. 여긴 정말 젠장 맞게 무서운 곳이라고요, 선배님. 다른 병원 사람들이 이 병원에 대해 말하고 싶어하지 않았다고 했죠? 그런데도 뭔가 느껴지는 게 없어요? 여기 병원장은 OSS하고 연결돼 있고, HUAC이 만든 냄새나는 재단이 돈을 대고 있어요. 뭘로 보나 여긴 정부의 작전 지역이라고요. 그런데도 지난 1년 동안 선배님이 여길 주시한 게 아니라, 저 사람들이 선배님을 주시한 건지도 모른다는 말이 뜻밖이라는 거예요?"

"도대체 몇 번이나 말해야 알아듣겠어, 처크? 내가 레이첼 솔란도 사건을 맡게 되리라는 걸 저 사람들이 미리 알아낼 방법이 없었다니까."

"선배님 바보예요?"

테디는 몸을 똑바로 펴고 처크를 내려다보았다.

처크가 한 손을 치켜들었다.

"미안해요, 미안해요. 불안해서 그래요."

"그래."

"내 말은, 뭐든 이곳에 올 수 있는 핑계만 생기면 선배님이 냉큼 달려들 거라는 걸 저 사람들이 알고 있었다는 거예요. 선배님 부인을 죽인 놈이 여기 있어요. 그러니 여기서 누가 도망친 척하기만 하면 모든 게 저 사람들 뜻대로 되는 거죠. 선배님은 필요하다면 장대 높이뛰기를 해서라도 저 바다를 건너올 사람이니까."

문에 단 하나 남아 있던 경첩이 떨어져 나가면서 문짝이 다시 안쪽으로 밀려와 쾅 하고 부딪혔다. 두 사람은 문짝이 돌 벽을 두들긴 다음 공중으로 튕겨나가 묘지 위를 쏜살같이 날아서 하늘 저 멀리로 사라지는 모습을 지켜보았다.

두 사람 모두 문간을 뚫어져라 바라보고 있을 때, 처크가 말했다.

"우리 둘 다 똑같은 걸 본 거 맞죠?"

"저 놈들은 인간을 모르모트로 이용하고 있어. 자네는 그게 아무렇지도 않나?"

테디가 말했다.

"나도 무서워 죽을 지경이에요, 선배님. 하지만 선배님이 그런 사실을 어떻게 아는 거죠? 선배님은 정보를 모으기 위해 파견됐다고 했잖아요. 선배님을 파견한 사람이 누구예요?"

"우리가 콜리랑 처음 만났을 때, 그자가 상원의원에 대해 묻는 거 들었지?"

"예."

"헐리 상원의원이야. 뉴햄프셔 주의 민주당 상원의원. 정신건

강 문제에 대한 공공자금 지원을 다루는 소위원회의 의장을 맡고 있지. 그 사람이 여기로 흘러드는 자금의 성격을 보고 뭔가 이상하다는 생각을 했어. 그런데 나는 한편에서 조지 노이스라는 친구를 우연히 만났지. 노이스는 여기 한동안 있었던 사람이야. C 병동에. 그런데 이 섬을 나온 지 2주일 만에 애틀보로에서 어떤 술집에 들어가 사람들을 칼로 찔러댔어. 전혀 모르는 사람들인데도. 감옥에서 그 친구가 C 병동에 용이 있다는 얘길 하기 시작했지. 그 친구 변호사는 그 친구가 정신병 때문에 그런 짓을 저질렀다는 주장을 내세우려고 했어. 모든 조건이 다 그 친구랑 맞아떨어졌으니까. 그 친구가 진짜 미친놈이니까. 그런데 노이스는 자기 변호사를 쫓아버리고 판사 앞에서 자기 죄를 인정해 버렸어. 어디든 좋으니 제발 감옥에 보내달라고, 병원만은 싫다고 거의 애원하다시피 했지. 감옥에 들어간 지 한 1년쯤 됐을 때부터 그 친구 정신이 돌아오기 시작했어. 그러더니 결국 애시클리프에 대해 이런 저런 얘기를 하기 시작한 거야. 미친놈이 꾸며낸 얘기처럼 들리는 내용이었지만, 헐리 상원의원은 그 얘기가 사람들 생각만큼 터무니없는 게 아닐지도 모른다고 판단했지."

처크는 석판 위에 앉아 담배에 불을 붙인 다음 담배를 피우며 잠깐 동안 테디를 유심히 바라보았다.

"그럼 상원의원은 어떻게 선배님의 존재를 알았죠? 상원의원하고 선배님 두 사람이 모두 노이스를 만난 건 또 어떻게 된 일이에요?"

한순간 테디는 화산이 폭발할 때처럼 우르릉거리며 요동치는 바깥 풍경 속에서 불빛이 움직이는 것을 본 것 같았다.

"사실은 정반대였어. 노이스가 나를 찾아내고, 내가 상원의원을 찾아낸 거지. 중간에서 우리를 이어준 건 바비 해리스였어. 렌튼의 교도소장 말이야. 그 사람이 어느 날 아침 나한테 전화를 걸어서 아직도 애시클리프에 관심이 있냐고 묻더군. 내가 물론이라고 했더니, 데드햄 교도소에 죄수가 하나 있는데 그 친구가 애시클리프에 대해 이런저런 얘기들을 시끄럽게 떠들어대고 있다는 말을 해줬어. 그래서 내가 몇 번 데드햄으로 가서 노이스랑 얘기를 했지. 노이스 말이, 자기가 대학에 다닐 때 한 번은 시험 기간에 너무 스트레스를 받아서 교수한테 소리를 지르고 기숙사 창문 사이로 주먹을 내민 적이 있었대. 그래서 결국 심리학과에 있는 어떤 사람하고 얘기를 하게 됐는데, 어떤 실험에 참가하겠느냐는 제의를 받았다는 거야. 그래서 푼돈이나 좀 벌어보려고 그 제의를 받아들였지. 그리고 1년 후, 그 친구는 완전한 정신 분열증 환자가 돼서 대학도 그만두고 환상에 시달리면서 거리에서 소리를 질러댔어. 정말 있을 수 없는 일이 벌어진 거지."

"그러니까 처음에는 정상이었는데……."

테디는 폭풍 속에서 다시 불빛이 반짝이는 것을 보고 문 쪽으로 더 다가가서 밖을 유심히 살펴보았다. 번개인가? 그럴 수도 있겠지만, 지금까지 이런 번개는 본 적이 없었다.

"아주 정상이었지. 조금 문제가……. 여기 사람들이 그걸 뭐라고 부르더라? 그래, '분노를 관리하는 법'에는 조금 문제가 있었는지도 모르지만, 전체적으로는 완벽한 정상이었어. 그런데 1년 만에 정신이 나가버린 거야. 그래서 어느 날 파크 스퀘어에서 어떤 남자를 보고 그 사람이 자기더러 심리학과 사람을 만나보라고 처음 권유했던 교수라고 생각해 버렸지. 사연은 길지만 그냥 간단하게 말하자면, 그 남자는 그 교수가 아니었어. 그런데 노이스는 그 남자를 완전히 뭉개버렸지. 그래서 애시클리프에 오게 된 거야. A 병동으로. 하지만 A 병동에 오래 있지는 않았어. 이때쯤에는 그 친구가 너무나 폭력적으로 변해 있었기 때문에 여기 사람들이 그 친구를 C 병동으로 보내버렸거든. 그리고 그 친구한테 환각제를 잔뜩 먹인 다음 뒤로 물러서서 그 친구가 용이 자기를 잡아먹으러 오는 환상을 보며 점점 더 미쳐가는 걸 관찰했어. 그런데 그 친구가 예상보다 더 미쳐버린 모양이야. 결국 그 친구가 난동을 부리지 못하게 하려고 수술까지 했으니까."

"수술을 했다고요?"

처크가 말했다.

테디는 고개를 끄덕였다.

"경안와전두엽절제술인데, 그 수술이 아주 재미있어, 처크. 우선 사람한테 전기 충격을 준 다음에 눈을 통해서, 잘 들어, 얼음송곳을 안으로 넣는 거야. 농담하는 게 아냐. 마취도 안 하고 송곳으로 여기저기를 찔러보다가 뇌에서 신경섬유 몇 개를 잘라내는 거야. 그게 끝이라고. 식은 죽 먹기지."

"뉘른베르크 규약에는 그런 것이 금지……"

"……순전히 과학적인 호기심만으로 사람을 실험 대상으로 삼는 것이 금지되어 있지. 맞아. 나도 뉘른베르크 규약을 근거로 이걸 사건화할 수 있겠다고 생각했으니까. 상원의원도 그랬고. 하지만 행동에 나설 수가 없었어. 환자의 질병을 직접적인 공격 목표로 삼는 실험이라면 합법적으로 허가를 받을 수 있으니까. 의사가

'이봐요, 우린 그냥 저 불쌍한 친구를 도우려고 이러는 겁니다. 이런 약이 정신 분열증을 일으킬 수 있는지, 그리고 저쪽의 저 약이 정신 분열증을 막을 수 있는지 그걸 보려는 것뿐이에요.' 이렇게 말하기만 하면, 법적인 문제가 깨끗이 해결되는 거야."
"잠깐만요, 잠깐만요. 그 노이스라는 친구가 경안와, 음······."
"경안와전두엽절제술."
"그게 아무리 원시적인 수술이라도 그 수술의 목적이 폭력적인 사람을 가라앉히는 거라면, 그 친구가 어떻게 파크 스퀘어에서 사람을 뭉개버릴 수 있는 거죠?"
"수술이 효과가 없었던 거지."
"그런 경우가 흔한가요?"
반짝이는 불빛이 다시 테디의 눈에 들어왔다. 이번에는 찢어지는 듯한 바람의 비명 소리 속에서 틀림없이 엔진 소리가 들린 것 같았다.
"보안관님!"
바람 소리 때문에 희미하게 들리는 목소리였지만 두 사람 모두 그 소리를 들었다.
석판 위에 앉아 있던 처크가 다리를 아래로 내리며 펄쩍 뛰어내려 문간에 서 있는 테디 옆으로 왔다. 묘지 건너편에서 자동차 전조등 불빛이 보이고, 메가폰이 끽끽대는 소리와 지잉 소리가 들리더니 다시 목소리가 들려왔다.
"보안관님! 거기 계시면 신호를 해주세요. 저는 맥퍼슨 부소장입니다, 보안관님!"
"저걸 어떻게 생각해? 저 사람들이 우리를 찾아낸 거."

테디가 말했다.
"여긴 섬이에요, 선배님. 사람을 못 찾을 리가 없죠."
테디는 처크와 시선을 마주치며 고개를 끄덕였다. 처음으로 처크의 눈에서 공포를 볼 수 있었다. 처크는 턱에 힘을 주며 공포를 이기려고 애쓰고 있었다.
"괜찮을 거야, 파트너."
"보안관님! 거기 계세요?"
"저는 잘 모르겠어요."
처크가 말했다.
"난 알아."
테디도 모르기는 마찬가지였지만 이렇게 말했다.
"나한테서 떨어지지 마. 이제 이 망할 놈의 기이한 건물에서 걸어나갈 거야, 처크. 실수하지 말라고."
두 사람은 문간을 지나 묘지로 들어섰다. 바람이 미식축구장의 전위 공격수들처럼 두 사람의 몸을 후려쳤지만 두 사람은 쓰러지지 않았다. 대신 서로 팔짱을 끼고, 서로의 어깨를 움켜쥔 채 비틀거리며 불빛을 향해 나아가기 시작했다.

"두 사람 다 제정신입니까?"
맥퍼슨이 바람 속에서 소리쳤다. 그들이 탄 지프는 묘지의 서쪽 경계선을 따라 임시로 만들어놓은 길을 맹렬하게 달리고 있었다.
맥퍼슨은 조수석에서 고개를 뒤로 돌리고 벌겋게 충혈된 눈으로 두 사람을 바라보았다. 텍사스 시골 청년의 매력적인 모습은 폭풍 속에서 씻은 듯이 사라져버렸다. 테디와 처크는 운전수가 누구인지조차 소개받지 못했다. 긴 레인코트의 두건 아래로 드러난 모습을 통해 테디가 알아낼 수 있는 것이라고는 그가 젊은 청년이며 얼굴이 홀쭉하고 턱이 뾰족하다는 것뿐이었다. 그러나 그는 폭풍을 따라 휘돌고 있는 온갖 파편들과 덤불들이 아예 존재하지도 않는 것처럼 노련한 솜씨로 지프를 운전하고 있었다.

"이건 원래 열대성 폭풍이었는데 방금 허리케인으로 격상됐습니다. 지금 바람 속도가 초속 45미터 정도예요. 자정쯤이면 65미터까지 높아질 거랍니다. 그런데 이런 바람 속에서 한가하게 어슬렁거려요?"

"폭풍이 격상됐다는 걸 어떻게 알았습니까?"

테디가 말했다.

"아마추어 무선사한테서 들었습니다, 보안관. 하지만 두어 시간 후에는 무선 통신도 끊어질 거예요."

"그렇겠죠."

테디가 말했다.

"지금쯤 병원단지에서 폭풍을 대비하고 있어야 하는데, 이렇게 두 분을 찾아나서게 만들다니요."

그는 찰싹 소리가 나도록 의자 등받이를 손으로 짚고 앞으로 고개를 돌렸다. 이제 두 사람에 대해 볼일이 끝났다는 뜻이었다.

지프가 언덕 위에서 펄쩍 튀어올랐다. 잠깐 동안이지만 테디의 눈에 보이는 것이라고는 온통 하늘뿐이었다. 차바퀴에 닿는 것이 하나도 없었다. 그러다가 타이어가 땅에 내려앉았고, 지프는 가파른 내리막길에서 급하게 커브를 틀었다. 테디의 왼쪽으로 바다가 보였다. 바닷물이 요동을 치면서 폭탄이 터진 것처럼 파도가 밀려

올 때마다 물거품이 버섯구름처럼 크고 하얗게 꽃을 피웠다.

지프가 나지막한 야산의 오르막길을 거칠게 통과하고 나자 갑자기 나무들이 나타났다. 테디와 처크는 뒷좌석에서 서로 쿵쿵 부딪히면서 의자를 꼭 붙들고 버텼다. 다음 순간 나무들이 벌써 뒤로 밀려나고 콜리의 저택이 눈앞에 나타났다. 지프는 나무 조각과 솔잎들이 흩어져 있는 땅 위를 4000평방미터쯤 달려 저택의 진입로에 들어섰다. 운전수는 기어를 올리고 저택 정문을 향해 요란한 소리를 내며 돌진했다.

"두 분을 콜리 박사에게 데려가는 겁니다. 콜리 박사님이 두 분과 얘기를 나누고 싶어 안달하고 계시거든요."

맥퍼슨이 다시 뒤로 고개를 돌리고 말했다.

"아이고, 잔소리를 하는 사람은 시애틀에 있는 우리 어머니뿐인 줄 알았는데."

처크가 말했다.

두 사람은 직원 기숙사 지하에 있는 샤워실에서 몸을 씻고 직원들이 입는 옷을 지급받았다. 두 사람의 옷이 병원 세탁실에 가 있기 때문이었다. 처크는 화장실에서 머리를 빗으며 하얀 셔츠와 바지를 입은 자신의 모습을 향해 말했다.

"저희 포도주 메뉴를 보시겠습니까? 오늘밤 저희 가게 스페셜 음식은 웰링턴 쇠고기 구이입니다. 아주 맛있습니다."

트레이 워싱턴이 화장실 안으로 고개를 디밀었다. 두 사람이 새 옷을 입은 모습을 보며 웃음이 나오려는 것을 간신히 참는 눈치였다. 그가 말했다.

"제가 두 분을 콜리 박사께 모셔다드리죠."
"우리 처지가 지금 얼마나 난처한 거죠?"
"아, 조금 그렇죠."

"두 분 모습을 보니 반갑군요."
두 사람이 방으로 들어가자 콜리가 말했다.
눈이 밝게 빛나는 것으로 보아 콜리의 기분이 꽤 좋은 모양이었다. 테디와 처크는 트레이를 문 밖에 남겨두고 병원 맨 위층의 회의실로 들어갔다.
방은 의사들로 가득 차 있었다. 하얀 가운을 입은 사람도 있고 양복을 입은 사람도 있었는데, 모두들 긴 티크 탁자에 둘러앉아 있었다. 각자의 의자 앞에는 초록색 갓이 씌워진 스탠드가 있었고, 각자의 재떨이에서는 담배 아니면 궐련이 연기를 피워올리고 있었다. 파이프 담배를 피우는 사람은 네이링뿐으로, 그는 탁자의 상석에 앉아 있었다.
"여러분, 이분들이 우리가 얘기했던 연방 보안관입니다. 대니얼스 보안관과 아울 보안관."
"두 분 옷이 어떻게 된 겁니까?"
누군가가 물었다.
"좋은 질문입니다."
콜리가 말했다. 테디가 보기에 그는 지금 상황을 아주 즐기고 있는 것 같았다.
"저 바깥의 폭풍 속에 있었습니다."
테디가 말했다.

"저 폭풍 속에요?"

방금 질문을 던진 의사가 긴 창문을 가리키며 말했다. 모든 창문에는 두꺼운 테이프가 가로세로로 얼기설기 붙어 있었는데, 창문이 가볍게 숨을 쉬면서 방 안으로 숨을 토해내고 있는 것 같았다. 창틀에서는 빗줄기 때문에 북소리가 났고, 세찬 바람 때문에 건물 전체가 삐걱거렸다.

"그렇죠, 뭐."

처크가 말했다.

"두 분 자리에 앉아주시겠어요? 우리는 이제 막 회의를 마무리 하려던 참인데."

네이링의 말에 두 사람은 탁자 끝에서 자리를 찾아 앉았다.

"존, 이 문제에 대해 우리가 의견 일치를 보아야 해요."

네이링이 콜리에게 말했다.

"내 의견이 뭔지는 아시잖습니까."

"이 자리에 있는 사람들 모두 그 의견을 존중하리라 생각해요. 하지만 신경 이완제가 세로토닌의 5-HT5-hydroxytryptamine, 신경 전달 물질의 일종 불균형을 감소시켜줄 수 있다면, 우리한테 선택의 여지가 별로 없는 것 같은데. 우린 연구를 계속해야 해요. 첫 번째 시험 대상인 이 환자, 그러니까, 도리스 월시는 모든 기준에 부합합니다. 내가 보기에는 문제가 없는 것 같아요."

"비용이 걱정되니까 그러는 겁니다."

"수술보다는 비용이 훨씬 적게 든다는 걸 알잖아요."

"내 말은 기저핵과 대뇌피질이 손상될 위험이 있다는 얘기입니다. 유럽에서 실시된 초창기 연구에서 뇌염이나 뇌졸중 환자에게 나타나는 것과 비슷한 신경 파괴 현상이 나타날 가능성이 입증됐다는 얘기를 하는 거예요."
　네이링은 손을 들어올리며 이 반대 주장을 일축해 버렸다.
　"브로티건 박사의 요청에 찬성하는 사람들은 손을 들어주세요."
　테디는 콜리와 또 한 사람을 제외한 모든 사람들이 공중으로 손을 치켜드는 것을 지켜보았다.
　"이 정도면 의견 일치가 이루어진 것 같군요. 그럼 브로티건 박사의 연구에 자금을 지원해 달라고 이사회에 청원하겠습니다."
　네이링이 말했다.
　한 젊은 의사가 탁자의 양쪽 끝을 향해 고맙다는 뜻으로 목례를 했다. 그가 바로 브로티건인 모양이었다. 턱이 홀쭉하고 뺨은 매끈했으며, 어느 모로 보나 전형적인 미국인의 얼굴이었다. 테디가 보기에 그는 주의 깊게 관찰할 필요가 있는 인물이었다. 환자들의 정신 나간 꿈을 자기가 현실로 만들어주어야 한다고 지나치게 확신하고 있는 것 같았다.
　"그럼, 이제."
　네이링이 자기 앞에 놓여 있는 서류철을 닫고 탁자 끝의 테디와 처크를 바라보면서 말을 이었다.
　"일은 잘 됩니까, 보안관?"
　콜리가 자리에서 일어나 한쪽 옆에 놓인 탁자에서 자기가 먹을 커피를 타며 말했다.
　"두 분이 무덤을 찾았다는 소문이 있더군요."
　탁자 여기저기에서 가볍게 쿡쿡거리는 소리가 일었다. 의사들이 주먹으로 입을 가리며 웃고 있었다.

"허리케인을 피하기에 더 좋은 장소가 있나요?"

처크가 말했다.

"여기죠. 지하실이면 더 좋고."

콜리가 말했다.

"저 폭풍이 여기 상륙할 때쯤엔 초속 65미터가 될 거라고 하던데요."

콜리가 방 안의 사람들에게 등을 돌린 채 고개를 끄덕였다.

"오늘 오전에 로드아일랜드 뉴포트의 주택 30퍼센트가 부서졌습니다."

"밴더빌트 가의 저택이 부서지지 않았으면 좋겠네요."

처크가 말했다.

콜리가 다시 자리에 앉으며 대답했다.

"오늘 오후에는 폭풍이 프로빈스타운과 트루로를 덮쳤습니다. 길도 끊어지고 무선 통신도 두절돼서 피해가 얼마나 되는지 아는 사람이 없습니다. 하지만 폭풍이 똑바로 우리를 향해 다가오고 있는 것 같습니다."

"동해안을 덮친 허리케인 중에서 30년 만에 최악의 폭풍이죠."

의사 한 명이 말했다.

"공기가 완전히 전기에 감전된 것처럼 변해 버리죠. 그래서 어젯밤에 교환대가 먹통이 된 겁니다. 무선 통신이 간신히 그럭저럭 이어지고 있는 것도 그 때문이고. 저 놈이 우리를 정면으로 덮친다면, 이 섬에서 넘어지지 않고 제대로 서 있을 물건이 얼마나 될지 알 수 없습니다."

콜리가 말했다.
"그래서 다시 말하지만, 블루 구역의 환자들을 모두 묶어놔야 합니다."
네이링이 말했다.
"블루 구역이라고요?"
테디가 물었다.
"C 병동 말입니다. 자기 자신뿐만 아니라 이 병원과 일반 대중에게도 위험한 존재라고 판단된 환자들이 있는 곳이죠."
콜리가 말했다. 그는 네이링을 향해 시선을 돌리면서 계속 말을 이었다.
"그럴 수는 없습니다. 병동이 침수되기라도 하면 환자들이 익사할 겁니다. 박사도 아시잖습니까."
"그러려면 물이 엄청나게 들어와야 할걸요."
"우리는 바다 한가운데에 있습니다. 그리고 조금 있으면 초속 65미터의 허리케인이 우리를 덮칠 테고요. '물이 엄청나게 들어오는 것' 쯤은 얼마든지 가능할 것 같은데요. 간수를 두 배로 늘리고, 블루 구역 환자들이 모두 있는지 항상 확인해야 합니다. 한 사람도 예외 없이. 하지만 환자들을 침대에 묶어둘 수는 없습니다. 환자들은 이미 자기 방에 갇혀 있는 신세란 말입니다. 그런데 묶기까지 하는 건 과잉대응이에요."
"이건 도박입니다, 존."
이건 탁자 중간에 앉아 있는 갈색 머리의 남자 입에서 조용히 흘러나온 말이었다. 테디와 처크가 처음 들어왔을 때 이 사람들이 논의하던 주제가 무엇이었는지는 몰라도, 어쨌든 콜리와 마찬가지로 그 주제에 대해 찬성표를 던지지 않았던 바로 그 사람이었다. 그는 계속 볼펜을 딸각거리면서 탁자를 내려다보고 있었지만, 테디는 그의 어조를 통해 그가 콜리와 친한 사이라는 것을 알 수 있었다.

"이건 진짜 도박입니다. 정전이 되면 어쩔 겁니까?"

"보조 발전기가 있습니다."

"보조 발전기도 망가진다면요? 그러면 병실 문이 열릴 겁니다."

"여긴 섬입니다. 사람들이 가면 어디로 가겠습니까? 연락선을 잡아타고 보스턴으로 달려가서 난장판을 만들어 놓을까요? 환자들을 침대에 묶어놓은 상태에서 병동이 침수된다면 다 죽습니다. 스물네 명이나 되는 사람들이. 그럴 리는 없지만, 병동 단지 안에서 무슨 일이 일어난다면요? 나머지 환자 마흔두 명한테 무슨 일이 일어난다면요? 그 마음의 짐을 견딜 수 있습니까? 난 못합니다."

콜리가 주장했다. 그리고 그는 탁자 양쪽을 차례로 바라보았다. 테디는 콜리에게서 전에는 거의 감지하지 못했던 연민의 감정이 흘러나오고 있음을 갑작스레 느낄 수 있었다. 콜리가 자기들 두 사람을 왜 이 회의에 참석시켰는지 도저히 알 수 없었지만, 이 방 안에 있는 사람들 중에 콜리의 편이 많지 않다는 생각이 들기 시작했다.

"박사, 나는 여러분께 방해가 되고 싶지 않습니다."

테디가 말했다.

"전혀 그렇지 않습니다, 보안관. 우리가 두 분을 이리로 오시라고 한 건데요."

테디는 하마터면 '정말이냐?'라고 되물을 뻔했다.

"오늘 아침에 레이첼 솔란도의 암호에 대해 얘기했을 때……"

"보안관이 지금 무슨 얘기를 하는지 다들 알고 계십니까?"

"4의 법칙 말이죠. 정말 제 마음에 드는 얘깁니다."

브로티건이 미소를 지으며 말했다. 테디는 펜치로 그 미소를 뽑아버리고 싶었다.

"오늘 아침에 그 얘기를 했을 때, 박사는 마지막 단서에 대해 생각나는 것이 하나도 없다고 하셨습니다."

테디가 말했다.

"67이 누구냐는 것 말인가요? 그래요?"

네이링의 물음에 테디는 고개를 끄덕이고 나서 의자 등받이에 몸을 기대고 가만히 있었다.

모두들 어리둥절한 표정으로 탁자 끝에 앉은 그를 바라보았다.

"정말로 모르시는군요."

테디가 말했다.

"뭘 모른다는 겁니까, 보안관?"

콜리와 친한 그 의사였다. 테디는 그의 가운에 달린 이름표를 보고 그의 이름이 밀러라는 것을 알았다.

"이곳에는 66명의 환자가 있습니다."

테디가 말했다. 사람들은 생일 파티에서 광대가 마술로 꽃을 만들어내기를 기다리는 아이들처럼 그를 쳐다보았다.

"A 병동과 B 병동 환자들을 합쳐서 42명, 그리고 C 병동에 24명. 그렇게 해서 66명이지요."

테디는 몇몇 사람의 얼굴에 뭔가 알겠다는 표정이 떠오르는 것을 볼 수 있었지만, 대다수의 사람들은 여전히 뭐가 뭔지 알 수 없다는 표정이었다.

"환자가 66명인데 '누가 67?'이라는 질문이 던져졌다는 건 여기에 67번째 환자가 있다는 것을 시사합니다."

테디가 말했다.

침묵이 이어졌다. 탁자에 둘러앉은 의사들 중 여러 명이 탁자를 사이에 두고 서로의 얼굴을 쳐다보았다.

"무슨 소린지 모르겠군요."

마침내 네이링이 입을 열었다.

"모를 게 뭐가 있습니까? 레이첼 솔란도는 이 병원에 67번째 환자가 있다는 얘기를 한 겁니다."

"하지만 그런 환자는 없습니다."

콜리가 말했다. 그는 탁자 위로 두 손을 뻗은 채 말을 이었다.

"좋은 생각이긴 합니다, 보안관. 그게 사실이라면 확실히 암호를 해독한 게 되겠지요. 하지만 우리가 아무리 원해도 2 더하기 2가 5가 되지는 않습니다. 이 섬에 있는 환자가 66명뿐이니까 67번째 환자에 대한 질문은 해결될 수 없습니다. 무슨 뜻인지 아시겠습니까?"

"아뇨. 이번에는 박사의 논리를 따를 수가 없습니다."

테디가 차분한 목소리로 말했다.

콜리는 말을 하기 전에 단어를 신중하게 고르는 눈치였다. 마치 가장 간단하고 쉬운 단어를 고르려고 애쓰는 것 같았다.

"예를 들어서, 만약 이번 허리케인이 불어오지 않았다면, 오늘 오전에 환자 두 명이 새로 들어왔을 겁니다. 그러면 총 환자 수가 68명이 됐겠죠. 그럴 리는 없지만, 만약 환자 한 명이 어젯밤에 자다가 숨을 거뒀다면 총 환자 수는 65명이 됐을 겁니다. 환자의 총수는 여러 가지 변수에 따라 날마다, 매주 바뀔 수 있습니다."

"하지만, 솔란도 양이 암호를 썼던 밤에는……"

"솔란도 양을 포함해서 66명이 있었습니다. 그건 사실입니다, 보안관. 하지만 여전히 67에서 하나가 모자라요, 그렇지 않습니까? 보안관은 지금 사각형 구멍에 둥근 못을 박아넣으려고 하고 있습니다."

"하지만 그 여자가 말하고자 한 것이 바로 그 점이었습니다."

"나도 그건 알겠습니다. 하지만 그 여자가 틀린 말을 한 겁니다. 여기에는 67번째 환자가 없어요."

"저하고 제 파트너가 환자들 기록을 살펴봐도 되겠습니까?"

이 말에 탁자에 둘러앉은 의사들이 인상을 찌푸리며 불쾌한 표정을 지었다.

"절대 안 됩니다."

네이링이 말했다.

"그럴 수는 없습니다, 보안관. 죄송합니다."

테디는 잠시 고개를 숙이고 아무리 봐도 이상한 하얀색 셔츠와 바지를 바라보았다. 그걸 입고 있으니 소다수를 파는 가게의 점원처럼 보였다. 그러니 아마 별로 권위도 없어 보일 터였다. 혹시 방 안에 있는 사람들에게 아이스크림을 나눠주면 그들의 마음을 움직일 수 있을까.

"직원 기록도 보여줄 수 없다, 환자 기록도 보여줄 수 없다. 그렇다면 도대체 어떻게 사라진 환자를 찾아내라는 겁니까, 여러분?"

네이링이 고개를 갸우뚱하며 의자 등받이에 몸을 기댔다.

콜리가 담배를 입술로 가져가려다가 그대로 얼어붙었다.

의사들 여러 명이 서로 작은 소리로 뭐라고 속삭였다.

테디는 처크를 바라보았지만 그는 작은 소리로 말했다.

"절 보지 마세요. 저도 영문을 모르니까."

"교도소장한테서 얘기 못 들으셨습니까?"

콜리가 말했다.

"우린 교도소장하고 얘길 해본 적이 없습니다. 맥퍼슨이 우리를 데려왔어요."

"아, 이런."

"뭡니까?"

테디의 물음에 콜리는 눈을 크게 뜨고 다른 의사들을 둘러보았다.

"뭡니까?"

테디가 다시 물었다.

콜리는 한숨을 내쉬면서 다시 탁자 끝으로 시선을 돌려 두 사람을 바라보았다.

"우리가 그 여자를 찾아냈습니다."

"당신들이 뭘 했다고요?"

콜리는 고개를 끄덕이며 담배를 한 모금 빨았다.

"레이첼 솔란도. 오늘 오후에 그 여자를 찾아냈단 말입니다. 그 여자는 지금 병원에 있습니다. 저 문을 나가서 복도를 내려가면 바로 있어요."

테디와 처크 두 사람 모두 어깨 너머로 문을 뒤돌아보았다.

"이제 마음 놓으세요, 보안관. 두 분의 임무는 끝났습니다."

콜리와 네이링이 두 사람을 이끌고 흑백 타일로 장식된 복도를 내려가 두 짝으로 된 문을 지나 병원의 중앙 건물로 들어갔다. 왼쪽 편의 간호사 대기실을 지나 오른쪽으로 방향을 틀자 긴 형광등과 U자 형의 커튼 봉이 천장에 달려 있는 커다란 방이 나왔다. 그곳에 그녀가 있었다. 그녀는 무릎 바로 위까지 내려오는 연녹색 환자복을 입고 침대 위에 앉아 있었다. 금방 감은 그녀의 검은 머리는 이마에서부터 뒤로 가지런히 늘어져 있었다.

"레이첼, 친구들하고 같이 왔어. 괜찮겠지?"

콜리가 말했다.

그녀는 허벅지 아래의 환자복 자락을 매끈하게 펴고는 어린아이처럼 뭔가를 잔뜩 기대하는 표정으로 테디와 처크를 바라보았다.

그녀의 몸에는 상처 하나 없었다.

그녀의 피부는 사암 같은 색이었고, 얼굴과 팔과 다리는 흠 하나 없이 깨끗했다. 아무것도 신지 않은 발의 피부에도 나뭇가지나 가시나 바위에 긁힌 자국이 전혀 없었다.

"무슨 일로 오셨어요?"

그녀가 테디에게 물었다.

"솔란도 양, 저희가 온 건……"

"뭘 팔러 오셨나요?"

"예?"

"뭘 팔러 오신 게 아니면 좋겠네요. 무례하게 굴고 싶진 않지만, 물건을 살까 말까 결정하는 건 항상 우리 남편이거든요."

"아, 아닙니다. 부인. 저희는 뭘 팔려고 여기 온 게 아닙니다."

"그럼 다행이네요. 무슨 일로 오셨어요?"

"어제 어디 계셨는지 말씀해 주시겠습니까?"

"여기 있었어요. 집에."

그녀는 콜리를 바라보며 말을 이었다.

"이 사람들 누구예요?"

"경찰관이야, 레이첼."

콜리가 말했다.

"짐한테 무슨 일이 있는 건가요?"

"아냐, 아냐. 짐은 잘 있어."

"애들한테 무슨 일이 생긴 건 아닐 텐데."

그녀는 주위를 둘러보며 말을 이었다.

"애들은 바로 저 마당에 나가 있으니까. 애들이 무슨 장난을 친 건 아니죠?"

"솔란도 양, 아닙니다. 자녀분들한테는 아무 일도 없어요. 남편께서도 잘 계십니다."

테디는 이렇게 말하고 나서 콜리와 시선을 마주쳤다. 콜리는 잘하고 있다는 듯 고개를 끄덕였다.

"저희는 그냥, 음, 어제 이 동네에 파괴 분자가 나타났다는 얘기를 들었습니다. 이 동네에서 공산당 선전물을 나눠주고 있었다고 하더군요."

"어머, 세상에, 아이들한테 나눠줬나요?"
"저희가 아는 한 그렇지는 않습니다."
"하지만 이 동네라면서요? 우리 집이 있는 이 거리였나요?"
"그런 것 같습니다, 부인. 부인께서 어제 어디 계셨는지 얘기를 해주셨으면 좋겠습니다. 그러면 부인께서 혹시 그 사람하고 마주쳤는지 알 수 있을 테니까요."
"지금 나더러 공산주의자라는 거예요?"
그녀가 베개에서 등을 떼며 이불을 움켜쥐었다.
테디를 바라보는 콜리의 표정에는 '당신이 판 무덤이니 알아서 빠져나와요.'라고 씌어 있었다.
"공산주의자라고요, 부인? 부인을 보고? 그런 생각을 하는 사람은 제정신이 아닐 겁니다. 부인은 베티 그레이블[미국 여배우] 못지않게 전형적인 미국인이십니다. 그걸 모르는 사람은 장님이죠."
그녀는 이불을 쥐고 있던 한 손을 풀고 자기 무릎을 어루만졌다.
"하지만 난 베티 그레이블처럼 생기지 않았는걸요."
"부인께서 확실한 애국자라는 점이 그렇다는 얘깁니다. 아뇨, 이제 보니 부인은 테레사 라이트[미국 여배우]를 더 닮으셨군요. 테레사 라이트가 조셉 코튼하고 같이 나왔던 영화가 뭐죠? 10년인가 12년 전에?"
"「의심의 그림자」죠. 나도 그 영화 얘길 들었어요."
그녀는 이렇게 말하면서 우아하면서도 관능적인 미소를 지었다.
"짐도 그 전쟁에 나갔었죠. 짐은 집에 돌아와서 미국이 세계를 위해 싸웠기 때문에 세계가 자유를 찾게 됐다고 했어요. 미국처럼 하는 것이 유일한 방법이라는 걸 온 세상이 깨달았다는 얘기도 했고요."

"그럼요. 저도 그 전쟁에 나갔습니다."

테디가 말했다.

"그럼 우리 짐을 아세요?"

"죄송하지만 그렇지는 않습니다, 부인. 남편께서는 틀림없이 훌륭한 분이시겠죠. 육군에 계셨나요?"

그녀는 이 말을 듣고 콧잔등에 주름을 잡으며 말했다.

"해병이었어요."

"항상 충성스럽다는 해병이셨군요. 솔란도 양, 저희는 그 파괴분자가 어제 어디서 무슨 짓을 했는지 반드시 전부 알아내야 합니다. 부인께서는 어쩌면 그 사람을 전혀 보지 못하셨을 수도 있습니다. 아주 미꾸라지 같은 놈이니까요. 그래서 부인께서 어제 뭘 하셨는지 저희가 반드시 알아야 하는 겁니다. 그 파괴분자의 어제 행적에 대해 우리가 이미 알고 있는 것과 부인의 이야기를 서로 맞춰봐야 하니까요. 그래야 부인께서 거리에서 그놈을 스쳐 지나 갔는지 아닌지 저희가 알 수 있지 않겠습니까?"

"밤에 배들이 서로 스쳐 지나가는 것처럼요?"

"그렇죠. 이제 제 말을 아시겠습니까?"

"그럼요."

그녀는 침대에 앉은 채 등을 똑바로 세우며 다리를 굽혀 깔고 앉았다. 그녀가 움직이는 것을 보며 테디는 자신의 뱃속과 사타구니가 요동치는 것을 느꼈다.

"그럼 어제 뭘 하셨는지 차근차근 얘기해 보세요."
그가 말했다.
"그러죠. 어디 보자, 짐하고 애들한테 아침 식사를 차려주고, 짐의 점심 도시락을 챙겨줬어요. 짐이 나간 다음에 애들을 학교에 보내고 호수에서 한참 동안 수영을 해야겠다고 생각했죠."
"수영을 자주 하십니까?"
"아뇨."
그녀가 앞으로 몸을 기울이고 소리 내어 웃으며 말했다. 마치 자기한테 치근거리는 남자를 대하는 것 같았다.
"난 그냥, 잘 모르겠어요. 그냥 좀 괴상한 기분이었어요. 가끔 그런 거 알죠? 조금 기분이 이상해지는 거."
"그럼요."
"그때 제 기분이 그랬어요. 그래서 옷을 전부 벗고 팔다리가 통나무처럼 무거워질 때까지 호수에서 헤엄을 쳤어요. 그리고 밖으로 나와서 물기를 닦은 다음에 곧바로 옷을 입고 호숫가를 따라 한참 걸었죠. 그리고 돌멩이 몇 개를 호수 위로 던진 다음에 작은 모래성을 여러 개 만들었어요. 작은 걸로."
"몇 개나 만들었는지 기억하십니까?"
테디는 이렇게 물으면서 자신을 빤히 바라보는 콜리의 시선을 느꼈다.
그녀는 눈동자를 천장으로 향하고 잠시 생각해 보다가 말했다.
"기억해요."
"몇 개였죠?"
"열세 개."

"꽤 많군요."

"몇 개는 아주 작았어요. 찻잔 크기였으니까."

"그럼 그 다음에 뭘 했습니까?"

"당신을 생각했어요."

침대 반대편에 있던 네이링이 콜리를 슬쩍 바라보는 것이 테디의 눈에 들어왔다. 네이링은 테디와 눈이 마주치자 다른 사람 못지않게 놀란 기색으로 양손을 들어 보였다.

"왜 나를 생각했죠?"

테디가 물었다.

그녀가 미소를 짓자 가지런히 한데 모여 있는 하얀 이가 드러났다. 이빨 사이에 빨간 혀끝이 조금 나와 있을 뿐이었다.

"당신이 나의 짐이니까 그렇죠, 바보 같으니. 당신은 나의 병사예요."

그녀는 무릎으로 일어서서 손을 뻗어 테디의 손을 잡고 어루만졌다.

"아주 거칠군요. 당신 손에 박인 굳은살이 너무 좋아요. 내 피부에 그 굳은살이 부딪히는 게 너무 좋아. 보고 싶었어요, 짐. 당신이 집을 너무 자주 비우니까."

"난 일을 많이 하잖아."

테디가 말했다.

"앉아요."

그녀가 그의 팔을 잡아당겼다.

콜리가 그녀에게 다가가라고 눈짓을 했기 때문에 테디는 얌전히 그녀에게 이끌려 침대로 다가가서 그녀 옆에 앉았다. 사진 속에서 그녀의 눈이 그토록 울부짖게 만든 것이 무엇인지는 몰라도, 지금은 그녀에게서 그것을 찾아볼 수 없었다. 적어도 일시적으로나마 그것이 사라져버린 것이다. 그녀와 이렇게 가까이 앉아 있으니 그녀가 너무나 아름답다는 사실을 의식할 수밖에 없었다. 그녀의 전체적인 인상은 흐르는 물 같았다. 검은 눈은 물처럼 맑게 빛나고, 그녀의 나른한 움직임을 보고 있으면 팔다리가 허공에서 헤엄을 치는 것 같았다. 입술과 턱은 발갛게 상기되어 있었다.

"당신은 일을 너무 많이 해요."

그녀가 이렇게 말하면서 그의 목 바로 아래를 손가락으로 쓸었다. 마치 비뚤어진 넥타이를 바로잡는 것처럼.

"먹을 걸 벌어와야 하잖아."

테디가 말했다.

"아, 우린 괜찮아요."

그녀가 말했다. 그의 목에 그녀의 숨결이 느껴졌다.

"그럭저럭 지낼 정도는 되잖아요."

"지금은 그렇지. 난 미래를 생각하는 거야."

테디가 말했다.

"그런 줄 몰랐어요. 우리 아버지가 하시던 말씀 기억해요?"

"잊어버렸어."

그녀가 그의 관자놀이를 따라 손가락으로 머리를 빗어주었다.

"'미래는 할부금을 다 치른 다음에야 받을 수 있는 물건 같은 거야. 난 항상 현찰을 치르지.' 아버지는 이렇게 말씀하셨어요."

그녀가 작은 소리로 쿡쿡 웃으며 그에게 바짝 몸을 기댔다. 그의 어깨 뒤쪽에 그녀의 가슴이 닿는 것이 느껴질 정도였다.

"그래요, 여보. 우리는 오늘을 위해 살아야 해요. 지금 이 순간을 위해서."

이건 돌로레스가 항상 하던 말이었다. 그녀의 입술과 머리카락도 돌로레스와 아주 비슷했다. 만약 레이첼의 얼굴이 더 가까이 다가온다면 지금 자기가 돌로레스와 이야기하고 있다고 믿어버려도 될 것 같았다. 수줍은 듯 관능적인 모습도 두 사람이 똑같았다. 테디는 아내가 그런 관능적인 모습의 효과를 알고 있었는지 알지 못했다. 그녀와 여러 해를 함께 살았는데도.

그는 자신이 그녀에게 물어봐야 하는 것이 무엇인지 잊어버리지 않으려고 애썼다. 그는 그녀를 다시 제 궤도에 올려놔야 한다는 것을 알고 있었다. 어제 무엇을 했는지 얘기하게 만들어야 했다. 그녀가 호숫가를 걷고 모래성을 만든 다음에 무슨 일이 일어났는지.

"호숫가를 걸은 다음에 뭘 했지?"

그가 물었다.

"내가 뭘 했는지 알잖아요."

"몰라."

"어머, 내 입에서 그 말을 듣고 싶은 거예요? 그래요?"

그녀가 그에게 몸을 기대며 그의 얼굴보다 약간 아래쪽에 얼굴을 디밀었다. 그 검은 눈이 그를 빤히 올려다보고, 그녀의 숨결이 그의 입술까지 올라왔다.

"기억 안 나요?"

"그래."

"거짓말."

"진짜야."

"아니에요. 당신이 그걸 잊어버렸다면, 당신한테 뭔가 문제가 있는 거예요, 제임스 솔란도."

"그러니까 말해 봐."

테디가 속삭였다.

"당신 그냥 그 말을 듣고 싶은 것뿐이죠?"

"그래 그냥 듣고 싶어."

그녀는 손바닥으로 그의 광대뼈와 턱을 어루만졌다. 그리고 아까보다 더 갈라진 목소리로 입을 열었다.

"내가 호수에서 젖은 몸으로 돌아왔더니 당신이 날 핥아서 물기를 말려줬어요."

테디는 그녀의 얼굴이 더 다가오기 전에 그녀의 얼굴에 손을 올려놓았다. 그의 손가락이 그녀의 관자놀이를 따라 미끄러졌다. 엄지손가락에 머리카락의 물기가 느껴졌다. 그는 그녀의 눈을 들여다보았다.

"어제 또 뭘 했는지 말해 봐."

그가 속삭였다. 그 순간 물처럼 맑은 그녀의 눈 속에서 뭔가가 저항하고 있는 것이 보였다. 공포. 확실했다. 그 공포가 그녀의 윗입술과 눈썹 사이의 피부로 터져 나왔다. 그녀의 살갗이 바르르 떨리는 것이 느껴졌다.

그녀가 그의 얼굴을 탐색하듯 바라보았다. 그녀의 눈이 점점 커지고 또 커지더니 좌우로 정신없이 움직였다.

"내가 당신을 묻었어."

그녀가 말했다.

"아냐, 난 여기 있어."

"내가 당신을 묻었어. 빈 관에. 당신 몸이 터져서 북대서양 사방으로 날아가 버렸으니까. 내가 당신의 군번이 달린 목걸이를 묻었어. 그 사람들이 찾아낸 게 그것밖에 없었으니까. 당신 몸, 그 아름다운 몸은 불에 타서 상어의 먹이가 돼버렸어."

"레이첼."

콜리가 그녀를 불렀다.

"고깃덩어리처럼."

그녀가 말했다.

"아냐."

테디가 말했다.

"시커멓게 타버린 고깃덩어리처럼."

"아냐, 그건 내가 아니었어."

"그놈들이 짐을 죽였어. 나의 짐은 죽었어. 당신 도대체 누구야?"

그녀는 그의 손에서 몸을 비틀어 빼내고는 침대에서 벽 쪽으로 기어가 다시 그를 뒤돌아보았다.

"저 사람 도대체 누구야?"

그녀가 테디에게 손가락질을 하며 침을 뱉었다.

테디는 꼼짝도 할 수 없었다. 그는 그녀를 뚫어져라 바라보았다. 마치 파도처럼 그녀의 눈을 채우고 있는 분노를.

"나한테 그 짓을 할 작정이었나, 뱃사람? 그런 거야? 우리 애들이 마당에서 노는 동안 당신 물건을 내 안에 집어넣으려고? 그게 당신 계획이었어? 당장 여기서 꺼져! 내 말 안 들려? 당장 여기서……!"
 그녀가 한 손을 머리 위로 치켜들고 그에게 달려들었다. 테디가 침대에서 펄쩍 물러나자 잡역부 두 명이 두꺼운 가죽 띠를 어깨에 걸치고 와락 달려들어 레이첼의 팔 밑을 잡고는 침대 위에서 그녀의 몸을 뒤집어 바로 눕혔다.
 테디는 자신의 몸이 벌벌 떨리는 것을 느낄 수 있었다. 땀구멍에서 땀이 솟아나오는 것도. 레이첼의 목소리가 병동 전체를 울리며 터져나왔다.
 "이 강간범! 이 망할 놈의 잔인한 강간범! 우리 남편이 와서 네 놈 목을 그어버릴 거야! 알아? 우리 남편이 네 놈의 그 더러운 머리를 잘라버리고, 나랑 같이 피를 마실 거야! 우리 둘이 그 피 속에서 목욕을 할 거라고. 이 구역질나는 더러운 놈아!"
 잡역부 한 명이 그녀의 가슴에 걸터앉고 다른 한 명은 커다란 손으로 그녀의 발목을 움켜쥐었다. 두 사람은 침대 난간의 구멍으로 가죽 띠를 통과시킨 다음 레이첼의 가슴과 발목을 지나 다시 반대편 구멍으로 빼냈다. 그리고 가죽 띠를 팽팽하게 잡아당겨서 쥠쇠에 집어넣었다. 쥠쇠가 찰칵 소리를 내며 잠기자 잡역부들이 뒤로 물러섰다.
 "레이첼."
 콜리가 아버지처럼 부드러운 목소리로 말했다.
 "네 놈들 전부 더러운 강간범들이야. 우리 애들은 어디 있어? 우리 애들은 어디 있어? 내 아이들을 돌려줘, 개새끼야! 내 아이들을 돌려줘!"
 그녀의 비명 소리가 총알처럼 테디의 등줄기를 타고 올라왔다.

그녀가 심하게 몸부림을 치는 바람에 침대 난간이 덜컹거렸다. 콜리가 말했다.

"나중에 다시 보러 올게, 레이첼."

그녀가 그에게 침을 뱉었다. 테디는 침이 바닥으로 떨어지는 소리를 들었다. 그녀가 다시 비명을 지르기 시작했는데, 입술을 깨물었는지 입술에 피가 묻어 있었다. 콜리는 일행을 향해 고개를 끄덕하고는 걷기 시작했다. 다른 사람들도 그의 뒤를 따랐다. 테디는 걸으면서 어깨 너머로 뒤를 돌아보았다. 레이첼이 그를 지켜보고 있었다. 침대 위에서 어깨를 활처럼 구부리고 요동을 치면서 그의 눈을 똑바로 바라보고 있었다. 그녀의 목에는 핏줄이 툭툭 튀어나왔고, 그를 향해 비명을 지르는 그녀의 입술에서는 피와 침이 번들거렸다. 그녀는 마치 100년 동안 죽은 사람들이 모두 무덤에서 일어나 창문을 넘어 자기에게 다가오는 광경을 본 사람처럼 비명을 질러댔다.

콜리의 사무실에는 미니바가 있었다. 그는 일행과 함께 방에 들어서자마자 곧장 오른쪽으로 방을 가로질러 그곳으로 갔다. 그때 순간적으로 테디는 그의 모습을 시야에서 놓쳐버렸다. 그가 하얀색의 얇은 막 뒤로 사라져버린 후 테디는 속으로 생각했다.

'안 돼, 지금은 안 돼. 지금은 안 된단 말이다, 제길.'

"그 여자를 어디서 찾았습니까?"

"등대 근처의 해변입니다. 바다에 돌멩이를 던지면서 물수제비 놀이를 하고 있더군요."

콜리의 모습이 다시 나타났지만, 그것은 테디가 고개를 왼쪽으로 돌렸기 때문이었다. 콜리는 여전히 오른쪽으로 움직이고 있었다. 테디가 고개를 돌리는 동안 그 얇은 막이 붙박이 책장과 창문을 가려버렸다. 그는 눈앞에 드러난 모든 증거를 무시하고 오른쪽 눈을 비벼봤지만 소용이 없었다. 다음 순간 그의 머리 왼쪽을 따라 그것이 느껴졌다. 머리의 가르마가 있는 곳 바로 아래에서 두개골이 쩍 벌어져 용암으로 가득 찬 협곡처럼 변한 것 같았다. 그는 분노에 찬 레이첼의 비명 때문이라고 생각했지만 그것만은 아니었다. 누군가가 그의 두개골 속으로 십여 개의 단검을 천천히 밀어 넣고 있는 것처럼 갑자기 통증이 폭발했다. 그는 움찔하면서 관자놀이로 손가락을 가져갔다.

"보안관?"

그가 시선을 들어보니 책상 뒤편에 가 있는 콜리의 모습이 보였다. 왼쪽에 있는 그의 모습이 유령처럼 흐릿했다.

"예?"

테디는 간신히 대답했다.

"안색이 죽은 사람처럼 창백해요."

"괜찮아요, 선배님?"

처크가 순식간에 그의 옆으로 다가와 말했다.

"괜찮아."

테디는 간신히 대답했다. 그 순간 콜리가 위스키 잔을 책상 위에 내려놓았는데, 그 소리가 마치 총소리처럼 들렸다.

"앉으세요."

콜리가 말했다.

"난 괜찮습니다."

테디가 말했다. 하지만 마치 가시밭길을 헤치고 나아가며 말을 하는 것 같은 기분이었다.

콜리가 테디 앞에 놓인 책상에 몸을 기대자 그의 뼈에서 마치 불에 타는 장작처럼 탁탁거리는 소리가 났다.

"편두통입니까?"

테디는 흐릿하게 보이는 그의 모습을 향해 시선을 들었다. 아무것도 몰랐다면 고개를 끄덕였겠지만, 그는 이미 과거의 경험을 통해 이럴 때는 절대 고개를 끄덕여서는 안 된다는 것을 알고 있었다.

"예."

그가 간신히 대답했다.

"관자놀이를 그렇게 문지르시는 걸 보니 확실하군요."

"아."

"자주 그러는 편입니까?"

"한 여섯 번 정도……"

입 안이 바싹 말라서 혀에 다시 물기가 돌게 하는 데 몇 초가 걸렸다.

"……1년에."

"운이 좋군요. 한 가지 면에서는."

콜리가 말했다.

"무슨 소립니까?"

"편두통 환자들 중에는 대략 1주일에 한 번씩 연달아 편두통에 시달리는 사람들이 많습니다."

그가 책상에서 몸을 떼자 그의 몸에서 다시 불에 타는 장작 같은 소리가 났다. 그가 캐비닛 자물쇠를 여는 소리가 들렸다.
 "증상이 뭡니까? 앞이 일부 보이지 않고, 입 안이 마르고, 머리가 불에 타는 것 같은가요?"
 그가 테디에게 물었다.
 "바로 그겁니다."
 "수백 년 동안 뇌를 연구해 왔는데도 편두통이 왜 생기는지 단서조차 없습니다. 굉장하죠? 편두통이 대개 두정엽을 공격한다는 건 알고 있습니다. 편두통 때문에 피가 엉기는 현상이 나타난다는 것도 알고 있고요. 사실 그건 아주 보잘 것 없는 현상이지만, 뇌처럼 섬세하고 작은 기관에서 그런 현상이 일어나면 마치 머리가 폭발하는 것 같은 느낌이 들죠. 흔한 감기를 막는 법이 아직도 밝혀지지 않은 것처럼, 그동안 그렇게 많은 연구를 했는데도 편두통의 원인이나 장기적인 영향에 대해 별로 알려진 게 없습니다."
 콜리가 그에게 물 잔을 건네주고 그의 손에 노란색 알약 두 개를 놓았다.
 "이거면 될 겁니다. 한두 시간 정신을 잃었다가 깨보면 괜찮아질 테니까요. 머리가 아주 맑아질 겁니다."
 테디는 노란색 알약과 자기 손에 위태롭게 매달려 있는 물 잔을 내려다보았다.
 그는 콜리를 올려다보며 시력이 사라지지 않은 눈으로 초점을 맞추려고 애썼다. 콜리의 모습이 너무나 하얗고 강렬한 빛 속에 잠겨 있어서 빛기둥이 그의 어깨와 팔에서 증발하듯 위로 올라가고 있는 것처럼 보였기 때문이다.
 '당신이 무슨 짓을 해도 좋은데……'

테디의 머릿속에서 누군가의 목소리가 이렇게 말하기 시작했다.

누가 손톱으로 그의 머리 왼쪽을 억지로 열고 압정을 쏟아 넣는 것 같았다. 테디는 흡 하고 숨을 들이쉬며 이를 악물었다.

"세상에, 선배님."

"괜찮아질 겁니다, 보안관."

머릿속의 목소리가 다시 말을 하려고 했다.

'당신이 무슨 짓을 해도 좋은데, 테디…….'

누군가가 압정이 뿌려진 테디의 머릿속을 강철 막대기로 탕탕 두드리는 것 같았다. 아직 시력이 살아 있는 눈에서 눈물이 솟아나와서 테디는 손등으로 눈을 눌렀다. 그의 뱃속이 요동을 쳤다.

'……저 약은 먹지 마.'

그의 위장이 완전히 아래쪽으로 미끄러져서 오른쪽 엉덩이 쪽으로 내려가버린 것 같았다. 두개골이 갈라진 옆머리에서 불꽃이 날름거렸다. 두통이 조금만 더 심해지면 그냥 혀를 깨물어버릴 것 같았다.

'저 망할 놈의 약을 먹으면 안 돼.'

머릿속의 목소리가 불길에 휩싸인 옆머리를 오르락내리락하며 악을 써댔다. 그 목소리가 정신없이 깃발을 흔들어대며 군대를 모으는 것 같았다.

테디는 고개를 숙이고 바닥에 속에 든 것을 토했다.

"선배님, 선배님, 괜찮아요?"

"이런, 이런, 정말 심한 모양이군요."

콜리가 말했다.

테디는 고개를 들었다.
'저 약을……'
그의 뺨이 눈물에 젖어 있었다.
'……먹으면……'
누군가가 갈라진 두개골 안으로 칼을 깊숙이 찔러 넣은 것 같았다.
'……안……'
그 칼이 톱질을 하는 것처럼 앞뒤로 움직이기 시작했다.
'……돼'
테디는 이를 악물었다. 위장이 다시 요동치는 것이 느껴졌다. 그는 자기 손에 들린 물 잔에 정신을 집중하려고 애썼다. 그러다가 엄지손가락 위에서 뭔가 이상한 것을 발견했는데, 그는 편두통 때문에 환각이 나타난 거라고 생각해 버렸다.
'그약을먹으면안돼.'
칼이 주름진 그의 뇌를 또다시 톱질하듯 썰어댔다. 테디는 간신히 비명을 삼켰다. 머릿속에서 레이첼이 불길과 함께 비명을 지르는 소리가 들렸다. 그녀가 그의 눈을 들여다보는 모습이 보이고, 그의 입술에 그녀의 숨결이 느껴지고, 손 안에 그녀의 얼굴이 만져졌다. 자신이 엄지손가락으로 그녀의 관자놀이를 어루만지고 있었다. 그 망할 놈의 톱이 그의 머리 속에서 앞뒤로 왔다 갔다 하는 것도 보였다…….
'그약을먹으면안돼.'
……테디는 찰싹 소리가 나도록 손바닥을 입에 갖다댔다. 알약이 입 속으로 날 듯이 들어가는 것이 느껴졌다. 그는 물을 마시고

꿀꺽 삼켰다. 알약이 식도를 미끄러져 내려가는 것이 느껴졌다. 그는 잔이 비어버릴 때까지 물을 들이켰다.
"나중에 나한테 고맙다는 소리를 하게 될 겁니다."
콜리가 말했다.
처크가 다시 그의 옆으로 다가와서 손수건을 건네주었다. 테디는 손수건으로 이마와 입을 차례로 닦고 바닥에 쓰러져버렸다.
"같이 좀 일으킵시다, 보안관."
콜리가 말했다.
두 사람은 의자에서 테디를 일으켜 몸의 방향을 돌려주었다. 그의 앞에 검은 문이 있는 것이 보였다.
"아무한테도 말하지 마세요. 저 문 뒤에 방이 하나 있는데, 내가 거기서 가끔 잠깐씩 낮잠을 자곤 하죠. 아, 그래요, 맞아요, 사실은 하루에 한 번씩 낮잠을 잡니다. 우리가 당신을 저 방으로 데려갈 겁니다, 보안관. 자고 일어나면 괜찮을 거예요. 두 시간 후면 아주 건강해져 있을 거예요."
테디는 자신의 손이 두 사람의 어깨에 힘없이 걸쳐져 있는 것을 보았다. 그 모습이 우스웠다. 그의 손이 그렇게 흉골 위에 늘어져 있는 꼴이라니. 그리고 엄지손가락. 양쪽 엄지손가락에 모두 환각이 나타나 있었다. 도대체 저게 뭐지? 그는 몸을 긁고 싶었지만 이미 콜리가 문을 열고 있었다. 테디는 양쪽 엄지손가락의 얼룩을 마지막으로 한 번 더 보았다.
검은 얼룩이었다.
구두약이군. 그는 두 사람에게 이끌려 어두운 방으로 들어가면서 이렇게 생각했다.

도대체 어떻게 구두약이 내 엄지손가락에 묻은 거지?

그건 최악의 악몽이었다.
꿈이 처음 시작됐을 때 테디는 헐의 거리들을 걷고 있었다. 그가 어렸을 때부터 어른이 될 때까지 수도 없이 걸었던 거리였다. 그는 옛날 자기가 다녔던 학교 건물을 지나고, 껌과 크림소다를 사먹곤 했던 작은 잡화점을 지나고, 디커슨 씨네 집과 파카스키 씨네 집을 지났다. 머레이 씨네, 보이드 씨네, 버넌 씨네, 콘스탄틴 씨네도 지나갔다. 그런데 그 집들이 모두 텅 비어 있었다. 어디를 봐도 사람이 보이지 않았다. 마을 전체가 텅 비어 있었다. 그리고 쥐 죽은 듯이 조용했다. 심지어 파도 소리도 들리지 않았다. 헐은 항상 파도 소리가 들리는 곳이었는데.
끔찍했다. 그가 살던 마을이지만 사람들이 전부 사라져버렸다는 것이. 그는 오션 애비뉴를 따라 세워져 있는 방파제 위에 앉아 텅 빈 해변을 살펴보았다. 그렇게 앉아서 한참을 기다렸지만 아무도 나타나지 않았다. 사람들이 모두 죽어버렸다는 것을 그는 깨달았다. 모두 오래 전에 죽어버린 것이다. 그는 수백 년의 세월을 거슬러 유령의 마을이 된 고향으로 돌아온 유령이었다. 그 마을은 이제 이곳에 존재하지 않았다. 그도 더 이상 이곳에 존재하지 않았다. 이곳에는 아무것도 없었다.
정신을 차려보니 자신이 커다란 대리석 복도에 와 있었다. 사람들과 들것과 빨간색 링거액 병으로 가득 찬 곳이었는데, 순식간에 기분이 나아졌다. 여기가 어딘지는 몰라도, 그는 이제 혼자가 아니었다. 아이들 세 명(남자아이 둘과 여자아이 하나)이 그의 앞을 지나갔다. 세 명 모두 환자복을 입고 있었는데, 여자아이는 뭔가를 무서워하고 있었다. 그 아이는 오빠들의 손을 꼭 붙들고 있었다. 그 아이가 말했다.

"그 여자가 여기 있어. 우릴 찾아낼 거야."

앤드루 레이디스가 몸을 기울여 테디의 담배에 불을 붙여주었다.

"어이, 날 미워하는 거 아니지, 응?"

레이디스는 험상스럽다는 게 어떤 건지 보여주는 표본이었다. 우락부락한 몸에 턱이 툭 튀어나온 홀쭉한 머리. 턱은 보통 사람들보다 두 배나 길었다. 이빨은 흉측하게 생겼고, 우툴두툴한 분홍색 두개골 위에는 금발 머리가 이리저리 뻗쳐 있었다. 그러나 테디는 그가 반가웠다. 이 방에서 그가 아는 사람이라고는 레이디스뿐이었다.

"나중에 약을 한 방 하고 싶으면 나한테 술이라도 한 병 갖다줘봐."

레이디스가 말했다. 그가 테디를 향해 윙크를 하며 등을 때렸는데 그 순간 그의 모습이 처크로 바뀌어 있었다. 그런데 그것이 전혀 이상하게 생각되지 않았다.

"이제 가야 돼요. 우린 여기서 시간만 보내고 있어요."

처크가 말했다.

"우리 마을이 텅 비어버렸어. 한 명도 없어."

테디가 말했다.

그리고 그는 갑자기 뛰기 시작했다. 그녀가, 레이첼 솔란도가 커다란 칼을 들고 무도장을 가로질러 달리면서 비명을 지르고 있었기 때문이다. 그녀는 테디가 닿기 전에 세 아이에게 달려들었다. 그리고 그 커다란 칼이 위아래로 오르락내리락했다. 테디는 묘하게도 그 광경에 홀린 듯이 빠져서 그대로 얼어붙었다. 그는 이제 자신이 할 수 있는 일은 아무도 없다는 것을 알고 있었다. 아이들은 이미 죽었으니까.

레이첼이 고개를 들어 그를 보았다. 그녀의 얼굴과 목에 피가 점점이 묻어 있었다. 그녀가 말했다.

"날 좀 도와줘요."

"뭐라고요? 내가 곤란해질 수도 있어요."

"날 도와주면 내가 돌로레스가 될게요. 당신 아내가 돼줄게요. 당신이 아내를 되찾게 될 거라고요."

그래서 그는 "물론, 돕고말고." 이러면서 그녀를 도와주었다. 어떻게 한 건지는 잘 모르겠지만 어쨌든 두 사람은 세 아이를 한꺼번에 들어올려서 뒷문으로 나가 호수까지 갔다. 그리고 아이들을 든 채 물 속으로 들어갔다. 아이들을 던져버리지는 않았다. 둘 다 상냥한 사람들이었으니까. 두 사람이 아이들을 물 위에 눕히자 아이들이 물 속으로 가라앉았다. 남자아이 하나가 손을 허우적대며 다시 위로 올라오자 레이첼이 말했다.

"괜찮아요. 저 애는 수영을 못해요."

두 사람은 호숫가에 서서 남자아이가 물 속으로 가라앉는 것을 지켜보았다. 레이첼이 테디의 허리에 팔을 두르고 말했다.

"이제 당신은 나의 짐이에요. 나는 당신의 돌로레스고. 우리 같이 새로 아이들을 만들어요."

전혀 나무랄 데 없는 생각 같았다. 테디는 왜 전에는 이런 생각을 못했는지 모르겠다고 생각했다.

그는 그녀를 따라 애시클리프로 돌아와서 처크와 만났다. 세 사람은 1.5킬로미터나 뻗어 있는 긴 복도를 걸었다. 테디가 처크에게 말했다.

"레이첼이 나를 돌로레스에게 데려다주는 거야. 이제 집으로 돌아가는 거야, 친구."

"정말 잘 됐군요! 다행이에요. 난 절대 이 섬을 벗어나지 못할 텐데."

"못 나가?"

"예, 하지만 괜찮아요, 선배님. 정말로 괜찮아요. 난 여기 사람이니까. 여기가 내 집이에요."

"내 집은 레이첼이야."

테디가 말했다.

"돌로레스라는 얘기죠?"

"맞아, 맞아. 내가 뭐라고 했지?"

"레이첼이라고 했어요."

"아, 미안해. 자네는 정말로 여기가 집이라고 생각해?"

처크가 고개를 끄덕였다.

"한 번도 나가본 적이 없어요. 앞으로 나가지도 않을 거고. 내 말은, 내 손을 한 번 보세요, 선배님."

테디는 그의 손을 보았다. 그가 보기에는 아무런 이상이 없는 것 같았고 그렇게 말했다.

처크는 고개를 저었다.

"손이 이상해요. 가끔 손가락이 쥐로 변하거든요."

"뭐, 그렇다면 자네가 집을 찾아서 다행이네."
"고마워요, 선배님."
그가 테디의 등을 치더니 콜리로 변해 버렸다. 그런데 어찌된 영문인지 레이첼이 한참 앞에 가 있어서 테디는 빠르게 걷기 시작했다.
콜리가 말했다.
"자기 자식을 죽인 여자를 사랑할 수는 없습니다."
"난 할 수 있습니다. 당신은 전혀 뭘 모르는군요."
테디가 한층 더 빨리 걸으면서 말했다.
"뭐라고요?"
콜리는 다리를 움직이지 않은 채 바닥 위를 미끄러지듯 움직이며 테디와 보조를 맞추고 있었다.
"내가 뭘 모른다는 겁니까?"
"난 혼자 있을 수 없습니다. 혼자 있는 걸 감당할 수 없어요. 이 빌어먹을 세상에서는 그렇습니다. 나한테는 저 여자가 필요해요. 저 여자는 나의 돌로레스입니다."
"저 여자는 레이첼이에요."
"나도 압니다. 하지만 우리가 거래를 했어요. 저 여자가 나의 돌로레스가 되어주고, 나는 저 여자의 남편 짐이 되어주기로. 괜찮은 거래죠."
"아, 이런."
세 아이가 복도를 따라 그들을 향해 달려왔다. 그들은 물에 흠뻑 젖어 있었으며, 머리가 터지도록 비명을 질러대고 있었다.
"어떤 엄마가 애들을 저렇게 만든답니까?"

콜리가 말했다.
테디는 제자리에서 아이들이 달리는 모습을 지켜보았다. 아이들이 그와 콜리 옆을 지나갔다. 그런데 공기가 변했는지 아니면 뭔가 다른 게 변했는지 애들이 계속 달리는데도 전혀 앞으로 나아가질 못했다.
"자기 애들을 죽이다니."
콜리가 말했다.
"그 여자도 그럴 생각은 아니었습니다. 너무 겁에 질려 있었을 뿐입니다."
테디가 변호했다.
"나처럼 말입니까?"
콜리가 물었다. 그런데 이제는 그가 콜리가 아니었다. 그는 피터 브린이었다.
"저 여자가 겁에 질려서 아이들을 죽인 게 전혀 문제될 게 없다는 얘기예요?"
"아뇨. 내 말은, 그러니까, 문제될 게 없습니다. 난 당신이 싫습니다, 피터."
"그래서 어쩔 건데요?"
테디는 업무용으로 지급받은 권총을 피터의 관자놀이에 갖다 댔다.
"내가 처형한 사람이 몇 명이나 되는지 압니까?"
테디가 말했다. 그의 얼굴에 눈물이 줄줄 흘러내리고 있었다.
피터가 말했다.
"글쎄요, 몰라요. 제발 이러지 말아요."

테디는 방아쇠를 당겼다. 브린의 머리 반대편으로 총알이 튀어 나가는 것이 보였다. 이 광경을 처음부터 끝까지 지켜본 세 아이가 미친 듯이 비명을 질러대자 피터 브린이 말했다.
"젠장."
그리고 그는 총알이 들어간 구멍을 손으로 덮고 벽에 몸을 기대며 말했다.
"애들 앞에서 이런 짓을 해요?"
그때 그녀의 소리가 들렸다. 두 사람 앞쪽의 어둠 속에서 들려온 누군가의 날카로운 비명 소리. 그녀의 비명 소리였다. 그녀가 오고 있었다. 저기 어둠 속 어딘가에서 몸을 일으켜 그들을 향해 전속력으로 달려오고 있었다. 세 아이 중 어린 여자아이가 말했다.
"도와주세요."
"난 네 아빠가 아니다. 그건 내 자리가 아냐."
"제가 아저씨를 아빠라고 부를게요."
"할 수 없군."
테디는 한숨을 내쉬며 아이의 손을 잡았다.
그들은 셔터 섬의 해안이 내려다보이는 절벽을 걷다가 어느덧 묘지로 접어들었다. 테디는 빵 한 덩이와 땅콩버터, 그리고 젤리를 찾아내 묘당 안에서 아이들에게 샌드위치를 만들어 주었다. 여자아이는 너무나 행복한 표정으로 그의 무릎에 앉아 샌드위치를 먹었다. 테디는 그 아이를 데리고 바깥의 묘지로 나가 자기 아버지와 어머니의 묘비, 그리고 자기 자신의 묘비를 가리켰다.

에드워드 대니얼스

형편없는 뱃사람

1920-1957

"아저씨가 왜 형편없는 뱃사람이에요?"
아이가 물었다.
"물을 싫어하거든."
"저도 물이 싫어요. 그럼 우린 친구네요."
"그런 것 같구나."
"아저씨는 이미 죽었어요. 저기 저게 있잖아요."
"묘비 말이군."
"맞아요."
"그래, 내가 죽은 것 같다. 우리 마을에도 아무도 없었어."
"저도 죽었어요."
"알아. 안됐구나."
"아저씨는 엄마를 막지 않았어요."
"내가 뭘 할 수 있었겠니? 내가 다가갔을 때는 네 엄마가 이미, 알잖아……."
"아, 난 몰라."
"왜 그래?"
"저기 엄마가 또 오고 있어요."
테디가 폭풍 속에서 넘어뜨렸던 묘비 옆을 지나 레이첼이 묘지 안으로 들어오고 있었다. 그녀는 서두르지 않았다. 그녀는 너무나 아름다웠다. 빗물에 젖은 그녀의 머리칼에서 물이 뚝뚝 떨어졌다.

그녀는 큰 칼 대신 자루가 긴 도끼를 바닥에 질질 끌면서 말했다.
"테디, 그러지 말아요. 저 애들은 내 거야."
"알아. 하지만 아이들을 당신에게 넘길 수는 없어."
"이번에는 다를 거예요."
"어떻게 다르다는 거지?"
"지금은 내가 제정신이에요. 내 책임이 뭔지 알고 있어요. 내 머리가 제대로 돌아왔다고요."
테디는 울면서 말했다.
"당신을 너무나 사랑해."
"나도 당신을 사랑해요. 정말로."
그녀가 다가와서 그에게 키스했다. 진짜 키스였다. 그녀의 손이 그의 얼굴을 만지고, 그녀의 혀가 그의 혀 위로 미끄러졌다. 그녀의 키스가 점점 더 격렬해지면서 나지막한 신음 소리가 그녀의 목을 타고 올라와 그의 입 속으로 들어왔다. 그는 그녀를 너무나 사랑했다.
"이제 그 애를 나한테 줘요."
테디가 레이첼에게 아이를 건네주자 그녀는 아이를 한 팔로 들고 다른 팔로는 도끼를 집어든 후 말했다.
"금방 돌아올게요. 알았죠?"
"그래."
테디가 말했다.
그는 아이에게 손을 흔들었지만 아이가 그걸 이해하지 못한다는 것을 알고 있었다. 그러나 이건 아이를 위해서였다. 그는 그것을 분명히 알고 있었다. 어른이 되면 힘든 결정들을 내려야했다.

아이들은 도저히 이해하지 못하는 결정들을. 하지만 그런 결정들은 다 아이들을 위한 것이었다. 어머니에게 들려 묘당 안으로 들어가는 아이가 마주 손을 흔들어주지 않는데도 테디는 계속 손을 흔들었다. 아이는 테디를 뚫어지게 바라보았다. 구출될 것이라는 희망을 모두 잃어버린 눈, 이 세상을 체념하고 희생을 받아들인 눈으로. 아이의 입가에는 여전히 땅콩버터와 젤리가 묻어 있었다.

"세상에!"
테디는 일어나 앉았다. 그는 울고 있었다. 오로지 그 꿈에서 벗어나려고 자신의 뇌 속에 있는 의식을 깨워 억지로 잠에서 깬 것 같은 기분이었다. 그 꿈이 자신의 머릿속에서 문을 활짝 열고 기다리고 있는 것이 느껴졌다. 그가 할 수 있는 것이라고는 눈을 감고 베개를 향해 머리를 떨어뜨리는 것뿐이었다. 그렇게 하면 그는 곧장 꿈속에 다시 빠져버릴 터였다.
"기분이 어떻습니까, 보안관?"
그가 몇 번 눈을 깜박이자 어둠이 눈에 들어왔다.
"거기 누구야?"
콜리가 작은 램프를 켰다. 램프는 의자 옆 구석에 세워져 있었다.
"죄송합니다. 놀라게 할 생각은 아니었는데."
테디는 침대 위에서 일어나 앉았다.
"내가 여기 얼마나 있었습니까?"
콜리가 그에게 미안한 듯 미소를 지어 보였다.
"그 약이 제 생각보다 좀더 강했던 모양입니다. 네 시간 동안 정신을 잃고 있었습니다."

"젠장."

테디는 손바닥 끝으로 눈을 비볐다.

"악몽을 꾸고 계셨습니다, 보안관. 심한 악몽이었죠."

"여긴 허리케인이 불어오는 섬의 정신 병원입니다."

테디가 말했다.

"정곡을 찔렀군요. 저도 여기 온 지 한 달이 지나서야 밤에 그럭저럭 잠을 잘 수 있었습니다. 돌로레스가 누굽니까?"

"뭐라고요?"

테디는 침대 밑으로 다리를 내렸다.

"계속 그 이름을 불렀습니다."

"입 안이 바싹 말랐군요."

콜리가 고개를 끄덕이며 의자에 앉은 채 몸을 돌려 옆의 탁자에서 물 잔을 들어올렸다. 그리고 그것을 테디에게 건네주었다.

"약의 부작용인 것 같습니다. 자, 드세요."

테디는 잔을 받아들고 순식간에 물을 다 마셔버렸다.

"머리는 어떻습니까?"

테디는 자기가 애당초 왜 이 방에 들어오게 됐는지 기억해 냈다. 자신의 상태를 살펴보는 데는 시간이 조금 걸렸다. 시야도 깨끗했고, 머릿속에 압정이 잔뜩 들어 있는 것 같은 느낌도 사라졌다. 속이 조금 메스껍기는 했지만 그렇게 심하지는 않았다. 그리고 머리 오른쪽이 약간 아팠다. 사흘 전에 생긴 멍 자국이 아픈 정도였다.

"괜찮습니다. 대단한 약이군요."

테디가 말했다.
"사람들을 기쁘게 해주는 것이 우리 목적입니다. 그래, 돌로레스가 누굽니까?"
"내 아내입니다. 지금은 이 세상 사람이 아니죠. 아 그렇지, 박사, 난 아직도 그 사실을 받아들이지 못해 고생하고 있는데, 그건 괜찮은 겁니까?"
"전혀 문제될 게 없습니다, 보안관. 그런 일을 당하셨다니 유감이군요. 부인께서 갑작스레 돌아가신 겁니까?"
테디는 그를 바라보다가 웃음을 터뜨렸다.
"뭡니까?"
"지금은 정신 분석을 받을 기분이 아닙니다, 박사."
콜리는 양 발목을 교차시키며 담배에 불을 붙였다.
"나도 당신 머리를 어떻게 해볼 생각 없습니다, 보안관. 믿든 안 믿든, 그건 보안관 마음이겠지만. 어쨌든 오늘 밤 그 방에서 레이첼을 만났을 때 뭔가가 일어났습니다. 단순히 레이첼 때문만은 아니죠. 당신이 끌고 다니는 그 그늘이 뭔지 궁금하지 않다면, 난 레이첼의 주치의로서 임무에 소홀한 게 될 겁니다."
"그 방에서 무슨 일이 일어났다는 겁니까? 난 그 여자가 원하는 역할을 했을 뿐입니다."
테디가 말했다.
콜리가 쿡쿡 웃음을 터뜨렸다.
"자기 자신을 좀 제대로 아세요, 보안관. 만약 우리가 그때 당신들 두 사람만 남겨놓고 방을 나갔다가 나중에 돌아왔다면, 두 사람 모두 옷을 제대로 다 입고 있을 거라고 생각하는 겁니까?"

"나는 법을 집행하는 관리입니다, 박사. 당신이 거기서 뭘 봤다고 생각하는지 몰라도, 당신이 본 건 아무것도 없습니다."

콜리가 한 손을 들어올리며 말했다.

"좋습니다. 당신 말대로 하지요."

"그래요."

콜리는 의자에 등을 기대고 담배를 피우며 테디를 유심히 살피다가 담배를 몇 모금 더 빨았다. 테디는 밖에서 들려오는 폭풍 소리와 벽을 밀어붙이는 폭풍의 힘을 느낄 수 있었다. 폭풍이 지붕 밑의 틈새를 비집고 들어오는 것이 느껴졌다. 콜리가 계속 침묵을 지키며 그를 주의 깊게 지켜보고 있었기 때문에 마침내 테디가 입을 열었다.

"아내는 화재로 죽었습니다. 지금도 아내가 너무나 보고 싶습니다……. 내가 물에 빠졌을 때 산소를 그리워하는 마음도 아내를 그리워하는 마음만큼 강하지는 않을 겁니다."

그는 콜리를 향해 한쪽 눈썹을 치켜올리며 말을 이었다.

"이제 만족하십니까?"

콜리가 앞으로 몸을 기울여 테디에게 담배 한 개비를 건네주고는 불을 붙여주었다.

"나도 옛날에 프랑스에서 어떤 여자를 사랑한 적이 있습니다. 우리 집사람한테는 얘기하지 마세요, 알았죠?"

"그럼요."

"난 그 여자를 정말 사랑했습니다. 당신이 사랑……, 이런, 아무것도 아닙니다."

그의 목소리에 약간 놀란 기색이 배어 있었다. 그가 다시 입을 열었다.
"그런 사랑이라면 어디에도 비교할 수가 없는 법이죠, 그렇지 않습니까?"
테디는 고개를 끄덕였다.
"그런 사랑은 그 자체로서 둘도 없는 선물 같은 겁니다."
콜리가 말했다. 그의 눈이 담배에서 나오는 연기를 뒤쫓았다. 그의 시선이 방을 벗어나 바다 위로 날아갔다.
"프랑스에서 뭘 하고 있었습니까?"
콜리는 미소를 지으며 테디를 향해 장난스럽게 손가락질을 했다.
"아."
테디가 말했다.
"어쨌든, 어느 날 저녁 그 여자가 나를 만나러 오고 있었습니다. 그런데 조금 서둘렀던 모양입니다. 파리의 비오는 밤이었는데, 그 여자가 발을 헛디뎠습니다. 그게 전부입니다."
"그 여자가 뭘 했다고요?"
"발을 헛디뎠습니다."
"그래서요?"
테디는 그를 뚫어지게 바라보았다.
"그래서는 무슨 그래서입니까. 그 여자가 발을 헛디뎌서 앞으로 쓰러졌는데 머리를 부딪쳐서 죽어버렸습니다. 이게 말이 됩니까? 그땐 전쟁 중이었는데. 사람이 죽는 방법은 오만 가지나 되는데. 발을 헛디디다니."
테디는 그의 얼굴에서 그때의 고통을 볼 수 있었다. 이렇게 오랜 세월이 흘렀는데도 그런 터무니없는 농담 같은 일을 당한 것이 너무 어이없어서 기가 찼던 그때의 기분이 그대로 남아 있었다.

콜리가 조용히 말했다.

"가끔은 꼬박 세 시간 동안 그 여자 생각을 전혀 하지 않고 지낼 때도 있습니다. 일주일 내내 그 여자의 체취를 떠올리지 않을 때도 있고, 우리가 어느 날 밤에 단 둘이 시간을 보낼 수 있다는 걸 알았을 때 그 여자가 날 바라보던 그 표정이나 그녀의 머리카락, 그 여자가 책을 읽으면서 머리카락을 가지고 장난치던 모습 같은 걸 떠올리지 않을 때도 있습니다. 가끔은……."

콜리는 담배를 비벼 끄고 말을 이었다.

"그녀의 영혼이 어디로 갔는지 몰라도, 문 같은 게 있다면, 그러니까 예를 들어 그녀가 죽을 때 그녀의 몸 밑에서 문이 열려 그녀가 그리로 들어갔다면 말입니다. 만약 그 문이 다시 열릴 거라는 걸 내가 알게 된다면 나는 내일이라도 당장 파리로 돌아가서 그녀를 뒤쫓아 뛰어들 겁니다."

"그분의 이름이 뭐였습니까?"

테디가 물었다.

"마리."

콜리가 대답했다. 그런데 이 이름을 말하는 것이 그에게는 자신의 무언가를 뭉텅 베어내는 일인 것 같았다.

테디는 담배를 길게 빨아들인 후 연기가 한가롭게 입에서 흘러나가도록 내버려두었다.

"돌로레스는 자면서 몸을 많이 뒤척였습니다. 열 번 중에 일곱 번은 그녀의 손이 내 얼굴 위에 그냥 툭 떨어지곤 했죠. 농담이 아닙니다. 입하고 코를 덮어버렸어요. 철썩 소리가 나서 보면 손이 얼굴에 와 있는 겁니다. 난 그 손을 치웠죠. 아주 거칠게 홱 밀어 버린 적도 있습니다. 잘 자고 있는데 뭔가가 쿵 하고 떨어져서 잠이 깨버렸으니. 하지만 가끔은 그 손을 그냥 놔둔 적도 있습니다. 입도 맞추고, 냄새도 맡아보고 그랬어요. 그녀의 체취를 빨아들인 거죠. 내 얼굴 위에서 그 손을 다시 느낄 수만 있다면 말입니다, 박사. 난 이 세상 전부를 팔라고 해도 팔 겁니다."

벽에서 우르릉거리는 소리가 나고, 밤공기가 바람과 함께 부르르 몸을 떨었다.

콜리는 번잡한 거리 모퉁이에 서 있는 어린애를 보듯이 테디를 바라보았다.

"난 꽤 실력이 좋은 의사입니다, 보안관. 내가 이기주의자라는 건 나도 인정해요. 내 IQ는 IQ 그래프의 숫자가 모자라서 표시할 수 없을 정도입니다. 어렸을 때부터 나는 사람들의 마음을 읽을 수 있었습니다. 그 누구보다 그걸 잘했어요. 지금부터 제가 하는 말은 당신의 화를 돋우려고 하는 말이 아닙니다. 혹시 자신이 자살할 위험이 있다는 생각을 해본 적이 있습니까?"

"글쎄요, 내 화를 돋울 생각이 아니라니 다행이군요."

테디가 말했다.

"그런 생각을 해본 적이 있습니까?"

"예. 그래서 내가 술을 안 마시는 겁니다, 박사."

"그러니까 당신도 알고 있다는······."

"······술을 마셨다면 이미 오래 전에 내 총으로 일을 저질렀을 겁니다."

콜리는 고개를 끄덕였다.

"적어도 당신은 스스로를 속이고 있지는 않군요."

"그렇죠. 적어도 그건 다행이라고 생각합니다."

"당신이 여길 떠날 때 내가 몇 사람을 소개해 드리겠습니다. 기가 막히게 뛰어난 의사들이에요. 그 사람들이 당신을 도와줄 수 있을 겁니다."

테디는 고개를 저었다.

"연방 보안관은 정신과 의사를 만날 수 없습니다. 죄송하지만, 만약 정신과 의사를 만난다는 얘기가 새나간다면 쫓겨날 겁니다."

"좋습니다, 좋아요. 그럴 법 하군요. 하지만 보안관?"

테디는 그를 올려다보았다.

"당신이 계속 지금 같은 상태라면 문제가 생기는 건 시간 문제입니다."

"너무 단정하지 마세요."

"아뇨, 틀림없습니다. 슬픔으로 인한 정신적 외상과 살아남은 사람들의 죄책감이 내 전문 분야입니다. 나도 같은 고통을 겪고 있기 때문에 그 분야를 전공한 겁니다. 몇 시간 전에 당신이 레이첼 솔란도의 눈을 들여다보는 걸 보면서 당신이 죽고 싶어한다는 걸 알았습니다. 당신 상사, 그러니까 현장 사무소를 책임진 요원 있죠? 그 사람이 나더러 자기 부하 중에서 당신만큼 경력이 화려한 사람은 본 적이 없다고 하더군요. 전쟁에서 돌아왔을 때 당신이 받은 훈장이 가슴을 가득 채울 만큼 많았다면서요? 사실입니까?"

테디는 어깨를 으쓱했다.

"당신이 아르덴의 격전을 치렀고, 다카우를 해방시키는 데도 참가했다고 들었습니다."

테디는 또다시 어깨를 으쓱했다.

"그리고 나서 부인이 돌아가신 거지요? 사람이 폭력적인 사건을 얼마나 겪으면 망가질 거라고 생각하십니까, 보안관?"

"모르겠습니다, 박사. 사실 나도 그걸 궁금해 하던 참입니다."

테디가 말했다.

콜리는 테디를 향해 몸을 기울이며 테디의 무릎을 찰싹 쳤다.

"여길 떠나기 전에 나한테서 의사들 이름을 받아가세요. 알겠습니까? 앞으로 5년 후에도 당신이 아직 이 세상에 있었으면 좋겠습니다, 보안관."

테디는 자신의 무릎에 놓인 손을 내려다본 다음 콜리를 올려다보았다.

"나도 그러고 싶습니다."

그가 부드럽게 말했다.

그는 남자 기숙사 지하실에서 처크와 다시 만나 폭풍이 지나가길 기다리면서 사람들이 쓸 침대를 모았다. 그 지하실까지 가는 동안 테디는 병동 단지의 모든 건물들과 연결돼 있는 지하 복도들을 통과했다. 벤이라는 잡역부가 그를 안내해 주었는데, 벤은 덩치가 산만 한 친구로 그가 움직일 때마다 하얀 살덩이가 흔들렸다. 테디는 벤의 안내로 자물쇠로 잠긴 철문 네 개와 사람이 지키고 있는 검문소 세 곳을 통과해 지하실에 도착했다. 지하실에서는 저 위의 세상에서 폭풍이 불어오고 있는지 어쩐지 도저히 알 수가 없을 정도였다. 지하의 복도들은 회색으로 길게 뻗어 있었으며 조명이 침침했다. 그 복도들이 꿈속에서 보았던 복도와 너무 흡사한 것이 영 마음에 들지 않았다. 꿈속의 복도처럼 길지도 않았고, 군데군데 어두운 구석들은 눈에 띄지도 않았지만, 기계 같은 회색과 차가운 공기는 꿈속의 복도와 똑같았다.

처크를 만나고 나니 조금 창피한 기분이 들었다. 지금까지는 사람들 앞에서 편두통 때문에 그렇게 심한 발작을 일으킨 적이 한 번도 없었다. 자기가 바닥에 토했다는 사실을 생각하니 수치스러워 미칠 지경이었다. 갓난아기처럼 무기력하게 늘어져서 다른 사람들이 그를 의자에서 들어올려 옮겨야 했다니.

그러나 처크가 방 반대편에서 "여기에요, 선배님!"이라고 외치는 순간, 그는 자신이 그와 다시 만나게 된 것에 커다란 안도감을 느낀다는 사실을 깨닫고 깜짝 놀랐다. 그는 원래 혼자서 이번 수사를 맡겠다고 했지만 거절당했었다. 그때는 그것이 너무 화가 났지만 여기서 이틀을 보낸 지금은, 묘당에서 시간을 보내고 자신의 입술에 닿는 레이첼의 숨결을 느끼고 그 망할 놈의 꿈까지 꾼 지금은 혼자 이 일을 맡지 않아 다행이라는 사실을 인정할 수밖에 없었다.

두 사람은 악수를 했다. 테디는 처크가 꿈 속에서 그에게 했던 말("난 절대 이 섬을 벗어나지 못할 텐데.")이 기억나서 참새의 유령이 자신의 가슴 한가운데를 지나가며 날개를 펄럭이는 것 같은 느낌이 들었다.

"좀 어때요, 선배님?"

처크가 그의 어깨를 가볍게 치며 말했다.

테디는 겸연쩍게 웃어 보였다.
"좀 나아졌어. 조금 휘청거리기는 하지만, 대체로 괜찮은 편이야."
"세상에."
처크가 기둥에 기대서서 담배를 피우고 있는 잡역부 두 명에게서 멀어지면서 목소리를 낮췄다.
"내가 얼마나 놀랐는 줄 알아요, 선배님? 선배님이 무슨 심장 발작 같은 걸 일으킨 줄 알았어요."
"그냥 편두통이야."
"그냥?"
처크가 말했다. 그는 목소리를 한층 더 낮추며 테디를 데리고 다른 사람들과 떨어져 방의 남쪽 베이지색 시멘트 벽으로 걸어갔다.
"처음에는 선배님이 엄살을 피우는 줄 알았어요. 자료를 얻어 내려고 뭔가 작전을 세웠나 했다니까요."
"내가 그렇게 똑똑했으면 좋겠군."
처크가 테디의 눈을 들여다보았다. 반짝이는 그의 눈이 테디를 밀어붙였다.
"그런데 그 덕분에 저한테 좋은 생각이 났어요."
"설마."
"정말이에요."
"뭘 했는데?"
"콜리한테 제가 선배님 옆을 지키겠다고 했어요. 그리고 실제로 그렇게 했죠. 얼마쯤 있다가 콜리가 전화를 받고 사무실을 나갔어요."
"그래서 그 사람 서류를 뒤진 건가?"
처크는 고개를 끄덕였다.
"뭘 찾아냈지?"
처크가 금방 풀 죽은 표정을 지었다.
"뭐, 사실 별건 없어요. 서류 캐비닛을 열 수가 없었거든요. 한 번도 본 적이 없는 자물쇠가 달려 있어서. 제가 지금까지 자물쇠를 수도 없이 열어봤거든요. 이번 것도 열려면 열 수는 있었겠지만, 흔적이 남았을 거예요. 아시죠?"
테디는 고개를 끄덕였다.
"잘했어."
"예, 그런데……."
처크는 옆을 지나가는 잡역부에게 눈인사를 했다. 테디는 자기들이 갑자기 옛날 제임스 캐그니가 나온 영화 속으로 들어와서 마당에서 탈출 방법을 의논하는 사기꾼들이 된 것 같은 이상한 기분을 느꼈다.
"그 사람 서랍은 뒤질 수 있었어요."
"뭘 했다고?"
"미친 짓이죠? 나중에 제 손목을 때리셔도 좋아요."
"손목을 때려? 훈장을 줘야지."
"훈장은 필요 없어요. 별로 찾아낸 게 없으니까요, 선배님. 박사의 일정표밖에 못 찾았어요. 그런데 말이죠, 어제, 오늘, 내일, 글피가 전부 따로 표시가 돼 있었어요. 그 날짜에다가 검은색으로 테두리를 둘러놨더라고요."

"허리케인이군. 허리케인이 올 거라는 얘길 들은 거야."
테디가 말했다.
처크는 고개를 저었다.
"박사가 그 테두리 네 개 위에다가 뭐라고 써놓은 게 있어요. 무슨 소린지 알겠어요? 사람들이 '케이프코드에서 휴가'라고 써놓는 것처럼 써놨다고요. 알겠어요?"
"그래."
트레이 워싱턴이 느릿느릿한 걸음으로 두 사람에게 다가왔다. 그의 입에는 싸구려 여송연이 쥐꼬리처럼 매달려 있었고, 머리와 옷은 비에 흠뻑 젖어 있었다.
"여기서 무슨 비밀 얘기라도 하는 겁니까, 보안관님들?"
"당연하죠."
처크가 말했다.
"밖에 나갔다 왔습니까?"
테디가 물었다.
"아, 예. 아주 굉장합니다, 보안관. 병동 단지 주위에 전부 모래주머니를 쌓고 창문에다가는 전부 판자를 붙였습니다. 젠장. 이놈 저놈 죄다 사방에서 넘어지고 있어요."
트레이는 지포 라이터로 여송연에 다시 불을 붙인 다음 테디에게 시선을 돌렸다.
"괜찮으세요, 보안관님? 보안관님이 뭔가 발작을 일으켰다는 얘기가 떠돌아다니던데."
"무슨 발작이라고 하던가요?"
"아, 오늘 밤새 여기 계실 거니까 무슨 얘기들이 떠돌아다니는

지 알아보세요."
 테디는 미소를 지었다.
 "편두통 때문이었습니다. 아주 심했죠."
 "우리 숙모님 한 분도 심한 편두통이 있었습니다. 침실 문을 잠그고 혼자 들어앉아서, 불도 끄고, 블라인드도 전부 내렸죠. 그러고 24시간 동안은 숙모님을 볼 수가 없었습니다."
 "동병상련이 느껴지는군요."
 트레이가 담배를 빨았다.
 "이미 오래 전에 돌아가신 분인데요 뭐. 하지만 오늘 밤에 기도를 할 때 그 말을 전해드리겠습니다. 숙모님은 두통이 있건 없건 어쨌든 고약한 분이었습니다. 히코리 나무 막대기로 저하고 제 동생을 때리곤 했죠. 아무 이유도 없이 그냥 때린 적도 있습니다. 제가 '숙모, 제가 뭘 잘못했는데요?' 이러면 '나도 몰라. 하지만 네 녀석 뭔가 못된 짓을 할 생각이잖니.' 이러는 거예요. 그런 여자한테 정말 뭘 어떻게 해야 하죠?"
 그가 정말로 대답을 기다리는 눈치라 처크가 입을 열었다.
 "빨리 도망쳐야죠."
 트레이는 여송연을 문 채 낮은 소리로 "헤헤헤" 웃어댔다.
 "맞아요, 맞아."
 그리고 한숨을 쉬며 말을 이었다.
 "이제 몸 좀 말리러 가야겠습니다. 나중에 뵙죠."
 "그래요."
 폭풍 속에 나가 있다가 들어온 남자들이 점점 방을 가득 채우고 있었다. 그들은 검은 비옷과 검은 모자를 벗지 않은 채 몸을 부르르 떨어 물기를 털어내며 기침을 하거나, 담배를 피우거나, 별로 숨길 것도 없는 술병들을 서로 돌려가며 마셨다.
 테디와 처크는 베이지색 벽에 등을 기대고 방 안 풍경을 바라보며 단조로운 목소리로 이야기를 나눴다.
 "그러니까 박사가 그 일정표에 써놓은 말은……."
 "예."
 "'케이프코드에서 휴가'는 아니었겠군."
 "물론이죠."
 "뭐라고 씌어 있었지?"
 "67번 환자."
 "그게 다야?"
 "그게 다예요."
 "하지만 그걸로 충분하군, 응?"
 "그럼요. 제 생각도 그래요."

 잠을 잘 수가 없었다. 그는 사람들이 코고는 소리, 푸푸거리는 소리, 숨을 들이마셨다 내쉬는 소리에 귀를 기울였다. 희미한 휘파람 소리 같은 소리를 내는 사람들도 있었다. 잠꼬대 소리도 들려왔다. "네가 나한테 말을 해줬어야지. 그 얘길 하고 싶은 것뿐이야. 그 말만 했어도……." 이런 잠꼬대를 하는 사람도 있고, "내 목에 팝콘이 걸렸어." 이런 잠꼬대를 하는 사람도 있었다. 어떤 사람은 이불을 발로 찼고, 어떤 사람은 몸을 뒤집었다가 다시 똑바로 누웠다. 몸을 일으켜서 베개를 찰싹 내리치더니 다시 침상 위로 푹 쓰러지는 사람도 있었다. 어느 정도 시간이 흐르자 이런 소음들이 나름대로 편안한 리듬 같은 것을 띠기 시작했다. 테디는 그 소리를 들으며 희미하게 들려오는 찬송가 소리 같다고 생각했다.

바깥의 소리도 희미하게 들려왔다. 그러나 테디는 폭풍이 땅을 할퀴다가 건물의 기초에 쿵 하고 부딪히는 소리를 들을 수 있었다. 여기 지하실에 창문이 있었다면 좋았을 텐데. 번개처럼 스쳐 지나가는 폭풍을 볼 수 있게, 폭풍이 하늘에 그려놓은 그 이상한 빛을 볼 수 있게 말이다.

그는 콜리의 말을 생각해 보았다.

문제가 생기는 건 시간 문제라던 말.

'내가 지금 자살을 생각하고 있나?'

그런 것 같았다. 돌로레스가 죽은 후 그녀를 따라가고 싶다는 생각을 하루라도 안 한 적이 없었다. 그보다 더한 생각을 할 때도 있었다. 가끔 이렇게 계속 살아 있는 것이 비겁한 짓이라는 생각이 들었다. 이렇게 사는 것이 무슨 의미가 있을까. 식료품을 사고, 자동차에 기름을 넣고, 면도를 하고, 양말을 신고, 뭔가를 하기 위해 줄을 서고, 넥타이를 고르고, 셔츠를 다림질하고, 세수를 하고, 머리를 빗고, 수표를 현금으로 바꾸고, 운전면허를 갱신하고, 신문을 읽고, 오줌을 싸고, 언제나 혼자 밥을 먹고, 영화를 보러 가고, 레코드를 사고, 각종 요금을 지불하고, 또 면도를 하고, 또 세수를 하고, 또 잠을 자고, 또 잠에서 깨고……

……이런 짓을 아무리 되풀이해도 그녀에게 더 이상 가까워질 수가 없는데.

그는 이제 그만 앞으로 나아가야 한다는 것을 알고 있었다. 상처에서 회복해 그 기억을 이기고 나아가야 했다. 몇 명 되지도 않는 친구들과 친척들이 가끔 불쑥 나타나서 그런 얘기를 했었다. 그는 자기 역시 제 3자의 입장이었다면, 이제 그만 정신 차리고 앞으로 살아갈 궁리를 하라고 말했을 것임을 알고 있었다.

하지만 그러려면 돌로레스를 기억의 선반에 올려놓는 방법을 찾아야 했다. 그녀에 대한 추억 위에 점점 먼지가 쌓여서 아픔이 누그러질 때까지, 그녀의 모습이 희미해질 때까지 기억 속의 그녀를 그냥 내버려둘 수 있는 방법을. 그래서 어느 날 마침내 그녀가 한때 이 세상에 살았던 사람이라기보다 꿈에 더 가까운 존재가 될 때까지.

'사람들은 말하지. 그녀를 잊어라, 그녀를 잊어야 한다고. 하지만 그녀를 잊으면 뭐가 어떻게 된다는 거지? 이 망할 놈의 인생을 계속 살아가는 건가? 당신을 어떻게 내 머릿속에서 지워버릴 수 있을까? 지금까지도 그럴 수 없었는데, 어떻게 당신을 지워야 하는 거지? 어떻게 하면 당신을 놓아 보낼 수 있을까? 내가 알고 싶은 건 그것뿐이야. 난 당신을 다시 한 번 품에 안고, 당신의 체취를 느끼고 싶어. 그리고 그래, 당신이 그냥 희미하게 사라져줬으면 좋겠어. 제발, 제발, 희미하게⋯⋯.'

그는 그 약을 먹지 말 걸 그랬다고 생각했다. 새벽 3시인데도 정신이 말똥말똥했다. 그렇게 말똥말똥한 정신으로 그녀의 목소리를 듣고 있었다. 그 목소리에 깃든 어둠과 희미한 보스턴 사투리를 듣고 있었다. a와 r, 그리고 e와 r의 발음이 분명치 않은 사투리로 돌로레스가 그를 영원히 사랑한다고 속삭였다. 그는 어둠 속에서 미소를 지으며 그녀의 목소리를 듣고, 그녀의 이와 속눈썹과 일요일 아침에 그녀의 시선 속에 배어 있던 나른한 욕망을 보왔다.
 그날 밤 그는 코코넛 그로브에서 그녀를 처음 만났었다. 악단이 금관 악기 소리가 요란한 음악을 연주하고, 담배 연기 때문에 사방이 은색이었다. 모두들 화려하게 옷을 차려입고 있었다. 선원들과 병사들은 하얀색, 파란색, 회색 옷을 입고 최고로 멋을 냈으며, 민간인 남자들은 더블 정장에 꽃무늬가 폭발할 것처럼 그려진 넥타이를 매고 호주머니에 삼각형으로 접은 손수건을 맵시 있게 꽂았다. 그리고 챙이 날카로운 중절모들이 탁자 위에 놓여 있었다. 여자들, 여자들이 사방에 있었다. 그들은 심지어 화장을 고치러 갈 때도 춤을 추며 걸었다. 그들은 춤을 추며 이 자리 저 자리로 옮겨 다녔고, 담배에 불을 붙이며 콤팩트의 뚜껑을 세련되게 닫을 때에도 발끝으로 서서 턴을 했다. 그들은 미끄러지듯이 바로 다가가서 고개를 뒤로 젖히고 웃음을 터뜨렸다. 그들이 움직일 때마다 머리카락이 빛을 받아 새틴처럼 반짝였다.
 테디는 자기처럼 정보부 소속 하사관인 프랭키 고든과 함께 그곳에 갔다. 그 밖에도 몇 명이 더 있었는데 다들 1주일 후에 배를 타고 그곳을 떠날 예정이었다. 그는 그녀를 보는 순간 프랭키를 내팽개쳤다. 한참 뭐라고 말을 하고 있는 그를 버리고 무도회장으로 내려간 것이다. 그런데 북적거리는 사람들 때문에 잠깐 그녀를 시야에서 놓쳤다. 모두들 어떤 선원과 하얀 드레스를 입은 금발 여자를 위해 공간을 마련해 주려고 밀치락달치락하며 옆으로 물러나고 있었다. 선원은 자신의 등 뒤로 여자를 한 바퀴 돌리더니 회전하면서 그녀를 머리 위로 휙 치켜들었다가 아래로 내려오는 그녀를 붙잡아 바닥으로 기울였다. 사람들 사이에서 갈채가 터져

나왔다. 그리고 곧바로 테디는 그녀의 보라색 드레스가 번개처럼 나타났다 사라지는 것을 보았다.

아름다운 드레스였다. 맨 처음 테디의 시선을 빼앗아간 것도 바로 이 드레스의 색이었다. 그러나 그날 밤에는 아름다운 드레스를 입은 여자들이 셀 수 없을 만큼 많았기 때문에, 그가 그녀에게서 계속 눈을 떼지 못한 것은 드레스 때문이 아니라 그 옷을 입고 있는 그녀의 모습 때문이었다. 그녀는 뭔가 불안하고 어색한 모습이었다. 그녀는 불안한 표정으로 옷을 자꾸 만지작거렸고, 손바닥으로 어깨의 패드를 눌러댔다.

빌려 입은 옷인 모양이었다. 전에 이런 옷을 입어본 적이 한 번도 없었기 때문에 그녀는 겁에 질려 있었다. 자신을 바라보는 남자들과 여자들의 시선 속에 들어 있는 것이 욕망인지, 시기심인지, 동정인지도 분명히 구분할 수 없을 만큼 겁에 질려 있었다.

그녀는 불안해하면서 브래지어 끈을 매만지다가 테디가 자신을 지켜보고 있는 것을 깨달았다. 그녀가 목에서부터 얼굴을 붉히며 시선을 떨어뜨렸다가 다시 고개를 들었다. 테디는 그녀의 시선을 붙들고 미소를 지으며 속으로 생각했다. '나도 이렇게 차려 입고서 꽤 바보가 된 것 같은 기분이야.' 그는 이 생각을 텔레파시처럼 건너편으로 보냈다. 그것이 효과가 있었는지 그녀가 마주 미소를 지어주었다. 추파를 던지는 미소라기보다는 감사의 미소에 더 가까웠다. 그 순간 테디는 아이오와에 있는 사료 가게인지 뭔지에 대해 이야기하고 있던 프랭키를 주저없이 버렸다. 그런데 땀에 젖어 사방에서 춤을 추고 있는 사람들 사이를 뚫고 절반쯤 나아갔을 무렵, 그는 그녀에게 할 말이 아무것도 없다는 것을 깨달았다. 무슨 말을 한다지? 옷이 예쁘다고? 술을 한 잔 사겠다고? 눈이 아름답다고?

그녀가 말했다.

"길을 잃었나요?"

그는 홱 몸을 돌렸다. 그녀가 앞에 있었다. 그녀는 하이힐을 신고도 키가 163센티미터를 넘지 않는 자그마한 여자였다. 너무나 예뻤다. 물론 완벽한 코와 입술과 머리카락을 가진 그곳의 수많은 여자들처럼 말쑥한 아름다움은 아니었다. 그녀의 얼굴에는 왠지 세련되지 못한 분위기가 있었고, 미간도 너무 넓었으며, 작은 얼굴에 비해 입이 너무 커서 칠칠치 못하게 보였다. 턱선도 분명하지 않았다.

"조금 그런 것 같습니다."

그가 말했다.

"저런, 찾으시는 게 뭐죠?"

그가 미처 생각도 하기 전에 말이 먼저 튀어나왔다.

"당신."

그녀의 눈이 휘둥그레지는 것을 보면서 그는 그녀의 또 다른 결점을 눈치챘다. 왼쪽 눈동자에 청동색 반점이 있었다. 자신이 마치 로미오라도 된 것처럼 너무나 자신감에 차서 느끼한 대답을 했기 때문에 기회가 날아가 버렸다는 생각을 하니 참담한 기분이 온몸을 훑고 지나갔다.

당신이라니.

도대체 어디서 그런 말이 튀어나온 거지? 도대체 무슨 생각으로……?

"이런."

그녀가 말했다…….

그는 도망치고 싶었다. 1초라도 더 그녀를 바라볼 수가 없었다.

"……적어도 멀리까지 갈 필요는 없겠군요."

그는 얼빠진 미소가 자신의 얼굴에 번져가는 것을 느꼈다. 그녀의 눈 속에 자신의 모습이 비치고 있었다. 바보. 멍청이. 너무 행복해서 숨을 쉴 수 없을 지경이었다.

"그래요, 아가씨, 그런 것 같군요."

"세상에."

그녀가 마티니 잔을 가슴 위쪽에 꼭 붙인 채 그를 쳐다보기 위해 뒤로 몸을 기울이면서 말했다.

"왜요?"

"당신도 나만큼이나 이 자리에 어울리지 않는 사람이네요. 그렇죠, 군인 아저씨?"

그녀가 친구인 린다 콕스와 함께 택시 뒷좌석에 앉았다. 린다가 운전수에게 주소를 말해 주려고 앞으로 몸을 기울이는 순간 테디가 택시 창문 안으로 고개를 기울이며 말했다.

"돌로레스."

"에드워드."

그는 웃음을 터뜨렸다.

"왜요?"

그는 한 손을 들어올렸다.

"아무것도 아닙니다."

"아니에요. 말해 봐요."
"날 에드워드라고 부르는 사람은 우리 어머니밖에 없거든요."
"그럼 테디라고 할게요."
그녀의 입에서 그 이름을 듣는 것이 너무나 좋았다.
"그래요."
"테디."
그녀가 시험삼아 다시 그의 이름을 불렀다.
"저기, 성이 뭐죠?"
그가 물었다.
"샤날."
테디는 한쪽 눈썹을 치켜 올리자 그녀가 이어 말했다.
"나도 알아요. 나랑 전혀 안 어울리는 이름이라는 거. 너무 고급스럽게 들리죠."
"전화해도 되겠습니까?"
"번호 외울 수 있어요?"
테디는 미소를 지었다.
"사실……."
"윈터 힐 64346이에요."
그녀가 말했다.
그는 보도에 서서 택시가 출발하는 것을 지켜보았다. 택시의 창문과 무도회장에서 그녀와 겨우 3센티미터를 사이에 두고 얼굴을 마주했던 것을 생각하니 머리가 터질 지경이었다. 그래서 하마터면 그녀의 이름과 전화번호를 그대로 잊어버릴 뻔했다.
그래, 사랑을 한다는 게 이런 거구나. 이런 생각이 들었다. 그 감정에 논리 같은 건 없었다. 사실 그는 그녀를 잘 알지도 못하는 처지였다. 그런데도 감정은 여전히 존재했다. 왠지 태어나기도 전부터 알고 있던 여자를 방금 만난 것 같았다. 그가 감히 받아들이지도 못했던 모든 꿈들이 현실로 나타난 것 같았다.

돌로레스. 그녀가 이제 택시의 어두운 뒷좌석에 앉아 그를 생각하며 그가 그녀를 느끼듯이 그를 느끼고 있었다.

돌로레스.

지금까지 그가 원했던 모든 것이 이제 이름을 얻었다.

테디는 침상 위에서 돌아눕고 손을 뻗어 바닥을 뒤졌다. 마침내 수첩과 성냥갑이 손에 잡혔다. 그는 엄지손톱에 성냥을 그어 불을 켠 다음 폭풍 속에서 자신이 숫자를 갈겨써둔 페이지 위에 불을 비췄다. 성냥 네 개를 쓴 다음에야 그는 숫자에 맞는 알파벳 글자를 모두 찾아낼 수 있었다.

18, 1, 4, 9, 5, 4, 19, 1, 12, 4, 23, 14, 5
R, A, D, I, E, D, S, A, L, D, W, N, E

하지만 글자들을 모두 찾고 나자 암호를 해독하는 데에는 시간이 오래 걸리지 않았다. 성냥 두 개를 더 쓴 다음 테디는 자신의 손가락을 향해 점점 타들어가고 있는 성냥불 빛 속에서 그 이름을 뚫어져라 바라보고 있었다.

앤드루 레이디스(Andrew Laeddis).

성냥불이 점점 뜨겁게 느껴지는 가운데, 그는 자신의 자리로부터 세 번째 침상에서 자고 있는 처크를 바라보며 이 일 때문에 그의 앞날에 어둠이 깔리지 않았으면 좋겠다고 생각했다. 그래서는 안 되었다. 테디는 자신이 모든 비난을 다 뒤집어쓸 작정이었다. 처크에게는 아무 일도 없을 터였다. 처크에게는 그런 분위기가 있었다. 무슨 일이 일어나도 상처 하나 없이 빠져나올 수 있을 것 같은 분위기.

그는 다시 수첩으로 눈을 돌렸다. 성냥불이 꺼지기 전에 그 이름을 마지막으로 한 번 더 볼 수 있었다.

오늘 네 놈을 찾아낼 거다, 앤드루. 돌로레스한테 목숨까지 바칠 필요는 없을지 몰라도, 적어도 그 정도는 해줘야 해.

네 놈을 찾아낼 거다.

네 놈을 죽여버릴 거야.

SHUTTER
ISLAND

셋째 날

67번째 환자

담장 밖의 주택 두 채(교도소장의 집과 콜리의 집)가 폭풍에 파손당했다. 콜리의 집 지붕 절반이 사라져버렸고, 인간들에게 겸손함을 배우라는 듯 지붕의 타일들이 병원 마당 여기저기에 팽개쳐져 있었다. 나무 한 그루가 교도소장 집 거실 창문을 보호하기 위해 못으로 박아 놓은 합판을 뚫고 지나가는 바람에 뿌리며 가지들이 집 한가운데에 박혀버렸다.

병동 단지에는 조개껍질과 나뭇가지들이 사방에 흩어져 있고, 4센티미터 높이로 물도 차 있었다. 콜리의 집에서 날아온 타일과 죽은 쥐 몇 마리, 물에 흠뻑 젖은 사과 수십 개, 이 모든 것이 모래범벅이 되어 있었다. 병원의 기초는 마치 망치에 얻어맞은 것 같았고, A 병동에서는 창문 네 개가 사라져버렸다. 그리고 굽도리 판자 여러 개가 동그랗게 휘어서 마치 머리장식처럼 지붕 위에 올라가 있었다. 직원용 오두막 두 채는 산산이 부서져버렸고, 옆으로 드러누워버린 오두막도 몇 채 있었다. 간호사와 잡역부들이 사용하는 기숙사도 창문 여러 개를 잃어버렸다. 이 두 기숙사에는 침수 피해도 약간 있었다. B 병동은 아무런 피해도 입지 않고 멀쩡하게 폭풍을 이겨냈다. 테디는 섬 여기저기에서 꼭대기의 이파리들이 날아가버려 벌거벗은 모습으로 창처럼 날카롭게 하늘을 향하고 있는 나무들을 볼 수 있었다.

공기는 다시 쥐 죽은 듯이 조용하고 찌뿌듯하게 가라앉아 있었다. 비도 이제는 지쳐버린 듯 꾸준히 가랑비만 뿌릴 뿐이었다. 죽은 물고기들이 해안을 뒤덮고 있었다. 사람들이 아침에 처음 밖으로 나왔을 때, 넙치 한 마리가 건물 사이 통로에서 펄떡이며 숨을 몰아쉬고 있었다. 녀석은 퉁퉁 부어오른 슬픈 눈으로 바다를 바라보고 있었다.

테디와 처크는 맥퍼슨이 간수 한 명과 함께 옆으로 드러누운 지프를 일으켜 세우는 것을 지켜보았다. 다섯 번이나 시도한 끝에 겨우 차에 시동을 건 그들은 요란한 소리를 내며 철문들을 빠져나갔다. 1분 후 그 자동차가 C 병동을 향해 병원 뒤쪽의 비탈길을 쌩하고 올라가는 모습이 테디의 눈에 들어왔다.

콜리는 병동 단지로 걸어 들어와 잠시 걸음을 멈추고 자기 집 지붕에서 떨어져 나온 조각 하나를 집어들고는 뚫어져라 바라보다가 축축한 땅 위로 다시 떨어뜨렸다. 그는 사방을 둘러보면서 테디와 처크를 두 번이나 못 보고 지나쳤다가 겨우 두 사람을 알아보았다. 두 사람은 잡역부들이 입는 하얀 옷 위에 검은 비옷을 입고 순찰 대원들이 쓰는 검은 모자를 쓰고 있었다. 그는 두 사람에게 빈정대는 듯한 미소를 지으며 다가오려고 하는 것 같았다.

그런데 그때 청진기를 목에 걸친 의사 한 명이 병원에서 뛰어나와 그에게 달려갔다.

"2번이 죽어버렸습니다. 다시 살려낼 수가 없어요. 나머지 두 개도 아슬아슬한 상태라 결국 죽어버릴 겁니다, 존."

"해리는 어디 있습니까?"

"해리가 지금 작업을 하고는 있지만, 전기를 만들어낼 수가 없어요. 비상시에 아무짝에도 쓸모없는 보조 장치가 무슨 소용입니까?"

"알았습니다. 같이 들어가 봅시다."

두 사람은 성큼성큼 병원 안으로 들어가 버렸다. 테디가 말했다.

"보조 발전기가 죽어버린 건가?"

"허리케인이 불어올 때는 그런 일이 일어날 법도 한데요."

"어디 불빛이 보이는 데 없어?"

처크는 창문들을 둘러보았다.

"없어요."

"전기 시설이 전부 타버린 것 같아?"

"그럴 가능성이 크죠."

"그럼 울타리도 마찬가지겠군."

처크는 물에 둥둥 떠서 자신의 발치로 다가온 사과 하나를 집어 들었다. 그리고 투수가 공을 던질 때처럼 팔을 돌리고 다리를 차 올리며 벽을 향해 사과를 던졌다.

"스트라이크!"

그는 테디에게 고개를 돌리며 말을 이었다.

"예, 울타리도 마찬가지일 거예요."
"아마 모든 전기 경비 시스템이 그렇겠지. 차단문이나 병실 문도."
"오, 신이시여, 저희를 도와주소서."
처크는 사과 하나를 다시 집어들고 머리 위로 던져 올렸다가 등 뒤로 손을 돌려 잡았다.
"그 요새 안으로 들어가 보고 싶은 거죠?"
테디는 부슬부슬 내리는 빗속으로 고개를 약간 내밀었다.
"날씨도 완벽하군."
교도소장이 간수 세 명과 함께 지프를 타고 병동 단지 안에 모습을 드러냈다. 지프의 타이어 밑에서 물이 갈라지며 튀어 올랐다. 교도소장은 마당에 한가롭게 서 있는 처크와 테디를 보고 좀 기분이 나쁜 것 같았다. 테디는 그가 콜리처럼 자기들을 잡역부로 여기고 있다는 것을 깨달았다. 그래서 두 사람이 갈퀴나 양수기 같은 걸 손에 들고 있지 않다는 사실에 너무 화가 난 모양이었다. 그러나 그는 고개를 홱 앞으로 돌리며 더 중요한 일을 하기 위해 두 사람 옆을 그냥 지나쳐갔다. 테디는 아직 교도소장의 목소리를 들은 적이 없다는 것을 깨달았다. 그 목소리가 교도소장의 머리카락만큼 검고 음침할지, 아니면 그의 안색만큼 창백하고 연약할지 궁금했다.
"그럼 이제 가봐야 할걸요. 이런 상태가 영원히 지속되지는 않을 테니까."
처크가 말했다.
테디는 철문을 향해 걷기 시작했다.

처크가 그를 따라잡았다.

"휘파람을 불고 싶은데 입 안이 너무 말라서 안 되네요."

"무서워?"

테디가 가벼운 말투로 말했다.

"똥줄이 타는 것처럼 무섭다고 해야 할 것 같은데요, 선배님."

그는 다시 사과를 무서운 속도로 담장에 던졌다.

두 사람은 철문을 향해 다가갔다. 그곳을 지키는 간수는 어린 소년의 얼굴에 잔인한 눈을 갖고 있었다.

간수가 말했다.

"잡역부들은 전부 행정실의 윌리스 씨에게 가서 임무를 받아야 해. 너희 둘은 청소 담당이야."

처크와 테디는 자신들이 입고 있는 하얀 셔츠와 바지를 서로 바라보았다.

처크가 말했다.

"에그베네딕트 토스트에 구운 햄을 얹고 네덜란드 소스를 바른 것."

테디는 고개를 끄덕였다.

"고맙군. 안 그래도 궁금했는데. 점심 메뉴는?"

"얇게 썬 루벤 샌드위치."

테디는 간수를 향해 돌아서며 보안관 배지를 보여주었다.

"우리 옷이 아직 세탁 중이라서 말이야."

간수는 테디의 배지를 흘깃 보고는 처크를 바라보며 가만히 있었다.

처크는 한숨을 쉬며 지갑을 꺼내 간수의 코 앞에서 휙 열어 보였다.

간수가 말했다.
"담장 밖에는 무슨 일로 가시는 겁니까? 사라졌던 환자는 이미 발견되었습니다."
테디는 무슨 얘기를 해도 구차하게 들릴 것이며, 결국은 이 조그만 녀석이 상황을 완전히 장악하게 될 것이라는 결론을 내렸다. 전쟁 때 테디의 부대에도 이놈처럼 재수 없는 녀석들이 십여 명 있었다. 그들은 대부분 고향으로 돌아오지 못했는데, 테디는 그걸 애석하게 생각하는 사람이 과연 있을지 궁금하다는 생각을 자주 하곤 했다. 이런 빌어먹을 놈들한테는 어떤 설득도 통하지 않고, 무엇을 가르쳐줘도 소용없었다. 그러나 이런 녀석들이 존중하는 건 오로지 힘뿐이라는 사실을 이해한다면 녀석들을 물리칠 수 있었다.
테디는 간수에게 다가가 입가에 살짝 미소를 매달고 녀석의 얼굴을 자세히 살펴보았다. 마침내 간수가 그의 시선을 맞받으며 눈싸움을 벌이기 시작했다.
"산책하러 가는 길이야."
테디가 말했다.
"두 분은 승인을 받지 않았습니다."
"아니, 받았어."
테디가 더욱 바짝 다가서자 녀석은 할 수 없이 고개를 더 쳐들어야 했다. 녀석의 숨결이 느껴질 정도로 가까운 거리였다.
"우린 연방 보안관이고, 여긴 연방 시설이야. 그러니까 하나님이 직접 승인을 해준 거나 마찬가지. 우린 네 질문에 대답할 필요도 없고, 너한테 뭘 설명할 필요도 없어. 우리가 원한다면 네 놈

거시기를 쏴버릴 수도 있다고, 애송아. 그래도 이 나라 어디에서도 재판 같은 건 열리지 않을 거야."

테디는 2센티미터쯤 더 몸을 기울였다.

"그러니까 이 망할 놈의 문이나 열어."

애송이 간수는 테디와의 눈싸움에서 물러서지 않으려고 했다. 그는 침을 꿀꺽 삼키며 눈에 더욱 힘을 주려고 애썼다.

"다시 말한다. 이 망할 놈의 문……"

"알았어요."

"무슨 말인지 안 들리는데."

"열겠습니다."

테디는 사악한 눈빛으로 청년의 얼굴을 1초쯤 더 바라보며 콧구멍으로 소리가 나도록 숨을 내뿜었다.

"잘했다, 애송이. 음."

"음."

청년이 반사적으로 되풀이했다. 그의 목울대가 불룩 튀어나왔다.

그가 자물쇠에 열쇠를 넣어 돌린 후 문을 활짝 열었다. 테디는 그에게 눈길도 주지 않고 문 밖으로 나갔다.

두 사람이 오른쪽으로 방향으로 틀어 담장을 따라 조금 걸었을 때 처크가 말했다.

"마지막에 '음'이라고 말한 게 좋았어요."

테디는 그를 바라보았다.

"나도 그게 마음에 들었어."

"선배님 외국에 있을 때 아주 악바리 상관이었죠?"

셋째 날 289

"나는 젊은 애들을 거느리고 있는 대대 하사관이었어. 그놈들 중 절반은 여자 한 번 안아보지도 못하고 죽어버렸지. '좋은 사람' 처럼 굴어서는 그놈들을 굴복시킬 수 없어. 죽도록 겁에 질리게 만들어서 굴복시키는 거지."
 "예, 하사님. 정말로 솔직하시군요."
 처크가 그에게 경례를 올려붙였다.
 "아무리 전기가 나갔지만, 우리가 지금 잠입하려는 곳이 요새라는 건 아시죠?"
 "내 정신까지 깜빡 나가버린 건 아냐."
 "무슨 좋은 생각 있어요?"
 "아니."
 "거기 해자가 있을 것 같아요? 그러면 굉장할 텐데."
 "성벽 위에 뜨거운 기름통이 있을지도 모르지."
 "궁수는요? 궁수들이 있다면, 선배님……."
 "우리는 갑옷을 입지 않았으니까."
 두 사람은 쓰러진 나무 위를 넘어갔다. 축축한 땅에서 물에 젖은 나뭇잎들이 반들거렸다. 죽죽 찢어진 앞쪽의 나무들 사이로 요새의 거대한 회색 성벽이 보였다. 오전 내내 이곳을 왔다 갔다 한 지프의 바퀴 자국도 보였다.
 "그 간수의 말이 일리가 있었네요."
 처크가 말했다.
 "무슨 소리야?"
 "레이첼을 찾았으니까. 여기서 우리의 권위는, 뭐 원래 그리 대단한 것도 아니지만, 어쨌든 아예 없는 거나 마찬가지예요. 우리가 여기서 들키면 우리 행동을 논리적으로 설명할 길이 없어요, 선배님."

테디의 뒤통수에서 갈가리 찢어져 땅에 버려진 식물들의 요란스러운 반란이 느껴졌다. 너무나 피곤하고 조금 몽롱했다. 어젯밤에 약을 먹고 계속 악몽을 꾸면서 네 시간 동안 잔 것이 전부였다. 그의 모자 꼭대기에 툭툭 떨어지는 가랑비가 모자챙에 고였다. 머릿속에서 뭔가가 붕붕거렸다. 거의 알아차릴 수 없을 만큼 미약하기는 했지만, 그 느낌이 결코 사라지질 않았다. 오늘 연락선이 온다면(그럴 것 같지는 않았지만), 그냥 거기 올라타서 떠나버리고 싶은 생각이 마음 한 구석에 있었다. 이 섬에서 그냥 줄행랑을 치고 싶은 생각이. 그러나 헐리 상원의원에게 보여줄 증거가 됐든, 아니면 레이디스의 죽음을 증명해 주는 사망 증명서가 됐든, 이번 여행에서 아직 아무런 소득을 올리지 못했는데 이렇게 돌아가는 것은 실패를 자인하는 짓이었다. 아직도 자살의 경계를 넘나들고 있는 마당에 자신이 아무것도 바꿔놓지 못했다는 죄책감이 그의 양심에 더 얹어지는 것이다.

테디는 수첩을 펼쳤다.

"어제 레이첼이 우리더러 보라고 만들어놨던 그 돌더미 말이야. 그 암호를 해석하면 이렇게 돼."

처크에게 수첩을 건네주었다.

처크는 손을 동그랗게 오므려 수첩을 가리며 자기 가슴 쪽으로 가까이 가져갔다.

"그러니까 그놈이 여기 있는 거네요."

"그래, 여기 있어."

"67번째 환자 같아요?"

"그런 것 같아."

테디는 진흙탕이 된 비탈길 중간에 불쑥 튀어나온 돌 옆에서 걸음을 멈췄다.

"자넨 돌아가도 돼, 처크. 자네까지 여기 말려들 필요 없어."

처크는 그를 올려다보며 수첩으로 자기 손바닥을 탁탁 쳤다.

"우린 보안관이에요, 선배님. 보안관들이 하는 일이 뭐죠?"

테디는 미소를 지었다.

"막힌 문을 뚫고 들어가지."

"그게 첫 번째 일이죠. 먼저 문을 뚫고 들어가는 거. 우린 시간 낭비다 싶으면 도시의 약해빠진 경찰관들이 지원을 나올 때까지 기다리지 않아요. 그 망할 놈의 문을 그냥 뚫고 들어가 버린다고요."

"그래, 맞아."

"뭐, 알면 됐어요."

처크는 이렇게 말하면서 수첩을 돌려주었다. 두 사람은 계속 요새를 향해 나아갔다.

고작 나무 몇 그루와 작은 벌판만을 사이에 두고 가까이서 요새를 보자마자 처크가 입을 열어 테디가 속으로 생각하고 있던 것과 똑같은 말을 했다.

"우린 망했어요."

원래 요새를 둘러싸고 있던 사이클론 방지용 울타리가 여기저기 바람에 날려 부서져 있었다. 어떤 울타리 조각은 바닥에 납작하게 쓰러져 있었고, 저 멀리 나무가 있는 곳까지 날려간 것도 있었다. 그리고 울타리의 나머지 부분들도 축 늘어져 쓸모없게 되어 있었다.

그러나 무장을 한 간수들이 주위를 어슬렁거리고 있었다. 지프를 타고 꾸준히 순찰을 도는 간수도 여러 명이었다. 잡역부들이 무리를 이루어 요새 바깥을 치우고 있었고, 또 다른 잡역부들은 성벽을 향해 쓰러진 굵은 나무를 들어올리고 있었다. 해자는 없고 벽 중앙에 올록볼록한 작은 빨간색 강철문이 하나 있을 뿐이었다. 성벽 위에도 소총을 어깨에 멘 간수들이 서 있었다. 돌벽에 뚫린 몇 개 되지 않는 작은 창에는 창살이 붙어 있었다. 문 밖에는 구속 장치를 채운 환자건 그렇지 않은 환자건 환자가 한 명도 보이지 않았다. 비슷한 숫자의 간수들과 잡역부들만이 있을 뿐이었다.

테디는 지붕을 지키는 간수 두 명이 옆으로 물러나자 잡역부 여러 명이 성벽 가장자리로 나와 땅 위에 있는 사람들에게 비키라고 소리치는 것을 보았다. 그들은 용을 쓰며 절반으로 자른 나무를 지붕 가장자리로 가져와 밖으로 밀었다. 나무가 성벽에 걸려 흔들거리자 그들은 뒤로 사라져 나무를 밀었다. 반으로 잘린 나무는 60센티미터쯤 앞으로 밀려나오더니 완전히 기울어졌다. 나무가 벽 아래로 쏜살같이 떨어져 바닥에 처박히는 동안 사람들이 소리를 질렀다. 잡역부들은 다시 성벽 가장자리에 모습을 드러내고 자기들이 떨어뜨린 나무를 내려다보고는 서로 어깨를 두드리며 악수를 했다.

"틀림없이 무슨 파이프 같은 게 있을 거예요, 그렇죠? 물이나 쓰레기를 바다로 버리는, 뭐 그런 게 있을지도 몰라요. 그러면 그걸 이용해서 안으로 들어갈 수 있어요."

처크의 말에 테디는 고개를 저었다.

"뭐 하러 귀찮게 그런 짓을 해? 그냥 안으로 걸어들어 갈 거야."

"아, 레이첼이 B 병동에서 그냥 걸어나갔던 것처럼요? 알았어요. 그 여자가 갖고 있던 투명 가루를 조금 바르면 되겠군요. 좋은 생각이에요."

처크가 인상을 찌푸리며 자신을 바라보자 테디는 비옷의 깃을 매만졌다.

"우린 지금 보안관 옷차림이 아냐, 처크. 무슨 소린지 알겠어?"

처크는 주변에서 일하고 있는 잡역부들을 바라보았다. 잡역부 한 명이 커피 잔을 손에 들고 철문에서 나오는 것이 보였다. 커피 잔에서 올라온 김이 가랑비 속에서 작은 뱀처럼 보였다.

"아멘. 아멘이에요."

그가 말했다.

두 사람은 담배를 피워 물고 말도 안 되는 얘기들을 지껄이면서 요새를 향해 걸어갔다.

들판을 반쯤 가로질렀을 때, 두 사람은 소총을 팔 밑에 아무렇게나 끼고 있는 간수와 맞닥뜨렸다. 소총의 총구가 땅바닥을 향하고 있었다.

테디가 말했다.

"저쪽에서 보내서 왔습니다. 지붕에 나무가 있다던가, 뭐라던가."

간수는 어깨 너머로 뒤를 돌아보았다.
"아니. 그건 벌써 처리했어요."
"아, 잘됐네요."
처크가 말했다. 두 사람은 오던 방향으로 다시 돌아서려 했다.
"이봐, 이봐요. 아직 할 일이 많다고요."
두 사람은 다시 돌아섰다.
테디가 말했다.
"저 성벽에서 30명이나 일하고 있잖습니까."
"그거야 그렇지만, 안쪽은 아주 엉망이에요. 폭풍이 분다고 이런 건물이 쓰러지지는 않지만, 그래도 안쪽까지 폭풍이 밀고 들어오는 법이니까. 알죠?"
"그럼요, 알죠."
테디가 말했다.

"청소하는 사람들이 어디 있죠?"
처크가 문 옆에서 벽에 기대 빈둥거리는 간수에게 말했다.
간수는 엄지손가락으로 어딘가를 휙 가리키며 문을 열어주었다. 두 사람은 문을 지나 응접실로 들어갔다.
"쓸데없이 불평하고 싶지는 않은데요, 그래도 이거 너무 쉬운데요."
처크가 말했다.
"지나치게 생각하지 마. 가끔은 그냥 운이 좋을 수도 있는 거니까."
테디가 말했다.

두 사람의 등 뒤에서 문이 닫혔다.

"운이라. 그걸 그렇게 불러도 되는 거예요?"

처크의 목소리가 약간 떨리고 있었다.

"그렇게 불러도 돼."

테디가 가장 먼저 느낀 것은 냄새였다. 토사물과 배설물 냄새, 땀 냄새, 특히 오줌 냄새를 가리기 위해 공장에서나 쓰는 소독약을 뿌렸는지 굉장한 냄새가 났다.

냄새 다음으로 느껴진 것은 소음이었다. 건물 뒤쪽과 위층에서 파도처럼 밀려오는 소음. 사람들이 우당탕탕 뛰어다니는 소리, 축축한 공기 속에서 두꺼운 벽에 부딪혀 메아리치는 고함소리, 갑자기 들려왔다가 뚝 끊겨버린 날카로운 비명 소리, 여러 사람들이 한꺼번에 수다를 떨 때면 어디서나 들을 수 있는 왁자지껄한 소리.

누군가가 고함을 질렀다.

"안 돼! 그러지 마! 내 말 들려? 안 돼. 저리 가……."

그러고는 목소리가 잦아들었다.

위층 어딘가, 돌계단이 곡선을 그리고 있는 곳 근처에서 어떤 남자가 「벽에 걸린 맥주병 100개」라는 노래를 부르고 있었다. 이미 77번째 맥주병까지 노래가 끝나고 76번째 맥주병 노래가 시작되고 있었다.

커다란 커피 통 두 개가 탁자 위에 놓여 있고, 그 옆에는 높이 쌓아 놓은 종이컵들과 우유 병 몇 개가 가지런히 놓여 있었다. 계단 발치에 있는 또 다른 탁자에 앉아 있던 간수가 두 사람을 바라보며 미소를 지었다.

"처음이죠?"

테디는 그를 바라보았다. 아까 들려오던 소리 대신 새로운 소리들이 들려오고 있었다. 이곳 전체에서 사람들의 귀를 사방으로 잡아당기는 소리의 난무가 벌어지고 있었다.

"예. 얘기는 들었지만……."

"익숙해질 거예요. 뭐든 다 익숙해질 수 있는 법이니까."

간수가 말했다.

"맞는 말이에요."

"지붕에서 일할 게 아니라면 코트하고 모자를 내 뒤의 방에다 걸어놔도 돼요."

간수가 말했다.

"우리더러 지붕으로 가라고 하던데요."

테디가 말했다.

"누구 성질을 건드린 거예요?"

간수는 계단을 가리키며 말을 이었다.

"그냥 저 계단을 따라가요. 저 놈들은 이제 대부분 침대에 묶여 있지만, 아직 멋대로 돌아다니는 놈들이 몇 명 있어요. 그런 놈을 보면 소리를 질러요, 알았죠? 무슨 짓을 해도 좋지만, 그런 놈을 직접 잡아보겠다고 나서지는 말아요. 여긴 A 병동이 아니니까. 알았어요? 저 망할 놈들은 당신을 죽이려 들 거예요. 알았어요?"

"알았어요."

두 사람이 계단을 올라가기 시작하는데 간수가 말했다.

"잠깐만요."

두 사람은 걸음을 멈추고 간수를 뒤돌아보았다.

그는 두 사람을 손가락으로 가리키며 미소를 짓고 있었다.
두 사람은 가만히 기다렸다.
"나 당신들 알아요."
그가 노래를 하듯이 쾌활한 목소리로 말했다.
테디는 아무 말도 하지 않았다. 처크 역시 아무 말도 하지 않았다.
"당신들을 안다고요."
간수가 다시 말했다.
테디는 간신히 입을 열어 "그래요?"라고 말했다.
"그래요. 지붕에서 일하게 된 사람들이죠. 이 망할 놈의 빗속에서."
그는 손가락을 뻗으며 웃음을 터뜨렸다. 그리고 나머지 한 손으로는 탁자를 두들겼다.
"맞네요. 하하."
처크가 덩달아 웃었다.
"그래요, 젠장, 하하."
간수가 웃으며 말했다.
테디는 간수를 가리키며 말했다.
"우릴 제대로 봤어, 친구."
그리고 그는 몸을 돌려 계단을 올라가며 말을 이었다.
"우리를 제대로 봤다고."
멍청이 간수의 웃음소리가 두 사람의 뒤를 따라 계단을 올라왔다.
2층에서 두 사람은 잠시 걸음을 멈췄다. 두 사람 앞에는 커다란 홀이 있었다. 아치형 천장은 망치로 두드려서 편 구리로 만들어져 있었고, 검은색 바닥은 거울처럼 반짝반짝거렸다. 테디는 처크가 아까 던졌던 사과나 야구공 같은 것을 계단 입구에서 던져도 반대편 벽까지 닿지 않을 만큼 홀이 크다는 것을 알 수 있었다. 홀은 텅 비어 있었고, 두 사람 앞의 철책 문은 살짝 열려 있었다. 테디는 그 방으로 발을 들여놓으면서 마치 쥐새끼들이 갈비뼈를 따라 기어다니고 있는 것 같은 느낌을 받았다. 그가 꿈에서 봤던 방, 레이디스가 그에게 마실 것을 권하고 레이첼이 아이들을 무참히 죽였던 그 방이 연상됐기 때문이다. 꿈속의 방과 이 방이 똑같은 것은 아니었다. 꿈속의 방에는 높은 창문에 두꺼운 커튼이 달려 있었고, 그 사이로 빛이 쏟아져 들어왔으며, 바닥은 모자이크처럼 이어 붙인 나무로 돼 있었고, 천장에는 무거운 샹들리에가 걸려 있었다. 그러나 눈앞의 방이 꿈속의 방을 연상시킬 만큼 비슷한 것은 사실이었다.

처크가 그의 어깨를 손으로 치는 순간, 테디는 목을 따라 땀방울이 솟아나는 것을 느꼈다.

"다시 한 번 말하지만, 너무 쉬워요. 저 철책 문 앞에는 왜 간수가 없죠? 저 문이 왜 잠겨 있지 않을까요?"

처크가 희미한 미소를 지으며 속삭였다.

테디는 마구 헝클어진 머리로 비명을 지르며 도끼를 들고 방 안을 뛰어다니는 레이첼의 모습이 눈에 보이는 듯했다.

"나도 몰라."

처크가 그에게 가까이 몸을 기울이며 귓속말을 했다.

"이건 함정이에요, 선배님."

테디는 방을 가로지르기 시작했다. 잠을 못 잔데다, 비를 맞았기 때문에, 그리고 머리 위에서 희미하게 들려오는 고함 소리와 이리저리 뛰어다니는 사람들의 발자국 소리 때문에 머리가 아팠다. 두 남자아이와 여자아이는 서로 손을 잡고 어깨 너머를 뒤돌아봤었다. 부들부들 떨면서.

테디는 아까부터 노래를 부르던 환자의 노랫소리를 다시 들을 수 있었다.

"……당신이 병 하나를 내려서 사람들과 돌려 마시니, 벽에는 맥주병 54개가 남았네."

그 아이들, 두 남자아이와 여자아이가 그의 눈앞을 번개처럼 스치고 지나갔다. 아이들은 물 같은 공기 속에서 헤엄치고 있었다. 테디는 어젯밤 콜리가 손에 쥐어주었던 노란색 알약을 보았다. 뱃속이 요동치면서 메스꺼워졌다.

"벽에는 맥주병 54개가 남았네, 벽에는 맥주병 54개가……."

"우리 당장 돌아가요, 선배님. 여길 떠나야 돼요. 느낌이 좋지 않아요. 그건 선배님도 알고, 나도 알아요."

홀의 반대편 끝에서 한 남자가 갑자기 펄쩍 뛰는 것처럼 문간에 나타났다.

그는 맨발에 웃통을 벗고 있었으며, 몸에 걸친 것이라고는 하얀 파자마 바지뿐이었다. 불빛이 희미해서 그의 머리가 까까머리라는 것 외에는 이목구비를 전혀 알아볼 수 없었다.

그가 말했다.

"안녕!"

테디는 걸음을 빨리했다.

남자가 말했다.
"찜! 당신이 그것이야!"
그리고 남자는 문 앞에서 도망쳤다.
처크가 테디를 따라잡았다.
"선배님, 제발요."
그가 여기 있었다. 레이디스가. 어딘가에. 테디는 그의 존재를 느낄 수 있었다.
두 사람이 홀의 반대편 끝에 다다르자 돌로 만들어진 널찍한 층계참과 어둠 속으로 가파르게 휘어진 계단이 나왔다. 저 고함 소리와 재잘거리는 소리가 들려오는 곳으로 이어진 또 다른 계단이었다. 그 소리들이 이제 더 크게 들려왔고, 금속 사슬이 철컥거리는 소리도 들려왔다. 누군가가 고함을 질렀다.
"빌링스! 이제 괜찮아! 진정하라고! 도망칠 데는 없어. 알아?"
테디의 옆에서 누군가의 숨소리가 들렸다. 왼쪽으로 고개를 돌려보니 까까머리가 바로 코 앞에 있었다.
"당신이 술래야."
남자가 이렇게 말하고서 검지손가락으로 테디의 팔을 톡톡 쳤다.
테디는 남자의 번들거리는 얼굴을 들여다보았다.
"내가 술래야."
테디가 말했다.
"당연하지. 내가 이렇게 가까이 있으니까 당신이 손목만 까딱하면 내가 다시 술래가 될 거야. 그리고 내가 또 손목을 까딱하면 당신이 술래가 되는 거지. 그걸 몇 시간 동안이나, 아니 하루 종일이라도 계속 할 수 있어. 그냥 여기 서서 계속 서로를 술래로 만들 수 있다고. 점심도 안 먹고, 저녁도 안 먹고, 계속 할 수 있어."

남자가 말했다.

"그게 무슨 재미야?"

"저기 뭐가 있는지 알아?"

남자가 고갯짓으로 계단 쪽을 가리키며 이어 물었다.

"바닷속에?"

"물고기가 있지."

테디가 말했다.

"물고기라."

남자가 고개를 끄덕이며 계속 말했다.

"좋아. 물고기가 있지, 맞아. 물고기가 아주 많아. 하지만, 그래, 물고기, 아주 좋아, 물고기, 그래, 하지만 또, 또? 잠수함, 그래. 맞아. 소련 잠수함. 우리 해안에서 300에서 500킬로미터 떨어진 곳에. 그 얘기 들었지? 그래, 들었어. 그래서 소련 잠수함이 있다는 것에 익숙해지지. 사실은 아예 잊어버리는 거야. 그러니까, 내 말은, '그래, 잠수함이 있어. 알려줘서 고마워.' 뭐 이런 식이라는 거지. 잠수함이 우리 일상 생활의 일부가 되는 거야. 우린 그것들이 거기 있다는 걸 알고 있지만, 더 이상 그놈들 생각을 안 해. 알았어? 하지만 잠수함이 거기 있는 게 사실이고, 그놈들은 로켓탄으로 무장하고 있다고. 로켓탄으로 뉴욕하고 워싱턴을 겨냥하고 있어. 보스턴도. 그 녀석들이 저기 있어. 그냥 가만히. 그게 신경 쓰인 적 없어?"

테디는 처크가 옆에서 천천히 숨을 고르면서 자신의 신호를 기다리고 있는 것을 느꼈다.
테디가 말했다.
"당신 말처럼, 난 그런 생각을 많이 하지 않을 거야."
"음."
남자가 고개를 끄덕였다. 그리고 턱의 수염 자국을 만지작거리면서 말했다.
"여기 있으면 여러 가지 얘기들이 들려와. 그럴 것 같지 않지? 하지만 정말 그래. 신참이 들어와서 이런저런 얘기를 해준다고. 간수들도 얘기를 하고, 잡역부들도, 그래, 당신 같은 잡역부들도 얘기를 해. 우린 다 알아. 다 알아. 바깥 세상에 대해서. 수소폭탄 실험에 대해서, 산호섬에 대해서. 수소폭탄의 원리를 알아?"
"수소를 이용하는 건가?"
테디가 되물었다.
"좋았어. 아주 영리하군. 맞아, 맞아."
남자가 여러 번 고개를 끄덕이더니 다시 입을 열었다.
"수소를 이용하는 거야, 맞아. 하지만, 또, 또, 다른 폭탄하고는 달라. 폭탄을 떨어뜨리면, 그게 원자폭탄이라 해도, 일단은 폭발한다고. 맞지? 그래, 맞아. 하지만 수소폭탄은 안으로 폭발해. 제 몸 속으로 들어가서 속에 있는 것들이 연속적으로 붕괴되면서 안으로 꺼져 들어간단 말이야. 그렇게 꺼져 들어가서 어떻게 되냐고? 그러면 질량과 밀도가 높아지지. 봐, 녀석이 맹렬하게 자기파괴를 하면서 완전히 새로운 괴물을 만들어내는 거야. 무슨 소린지 알겠어? 알겠어? 붕괴의 규모가 클수록, 자기파괴 규모도 크고, 녀석의 힘도 더욱 세져. 그 다음에는, 알아? 알아? 그냥 빵!

그냥…… 빵, 꽝, 쉭. 그렇게 자아를 잃어버린 녀석이 사방으로 퍼져나가. 녀석이 안으로 폭발하면서 역사상 그 어떤 폭탄보다 100배, 1000배, 100만 배나 되는 굉장한 폭발을 일으킨다고. 그게 우리의 유산이야. 그걸 잊지 마."

그는 테디의 팔을 여러 번 툭툭 두드렸다. 가볍게. 마치 손가락으로 드럼 소리를 흉내내는 것처럼.

"당신이 술래야. 열 번이나. 히!"

그가 어두운 계단으로 훌쩍 뛰어내렸다. 그가 아래로 내려가면서 내내 "빵"이라고 고함치는 소리가 들려왔다.

"……맥주병 49개가 남았네! 당신이 병 하나를 내려서……."

테디는 처크를 바라보았다. 처크가 땀에 젖어 축축한 얼굴로 조심스럽게 숨을 내쉬었다.

"자네가 옳아. 여기서 나가자고."

테디가 말했다.

"이제야 옳은 소리를 하시네요."

그때 계단 꼭대기에서 소리가 들려왔다.

"누가 와서 날 좀 도와줘! 맙소사!"

테디와 처크가 위를 올려다보니 남자 두 명이 우당탕탕 계단을 굴러내려오고 있었다. 한 사람은 간수들이 입는 파란 옷을 입었고, 나머지 한 사람은 환자들이 입는 하얀 옷을 입고 있었다. 두 사람은 계단이 휘어지면서 폭이 가장 넓어진 곳에서 쿵 소리를 내며 멈췄다. 환자가 한 손을 빼서 간수의 왼쪽 눈 바로 아래를 움켜쥐더니 살점을 뜯어냈다. 간수가 비명을 지르며 고개를 뒤로 젖혔다.

테디와 처크는 계단을 뛰어 올라갔다. 환자가 다시 손을 아래로 내렸지만, 처크가 그의 손목을 붙들었다.

간수가 손으로 눈 주위의 피를 훔쳐서 턱에 문질렀다. 테디는 자기들 네 명의 숨소리와 멀리서 들려오는 맥주병 노래를 들을 수 있었다. 이제 맥주병 42개가 거의 끝나서 41개로 넘어가려 하고 있었다. 그 순간 자기가 누르고 있던 환자가 입을 크게 벌리고 달려드는 것을 보고 소리쳤다.

"처크, 조심해."

그리고 테디는 환자가 처크의 손목을 물어뜯기 전에 손바닥 끝으로 환자의 이마를 강타했다.

"그 사람한테서 떨어져요. 어서. 떨어져요."

테디가 간수에게 말했다.

간수는 환자의 다리를 풀고 떨어져나와 허둥지둥 계단 두 칸을 올라갔다. 테디는 환자에게 다가가 어깨를 강하게 눌러 바닥에 고정시켰다. 그리고 어깨 너머로 처크를 바라보았다. 경찰봉이 두 사람 사이를 쉭 하고 가르며 내려와 환자의 코를 부러뜨렸다.

테디는 자신이 누르고 있는 환자의 몸이 축 처지는 것을 느꼈다. 처크가 놀라 말했다.

"세상에!"

간수가 다시 경찰봉을 휘두르려고 하자 테디는 환자를 깔고 앉은 채 몸을 돌려 자신의 팔꿈치로 무기를 막았다. 그리고 간수의 피투성이 얼굴을 들여다보며 말했다.

"어이! 어이! 이 친구 의식을 잃었어. 이봐!"

하지만 간수는 자신의 피 냄새를 맡고 있었다. 그가 경찰봉을 다시 치켜들었다.

처크가 그를 말렸다.

"날 봐! 날 봐!"

간수의 눈이 처크의 얼굴을 향해 휙 돌아갔다.

"당장 물러나. 알겠어? 당장 물러나. 이 환자는 이미 진압됐어."

처크가 환자의 손목을 놓자, 환자의 팔이 가슴으로 툭 떨어졌다. 처크는 간수에게서 시선을 떼지 않은 채 뒤로 물러나 벽에 기대앉았다.

"내 말 들려?"

그가 부드럽게 말했다.

간수는 시선을 떨어뜨리며 경찰봉을 아래로 내렸다. 그리고 셔츠 자락으로 광대뼈의 상처를 살짝 닦은 다음 천에 묻은 피를 바라보았다.

"저 놈이 내 얼굴을 찢었어."

테디가 몸을 기울여 상처를 살펴보았다. 상처는 그리 심하지 않았다. 이 상처 때문에 죽을 정도는 아니었다. 하지만 상처가 아주 고약했다. 저걸 다시 꿰매서 얼굴을 깨끗하게 만들어줄 수 있는 의사는 없을 것 같았다.

간수가 말했다.

"괜찮을 겁니다. 몇 바늘만 꿰매면 돼요."

머리 위에서 사람 여러 명과 가구들이 쿵 하고 부딪히는 소리가 들렸다.

"폭동이라도 일어났나요?"

처크가 물었다.

간수가 시끄럽게 소리를 내며 입으로 몇 번 숨을 쉬고 나자 그의 얼굴색이 제대로 돌아왔다.

"비슷하죠."

"환자들이 병원을 점령하기라도 했어요?"

처크가 가벼운 목소리로 다시 물었다.

젊은 간수는 테디를 신중하게 살펴본 다음 처크에게 시선을 돌렸다.

"아직은 아니에요."

처크는 주머니에서 손수건을 꺼내 간수에게 건네주었다.

간수는 고맙다는 뜻으로 고개를 주억거린 다음 손수건으로 얼굴을 눌렀다.

처크가 환자의 팔목을 다시 들어올렸다. 테디는 그가 환자의 맥박을 짚어보는 것을 지켜보았다. 처크는 손목을 떨어뜨리고 환자의 눈꺼풀 한 쪽을 뒤집어보더니 테디를 보면서 말했다.

"죽지는 않을 거예요."

"저 사람을 일으키도록 하지."

테디가 말했다.

두 사람은 환자의 팔을 어깨에 걸치고 간수를 따라 계단을 올라갔다. 환자는 무겁지 않았지만 계단이 아주 길었다. 게다가 환자의 발등이 자꾸 계단에 부딪혔다. 계단 꼭대기에 다다르자, 간수가 몸을 돌렸다. 아까보다 좀더 나이가 들어보였다. 어쩌면 약간 더 현명해 보이는 것 같기도 했다.

"당신들은 보안관이죠?"

그가 물었다.
"무슨 소리예요?"
간수는 고개를 끄덕였다.
"보안관 맞아요. 당신들이 여기 처음 도착했을 때 봤어요."
그는 처크를 향해 살짝 미소를 지으며 말을 이었다.
"당신 얼굴의 그 흉터 덕분에 알아봤어요."
처크가 한숨을 쉬었다.
"여기서 뭐 하시는 거예요?"
간수가 물었다.
"자네 체면을 세워주고 있지."
테디의 대답에 간수는 상처에서 손수건을 떼어 잠시 살펴본 다음 다시 상처에 갖다댔다.
"지금 두 분이 붙들고 있는 환자가 누군지 알아요? 폴 빈지스예요. 웨스트버지니아 출신이죠. 형이 한국 전쟁에 나가 있는 동안 형수랑 두 딸을 죽였어요. 그리고 썩어가는 시체를 지하실에 두고 즐겼죠."
테디는 빈지스의 팔을 팽개치고 물러나 녀석을 그냥 계단 위로 떨어뜨려버리고 싶은 충동을 애써 억눌렀다.
"사실……."
젊은 간수는 헛기침을 하며 말을 이었다.
"사실, 저 놈이 날 이겼어요."
그는 두 사람과 눈을 마주쳤다. 그의 눈이 빨갛게 변해 있었다.
"이름이 뭐지?"
"베이커예요. 프레드 베이커."

테디는 그와 악수했다.

"이봐, 프레드, 우리가 도움이 되어서 기쁘군."

간수는 구두에 묻은 핏자국을 내려다보았다.

"다시 묻는데요, 여기서 뭘 하고 있는 거예요?"

"그냥 둘러보는 거야. 한 2분 정도 둘러보고 갈 거야."

테디가 말했다.

간수는 한참 동안 생각에 잠겼다. 테디는 지난 2년 동안의 삶, 돌로레스를 잃고, 레이디스의 뒤를 추적하고, 이곳의 존재를 알아내고, 조지 노이스를 우연히 만나 약물 실험과 전두엽 절제술 실험에 대해 알게 되고, 힐리 상원의원과 접촉하게 되고, 마치 영국 해협을 건너 노르망디에 상륙할 때를 기다리는 사람처럼 이곳으로 건너올 때를 기다리던 그동안의 삶이 이 어린 청년의 침묵 속에 위태롭게 매달려 있는 것 같은 느낌이 들었다.

"있죠, 나도 여기저기 힘든 데서 일해 본 적이 있어요. 구치소, 경비가 제일 삼엄한 교도소, 범죄를 저지른 정신병자들이 있는 또 다른 병원······."

간수는 말을 하다 말고 문을 바라보다가 눈을 휘둥그렇게 떴다. 그가 입을 벌리지 않았다는 점만 빼면 마치 하품을 하는 것 같은 표정이었다.

"그래요. 굉장한 데서 일을 했죠. 그런데 여기가 어떤 줄 알아요?"

그는 흔들리지 않는 시선으로 두 사람을 각각 한참 동안 바라보았다.

"여기 사람들은 모든 규칙을 자기들이 직접 만들어요."

그가 테디를 뚫어지게 바라보았다. 테디는 청년의 눈 속에서 대답을 읽어내려고 애썼지만, 그 속에는 서로 너무나 동떨어진 오래된 이야기들이 들어 있었다.
"2분 정도라고요?"
간수가 혼자 고개를 끄덕이며 말했다.
"좋아요. 이렇게 정신없는 와중에 아무도 두 분을 알아보지 못할 거예요. 2분만 있다가 나가세요, 알았죠?"
"그럼요."
처크가 대답했다.
"아, 잠깐만요."
청년은 문을 향해 손을 뻗으면서 살짝 미소를 지었다.
"그 2분 사이에 죽지 않게 조심하세요. 그래주면 고맙겠어요."

두 사람이 문을 지나 안으로 들어가자 병실들이 있는 구역이 나왔다. 벽도 바닥도 화강암으로 된 이 병실 구역은 너비 3미터, 높이 4미터인 아치형 통로를 따라 요새의 길이만큼 뻗어 있었다. 빛이라고는 통로의 양쪽 끝에 나 있는 높다란 창문에서 들어오는 빛뿐이었고, 천장에서 물이 뚝뚝 떨어지는 바람에 바닥에는 사방에 물이 고여 있었다. 좌우 양편에 늘어서 있는 병실들은 어둠 속에 잠겨 있었다.
베이커가 말했다.
"우리 발전기가 오늘 새벽 4시쯤에 망가져버렸어요. 병실 자물쇠는 전기로 작동하죠. 얼마 전에 새로 바꾼 거예요. 굉장한 혁신이죠? 그래서 모든 병실 문이 4시에 열려버린 거예요. 다행히도 아직 자물쇠를 수동으로 조작할 수 있기 때문에 환자들을 대부분 다시 감방에 넣고 문을 잠글 수 있었어요. 하지만 열쇠를 가진 놈이 하나 있어요. 그놈이 계속 몰래 들어와서 적어도 병실 한 군데를 열어준 다음에 다시 도망쳐버리고 있어요."

테디가 물었다.

"혹시 대머리 친구 아닌가?"

베이커가 그를 바라보며 말했다.

"대머리 친구요? 맞아요. 우리가 아직 찾지 못한 놈이 바로 그 놈이에요. 아마 그놈일 거예요. 리치필드라는 놈이죠."

"그놈이 우리가 방금 올라온 저 계단에서 술래잡기를 하고 있었어. 계단 아래쪽에서."

베이커는 두 사람을 오른쪽 세 번째 병실로 데려가서 문을 열었다.

"그놈을 여기다 던져 넣으세요."

어둠 속에서 침대를 알아보는 데 몇 초쯤 시간이 걸렸다. 베이커가 손전등을 켜서 안을 비춰주었고, 두 사람은 빈지스를 침대에 눕혔다. 빈지스가 신음을 하자 콧구멍에서 피가 부글거렸다.

"지원 인력을 데려와서 리치필드를 쫓아야겠어요. 지하실에는 간수 여섯 명이 대동하지 않는 한 우리가 밥도 주지 않는 놈들이 있어요. 만약 그놈들이 밖으로 나온다면 우리 모두 전멸해 버릴 거예요."

베이커가 말했다.

"먼저 가서 의사를 찾아요."

처크가 말했다.

베이커는 손수건에서 아직 더럽혀지지 않은 부분을 찾아 상처에 댔다.
"시간이 없어요."
"난 저 사람 얘기를 한 거예요."
처크가 말했다.
베이커는 철창 사이로 두 사람을 바라보며 말했다.
"예, 맞아요. 의사를 찾아볼게요. 그리고 두 분은 안에 들어갔다가 빨리 나와야 돼요, 알았죠?"
"알았어요. 의사나 불러와요."
처크가 테디와 함께 병실을 나가면서 말했다.
베이커가 병실 문을 잠그면서 말했다.
"알았어요."
그는 복도를 뛰어갔다. 도중에 턱수염을 기른 거한을 병실로 끌고 가고 있는 간수 세 명을 만나 옆걸음으로 자리를 비켜주었지만 달리는 속도를 늦추지는 않았다.
"어떻게 생각해?"
테디가 의견을 물었다. 아치형 통로의 반대편 창 옆에 남자 하나가 보였다. 그 남자는 철창에 매달려 있었는데, 간수들 몇 명이 호스를 끌어오고 있었다. 테디의 눈이 중앙 복도의 희미한 빛에 적응하기 시작했지만 병실들은 여전히 어둡게만 보였다.
"여기 어딘가에 틀림없이 자료철이 있을 거예요. 치료를 하거나 참고 사항을 찾아보기 위해서라도. 선배님은 레이디스를 찾고, 저는 자료철을 찾아보는 게 어때요?"
처크가 말했다.

"그 자료철이 어디 있을 것 같아?"

처크는 뒤를 돌아 문을 바라보았다.

"소리를 들어보면, 이 안에서 높이 올라갈수록 위험이 줄어드는 것 같아요. 아마 행정 부서가 위층에 있는 모양이에요."

"좋아. 그럼 언제 어디서 다시 만나지?"

"15분 후가 어때요?"

간수들이 호스를 작동시켜 물대포를 쏘자 철창에 매달려 있던 남자가 반대편 벽을 향해 밀려났다.

병실 안에서 몇몇이 박수를 쳤고, 다른 몇 명은 신음 소리를 냈다. 모든 것을 포기한 듯한 깊은 신음 소리여서 마치 전장에서 들려오는 소리 같았다.

"15분이 괜찮을 것 같군. 아까 그 커다란 홀에서 만날까?"

"그러죠."

두 사람은 악수를 했다. 처크의 손이 축축했다. 그의 윗입술도 물기에 젖어 번들거렸다.

"조심하세요, 선배님."

뒤쪽에서 환자 하나가 쿵 소리를 내며 문을 통과해 두 사람 옆을 지나쳐 병동 안으로 달려 들어왔다. 그는 더러운 맨발로 마치 훈련을 하는 권투 선수처럼 달리고 있었다. 복싱을 하는 듯한 팔 동작과 함께 발이 물 흐르듯 움직였다.

"최선을 다해 보지."

테디는 처크를 향해 미소를 지었다.

"그럼 됐어요."

"그래."

처크는 문을 향해 걸어가다가 걸음을 멈추고 뒤를 돌아보았다. 테디가 고개를 끄덕였다.

처크가 문을 여는 순간 잡역부 두 명이 계단에서부터 문 안 쪽으로 들어왔다. 처크가 모퉁이를 돌아 사라지고 난 후 잡역부 한 명이 테디에게 말했다.

"그레이트 화이트 호프가 이리로 오지 않았나?"

테디는 아치형 통로를 뒤돌아보았다. 아까 그 환자가 발꿈치를 바닥에 대고 제자리에서 춤추듯 움직이며 여러 가지 동작으로 허공을 후려치고 있었다.

테디는 그쪽을 가리킨 다음 잡역부 두 명과 함께 보조를 맞춰 움직이기 시작했다.

"저 놈은 옛날에 권투선수였나?"

테디가 그들에게 물었다.

그의 왼쪽에 있는 잡역부는 키가 크고 나이가 더 많은 흑인이었는데, 그가 대답했다.

"아, 자네 해변 쪽에서 올라온 건가? 거기 병동은 휴양지나 마찬가지지. 음, 그래. 어쨌든, 저기 저 윌리라는 놈은 자기가 메디슨 스퀘어 가든에서 조 루이스하고 한 판 하려고 훈련 중인 줄 알아. 사실, 실력이 아주 없는 것도 아니지."

세 사람은 그 남자에게 점점 가까이 다가가고 있었다. 테디는 그의 주먹이 공기를 가르는 것을 지켜보았다.

"우리 세 명 갖고는 안 되겠는걸."

나이가 더 많은 잡역부가 쿡쿡 웃었다.

"한 사람만 있으면 돼. 내가 저 놈 매니저거든. 그거 몰랐나?"

그리고 그는 남자를 향해 소리를 질렀다.

"여, 윌리. 마사지 받으러 가야지. 시합까지 한 시간밖에 안 남았어."

"마사지 받기 싫어요."

윌리가 허공을 향해 재빨리 잽을 먹이기 시작했다.

"내 말 안 들으면 식권 안 줄 거야. 알아?"

잡역부가 말했다.

"내가 말을 안 들은 건 저지 조랑 싸웠을 때뿐이에요."

"그래서 지금 네 꼴이 어떻게 됐는지 봐."

윌리가 팔을 착 내려 옆구리에 붙였다.

"그 말이 맞아요."

"훈련실로 가자. 이쪽으로."

잡역부가 왼쪽 팔을 들어 일부러 과장되게 왼쪽을 가리켰다.

"그냥 내 몸에 손대지만 말아줘요. 시합 전에 누구 손이 몸에 닿는 게 싫으니까. 알죠?"

"그럼, 알지."

잡역부는 병실 문을 열며 말을 이었다.

"자, 이쪽으로."

윌리는 병실을 향해 걸었다.

"저 소리 들리죠, 그렇죠? 관중들 소리."

"사람들이 아주 꽉 차 있지, 꽉 차 있어."

테디와 또 다른 잡역부는 계속 걸었다. 잡역부가 갈색 손을 내밀며 말했다.

"나는 알이야."

테디는 그와 악수를 하며 말했다.

"테디야. 알. 만나서 반갑군."

"왜 다들 저 위의 바깥으로 올라가는 거지, 테디?"

테디는 자신의 비옷을 바라보았다.

"지붕에 일이 있어서. 그런데 계단에서 환자 하나를 보고 그놈을 쫓아 여기까지 왔지. 사람이 하나 더 있으면 도움이 될 것 같아서."

똥 한 덩어리가 테디의 발 옆 바닥에 떨어졌다. 어두운 병실 속에서 누군가가 깔깔대는 소리가 났지만 테디는 정면을 똑바로 바라보며 걸음을 늦추지 않았다.

알이 말했다.

"가능한 한가운데로 걸어. 그래도 적어도 1주일에 한 번씩은 온갖 이상한 물건들에 맞기도 하지만. 자네가 쫓아왔다는 그놈은 찾았나?"

테디는 고개를 저었다.

"아니, 나는……"

"이런, 젠장."

"뭐야?"

"내가 쫓던 놈이 나타났어."

그놈은 물에 흠뻑 젖은 채 두 사람을 향해 똑바로 다가오고 있었다. 간수들이 호스를 버리고 녀석을 뒤쫓기 시작하는 것이 보였다. 녀석은 몸집이 작고 머리칼이 붉은색이었다. 얼굴은 온통 여드름 투성이어서 마치 벌들이 잔뜩 모여 있는 것 같았다. 눈은 머리와 같은 붉은색이었다. 녀석은 마지막 순간에 오른쪽으로 홱 방향을 꺾더니 알이 머리 위로 팔을 치켜드는 바람에 생긴 틈으로 파고들어 무릎을 꿇고 몸을 굴린 다음 재빨리 일어섰다.

알이 녀석을 뒤쫓아 뛰기 시작했고, 간수들도 곤봉을 머리 위로 치켜든 채 빠르게 테디의 옆을 지나갔다. 곤봉은 그들이 뒤쫓고 있는 남자만큼이나 젖어 있었다.

테디 역시 다른 무엇보다도 본능 때문에 녀석을 뒤쫓기 시작했다. 그런데 그때 누군가가 속삭이는 소리가 들렸다.

"레이디스."

그는 복도 한가운데에 서서 그 소리가 다시 들리기를 기다렸다. 아무 소리도 들리지 않았다. 자그마한 빨간 머리 녀석을 뒤쫓는 사람들 때문에 잠깐 멈췄던 환자들의 신음 소리가 이따금 변기가 덜거덕거리는 소리에 섞여 작게 들려오다가 점점 커지기 시작했다.

테디는 다시 그 노란색 알약을 생각했다. 만약 콜리가 그와 처크를 의심했다면, 정말로 의심했다면…….

"레이드. 디스."

그가 들려온 소리에 고개를 돌리자 오른쪽으로 병실 세 개가 보였다. 모두 캄캄했다. 테디는 방금 말을 한 사람이 자신의 모습을 볼 수 있다는 것을 알 수 있었다. 그는 혹시 그가 레이디스 자신이 아닐까 생각하면서 가만히 기다렸다.

"원래 당신이 날 구해 주기로 돼 있었잖아."

가운데 아니면 왼쪽 병실에서 나는 소리였다. 레이디스의 목소리는 아니었다. 틀림없었다. 하지만 분명히 친숙한 목소리이기는 했다.

테디는 가운데 병실의 철창으로 다가갔다. 그리고 주머니를 뒤져 성냥갑을 꺼내 불을 붙였다. 너울거리는 불빛 속에서 작은 세면대와 남자 하나가 보였다. 갈비뼈 부근이 푹 꺼진 그 남자는 침대 위에 무릎을 꿇고 앉아 벽에다 뭔가를 쓰고 있었다. 그가 어깨 너머로 테디를 뒤돌아보았다. 레이디스가 아니었다. 그가 전혀 모르는 사람이었다.

"미안하지만 나는 어둠 속에서 일하는 걸 더 좋아하는 편이라서. 불을 꺼주면 정말 고맙겠소."

테디는 철창에서 물러나 왼쪽으로 방향을 돌렸다. 남자의 병실 왼쪽 벽 전체가 글씨로 가득 차 있는 것이 보였다. 수천 개의 글자들이 정확하게 일직선을 그리며 단 한 치의 틈도 없이 빽빽하게 씌어 있었다. 글자가 하도 작아서 벽에다 눈을 직접 갖다대지 않는 한 도저히 읽을 수 없을 정도였다.

그가 옆 병실로 갔을 때 성냥불이 꺼졌다. 아까 그 목소리가 조금 더 가깝게 들렸다.

"당신이 날 실망시켰어."

다시 성냥에 불을 붙이는 테디의 손이 떨렸다. 성냥개비가 뚝 부러지면서 미끄러져버렸다.

"내가 여기서 풀려날 거라고 했잖아. 당신이 그렇게 약속했으면서."

테디는 다시 성냥에 불을 붙이려고 했지만, 성냥개비가 병실 안으로 휙 들어가 버렸다. 불이 붙지 않은 채.

"거짓말쟁이."

세 번째 성냥개비가 지글거리다가 그의 손가락 너머로 높다란 불꽃을 피우면서 타올랐다. 그는 성냥불을 철창에 갖다대고 안을 들여다보았다. 왼쪽 구석의 침대 위에 앉아 있는 남자는 고개를 숙이고 있었다. 그의 양 무릎 사이에 얼굴이 끼어 있고, 팔은 종아리를 감싼 자세였다. 그의 머리 중앙은 대머리였고, 양쪽 옆머리는 희끗희끗했다. 몸에 걸친 것이라고는 헐렁한 하얀 반바지밖에 없었는데, 피부와 맞닿은 그의 뼈가 부들부들 떨고 있는 것 같았다.

테디는 혀로 입술과 입천장을 축였다. 그리고 성냥불 너머로 안을 뚫어지게 바라보며 말했다.

"이봐."

"그놈들이 날 다시 데려왔어. 내가 자기들 거라고 했어."

"당신 얼굴이 보이지 않아."

"내가 이제 집에 온 거랬어."

"얼굴 좀 들어봐."

"여기가 집이랬어. 난 결코 나가지 못할 거야."

"얼굴 좀 보여줘."

"왜?"

"얼굴 좀 보여달라고."

"내 목소리를 모르겠어? 나랑 그렇게 이야기를 하고도?"

"고개를 들어."

"옛날에는 우리가 전적으로 직업적인 관계 이상이라고 생각했지. 우리가 친구 비슷한 게 되었다고 말이야. 그건 그렇고, 그 성냥불 금방 꺼질 거야."

테디는 낫으로 풀을 베어낸 자리처럼 보이는 대머리와 부들부들 떨고 있는 팔다리를 빤히 바라보았다.
"다시 말하는데, 친구……"
"나한테 무슨 말을 한다는 거야? 무슨 말을? 당신이 나한테 무슨 말을 할 수 있어? 거짓말만 더 늘어놓겠지."
"나는……"
"당신은 거짓말쟁이야."
"아냐. 고개를 들어……."
그의 집게손가락 끝과 엄지손가락 양 옆이 불꽃에 닿아 뜨거웠다. 그는 성냥을 떨어뜨렸다.
병실이 사라져버렸다. 침대 스프링이 씨근거리는 소리, 돌에 천이 부딪히는 거친 소리, 뼈가 삐걱거리는 소리가 들렸다.
테디의 귀에 그 이름이 다시 들렸다.
"레이디스."
이번에는 오른쪽 병실에서 나는 소리였다.
"이건 처음부터 진실하고는 상관없었어."
그는 성냥개비 두 개를 꺼내 한데 붙였다.
"결코."
그는 성냥불을 켰다. 침대는 텅 비어 있었다. 그가 손을 오른쪽으로 움직이자 남자가 그에게 등을 돌린 채 구석에 서 있는 것이 보였다.
"그렇지?"
"뭐?"
테디가 이해할 수 없다는 듯 되물었다.
"진실 말이야."

"아냐."
"그래."
"이건 진실을 찾기 위한 거야. 진실을 드러내서……"
"이건 당신을 위한 거야. 그리고 레이디스. 처음부터 쭉 그랬어. 난 그냥 우연한 존재였지. 난 입구 역할을 했을 뿐이야."
남자가 휙 몸을 돌려 그를 향해 걸어왔다. 그의 얼굴이 완전히 뭉개져 있었다. 부어오른 얼굴에 자주색, 검은색, 버찌 같은 빨간색 멍이 엉망으로 뒤섞여 있었다. 부러진 코 위에는 하얀 테이프가 X자 모양으로 붙어 있었다.
"세상에."
테디가 말했다.
"마음에 들어?"
"누가 이런 거지?"
"당신이 했잖아."
"내가 어떻게……."
조지 노이스가 철창을 향해 걸어 올라왔다. 그의 입술은 자전거 타이어만큼이나 크게 부어 있었고, 꿰맨 자국 때문에 검게 보였다.
"당신이 떠들어댔기 때문이야. 당신의 그 빌어먹을 입 때문에 내가 다시 이리로 끌려온 거라고. 당신 때문에."
테디는 감옥의 접견실에서 그를 마지막으로 봤을 때를 기억했다. 황갈색 죄수복을 입고 있기는 했지만, 그는 건강하고 생기 있어 보였으며 그를 덮고 있던 어두운 구름이 대부분 걷힌 것 같았다. 엘파소에서 어떤 바에 들어간 이탈리아 인과 독일인에 대한 농담도 했었다.

"날 봐. 고개 돌리지 마. 당신은 처음부터 여기를 사람들에게 폭로할 생각이 아니었어."

조지 노이스가 말했다.

"조지, 그렇지 않아."

테디는 낮고 차분한 목소리를 유지했다.

"그래."

"아냐. 내가 지난 1년 동안 뭘 계획했을 것 같아? 지금 이 일이야. 바로 여기에 오는 것."

"웃기지 마!"

테디는 그의 고함 소리가 자신의 얼굴을 후려치는 것을 느낄 수 있었다.

"웃기지 마!"

조지가 다시 고함을 질렀다.

"지난 1년 동안 계획을 했다고? 죽일 계획을 짰겠지. 그게 전부야. 레이디스를 죽일 계획. 당신이 쫓는 건 그것뿐이라고. 그런데 그것 때문에 내 꼴이 어떻게 됐는지 봐. 여기, 여기로 다시 끌려왔어. 난 여길 참을 수가 없어. 이 빌어먹게 무시무시한 곳을 참을 수가 없다고. 무슨 말인지 알겠어? 또 당할 수는 없어. 다시는 안 돼. 다시는 안 돼."

"조지, 잘 들어. 그놈들이 어떻게 당신을 잡아왔지? 당신을 데려오려면 이감 명령서가 필요해. 정신과 의사의 자문도 있어야 하고. 자료철을 찾아야 해, 조지. 서류 말이야."

조지가 웃음을 터뜨렸다. 그는 철창 사이로 얼굴을 들이밀고 눈썹을 위아래로 움직였다.

"비밀 하나 얘기해 줄까?"

테디는 한발 더 가까이 다가섰다.

조지가 말했다.

"재미있군……."

"말해."

테디가 재촉하자 조지가 그의 얼굴에 침을 뱉었다.

테디는 뒤로 물러나 성냥을 떨어뜨리고 소매로 이마에 묻은 침을 닦아냈다.

어둠 속에서 조지가 말했다.

"친애하는 콜리 박사의 전문 분야가 뭔지 알아?"

테디는 손바닥으로 이마와 콧등을 쓸었다. 물기가 전혀 느껴지지 않았다.

"살아남은 사람들의 죄책감, 슬픔으로 인한 정신적 외상."

"아냐."

조지가 메마른 웃음을 터뜨리며 말했다.

"폭력이야. 특히 수컷들의 폭력. 그놈이 지금 연구를 하나 하고 있어."

"아냐, 그건 네이링이야."

"콜리야. 전부 콜리라고. 육지에서 실려 오는 사람들 중에 가장 폭력적인 환자하고 가장 중죄를 저지른 놈들이 그놈 차지야. 여기 환자 수가 그렇게 적은 이유가 뭐 같아? 폭력 전과가 있는데다가 정신적으로도 문제가 있는 놈들의 이감 명령서 같은 걸 자세히 살펴볼 사람이 있을 것 같아? 정말로 있을 것 같아?"

테디는 성냥개비 두 개에 또다시 불을 붙였다.
"이제 난 다시는 여길 못 나갈 거야. 한 번은 도망쳤지만, 두 번은 안 돼. 절대 두 번은 안 돼."
"진정해, 진정하라고. 그놈들이 당신을 어떻게 다시 데려왔지?"
테디가 말했다.
"놈들은 다 알고 있었어. 모르겠어? 당신이 뭘 꾸미고 있는지 다 알고 있었다고. 당신 계획을 전부. 이건 게임이야. 멋지게 꾸며진 연극이지. 이 모든 게……."
그는 팔을 들어 자기 머리 위의 허공을 모두 가리키면서 말을 이었다.
"……다 당신을 위한 거라고."
테디는 미소를 지었다.
"날 위해서 허리케인까지 끌어왔다 이건가, 응? 멋진 솜씨군."
노이스는 말이 없었다.
"설명해 봐."
테디가 요구했다.
"못해."
"그럴 줄 알았어. 편집증은 그만 버리라고, 알았어?"
"혼자 있은 지 오래 됐어?"
노이스가 철창 사이로 그를 뚫어지게 바라보며 말했다.
"뭐?"
"혼자 있은 거 말이야. 이 일이 시작된 후로 혼자 있었던 적이 있어?"

"항상 혼자였지."
조지가 눈썹을 치켜 올렸다.
"완전히 혼자?"
"뭐, 파트너랑 같이 있기는 했지."
"그럼 그 파트너는 누구야?"
테디는 엄지손가락으로 병동 뒤쪽을 가리키며 말했다.
"처크라는 친군데 지금……"
"내가 알아 맞춰볼까? 당신은 그 친구랑 전에 같이 일해 본 적이 한 번도 없지?"
노이스가 의문을 제기했다.
테디는 병동 건물이 자기를 둘러싸고 있다는 것을 새삼 의식했다. 윗팔의 뼈들이 차갑게 느껴졌다. 잠시 그는 말을 할 수 없었다. 마치 그의 뇌가 혀와 연락하는 법을 잊어버린 것 같았다.
마침내 그가 입을 열었다.
"그 친구는 시애틀에서 온 연방 보안관……"
"당신 그 친구랑 전에 같이 일해 본 적이 한 번도 없지?"
"그건 중요하지 않아. 나도 사람 볼 줄 안다고. 난 그 친구가 어떤 사람인지 알아. 그리고 그 친구를 믿어."
"무슨 근거로?"
이 질문에 간단하게 대답할 길이 없었다. 신뢰가 어디서 싹트는지 어느 누가 알 수 있을까? 신뢰는 조금 전까지 없다가도 순식간에 생겨나는 법이었다. 테디는 전쟁 때 사귄 사람들에게 전장에서 자신의 목숨을 맡겼지만, 일단 전장을 떠난 후에는 그들에게 지갑을 맡긴 적이 한 번도 없었다. 반면, 그가 아는 사람들 중에는 지갑은 물론 아내까지 맡겨도 좋은 사람들이 있었지만, 그 사람들에게 싸움에서 자신의 등 뒤를 지켜달라고 부탁하거나 뒤에 무엇이 있는지 모르는 문을 함께 열어보자고 한 적이 없었다.

처크가 그와 동행하는 것을 거절할 수도 있었다. 그냥 남자 기숙사에 남아 폭풍이 지나갈 때까지 잠이나 자면서 연락선이 왔다는 연락을 기다릴 수도 있었다. 두 사람의 임무는 이미 완수되었다. 레이첼 솔란도가 발견되었으니까. 테디가 레이디스를 찾으러 나선 길에, 애시클리프가 히포크라테스의 선서를 조롱하고 있다는 사실을 증명하려고 나선 길에 처크가 따라나설 이유는 하나도 없었다. 그런데도 그는 여기에 와 있었다.

"난 그 친구를 믿어. 달리 표현할 길이 없어."

테디가 다시 말했다.

노이스는 철창 사이로 그를 슬프게 바라보았다.

"그럼 저 놈들이 이미 이겼군."

테디는 성냥불을 흔들어 끈 다음 성냥을 바닥에 버렸다. 성냥갑을 열어보니 성냥개비가 딱 하나 남아 있었다. 노이스가 여전히 철창에 얼굴을 대고 코를 킁킁대며 냄새를 맡는 소리가 들렸다.

"제발."

그가 속삭였다. 테디는 그가 흐느끼고 있음을 알 수 있었다.

"제발."

"뭐지?"

"제발 날 여기서 죽게 내버려두지 마."

"당신은 여기서 죽지 않을 거야."

"놈들이 날 등대로 데려갈 거야. 당신도 알지?"

"등대?"

"저 놈들이 내 뇌를 잘라낼 거라고."

테디는 성냥에 불을 붙였다. 갑작스레 피어오른 불꽃 속에서 노이스가 철창을 움켜쥐고 흔드는 모습이 보였다. 그의 부어오른 눈에서 눈물이 흘러나와 부어오른 뺨으로 흘러내리고 있었다.

"놈들이 그런 짓을 하지는……."

"당신이 가서 한번 봐. 그리고 만약 거기서 살아서 돌아온다면 저 놈들이 거기서 무슨 짓을 하고 있는지 나한테 말해. 당신이 가서 직접 보라고."

"갈 거야, 조지. 가서 볼 거라고. 내가 당신을 여기서 꺼내주겠어."

노이스는 고개를 숙여 머리털이 하나도 없는 정수리를 철창에 갖다 대고 소리 없이 흐느꼈다. 테디는 교도소 접견실에서 조지를 마지막으로 만났을 때 그가 했던 말을 생각해 냈다.

"만약 내가 혹시 거기로 다시 끌려가게 된다면 난 자살할 거야."

그때 테디는 이렇게 대답했었다.

"그런 일은 없을 거야."

그건 분명한 거짓말이었다.

지금 노이스가 여기 이렇게 와 있으니까. 흠씬 얻어맞고 온몸이 부서져서 두려움에 몸을 떨며 여기 있으니까.

"조지, 날 봐."

노이스가 고개를 들었다.

"내가 당신을 여기서 꺼내줄게. 그때까지만 버텨봐. 돌이킬 수 없는 짓은 절대 하지 마. 알겠어? 참고 버티란 말이야. 내가 당신을 데리러 다시 올 테니."

조지 노이스는 눈물 사이로 미소를 지으며 아주 천천히 고개를 저었다.

"레이디스도 죽이고, 진실도 폭로하고, 두 가지를 다 할 수는 없어. 선택을 해야 해. 당신도 알지?"

"그놈은 어디 있지?"

"안다고 말해."

"그래 알아. 그놈은 어디 있지?"

"선택을 해야 해."

"아무도 죽이지 않을 거야. 조지? 안 죽일 거야."

철창 사이로 노이스를 바라보면서 그는 자신이 진실을 말했음을 알 수 있었다. 엄청난 일의 희생자가 되어 불쌍하게 망가진 이 사람을 집으로 돌려보내기 위해서라면 테디는 자신의 복수를 묻어버릴 수 있었다. 완전히 포기하는 것이 아니라 다음 기회까지 미뤄두는 것이다. 그는 돌로레스가 자신을 이해해 주기를 바랐다.

"아무도 죽이지 않을 거야."

그가 다시 말했다.

"거짓말."

"아냐."

"당신 아내는 죽었어. 이제 아내를 놓아줘."

그는 눈물을 흘리면서 동시에 미소를 짓는 표정으로 얼굴을 철창 사이로 들이밀었다. 크게 부어오른 눈과 달리 부드러운 표정을 띤 채 테디를 응시했다.

테디는 자신의 내부에서 그녀의 존재를 느꼈다. 목이 메어왔다. 7월 초의 안개 속에 앉아 있던 그녀 모습, 여름 밤 해가 진 직후 도시를 물들이던 짙은 오렌지 불빛 속에 앉아 있던 그녀의 모습이 보였다. 그가 도로 가에 차를 세우는 소리와 아이들이 야구를 하려고 다시 도로 한 가운데로 돌아가는 소리에 그녀가 고개를 들었다. 머리 위에서는 빨래가 펄럭이고, 그녀는 자신에게 다가오는 그의 모습을 지켜보았다. 손바닥 끝으로 턱을 받치고 귓가로 담배를 치켜든 채. 그때 그는 특별히 그녀에게 줄 꽃을 갖고 있었다. 그의 모습과 걸음걸이, 그가 들고 있는 꽃과 바로 그 순간을 기억 속에 새기려는 듯이 그를 지켜보고 있는 그녀는 더 이상 말이 필요 없는 그의 사랑, 그의 여자였다. 그는 기쁨 때문에 멎어버린 심장에서는 무슨 소리가 나는지, 어떤 사람의 모습을 보기만 해도 가슴이 가득 차오를 때 심장에서 무슨 소리가 나는지, 자신이 오로지 이 한순간만을 위해 태어났다는 생각이 들 때 심장에서 무슨 소리가 나는지 그녀에게 묻고 싶었다. 이유야 어쨌든, 지금이 바로 그런 순간이었으므로.

    노이스는 그녀를 놓아주라고 했다.

    "그럴 수 없어."

    테디가 말했다. 높고 갈라진 목소리였다. 가슴 한가운데에서 비명이 치밀어 오르는 것이 느껴졌다.

    노이스는 여전히 창살을 움켜쥔 채 뒤로 한껏 몸을 떼고는 귀가 어깨에 닿을 정도로 고개를 기울였다.

    "그럼 당신은 절대 이 섬을 못 떠날 거야."

    테디는 아무 말도 하지 않았다.

너무나 지겹고 권태로워서 선 채로 잠이 들 것만 같은 얘기를 하는 사람처럼 노이스가 한숨을 쉬었다.
"그놈은 C 병동에서 다른 곳으로 옮겨졌어. 만약 그놈이 A 병동에 없다면, 있을 곳은 단 한 군데야."
그는 테디가 이 말의 의미를 이해할 때까지 기다렸다.
"등대군."
테디가 말했다.
노이스가 고개를 끄덕였다. 마지막 성냥불이 꺼졌다.
꼬박 1분 동안 테디는 제자리에 서서 어둠 속을 노려보았다. 그때 노이스가 침대에 눕는지 침대 스프링 소리가 들렸다.
그는 그 자리를 떠나려고 몸을 돌렸다.
"이봐."
그는 철창을 등진 채 걸음을 멈추고 가만히 기다렸다.
"신의 가호를 빌어줄게."
그는 병실 구역을 돌아나오려고 몸을 돌리다가 자신을 기다리고 있는 알을 발견했다. 그는 화강암 복도 한가운데에 서서 나른한 시선으로 테디를 뚫어지게 바라보고 있었다. 테디가 말했다.
"찾던 놈은 잡았나?"
알이 그와 나란히 보조를 맞추며 말했다.
"물론이지. 미꾸라지 같은 놈. 하지만 여기서는 도망쳐봤자 독 안에 든 쥐니까."
두 사람은 복도 한가운데를 따라 병실 구역을 걸었다. 노이스가 그에게 여기 온 후로 혼자였던 적이 있느냐고 묻는 소리가 들리는 것 같았다. 알이 그를 얼마나 지켜보고 있었던 걸까? 그는 이곳에 온 후 사흘 동안의 일들을 돌이켜보며 자신이 완전히 혼자였던 때를 기억해 내려고 애썼다. 심지어 화장실에 있을 때도, 직원용 화장실에 있을 때도 옆 화장실에 누가 있거나 화장실 문 앞에서 누군가가 기다리고 있었다.

하지만 그가 처크와 함께 단 둘이서 섬을 둘러보러 나간 적은 여러 번이었다……

처크와 함께.

그가 처크에 대해 정확하게 알고 있는 것이 과연 무엇일까? 그는 잠시 그의 얼굴을 그려보았다. 연락선에 타고 있을 때 바다를 바라보던 그의 모습이 떠올랐다……

자연스럽고 편안한 태도로 사람들을 대하면서 순식간에 호감을 이끌어내는 굉장한 친구였다. 사람들이 함께 있고 싶어하는 그런 사람. 시애틀에서 최근에 전보되었다고 했고, 포커를 엄청나게 잘 쳤으며, 자신의 아버지를 증오했다. 그런데 이건 그의 다른 면들과 잘 어울리지 않는 것 같았다. 뭔가 어울리지 않는 것이 또 있었다. 테디의 머릿속 깊은 곳에 묻혀 있는 뭔가가……. 그게 뭐지?

서투름.

바로 그것이었다. 하지만 처크에게는 서투른 면이 전혀 없었다. 그는 매끄러움 그 자체였다. 테디의 아버지가 즐겨 쓰던 표현을 빌리자면, 궁둥이에서 나온 똥마냥 반지르르한 친구였다. 그에게는 조금도 서투른 면이 없었다. 아냐, 정말 그랬던가? 처크가 서투르게 움직였던 적이 한 번 있지 않았나? 그랬다. 테디는 그런 순간이 있었다고 확신했다. 그런데 구체적인 기억이 나지 않았다.

적어도 지금 이곳에서는.
어쨌든 그런 생각을 하는 것 자체가 웃기는 일이었다. 그는 처크를 신뢰했다. 어쨌든 처크가 콜리의 책상을 뒤지지 않았던가.
'그 친구가 뒤지는 걸 네가 직접 봤어?'
처크는 지금 문책을 각오한 채 레이디스의 자료를 찾으러 가 있었다.
'그걸 네가 어떻게 알지?'
두 사람이 문에 이르렀을 때 알이 말했다.
"곧장 계단으로 가서 올라가. 금방 지붕이 나올 거야."
"고마워."
테디는 알이 얼마나 오래 자기 곁에 머무를지 보고 싶어서 문을 열지 않고 기다렸다.
그러나 알은 그냥 고개를 끄덕하더니 병실 구역으로 돌아가 버렸다. 테디는 자신의 의심이 풀렸음을 알 수 있었다. 그럼 그렇지. 저들이 그를 감시할 리가 없었다. 알에게 테디는 그냥 잡역부일 뿐이었다. 노이스가 지나치게 걱정을 한 것이다. 하긴 그럴 만도 했다. 노이스의 입장에서 그러지 않을 사람이 어디 있겠는가? 하지만 그래도 걱정이 지나친 것은 사실이었다.
알이 계속 걸어가는 동안 테디는 문 손잡이를 잡고 문을 열었다. 계단 끝에서 그를 기다리는 잡역부나 간수는 없었다. 그는 혼자였다. 완전히 혼자. 감시하는 사람이 없는 상태. 그는 등 뒤로 문을 닫고 계단을 내려가려고 몸을 돌렸다. 그런데 계단이 휘어지는 곳에 처크가 서 있는 것이 보였다. 아까 베이커와 빈지스를 만났던 곳이었다. 처크는 담배를 꽉 물고 재빨리 한 모금 빨더니 계단을 내려오는 테디를 올려다보았다. 그러고는 몸을 돌려 빠르게 계단을 내려가기 시작했다.

"우리가 홀에서 만나기로 한 줄 알았는데."

"그놈들이 여기 와 있어요."

테디가 처크를 따라잡았을 무렵 처크가 말했다. 두 사람은 거대한 홀로 들어섰다.

"누구?"

"교도소장하고 콜리요. 그냥 계속 움직이세요. 도망쳐야 해요."

"그 사람들이 자네를 봤나?"

"모르겠어요. 제가 여기서 두 층 위의 기록실에서 나오는데 두 사람이 복도 반대편에 있더라고요. 저는 콜리가 고개를 돌리는 순간 곧바로 문을 빠져나와 계단으로 왔어요."

"그렇다면 뭔가 수상쩍다고는 생각하지 않을 가능성이 크군."

처크는 이제 거의 뛰다시피 하고 있었다.

"행정부서가 있는 층의 기록실에서 순찰 대원 모자를 쓰고 비옷을 입은 잡역부가 나오는 모습 말이에요? 그럼요. 아무 문제 없죠."

빗물이 스며들어 생긴 천장의 틈에서 불빛이 켜졌다. 마치 물속에서 뼈들이 부러지는 것 같은 소리가 들렸다. 전기가 들어오면서 윙 하는 소리가 허공을 울리더니 고함 소리, 휘파람 소리, 울부짖는 소리 등이 폭발하듯 터져나왔다. 한순간 건물 자체가 몸을 일으켰다가 다시 가라앉는 것 같았다. 돌로 지어진 바닥과 벽에 비상벨 소리가 울려 퍼졌다.

"전기가 들어왔군요. 잘 됐어요."

척크가 이렇게 말하면서 계단 쪽으로 몸을 돌렸다.

두 사람이 계단을 내려가고 있는데 간수 네 명이 아래쪽에서 올라오고 있었다. 두 사람은 간수들이 지나갈 수 있도록 벽에 어깨를 붙였다.

탁자에 앉아 있던 간수는 여전히 그 자리에 앉아서 전화를 하다가 약간 흐릿한 눈으로 계단을 내려오는 두 사람을 올려다보았다. 다음 순간 그의 눈이 맑아지더니 그가 전화기에 대고 "잠깐만 기다려."라고 말했다. 그리고 마지막 계단에서 내려서는 두 사람을 향해 말했다.

"이봐요, 거기 두 사람, 잠깐 멈춰봐요."

로비에서는 수많은 사람들이 정신없이 돌아다니고 있었다. 잡역부, 간수, 구속 장치를 찬 진흙투성이의 환자 두 사람. 테디와 척크는 그 사람들 한 가운데로 곧장 들어가다가 커피 테이블에서 뒷걸음질을 치고 있는 어떤 남자를 피하기 위해 옆걸음질을 했다. 그 남자가 부주의하게 흔들어대고 있는 컵이 척크의 가슴을 향하고 있었다.

간수가 말했다.

"이봐요! 거기 두 사람! 이봐요!"

두 사람은 속도를 늦추지 않았다. 사람들이 이제야 간수의 목소리를 듣고 간수가 누구를 부르고 있는 건지 궁금해하면서 두리번거리는 모습이 보였다.

조금만 더 있으면 그 사람들이 테디와 척크를 바라보게 될 터였다.

"멈추라니까!"

테디는 가슴 높이로 손을 내밀어 문을 밀었다.

문은 꼼짝도 하지 않았다.

"이봐요!"

그는 청동으로 된 문손잡이를 발견했다. 콜리의 집에 있는 것처럼 파인애플 모양이었다. 손잡이를 움켜쥐자 비에 젖어 번들거리는 느낌이 전해졌다.

"당신들하고 할 얘기가 있어요!"

테디는 손잡이를 돌리며 문을 밀어 열었다. 간수 두 명이 계단을 올라오고 있었다. 테디는 발을 축으로 몸을 돌리면서 문이 닫히지 않도록 잡았다. 처크가 문을 통과했고, 두 명의 간수 중 왼쪽에 있는 사람이 고맙다는 뜻으로 고개를 끄덕했다. 테디와 처크가 문을 통과한 후 테디는 문손잡이를 놓고 계단을 걸어 내려갔다.

똑같은 옷을 입은 사람들이 왼쪽에 있는 것이 보였다. 그들은 가랑비 속에서 담배를 피우며 서성이거나 커피를 마시고 있었다. 벽에 기대 선 사람도 몇 명 있었다. 모두들 농담을 하면서 허공을 향해 연기를 세게 내뿜고 있었다. 테디와 처크는 단 한 번도 뒤돌아보지 않은 채 그들을 향해 다가갔다. 등 뒤에서 문이 열리는 소리와 함께 자기들을 부르는 소리가 다시 들려올 것 같았다.

"레이디스를 찾았어요?"

처크가 말했다.

"아니. 하지만 노이스는 찾았어."

"뭐라고요?"

"다 알아들었으면서 뭘 물어?"

두 사람은 사람들이 모여 있는 곳에 이르러 그들을 향해 고개를 끄덕했다. 사람들이 미소를 지으며 손을 흔들었다. 테디는 그중 한 명에게서 불을 빌린 다음 처크와 함께 계속 걸었다. 담 길이가 400미터 정도는 되는 것 같았다. 두 사람이 있는 쪽을 향해 고함 소리가 허공을 때리고 머리 위 15미터 높이에 있는 지붕 난간 위로 소총이 삐죽 튀어나온 것이 보였다.
두 사람이 담이 끝나는 곳에서 왼쪽으로 방향을 틀자 물에 푹 젖은 푸른 들판이 나왔다. 무너졌던 울타리가 보수되어 있는 것이 보였다. 일단의 사람들이 시멘트로 울타리의 말뚝 구멍을 메우고 있었다. 울타리는 두 사람 뒤편까지 완전히 원을 그리고 있었다. 빠져나갈 길이 없었다.
두 사람은 뒤로 방향을 돌려 담을 지나 탁 트인 곳으로 나왔다. 테디는 앞으로 곧장 나아가는 길밖에 없다는 것을 알 수 있었다. 만약 두 사람이 간수들이 있는 곳을 피해 다른 방향으로 나아간다면 수많은 사람들의 눈이 두 사람의 행동을 눈치챌 터였다.
"어떻게든 견뎌봐야 되겠죠, 선배님?"
"곧장 앞으로만 가."
테디가 모자를 벗자 처크도 그의 뒤를 따랐다. 두 사람은 비옷도 벗어 팔 위에 걸치고 빗속으로 걸어 들어갔다. 들어올 때와 똑같은 간수가 두 사람을 기다리고 있었다. 테디는 처크에게 말했다.
"절대 속도를 늦추지 마."
"알았어요."
테디는 간수의 표정을 읽어보려고 했다. 그러나 간수의 얼굴은 철저한 무표정이었다. 그가 너무 지루해서 무감각해진 것인지, 아니면 충돌을 예상하고 준비를 하느라 무표정해진 것인지 알 수가 없었다.

테디가 손을 흔들면서 지나치려 하자 간수가 말했다.

"이제 트럭을 탈 수 있어요."

두 사람은 계속 걸었다. 테디는 몸을 돌려 뒷걸음질을 치면서 말했다.

"트럭?"

"예, 당신들을 데려갈 트럭이요. 기다리고 싶으면 기다려요. 바로 5분 전에 한 대가 떠났으니까 금방 다시 돌아올 거예요."

"아냐, 그냥 운동삼아 걷지 뭐."

한순간 간수의 얼굴에 뭔가가 어른거렸다. 어쩌면 테디의 상상이 만들어낸 것일 수도 있었고, 아니면 간수가 뭔가 냄새를 맡은 것일 수도 있었다.

"잘 있게."

테디는 간수에게 등을 돌렸다. 처크와 함께 나무가 있는 곳을 향해 걸으면서 그는 간수가 자기들을 지켜보고 있다는 것을, 요새 전체가 자기들을 감시하고 있다는 것을 느낄 수 있었다. 어쩌면 콜리와 교도소장이 정문 계단에 나와 있거나 지붕 위에 올라가 있는지도 모를 일이었다. 두 사람을 감시하려고.

두 사람이 나무가 자라는 곳까지 도달했지만 아무도 소리쳐 두 사람을 부르지 않았다. 경고 사격도 없었다. 두 사람은 숲 안으로 들어가서 굵은 나무줄기와 찢어진 이파리들 사이로 사라졌다.

"젠장, 젠장, 젠장, 젠장."

처크가 투덜거렸다.

테디는 돌 위에 앉았다. 온몸이 땀에 흥건히 젖은 것이 느껴졌다. 하얀 셔츠와 바지도 땀에 흠뻑 젖어 있었다. 들뜬 기분이었다. 심장은 여전히 두근거렸고, 눈은 간질간질했다. 어깨와 목 뒤도 근질근질했다. 그는 사랑을 제외하면 이것이야말로 세상에서 제일 굉장한 감정이라는 것을 알고 있었다.

탈출에 성공했을 때의 느낌.

그는 처크를 바라보았다. 두 사람은 서로의 눈을 바라보다가 마침내 웃음을 터뜨렸다.

"아까 모퉁이를 돌았을 때 울타리가 다시 세워진 걸 보고는 아이고 죽었다, 싶었어요, 선배님. 그걸로 끝인 줄 알았다니까요."

처크가 말했다.

테디는 어렸을 때만 느껴보았던 자유로운 해방감을 느끼며 바위 위에 드러누웠다. 연기 같은 구름 뒤로 하늘이 모습을 드러내기 시작하는 것을 지켜보며 그는 자신의 피부에 닿는 바람을 느꼈다. 젖은 이파리와 젖은 땅과 젖은 나무껍질 냄새가 나고, 이제 거의 멎어가는 빗방울이 희미하게 똑똑 떨어지는 소리가 들렸다. 눈을 한 번 감았다가 항구 건너편 보스턴의 자기 침대에서 깨어났으면 좋겠다는 생각이 들었다.

그는 꾸벅꾸벅 졸다가 하마터면 그대로 잠이 들 뻔했다. 그가 그만큼 지쳐 있다는 증거였다. 그는 일어나 앉아 셔츠 주머니에서 담배를 꺼내 처크에게 불을 빌렸다. 그리고 무릎을 향해 몸을 앞으로 기울이며 말했다.

"지금부터는 우리가 저기 들어갔다 나왔다는 걸 저 놈들이 알게 될 거라고 생각해야 해. 어쩌면 이미 알고 있는지도 모르고."

처크가 고개를 끄덕였다.

"심문을 받으면 베이커는 틀림없이 다 털어놓을 거예요."

"계단 옆에 있던 그 간수 말이야, 그 친구는 우리에 대해서 알고 있었던 것 같아."

"아니면 그냥 밖으로 나간다는 보고를 하라고 우리를 그렇게 불렀는지도 모르죠."

"어쨌든, 그 친구는 우릴 기억할 거야."

안개가 끼었음을 알리는 보스턴 등대의 경적 소리가 항구 전체에 신음하듯 울려 퍼졌다. 테디가 어렸을 때 헐에서 매일 밤 듣던 소리였다. 그가 알기에 그보다 더 고독한 소리는 없었다. 그 소리를 들으면 물건이든, 사람이든, 베개든, 아니면 자기 자신이라도 끌어안고 싶어졌다.

"노이스 말인데요."

처크가 말을 꺼냈다.

"응."

"그 사람이 정말로 여기 있군요."

"정말로 있어."

"젠장, 선배님, 어떻게 된 거죠?"

테디는 그에게 노이스에 대해 이야기해 주었다. 그가 두들겨 맞았다는 얘기, 테디에게 적대감을 갖고 있다는 얘기, 두려워서 온몸을 벌벌 떨고 있다는 얘기, 흐느껴 울었다는 얘기. 그는 노이스가 처크에 대해 이야기한 부분만 빼고 모든 것을 다 이야기해 주었다. 처크는 가끔 고개를 끄덕이면서 열심히 들었다. 캠핑에 참가한 어린아이가 모닥불 주위에서 한밤중에 도깨비가 나타난다는 얘기를 들으면서 인솔 교사를 바라보듯이 테디를 열심히 바라보면서.

사실 이번 일도 그런 도깨비 얘기와 다를 것이 없지 않은가? 테디는 이런 생각을 하기 시작했다.

그의 이야기가 끝나자 처크가 말했다.

"그놈 말을 믿으세요?"

"그 친구가 여기 있는 건 확실하잖아. 의심의 여지 없이."

"하지만 그 친구한테 심리적으로 뭔가 문제가 생겨서 다시 온 건지도 몰라요. 내 말은, 정말로 문제가 생겼는지도 모른다는 거예요. 과거 전력도 있잖아요. 전부 다 합법적으로 이루어진 일일 수도 있어요. 그놈이 감옥에서 미친 짓을 했기 때문에 사람들이 '이봐, 이 친구 옛날에 애시클리프에 있었던 적이 있잖아. 그리 돌려보내자고.' 이랬을지도 모른다고요."

"그럴 수도 있지. 하지만 내가 마지막으로 만났을 때 그 친구는 아주 정상적으로 보였어."

"그게 언제인데요?"

"한 달 전."

"한 달 만에 운명이 바뀔 수도 있어요."

"그렇지."

"그건 그렇고 등대에 대해서는 어떻게 생각하세요? 거기서 미친 과학자들이 지금 레이디스의 머릿속에 안테나를 심고 있다고 생각하세요?"

"하수 처리장에 그렇게 울타리를 칠 것 같지는 않아."

"그건 인정하죠. 하지만 어째 좀 그랑기뇰^{살인이나 폭동 등 잔혹하고 끔찍한}

이야기를 다룬 연극. 19세기 말에 파리에서 유행했다. 같지 않아요?"

테디는 미간을 좁혔다.

"그게 도대체 무슨 뜻이야?"

"끔찍하다는 뜻이에요. 동화에서 괴물 같은 게 나오는 것처럼 말이죠."

"그건 아는데, 그 그랑기 어쩌고는 뭐야?"

"그랑기놀이에요. 프랑스 어죠. 죄송해요."

테디는 미소로 얼버무리려 드는 처크의 모습을 지켜보았다. 아마도 화제를 바꿀 방법을 생각하고 있겠지.

테디가 말했다.

"포틀랜드에서 자라면서 프랑스 어 공부를 많이 했나?"

"시애틀이에요."

"아, 그렇지."

테디는 손바닥을 가슴에 갓다대면서 말을 이었다.

"이번에는 내가 미안하군."

"저는 연극을 좋아해요. 그건 연극 용어예요."

"옛날에 시애틀 서에서 일했던 사람을 만난 적이 있어."

"그래요?"

처크는 주머니를 뒤지며 건성으로 대답했다.

"그래. 아마 자네도 아는 사람일걸."

"그렇겠죠. 제가 레이디스 자료철에서 뭘 가져왔는지 보여드릴까요?"

"이름이 조였는데. 조……."

테디는 손가락을 튕기면서 처크를 바라보았다.

셋째 날 341

"날 좀 도와줘. 금방 생각이 날 것 같은데. 조, 음, 조……."
"조라는 이름은 많아요."
처크가 뒷주머니로 손을 뻗으면서 말했다.
"거기 서가 작은 줄 알았는데."
"아, 여기 있다."
처크가 뒷주머니에서 홱 손을 빼냈다. 그러나 그의 손에는 아무 것도 없었다.
테디는 사각으로 접힌 종이가 처크의 손아귀를 피해 주머니 밖으로 삐죽 나와 있는 것을 볼 수 있었다.
"조 페어필드."
처크가 주머니에서 홱 손을 빼내던 모습을 생각하며 테디가 말했다. 왠지 서투른 동작이었다.
"그 사람을 아나?"
처크는 다시 뒷주머니로 손을 가져가며 말했다.
"아뇨."
"그 사람 틀림없이 그리로 발령 받았는데."
처크는 어깨를 으쓱했다.
"그 이름을 들은 적이 없는 것 같은데요."
"어쩌면 포틀랜드 사무소였는지도 모르겠군. 내가 헷갈린 거야."
"예, 전 이미 알고 있었어요."
처크가 주머니에서 종이를 꺼냈다. 테디는 여기 처음 도착하던 날 처크가 간수에게 총을 건네줄 때 총집의 단추를 잘 열지 못해 더듬거렸던 것을 떠올렸다. 일반적인 보안관이라면 그런 걸로 더

듣거리지는 않는 법이었다. 그랬다가는 임무 수행 중에 목숨을 잃을 수도 있었다.
처크가 종이를 내밀었다.
"그놈의 접수 기록이에요. 레이디스 말이에요. 이것하고 그놈의 병상 기록밖에 못 찾았어요. 사건 보고서도 없고, 상담 기록도 없고, 사진도 없어요. 좀 이상해요."
"이상하지. 맞아."
처크는 여전히 손을 내민 채였다. 사각으로 접힌 종이가 그의 손가락 끝에서 밑으로 축 처져 있었다.
"받으세요."
처크가 말했다.
"아냐. 자네가 갖고 있어."
"무슨 내용인지 안 보실 거예요?"
"나중에 보지."
그는 파트너를 바라보며 침묵이 계속 쌓이도록 내버려두었다.
"뭐예요?"
마침내 처크가 입을 열었다.
"제가 그 조 뭐라는 놈을 모른다고 해서 그런 이상한 얼굴로 보는 거예요?"
"내가 자네를 이상하게 보다니, 처크. 아까도 말했지만, 난 포틀랜드하고 시애틀을 자주 혼동한다고."
"알았어요, 그러면……"
"그냥 계속 걷지."
테디는 자리에서 일어섰다. 처크는 잠시 그대로 앉은 채 여전히 자기 손가락 끝에 매달려 있는 종이 쪽지를 바라보았다. 이어 그는 주위의 나무를 둘러본 다음 테디를 쳐다봤다가 멀리 해안으로 눈길을 돌렸다.

안개를 알리는 경적 소리가 다시 들려왔다.

처크가 자리에서 일어나 종이를 다시 뒷주머니에 집어넣었다. 그가 말했다.

"좋아요. 좋다고요. 자, 앞장서시죠."

테디는 숲 속에서 동쪽을 향해 걷기 시작했다.

"어디 가시는 거예요? 애시클리프는 반대쪽이잖아요."

처크가 말했다.

테디가 뒤돌아보았다.

"애시클리프로 가는 게 아냐."

처크는 화가 난 표정이었다. 조금 겁에 질린 것 같기도 했다.

"그럼 도대체 어딜 가시는 거예요, 선배님?"

테디는 미소를 지었다.

"등대로 가는 거야, 처크."

"여기가 어디죠?"

처크가 물었다.

"길을 잃었군."

두 사람이 숲을 빠져나왔을 때 앞에 나타난 것은 등대를 둘러싼 울타리가 아니었다. 어찌된 영문인지 두 사람이 등대보다 한참 북쪽으로 와 있었던 것이다. 폭풍 때문에 숲이 늪처럼 변해 있어서 두 사람은 기울어지거나 쓰러진 나무들을 피하기 위해 여러 번 방향을 꺾어야 했다. 테디는 자신들이 올바른 방향에서 약간 벗어나 있다는 것을 알고 있었지만, 지금 상황을 보니 숲 속을 구불구불 헤매다가 묘지가 있는 곳까지 와버린 것 같았다.

등대는 지금도 잘 보였다. 길게 솟아오른 언덕과 멀리 보이는 숲, 그리고 갈색과 초록색이 섞인 풀밭 위로 등대 윗부분이 솟아 있었다. 두 사람이 서 있는 풀밭 바로 너머에는 썰물 때문에 생긴 습지가 길게 뻗어 있었고, 그 뒤에는 삐죽삐죽한 검은 돌들이 언덕으로 올라가는 길을 막는 천연 장벽처럼 늘어서 있었다. 테디는 숲 속으로 다시 들어가는 수밖에 없다는 것을 깨달았다. 처음 출발한 곳까지 돌아가지 않고도 중간에 어디서 길을 잘못 들었는지 알 수 있다면 다행이었다.

그는 처크에게 자신의 생각을 말했다.

처크는 막대기로 바지자락을 쳐서 나뭇조각들을 털어냈다.

"아니면 길을 돌아갈 수도 있죠. 동쪽에서 들어가는 거예요. 어젯밤에 맥퍼슨이랑 같이 갔던 길 생각나요? 운전수가 접근로 비슷하게 생긴 데로 갔잖아요. 저기 저 산 위에 틀림없이 묘지가 있을 거예요. 길을 돌아가는 게 어때요?"

"우리가 방금 지나온 길보다는 낫겠지."

"아, 그 길이 싫었어요?"

처크는 손바닥으로 목덜미를 쓸어내리며 말을 이었다.

"저는 모기를 좋아해요. 사실 내 얼굴에 그놈들이 아직 물지 않은 데가 한두 군데 남아 있는 것 같은데요."

이것은 1시간여 만에 두 사람이 처음 나누는 대화였다. 테디는 자기들 두 사람이 모두 그동안 둘 사이에 생겨난 긴장을 이겨내려

애쓰고 있다는 것을 느낄 수 있었다.

그러나 테디가 너무 오랫동안 침묵을 지키는 바람에 그 노력이 헛되이 지나가버렸다. 처크는 풀밭 가장자리를 따라 대략 북서쪽 방향으로 움직이기 시작했다. 섬의 지리적 여건 때문에 두 사람은 계속 해안 쪽으로 밀려나기만 했다.

테디는 걷고, 언덕을 넘고, 또다시 걸으면서 처크의 등을 지켜보았다. 그는 노이스에게 처크가 자신의 파트너라고 말했다. 처크를 신뢰한다는 말도 했다. 왜 그런 말을 한 것일까? 그럴 수밖에 없었기 때문이다. 어느 누구도 이런 일에 혼자서 맞설 수 없기 때문에.

만약 그가 사라진다면, 그가 이 섬에서 결코 돌아오지 않는다면, 헐리 상원의원이 나름대로 힘을 발휘해 줄 것이다. 틀림없었다. 그가 묻는 말에 사람들은 귀를 기울일 것이다. 그러나 현재와 같은 정세 속에서 뉴잉글랜드 지방 작은 주 출신의 비교적 유명하지 않은 민주당 상원의원이 정말 제대로 목소리를 낼 수 있을까? 연방 보안관들은 동료를 그냥 내버려두는 법이 없었다. 그들은 틀림없이 조사관을 파견할 터였다. 그러나 문제는 시간이었다. 애시클리프의 의사들이 테디를 완전히 다른 사람으로 바꿔버리기 전에, 그를 노이스처럼 바꿔버리기 전에 조사관들이 올 수 있을까? 심한 경우 의사들이 그를 술래잡기를 하던 그 환자처럼 바꿔버릴 수도 있었다.

테디는 조사관들이 일찍 와주기를 바랐다. 처크의 등을 바라보면 바라볼수록 이 문제에 맞서고 있는 사람이 자기 혼자뿐이라는 확신이 더욱 강해졌기 때문이다. 그는 완전히 혼자였다.

"또 돌이 나왔네. 젠장, 선배님."
처크가 말했다.
두 사람은 좁은 곶 위에 서 있었다. 오른쪽으로는 바다까지 절벽이 뻗어 있었고, 왼쪽 아래로는 관목들이 자라는 벌판이 4000평 방미터쯤 펼쳐져 있었다. 하늘이 적갈색으로 변하고 공기에서 짠맛이 나기 시작하면서 바람이 더욱 거세어지고 있었다.
돌더미는 관목 벌판에 배열되어 있었다. 모두 아홉 개의 돌더미가 세 줄로 늘어서 있었는데, 들판이 산들에 둘러싸여 컵처럼 오목하게 들어간 곳에 있었기 때문에 산줄기들이 돌더미를 보호해 주고 있었다.
테디가 말했다.
"뭐야? 이걸 무시하고 그냥 지나가자고?"
처크는 하늘을 향해 한 손을 들어올렸다.
"두어 시간 후면 해가 질 거예요. 선배님이 혹시 모르시는 것 같아서 말씀드리는 건데, 우린 아직 등대에 도착하지도 못했다고요. 아직 묘지까지도 못 갔어요. 게다가 여기서 등대까지 가는 길이 있는지도 몰라요. 그런데 저기까지 내려가서 돌더미를 살펴보잔 말이에요?"
"이봐, 만약 저게 암호라면……."
"지금 그게 무슨 상관이에요? 우린 레이디스가 여기 있다는 증거를 갖고 있어요. 선배님은 노이스를 만났고요. 우린 그냥 그 증거를 가지고 집으로 돌아가기만 하면 된다고요. 선배님이 하려던 일을 이미 완수한 거니까."
그가 옳았다. 테디도 그것을 알고 있었다.

그러나 그건 처크가 그와 같은 편일 때의 얘기였다.

만약 처크가 다른 편이라면, 처크는 그가 이 암호를 보는 것을 원치 않을 것이다…….

"내려가는 데 10분, 다시 올라오는 데 10분이야."

테디가 말했다.

처크는 검은색 돌 위에 지친 듯이 주저앉아 웃옷에서 담배를 꺼냈다.

"좋아요. 하지만 이번에 저는 그냥 여기 앉아 있을래요."

"좋을 대로 해."

처크는 담배 주위로 손을 컵처럼 오므려 불을 붙였다.

"그렇게 하죠."

테디는 둥글게 구부러진 처크의 손가락 사이로 연기가 흘러나와 바다 위로 떠가는 것을 지켜보았다.

"나중에 보자고."

테디가 말했다.

처크는 그에게 등을 돌린 채 말했다.

"목 부러뜨리지 않게 조심하세요."

테디는 예상보다 3분이나 빠른 7분 만에 바닥으로 내려갔다. 땅이 모래처럼 흐물흐물해서 여러 번 미끄러진 덕분이었다. 오늘 아침에 커피만 먹지 말고 뭘 더 먹을 걸 그랬다는 생각이 들었다. 위장이 배고프다고 울부짖고 있는데다 수면부족에 혈당부족까지 겹쳐 머리가 빙빙 돌았다. 눈앞에서 반점 같은 것들이 둥둥 떠다녔다.

그는 각 돌더미의 돌멩이 숫자를 세서 수첩에 적은 다음, 그 숫자에 해당하는 알파벳을 그 옆에 적었다.

13(M), 21(U), 25(Y), 18(R), 1(A), 5(E), 8(H), 15(O), 9(I)

그는 수첩을 닫아 앞주머니에 넣은 다음 미끄러운 언덕을 다시 기어오르기 시작했다. 경사가 가파른 곳에서는 손톱을 땅에 박아 넣었는데도 해초가 뭉텅 뽑혀 나오면서 주르륵 미끄러지기도 했다. 다시 올라가는 데는 25분이 걸렸다. 하늘은 이미 어두운 청동색으로 변해 있었다. 처크가 어느 편이든 그의 말이 옳았다는 것을 알 수 있었다. 날이 빠르게 저물어가고 있으므로, 암호의 의미가 나중에 어떻게 판명되든 암호를 보러 내려갔다 온 것은 시간 낭비였다.

이제는 등대에 도착하지 못할 가능성이 높았다. 설사 그곳에 도착한다 하더라도 뭘 어쩐단 말인가? 만약 처크가 그의 편이라면 그가 처크와 함께 등대에 가는 것은 새가 거울을 향해 날아드는 것과 같은 짓이었다.

테디는 산꼭대기와 불쑥 튀어나온 곳의 가장자리와 그 모든 풍경 위에 아치형으로 내려앉은 청동색 하늘을 바라보며 속으로 생각했다. '어쩌면 여기서 그만둬야 하는 건지도 몰라, 돌로레스. 지금은 내가 할 수 있는 일이 이것밖에 안 되는지도 몰라. 레이디스는 계속 살아 있을 거고, 애시클리프도 하던 일을 계속 하겠지. 하지만 우린 어쩌면 궁극적으로 모든 것을 무너뜨릴 수도 있는 일을 시작했었다는 사실만으로 만족해야 할 거야.'

그는 산꼭대기에서 잘린 부분을 발견했다. 곶과 산이 만나는 부분에 침식 때문에 좁은 틈이 생겨나 있었는데, 테디가 미끄러운 벽에 등을 붙이면 그 안에 설 수 있을 만한 크기였다. 그는 그곳으로 가서 벽에 등을 붙이고 머리 위의 돌을 손으로 붙든 다음 몸을 위로 끌어올려 먼저 가슴을 곶 위에 올리고, 이어 다리를 끌어올렸다.

그는 옆으로 누워서 바다를 바라보았다. 이 시간의 바다는 짙은 푸른색이었다. 주위에서는 오후의 햇살이 죽어가고 있는데 바다는 생기가 넘쳤다. 그는 뺨을 스치는 산들바람을 느끼며 그곳에 누워 있었다. 어두워지는 하늘 밑으로 바다가 계속 넓어지고 있었고, 자신이 너무나 작게 느껴졌다. 그는 하찮은 인간에 불과했다. 그러나 그런 느낌 때문에 기운이 빠지지는 않았다. 오히려 그 느낌은 묘한 자부심을 가져다주었다. 자신이 이것의 일부가 되었다는 것. 작은 점 같은 존재지만 이것의 일부로서 이것과 하나가 되어 호흡하고 있다는 것.

그는 평평한 검은색 바위에 한쪽 뺨을 대고 건너편을 바라보았다. 그리고 그때서야 처크가 이 자리에 없다는 것을 깨달았다.

처크의 시체는 절벽 아래에 누워 있었다. 물이 그의 몸을 덮었다.

테디는 곶 가장자리 너머로 다리를 먼저 내린 다음 검은 바위들이 자신의 몸무게를 지탱할 수 있을 거라고 거의 확신할 수 있을 때까지 신발 밑창으로 바위를 조사했다. 그는 의식하지도 못한 채 참고 있던 숨을 내쉬며 팔꿈치를 곶 아래로 내려놓았다. 자신의 발이 바위를 향해 꺼지듯 내려가는 것이 느껴지고, 바위가 기우뚱하며 오른쪽 발목이 함께 구부러지는 것이 느껴졌다. 그는 절벽 표면을 꼭 붙들고 상체의 체중을 거기에 실었다. 그제야 발 밑의 바위가 더 이상 움직이지 않았다.

그는 방향을 돌리면서 몸을 낮춰 바위 위에 게처럼 납작 엎드린 다음 아래로 기어내려가기 시작했다. 빨리 내려가는 길은 없었다. 어떤 돌들은 전함의 나사처럼 절벽에 단단히 박혀 있었지만, 또 어떤 돌들은 바로 밑의 돌멩이 덕분에 간신히 자리를 지키고 있을 뿐이었다. 그런데 직접 체중을 실어보기 전에는 단단히 박힌 것과 그렇지 않은 것을 구분할 수가 없었다.

약 10분이 지난 후 그는 반쯤 탄 처크의 담배를 발견했다. 검게 변한 담배 끝이 목수들의 제도용 연필 끝처럼 뾰족했다.

어쩌다가 저렇게 떨어지게 된 걸까? 산들바람이 강해진 것은 사실이지만, 평평한 바위 위에 서 있던 남자를 아래로 떨어뜨릴 만큼 강하지는 않았다.

테디는 생의 마지막 순간에 저 위에서 혼자 담배를 피우고 있었을 처크의 모습을 생각해 보았다. 자신이 국가의 부름을 받고 계속 군인 노릇을 하는 동안 세상을 떠난, 사랑하던 사람들에 대해서도 생각해 보았다. 그중에는 물론 돌로레스도 있었다. 그리고 그의 아버지도. 아버지는 바로 이 바다 밑바닥 어딘가에 계실 터였다. 어머니는 그가 열여섯 살 때 돌아가셨다. 투티 비셀리는 시칠리아에서 이빨 사이로 뚫고 들어온 총에 맞았다. 뭔가를 꿀꺽 삼켰다가 그 맛이 이상해서 깜짝 놀란 사람처럼 묘한 표정으로 테디를 바라보며 미소를 짓던 그의 입가로 피가 뚝뚝 떨어지고 있었다. 마틴 펠런, 제이슨 힐, 그리고 피츠버그에서 온 폴란드계의 덩치 큰 기관총 사수. 그 친구 이름이 뭐였더라? 야닥. 그래, 야닥

질리비오우스키. 벨기에에 있을 때 부대원들에게 웃음을 선사하곤 했던 그 금발머리 애송이는 다리에 총을 맞았다. 처음에는 아무것도 아닌 것처럼 보였지만, 도통 피가 멈추지를 않았다. 그리고 그래, 프랭키 고든도 있었다. 그날 밤 코코넛 그로브에서 테디가 나 몰라라 했던 친구. 2년 후 테디가 담배로 프랭키의 헬멧을 찰싹 때리며 아이오와에서 온 빌어먹을 머저리 같은 친구라고 놀리자 프랭키는 "누구보다 욕을 잘하……." 이렇게 말하다 말고 지뢰를 밟았다. 테디의 왼쪽 종아리에는 아직도 그때 박힌 파편이 남아 있었다.

그런데 이번에는 처크였다.

테디 자신이 처크를 정말로 신뢰했어야 했는지 언젠가 알 수 있을까? 그를 마지막으로 한 번만 더 믿어줬어야 했던 게 아닐까? 처크는 그를 웃게 만들어주었고, 지난 사흘 동안 계속된 두통을 훨씬 더 쉽게 견딜 수 있도록 해주었다. 오늘 아침에만 해도 처크는 식당에서 아침 식사로 에그베네딕트를 내놓고, 점심식사로는 루벤 샌드위치를 내놓을 거라는 얘기를 했었다.

테디는 곶의 가장자리를 다시 올려다보았다. 이제 한 절반쯤 내려온 것 같은데, 이미 바다처럼 검푸른 색으로 변한 하늘은 시시각각 점점 더 어두워지고 있었다.

무엇이 처크를 절벽 아래로 내던진 걸까?

결코 자연의 힘은 아닐 터였다.

그가 뭔가를 떨어뜨린 것이 아니라면. 그가 그것을 주우려고 뒤따라 내려간 것이 아니라면. 지금 테디가 하고 있는 것처럼 절벽에서 튀어나온 돌들이 몸무게를 지탱해 줄지 어떨지 잘 알 수 없는 상태에서 그 돌들에 의지해 절벽을 내려가려 한 것이 아니라면.

테디는 잠시 움직임을 멈추고 숨을 골랐다. 그의 얼굴에서 땀이 뚝뚝 떨어졌다. 그는 절벽에 대고 있던 손을 조심스럽게 떼서 땀이 완전히 없어질 때까지 바지에 닦았다. 그리고 그 손으로 다시 절벽을 잡은 다음 이번에는 반대쪽 손을 바지에 닦았다. 그런데 그 손으로 뾰족하게 튀어나온 바위를 다시 잡는 순간 옆에 떨어져 있는 종지 쪽지를 발견했다.

종이 쪽지는 갈색 나무 뿌리와 바위 사이에 끼어서 바닷바람에 가볍게 흔들리고 있었다. 테디는 검은 돌을 잡고 있던 손을 떼어 손가락으로 종이를 잡았다. 내용을 펼쳐보지 않아도 그것이 무엇인지 알 수 있었다.

레이디스의 입원 접수 기록이었다.

그는 그 종이 쪽지가 처크의 바지 뒷주머니에 불안하게 매달려 있었던 것을 기억하며 그 종이를 뒷주머니에 집어넣었다. 처크가 왜 절벽을 내려왔는지 이제 알 것 같았다.

이 종이를 잡으려고 내려왔던 것이다.

테디를 위해서.

절벽의 마지막 부분 6미터를 차지하고 있는 것은 해초에 뒤덮인 거대한 달걀 모양의 검은 바위들이었다. 테디는 그 바위들이 있는 곳에 이르렀을 때 몸의 방향을 돌려 팔이 등 뒤로 가게 했다. 그리고 손바닥 끝으로 몸무게를 지탱하며 검은 바위들을 넘어 내려가기 시작했다. 바위틈에 쥐들이 숨어 있는 것이 보였다.

바위가 있는 곳을 다 지나고 나자 곧바로 해안이 이어졌다. 그는 처크의 시체가 있는 곳을 확인한 다음 그쪽으로 걸어갔다. 그런데 그것은 시체가 아니었다. 그냥 바위일 뿐이었다. 햇빛에 하얗게 바래서 두꺼운 밧줄 같은 검은 해초에 뒤덮인 바위.
정말 다행이라는 생각이 들었다. 처크는 죽은 것이 아니었다. 해초에 뒤덮인 이 길고 좁은 바위는 처크가 아니었다.
테디는 손을 둥글게 오므려 입가에 갖다대고 절벽 위를 향해 처크의 이름을 불렀다. 그의 이름을 부르고 또 부르며 그 소리가 저 멀리 바다까지 퍼져 나갔다가 바위에 부딪혀 다시 바람에 실려 오는 것을 들었다. 그는 곶의 가장자리 너머로 처크의 머리가 삐죽 튀어나오기를 기다렸다.
어쩌면 그가 테디를 찾으려고 아래로 내려올 준비를 하고 있었던 건지 모른다. 어쩌면 지금 저 위에서 내려올 준비를 하고 있는지도 모른다.
테디는 목이 아플 때까지 그의 이름을 소리쳐 불렀다.
그러고는 소리치기를 그만두고 처크의 응답을 기다렸다. 날이 너무 어두워져서 절벽 꼭대기가 보이지 않았다. 산들바람이 불어 오는 소리가 들렸다. 바위 틈에 숨어 있던 쥐들이 움직이는 소리도 들렸다. 갈매기 한 마리가 깍깍 울어대고 파도가 쳤다. 몇 분이 흐른 후 그는 보스턴 등대에서 안개를 알리는 경적 소리가 다시 울려 퍼지는 것을 들었다.
이제 어둠에 익숙해진 그의 눈에 자신을 지켜보고 있는 수많은 눈들이 보였다. 수십 개나 되는 눈들. 쥐들이 바위 위를 어슬렁거리며 전혀 겁을 내지 않고 그를 뚫어지게 바라보고 있었다. 밤이 되면 이곳은 그들의 해변이었다. 그의 것이 아니었다.

그러나 테디가 무서워하는 것은 쥐가 아니라 물이었다. 저 기분 나쁜 짐승들이야 될 대로 되라지. 여차하면 녀석들을 쏘아버리면 될 일이었다. 몇 마리가 총에 맞아 박살나고 나면 대담하게 버티고 있을 놈이 얼마나 되겠는가.

그러나 그에게는 총이 없었고, 그가 보고 있는 사이에 녀석들의 숫자는 두 배로 늘어나 있었다. 기다란 꼬리들이 바위를 스치며 오락가락했다. 테디의 발꿈치에 물이 닿는 것이 느껴지고, 그의 몸에는 쥐들의 시선이 느껴졌다. 무서워서 그런 건지 어떤 건지는 몰라도 등골이 따끔따끔하고, 발목이 근질근질해지기 시작했다.

그는 해안을 따라 천천히 걷기 시작했다. 쥐들이 수백 마리나 된다는 것을 알 수 있었다. 햇빛 아래서 물개들이 바위를 차지하고 앉아 있듯이, 녀석들이 달빛 속에서 바위를 차지하고 있었다. 그는 바위 속에서 튀어나온 쥐들이 조금 전까지만 해도 그가 서 있던 모래 위로 털썩털썩 떨어지는 것을 지켜보았다. 그는 고개를 돌려 해변에서 자신에게 남은 공간이 얼마나 되는지 살펴보았다.

별로 많지 않았다. 약 30미터 앞에 또 하나의 절벽이 물 속에서 튀어나와 해안을 가로막고 있었다. 그리고 그 절벽 오른쪽의 바다 위에는 전에는 눈에 띄지도 않았던 섬이 하나 있었다. 섬은 달빛 속에서 마치 갈색 비누처럼 보였으며, 바다 위에 간신히 매달려 있는 것 같았다. 여기에 온 첫날, 그는 맥퍼슨과 함께 저 절벽 위에 가본 적이 있었다. 그때는 섬이 없었다. 확실했다.

그럼 저 섬이 도대체 어디서 생겨난 것이란 말인가?

이제 녀석들의 소리가 들렸다. 몇 마리는 서로 싸우고 있었지만, 대부분은 바위에 짤각짤각 발톱을 부딪히며 서로를 향해 찍찍 거리고 있었다. 테디는 간지러운 느낌이 발목뿐만 아니라 무릎과 허벅지 안쪽까지 번져나가는 것을 느꼈다.

고개를 돌려 해변을 뒤돌아보니 녀석들에게 가려 모래밭이 전혀 보이지 않았다.

그는 거의 만월이 된 달과 하늘에서 수없이 밝게 빛나는 별들이 있어 다행이라는 생각을 하며 절벽 위를 올려다보았다. 그때 이틀 전만 해도 존재하지 않았던 섬이 갑자기 나타난 것만큼이나 이해하기 어려운 색깔이 눈에 들어왔다.

오렌지색이었다. 커다란 절벽을 중간쯤 올라간 곳에서 오렌지색이 보였다. 땅거미가 내리고 있는 지금 검은색 절벽 표면에 오렌지색이라니.

테디는 그것을 뚫어지게 바라보았다. 그것이 줄어들었다 밝아졌다 하며 깜박이는 것을 지켜보았다. 마치 맥박이 뛰는 것 같았다.

불꽃이 커졌다 작아졌다 할 때처럼.

그는 거기에 동굴이 있다는 것을 깨달았다. 동굴이 아니라면 적어도 크기가 상당한 바위틈이라도 있을 터였다. 그리고 그 안에 누군가가 있었다. 처크. 틀림없이 처크일 것이다. 그가 종이를 잡으려고 절벽 아래로 내려왔다가 부상을 입고 아래로 내려가는 대신 다시 위로 올라간 모양이었다.

테디는 모자를 벗고 가장 가까운 바위를 향해 다가갔다. 여섯 쌍의 눈들이 그를 유심히 지켜보고 있었기 때문에 테디는 녀석들을 향해 모자를 휘둘렀다. 녀석들은 움찔하더니 몸을 비틀어 바위

아래로 더러운 몸을 던졌다. 테디는 재빨리 그 위로 올라가 옆 바위에 있던 쥐 몇 마리를 발로 찼다. 녀석들이 바위 옆으로 굴러 떨어지자 그는 바위에서 바위로 훌쩍훌쩍 건너뛰며 달려 올라가기 시작했다. 새로운 바위에 발을 디딜 때마다 바위 위에 있는 쥐들의 숫자가 더 적어졌고, 마침내 바위가 몇 개 남지 않았을 때부터는 바위 위에서 그를 기다리는 쥐들이 한 마리도 없었다. 그는 절벽을 내려올 때 입은 상처 때문에 아직도 피가 흐르는 손으로 다시 절벽을 오르기 시작했다.

하지만 그가 이번에 선택한 길은 올라가기에 더 편했다. 이쪽 길에서는 절벽의 높이가 더 높고 표면도 훨씬 더 넓었지만, 표면이 눈에 띄게 경사를 이루고 있었고, 튀어나온 바위도 더 많았다.

달빛 속에서 절벽을 오르는 데는 한 시간 반이 걸렸다. 그는 별빛이 쥐들과 함께 그를 지켜보는 가운데 위로 올라갔다. 그렇게 절벽을 오르면서 그는 돌로레스를 잃어버렸다. 이제는 그녀의 모습을 그려볼 수가 없었다. 그녀의 얼굴도, 그녀의 손도, 지나치게 크던 그녀의 입술도 보이지 않았다. 그는 그녀가 자신의 마음속에서 사라졌다는 것을 느꼈다. 그녀가 죽은 후 처음이었다. 그는 밥도 먹지 못하고 잠도 잘 자지 못한 채 몸을 심하게 움직였기 때문이라는 것을 알고 있었지만, 어쨌든 그녀가 사라진 것은 사실이었다. 그가 달빛 속에서 절벽을 오르는 동안 그녀가 사라져버린 것이다.

그러나 그녀의 목소리를 들을 수는 있었다. 비록 그녀의 모습을 그려볼 수는 없었지만 머릿속에서 그녀의 목소리를 들을 수 있었다. 그녀는 이렇게 말하고 있었다. '그래, 그거야, 테디. 계속 가.

당신은 이제 다시 사는 것처럼 살 수 있어.'

이게 전부인 걸까? 지난 2년 동안 물 속을 걷는 것 같은 기분으로 살면서 어두운 거실에 앉아 토미 도지와 듀크 엘링턴의 노래를 들으며 탁자 위의 총을 바라보았는데, 이 빌어먹을 놈의 세상에서 다시 한 발을 내딛는 것은 절대로 불가능할 거라고 그렇게 믿었는데, 이를 갈다 못해 앞니 끝이 부러질 정도로 그녀가 그토록 그리웠는데, 그런데 지금 정말로 그녀를 마음속에서 떼어놓을 수 있을까?

당신은 내가 꿈속에서나 그렸던 그런 존재가 아냐, 돌로레스. 그런 게 아니라는 걸 나는 분명히 알고 있어. 그런데 지금은 마치 당신이 꿈속의 존재였던 것 같아.

그게 당연한 거야, 테디. 당연히 그래야지. 이제 날 놔줘.

그래?

그래, 여보.

노력해 볼게, 됐지?

됐어.

머리 위에서 오렌지색 불빛이 깜박이는 것이 보였다. 불빛의 열기도 느껴졌다. 아주 미약했지만 틀림없는 열기였다. 그가 머리 위의 평평한 바위 위로 손을 올리자 오렌지색 불빛이 손목에 반사되는 것이 보였다. 그가 바위 위로 몸을 끌어올려 팔꿈치를 이용해 앞으로 나아가자 울퉁불퉁한 벽에 불빛이 반사되는 것이 보였다. 그는 일어섰다. 그의 머리 위 겨우 3센티미터 높이에 동굴 천장이 있었고, 동굴 입구는 오른쪽으로 휘어 있었다. 그가 그 길을 따라가자 동굴 바닥에 작은 구멍을 파고 나무를 쌓아놓은 곳에서 불빛이 나오고 있는 것이 보였다. 어떤 여자가 뒷짐을 진 채 불 옆에 서 있다가 그에게 말했다.

"당신 누구죠?"

"테디 대니얼스입니다."

여자의 머리는 길었으며, 옷은 환자들이 입는 얇은 분홍색 셔츠와 끈으로 조이게 되어 있는 바지였다. 발에도 환자들이 신는 슬리퍼를 신고 있었다.

"그게 당신 이름이군요. 직업은 뭐죠?"

여자가 물었다.

"경찰입니다."

그녀가 고개를 갸우뚱했다. 그녀의 머리는 이제 막 희끗희끗해지기 시작하고 있었다.

"당신이 그 보안관이군요."

테디는 고개를 끄덕였다.

"손을 등 뒤에서 앞으로 돌려주시겠습니까?"

"왜요?"

"당신이 뭘 쥐고 있는지 보고 싶으니까요."

"왜요?"

"그게 나한테 위험한 물건인지 알고 싶어서요."

그녀는 이 말에 살짝 미소를 지었다.

"맞는 말인 것 같군요."

"그렇게 생각하신다니 다행입니다."

그녀는 뒷짐을 쥐고 있던 손을 앞으로 내밀었다. 그녀의 손에는 길고 가는 수술용 메스가 들려 있었다.

"괜찮다면 이걸 계속 갖고 있고 싶은데요."

테디는 양손을 들어올리며 말했다.

"난 상관없습니다."

"내가 누군지 아세요?"

"애시클리프의 환자죠."

그녀는 그를 향해 다시 고개를 갸우뚱하더니 자신의 환자복을 만졌다.

"이런. 어떻게 알았죠?"

"좋습니다, 좋아요. 훌륭한 지적이군요."

"연방 보안관들은 전부 다 그렇게 빈틈이 없나요?"

"저는 지금 몇 끼를 굶었습니다. 그래서 평소 때보다 좀 둔해졌어요."

"잠은 많이 잤나요?"

"무슨 소리입니까?"

"섬에 온 후로 잠은 많이 잤어요?"

"별로 잘 못 잤습니다. 그게 무슨 의미가 있는 건지는 모르겠지만."

"아, 의미가 있죠."

그녀는 바지의 무릎 부분을 잡아당기며 바닥에 앉아 그에게도 앉으라고 손짓을 했다.

테디는 바닥에 앉아 모닥불 너머로 그녀를 뚫어지게 바라보았다.

"당신이 레이첼 솔란도군요. 진짜 레이첼 솔란도."

그녀는 어깨를 으쓱거렸다.

"당신 아이들을 죽였습니까?"
그가 물었다.
그녀는 메스로 나무를 쿡쿡 찔렀다.
"난 아이를 낳은 적이 없어요."
"없다고요?"
"그래요. 결혼한 적도 없죠. 당신이 들으면 깜짝 놀라겠지만, 난 여기서 그냥 환자가 아니었어요."
"그냥 환자가 아니라니요?"
그녀가 다른 나무를 쑤석거리자 그 나무가 탁탁 소리를 내며 위치를 바꿨다. 모닥불 위로 불똥이 튀어 올랐다가 천장에는 닿지도 못하고 사그라들었다.
"난 직원이었어요. 전쟁 직후부터."
그녀가 말했다.
"간호사였습니까?"
그녀는 모닥불 너머로 그를 바라보며 말했다.
"난 의사였어요, 보안관. 델라웨어 주 드러몬드 병원에서 최초로 정식 임명된 여자 의사였죠. 여기 애시클리프 최초의 여자 의사이기도 했고요. 당신은 지금 정말로 선구적인 인물과 마주하고 있는 거예요."
'아니면 망상에 사로잡힌 정신병자일 수도 있지.' 테디는 속으로 생각했다.
그가 고개를 들자 그녀가 그를 바라보고 있었다. 그녀의 상냥한 시선에는 경계심과 함께 당신이 무슨 생각을 하는지 알겠다는 표정이 담겨 있었다. 그녀가 말했다.

"내가 미쳤다고 생각하는군요."

"아닙니다."

"그것 말고 달리 무슨 생각을 하겠어요? 어떤 여자가 그냥 동굴에 숨어 있다?"

"난 아마 이럴 만한 이유가 있을 거라고 생각했습니다."

그녀는 우울한 미소를 지으며 고개를 저었다.

"난 미치지 않았어요. 안 미쳤다고요. 하긴, 이건 미친 사람들이 하는 말이기는 하죠. 마치 카프카의 소설에 나오는 것 같은 천재적인 논리예요. 난 미치지 않았지만 다른 사람들이 내가 미쳤다고 선언해 버리면, 내가 아무리 아니라고 해도 그게 그 사람들의 주장을 강조해 주는 꼴밖에 안 되죠. 내 말이 무슨 소린지 알겠어요?"

"알 것 같습니다."

"이걸 일종의 삼단논법이라고 생각해 보세요. 이 삼단논법은 이런 원칙으로 시작되죠. '미친 사람들은 자기가 미쳤다는 사실을 부인한다.' 여기까지는 이해가 되세요?"

"그럼요."

"좋아요. 그럼 그 다음으로 넘어가죠. '밥은 자기가 미쳤다는 사실을 부인한다.' 그리고 세 번째로 '그러므로'로 시작되는 부분이 나오는 거예요. '그러므로 밥은 미쳤다.'"

그녀는 메스를 무릎 옆의 바닥에 놓고 나무 막대기로 불을 쑤석거렸다.

"일단 사람들이 어떤 사람을 미쳤다고 생각해 버리면, 다른 경우에는 그 사람이 미치지 않았다는 증거가 되었을 행동조차 미친 사람의 행동으로 간주돼요. 그 사람이 자기는 미치지 않았다고 멀쩡한 정신으로 주장하는 건 '부인'이 되죠. 그리고 그런 사람이 마땅히 가질 만한 두려움은 '편집증'으로 간주돼요. 생존 본능에는 '방어기제'라는 꼬리표가 붙고요. 무슨 짓을 해도 거기서 벗어날 수가 없어요. 사실상 사형 선고나 마찬가지죠. 일단 여기 온 사람들은 다시 밖으로 나가지 못해요. 아무도 C 병동에서 나가지 못해요. 아무도. 뭐, 나간 사람이 몇 명 있기는 하죠. 그건 나도 인정해요. 나간 사람이 몇 명 있다는 것. 하지만 그 사람들은 여기서 수술을 받았어요. 뇌수술 말이에요. 눈을 통해 곧장 기구를 넣어서 뇌를 으깨버리는 수술이죠. 그건 야만적이고 불합리한 의료 행위예요. 그래서 나는 그 사람들에게 그렇다고 얘기하고 그 사람들과 싸웠어요. 여기저기 편지도 쓰고. 그 사람들이 나를 그냥 여기서 내보낼 수도 있었어요. 날 해고하거나 쫓아내서 어딘가에서 학생들을 가르치거나 다른 주에서 의사로 일하게 내버려둘 수도 있었다고요. 그런데 그걸로는 충분하지 않았죠. 그 사람들은 내가 여기서 나가도록 내버려둘 수가 없었던 거예요. 절대로 그럴 수 없었죠. 절대로, 절대로."

그녀는 말을 하면서 점점 흥분해서는 나무 막대기로 모닥불을 찔러댔다. 테디가 아니라 마치 자신의 무릎을 상대로 이야기를 하고 있는 것 같았다.

"정말로 의사였습니까?"

테디가 물었다.

"그럼요. 난 의사였어요."

그녀는 무릎과 나무 막대기를 바라보던 시선을 들며 말을 이었다.
"사실 난 지금도 의사예요. 하지만, 그래요, 나도 여기 직원이었어요. 난 소듐 아미탈^{마취제의 일종}과 아편을 기반으로 한 환각제가 이 섬에 대량으로 들어오는 것에 대해 의문을 품었어요. 그리고 좋게 말해 대단히 실험적이라고 할 수 있는 수술 방법에 대해서도 의문을 품기 시작했죠. 그 의문을 입 밖에 냈다는 게 나의 불행이었지만."
"저 사람들이 여기서 뭘 하고 있는 겁니까?"
그녀는 입을 다문 채 비틀린 미소를 지었다.
"전혀 모르겠어요?"
"저 사람들이 여기서 뉘른베르크 규약을 조롱하고 있다는 건 알고 있습니다."
"조롱한다고요? 저 사람들은 그걸 아예 말살해 버렸어요."
"그 사람들이 과격한 치료 방법을 시행하고 있다는 건 압니다."
"과격하다는 말은 맞지만 치료 방법이라는 말은 틀렸어요. 여기에는 치료라는 게 없어요, 보안관. 이 병원의 운영 자금이 어디서 나오는지 알고 계세요?"
테디는 고개를 끄덕였다.
"HUAC죠."
"부정한 자금은 말할 것도 없죠. 많은 돈이 여기로 흘러 들어오고 있어요. 자 이제 한 번 생각해 보세요. 통증이 어떻게 우리 몸속으로 들어오죠?"
"다친 곳이 어딘가에 따라 다르죠."
"아니에요."

그녀는 단호하게 고개를 저었다.
"통증은 육체하고는 아무 상관이 없어요. 뇌가 신경계를 통해 신경 전달 물질을 보내는 거예요. 뇌가 통증을 조절해요. 공포도 조절하고, 수면도, 감정도, 굶주림도 조절해요. 우리가 마음이나 영혼이나 신경계와 연관시키는 모든 것이 사실은 뇌에서 조절되고 있어요. 모든 것이."
"그래서요……?"
불빛 속에서 그녀의 눈이 빛났다.
"만약 당신이 그걸 통제할 수 있다면 어떻게 될까요?"
"뇌 말입니까?"
그녀는 고개를 끄덕였다.
"사람을 재창조해서 잠을 잘 필요도 없고, 고통도 느끼지 못하게 만드는 거예요. 사랑도, 연민의 감정도 느끼지 못하게. 그런 사람은 심문을 해봤자 소용없어요. 기억이 깨끗하게 지워졌으니까."
그녀는 모닥불을 쑤석거리며 그를 올려다보았다.
"저 사람들은 여기서 유령을 만들어내고 있어요, 보안관. 세상에 나가서 유령 같은 일들을 할 유령 말이에요."
"하지만 그런 능력은, 그런 작업을 할 수 있는 지식은……."
"이미 오래 된 얘기죠. 맞아요. 이건 수십 년에 걸친 작업이에요, 보안관. 저 사람들의 출발점은 소련하고 같아요. 바로 세뇌죠. 사람들에게서 뭔가를 박탈하는 실험이에요. 나치가 극단적으로 뜨거운 것과 극단적으로 차가운 것이 사람에게 어떤 영향을 미치는지 알아보기 위해 유대인들을 대상으로 실험을 했던 것과 아주 비슷해요. 나치는 자기네 병사들을 위해 그 실험결과를 이용했죠.

모르겠어요, 보안관? 지금으로부터 반세기 후에는 이런 사정을 다 알고 있던 사람들이 과거를 돌아보며 이런 말을 할 거예요."
그녀는 집게손가락으로 흙바닥을 때리며 말을 이었다.
"모든 것이 여기서 시작되었다. 나치는 유대인들을 이용했고, 소련은 강제 수용소에 갇힌 죄수들을 이용했다. 여기 미국에서는 셔터 섬의 환자들을 실험 대상으로 삼았다."
테디는 아무 말도 하지 않았다. 아무 말도 떠오르질 않았다.
그녀는 다시 모닥불로 시선을 돌렸다.
"저 사람들은 당신이 여길 떠나도록 그냥 내버려둘 수가 없어요. 당신도 알고 있죠, 그렇죠?"
"난 연방 보안관입니다. 저 사람들이 어떻게 날 막을 수 있겠습니까?"
테디가 말했다.
그녀는 이 말을 듣더니 너무나 재미있다는 듯이 활짝 웃으며 손뼉을 쳤다.
"난 평판 좋은 가문 출신의 인정받는 정신과 의사였어요. 나도 옛날에는 그걸로 충분하다고 생각했죠. 당신한테 이런 말을 하는 게 정말 싫지만, 그걸로는 충분하지 않았어요. 한 가지만 물어보죠. 지금까지 살면서 정신적인 상처를 입은 적이 있나요?"
"그런 게 없는 사람이 어디 있습니까?"
"아, 그렇죠. 하지만 우린 지금 일반 사람들 얘기를 하는 게 아니에요. 구체적인 사람, 바로 당신 얘기를 하고 있다고요. 저 사람들이 이용할 수 있는 심리적인 약점을 갖고 있나요? 과거에 저 정도면 제정신을 잃을 만하다고 생각될 만한 사건이 있었어요? 그렇다면, 저 사람들은 당신을 여기 수용하면서 이렇게 말할 거예요. 당신 친구들이나 동료들도 같은 말을 할 거예요. '그럴 만도 하지. 결국 버티질 못했어. 안 그럴 사람이 어디 있겠나? 저 친구 전쟁 때문에 저렇게 된 거야. 게다가 어머니를 그렇게 잃었으니.' 어때요?"

"그런 건 누구한테나 할 수 있는 이야기입니다."

"그래요, 그게 중요한 거예요. 모르겠어요? 그게 누구한테나 할 수 있는 이야기인 건 맞지만, 문제는 저 사람들이 당신에 대해 그런 이야기를 할 거라는 점이에요. 머리는 어때요?"

"머리요?"

그녀는 아랫입술을 깨물며 여러 번 고개를 끄덕였다.

"당신 목 위에 얹혀 있는 그 덩어리 말이에요. 어때요? 최근 이상한 꿈을 꾸지는 않았나요?"

"꿨죠."

"두통은?"

"난 원래 편두통이 있는 편입니다."

"세상에, 말도 안 돼."

"정말이에요."

"여기 온 후로 알약 같은 걸 먹은 적이 있나요? 하다못해 아스피린이라도?"

"있습니다."

"평소 때하고 조금 다른 것 같은 느낌이 있죠? 100퍼센트 자기 자신이 아닌 것 같은. 당신은 별일 아니라고 생각하겠죠. 그냥 좀 기분이 이상한 것이라고. 뇌가 평소 때만큼 빨리 움직이지 않는 것 같다고. 하지만 여기서 잠을 잘 못 잤다고 했죠? 잠자리도 바뀌고, 폭풍도 불어와서 그렇다고 생각하겠죠. 속으로 그런 생각을 하고 있는 거 맞죠?"

테디는 고개를 끄덕였다.

"그리고 밥도 여기 식당에서 먹었겠죠. 저 사람들이 주는 커피도 마셨을 테고요. 어때요? 적어도 담배만은 당신 걸 피웠나요?"

"내 파트너 것을 피웠습니다."

"의사나 직원들한테서 한 개비도 빌리지 않았어요?"

테디는 그날 밤 포커를 쳐서 딴 담배가 셔츠 주머니에 들어 있는 것을 의식했다. 여기 도착한 날 콜리의 담배를 하나 피웠던 것도 기억났다. 그 담배가 그때까지 피워봤던 그 어떤 담배보다 달콤하게 느껴졌던 것도.

그녀는 그의 표정에서 대답을 읽었다.

"신경을 이완시키는 진정제가 혈액 속에서 효과를 나타내는 수준에 이를 때까지 평균 사나흘이 걸려요. 그때까지는 약의 영향을 거의 느끼지 못하죠. 때로는 환자들이 발작을 일으키는 경우도 있어요. 대개 편두통으로 치부될 수 있는 발작이죠. 특히 환자가 옛날에 편두통을 겪은 적이 있다면 더욱더. 어쨌든 그런 발작이 일어나는 경우는 드물어요. 대개 눈에 띄는 영향이라면 환자가……"

"날 환자라고 부르지 마십시오."

"……옛날보다 더 오래 훨씬 더 생생한 꿈을 꾸는 것밖에 없어요. 대개 그 꿈들은 연속적으로 이어져서 하나로 합쳐지죠. 그래서 결국은 피카소가 쓴 소설 같은 내용이 돼요. 눈에 띄게 나타나는 또 다른 효과는 환자가 약간, 맞아요, 몽롱해진다는 거예요. 자기가 무슨 생각을 하는지 쉽게 가닥을 잡지 못하죠. 하지만 환자는 그동안 잠을 잘 못 잔데다가 이상한 꿈까지 꿨기 때문에 머리가 조금 멍해지는 것쯤 있을 수 있는 일이라고 생각하게 돼요. 그리고 난 아까 당신을 '환자'라고 부른 게 아니에요, 보안관. 아직은 아니죠. 난 그냥 비유를 든 것뿐이에요."

"내가 지금부터 음식, 담배, 커피, 알약을 모두 피한다면, 지금까지 내가 입은 피해가 얼마나 됩니까?"

그녀는 머리카락을 뒤로 쓸어 넘겨 머리 뒤에서 꼬아 매듭을 지었다.

"아주 많을걸요."

"내가 내일까지 이 섬을 떠나지 못하는 경우, 약물이 이미 내 몸에서 효과를 발휘하기 시작했다면, 그걸 내가 어떻게 알 수 있죠?"

"가장 눈에 띄는 증세는 입 안이 마르는데도 자꾸 침을 흘리고 싶어지는 거예요. 아, 무기력해지는 것도 있어요. 그리고 몸이 가볍게 떨리는 증세도 나타날 거예요. 처음에는 엄지손가락하고 손목이 만나는 지점부터 경련하기 시작해서 대개는 한동안 엄지손가락을 따라 올라갔다가 결국에는 경련이 손을 전부 차지해 버리죠."

차지한다니.

"또 뭐가 있습니까?"

테디가 물었다.

"빛에 민감해지고, 왼쪽 머리가 아프고, 말이 혀에 달라붙어요.

그래서 더 많이 말을 더듬게 되죠."

테디는 바깥에서 파도가 치는 소리를 들을 수 있었다. 안으로 밀려들어 온 물결이 바위에 부딪혔다.

"등대에서는 무슨 일이 벌어지고 있는 겁니까?"

그가 말했다.

그녀는 팔로 자신의 몸을 끌어안으며 모닥불을 향해 몸을 기울였다.

"수술을 하죠."

"수술이요? 수술은 병원에서도 할 수 있잖습니까."

"뇌수술이에요."

"뇌수술도 병원에서 할 수 있습니다."

그녀는 불꽃을 들여다보며 말했다.

"실험적인 수술이에요. 머리를 열어서 문제를 고치자는 수술이 아니라고요. 머리를 열어서 이걸 잡아당기면 어떻게 되는지 한 번 보자는 식의 수술이죠. 불법 수술이에요, 보안관. 나치한테서 배운, 그런 수술."

그녀는 그에게 미소를 지어 보이며 말을 이었다.

"저 사람들이 유령을 만들어내려고 애쓰고 있는 장소가 바로 거기예요."

"이 일에 대해 알고 있는 사람이 누구누구입니까? 이 섬에 있는 사람들 중에서."

"등대에 대해서 아는 사람 말이에요?"

"예, 등대에 대해서."

"다 알아요."

"말도 안 돼. 잡역부도, 간호사도 다 안다고요?"

그녀는 불꽃 뒤에서 테디와 시선을 마주쳤다. 흔들림이 없고 선명한 시선이었다.

"전부 다 알아요."

그녀가 말했다.

그가 언제 잠이 들었는지는 모르겠지만, 그녀가 그의 몸을 흔들고 있는 것으로 봐서 분명히 잠이 든 모양이었다.

그녀가 말했다.

"당신은 이제 그만 가봐야 돼요. 저 사람들은 내가 죽은 줄 알아요. 물에 빠져 죽은 줄 알죠. 저 사람들이 당신을 찾으러 왔다가 나까지 발견하게 될 수도 있어요. 미안하지만 이제 그만 가주세요."

그는 자리에서 일어서 눈 바로 밑의 뺨을 비볐다.

"길이 하나 있어요. 이 절벽 꼭대기 바로 동쪽에. 그걸 따라 가다 보면 길이 서쪽으로 휘어질 거예요. 한 시간쯤 걸으면 옛날 사령관 저택 뒤쪽으로 나갈 수 있어요."

"당신이 정말로 레이첼 솔란도입니까? 내가 만났던 여자가 가짜인 건 분명해요."

"그걸 어떻게 알죠?"

테디는 그 전날 밤 자신의 엄지손가락에 얼룩이 묻어 있었던 것을 생각해 보았다. 사람들이 그를 침대에 눕힐 때 그는 자신의 엄지손가락을 뚫어지게 바라보고 있었다. 그런데 잠에서 깨어보니 손가락이 깨끗해져 있었다. 그때 그는 구두약이 묻었던 것 같다고 생각했었다. 그리고 그녀의 얼굴을 만졌을 때…….
"그 여자는 머리를 염색했어요. 최근에."
그가 말했다.
"이제 가셔야 해요."
그녀는 그의 어깨를 잡고 입구를 향해 부드럽게 돌려세웠다.
"내가 다시 이리로 와야 하는 경우에는…….''
"난 여기 없을 거예요. 난 낮 동안에 움직여요. 매일 장소를 바꾸죠."
"하지만 내가 당신을 찾아내서 여기서 데리고 나갈 수 있을 겁니다."
그녀는 슬픈 미소를 지으며 머리카락이 그의 관자놀이를 스칠 정도로 가까이 다가왔다.
"내가 한 얘기를 한 마디도 제대로 안 들었군요?"
"들었습니다."
"당신은 여길 못 나가요. 당신도 이제는 우리랑 같은 처지라고요."
그녀는 손가락으로 그의 어깨를 꽉 붙들고 입구를 향해 그를 밀었다.
테디는 바위 위에서 걸음을 멈추고 그녀를 뒤돌아보았다.
"난 친구하고 같이 있었습니다. 오늘 밤 같이 있다가 헤어졌는데, 혹시 그 친구 못 봤습니까?"
그녀는 아까와 똑같은 슬픈 미소를 지어 보였다.
"보안관, 당신한테 친구는 없어요."
그녀가 말했다.

콜리의 집 뒤쪽에 이르렀을 무렵, 그는 거의 걸을 수도 없는 지경이었다.

그는 집 뒤에서 앞으로 돌아 나와 정문을 향해 걸어 올라가기 시작했다. 오늘 아침에 비해 정문까지의 거리가 네 배는 되는 것 같았다. 그때 옆에 나 있는 길의 어둠 속에서 한 남자가 나와 테디의 어깨 밑으로 팔을 스르르 끼워 넣으며 말했다.

"자네가 언제 나타날지 궁금해하고 있었네."

교도소장이었다.

그의 피부는 양초처럼 하얀색이었고, 래커를 칠해 놓은 것처럼 반들반들했으며, 확실치는 않지만 투명한 것 같았다. 그의 긴 손톱은 피부만큼 하얗고 길었다. 뾰족한 손톱 끝은 갈고리처럼 구부러지기 직전이었으며, 세심하게 손질되어 있었다. 그러나 그의 외모 중에서 가장 무서운 것은 눈이었다. 뭔가를 경이로워하며 감탄하고 있는 것 같은 묘한 느낌이 비단처럼 광택이 나는 그 푸른 눈을 가득 채우고 있었다. 아기의 눈 같았다.

"이제야 당신을 만나게 돼서 반갑습니다, 교도소장. 안녕하십니까?"

"아, 최고로 안녕하지. 자네는 어떤가?"

"저도 최고로 좋습니다."

교도소장이 그의 팔을 잡은 손에 힘을 주며 말했다.

"다행이군. 우리가 지금 한가하게 산책을 하고 있는 건 아니겠지?"

"글쎄요, 이제 환자도 다시 찾았으니, 섬을 한 바퀴 둘러볼까 하고요."

"즐거웠겠군."

"그럼요."

"훌륭해. 우리 원주민들도 만나보았나?"

테디는 이 말을 금방 이해하지 못했다. 이제는 그의 머리가 계속 윙윙 울리고 있었다. 다리도 그의 몸을 간신히 지탱하고 있었다.

"아, 쥐들."

그가 말했다.

교도소장이 그의 등을 철썩 치며 말했다.

"그래, 쥐들! 녀석들한테는 묘하게 위풍당당한 분위기가 있지. 그렇지 않나?"

테디는 교도소장의 눈을 들여다보며 말했다.

"녀석들은 그냥 쥐입니다."

"해로운 짐승이지. 맞아. 하지만 녀석들이 사람으로부터 안전한 거리에 있다는 생각이 들 때 엉덩이를 바닥에 대고 앉아 사람을 뚫어지게 바라보는 모습이라니. 게다가 그 움직임은 또 얼마나 빠른가. 눈을 깜짝하기도 전에 구멍을 드나드는……."

그는 하늘의 별들을 올려다보았다.

"글쎄, 위풍당당하다는 말이 어울리지 않는지도 모르겠군. 실리적이라는 말은 어떤가? 녀석들은 보기 드물게 실리적인 짐승이지."

두 사람은 정문에 다다랐다. 교도소장은 여전히 테디의 팔을 붙든 채 제자리에서 방향을 돌려 콜리의 집과 그 너머의 바다를 바라보았다.

"하나님께서 최근에 주신 선물이 마음에 드는가?"
교도소장이 말했다.
테디는 그를 바라보았다. 그 완벽한 눈에서 불안이 느껴졌다.
"뭐라고요?"
"하나님의 선물 말이야."
교도소장은 이 말을 하면서 갈가리 찢긴 땅바닥을 가리켰다.
"하나님의 폭력. 내가 우리 집 1층으로 내려와 거실에 나무가 들어와 있는 걸 보았을 때, 나무가 마치 하나님의 손처럼 나를 향해 손을 내미는 것 같았지. 물론 정말로 그랬다는 뜻은 아냐. 비유적으로 말해서 나무가 늘어나는 것 같았다는 얘기야. 하나님은 폭력을 사랑하신다네. 자네도 알지?"
"아뇨, 모릅니다."
교도소장으로 앞으로 몇 걸음 걸어 나가 테디를 향해 돌아섰다.
"그렇지 않고서야 세상에 폭력이 왜 이리 많겠나? 폭력은 우리 안에 있다가 밖으로 나오지. 우리는 숨쉬는 것보다 더 자연스럽게 폭력을 휘둘러. 전쟁을 하고, 희생 제물을 불태우고, 형제들을 약탈하고 그들의 몸을 공격하지. 그리고 너른 벌판을 냄새나는 시체들로 가득 채워. 왜일까? 하나님께서 보여주신 모범으로부터 우리가 교훈을 얻었다는 것을 하나님께 보여드리기 위해서일세."
테디는 교도소장이 자신의 배에 꼭 붙여 들고 있는 작은 책의 표지를 손으로 어루만지는 것을 지켜보았다.
그가 미소를 지었다. 노란 이가 보였다.
"하나님은 우리에게 지진, 허리케인, 토네이도를 주시네. 하나님은 우리 머리 위로 불을 뿜어내는 산들을 주시지. 배를 집어삼키는 바다도 주시고. 하나님은 우리에게 자연을 주셔. 자연은 미소를 지으며 상대를 죽이는 살인자일세. 하나님은 당신이 우리 몸에 구멍을 만들어놓은 것은 생명의 피가 그 구멍으로 빠져나가는 것을 느끼게 하기 위해서라는 사실을 우리가 죽음을 통해 믿게 되도록 질병을 주신다네. 하나님은 우리에게 욕망과 분노와 탐욕과 더러운 마음을 주신다네. 하나님을 기려 폭력을 휘두르게 하려고. 우리가 방금 경험했던 이 폭풍만큼 순수한 도덕적 질서는 없어. 세상에는 도덕적 질서가 아예 없지. 내 폭력이 자네의 폭력을 이길 수 있는가, 그것만이 있을 뿐이야."

"나는 잘 모르겠……"

"그럴 수 있을까?"

교도소장이 가까이 다가왔다. 악취가 나는 그의 입냄새가 느껴졌다.

"뭐가 말입니까?"

테디가 물었다.

"내 폭력이 자네의 폭력을 이길 수 있을까?"

"나는 폭력적인 사람이 아닙니다."

교도소장은 두 사람의 발 근처에 침을 뱉었다.

"자네도 다른 사람들만큼이나 폭력적이야. 난 알아. 나도 다른 사람들만큼 폭력적이니까. 피를 갈구하는 자네 자신의 욕망을 부정해서 스스로를 창피하게 만들지 말게. 날 창피하게 만들지 마. 사회라는 구속이 없어진다면, 그리고 나만 없애면 자네가 식사를 할 수 있는 상황이라면, 자네는 돌멩이로 내 머리를 부수고 내 몸의 살진 부분을 먹을 걸세."

그는 몸을 앞으로 기울이며 말을 이었다.

"지금 내가 자네의 눈에 내 이빨을 박아 넣는다면, 완전히 장님이 되기 전에 자네가 날 막을 수 있겠나?"

테디는 아기 같은 그의 눈 속에서 환희를 보았다. 그는 이 남자의 흉벽 뒤에 있는 심장을 상상해 보았다. 고동치는 검은 심장.

"한 번 해보시죠."

그가 말했다.

"그래, 바로 그거야."

교도소장이 속삭였다.

테디는 발에 힘을 주고 자세를 잡았다. 그의 팔로 피가 힘차게 몰려드는 것이 느껴졌다.

"그래, 그래. 바로 나의 사슬로 나는 친구를 기른다."

교도소장이 속삭였다.

"뭐라고요?"

테디는 자기도 모르게 같이 속삭이고 있었다. 그의 몸이 묘한 설렘으로 부르르 떨렸다.

"바이런일세. 자네도 앞으로는 이 구절을 기억하겠지, 그렇지 않나?"

교도소장이 말했다.

교도소장이 한 걸음 뒤로 물러나는 것을 보며 테디는 미소를 지었다.

"놈들이 당신을 정말로 부숴버렸군요, 그렇지 않습니까, 교도소장?"

교도소장은 테디처럼 희미한 미소를 지었다.

"그 친구는 괜찮다고 생각하지."
"뭐가 괜찮다는 말입니까?"
"자네. 자네의 그 마지막 게임. 그 친구는 그게 비교적 무해하다고 생각한다네. 하지만 난 아냐."
"아니라고요?"
"그래."
교도소장은 팔을 늘어뜨리고 몇 발짝 앞으로 나왔다. 그는 양팔을 등 뒤에서 교차시켜 책이 척추 끝부분에 닿게 한 다음 몸을 돌려 군인처럼 양 발을 벌리고 서서 테디를 노려보았다.
"산책을 하러 나왔다고 했지? 하지만 난 그게 아니라는 걸 알고 있다네. 난 자네를 알아."
"우리는 조금 전에 처음 만났습니다."
교도소장은 고개를 저었다.
"우리 같은 사람들은 수 세기 전부터 서로를 알고 있었지. 난 자네를 속속들이 알고 있어. 내 생각에 자네는 슬퍼하고 있는 것 같군. 정말로 그런 생각이 들어."
그는 입을 꾹 다물고 자신의 신발을 곰곰이 내려다보았다.
"슬퍼하는 건 괜찮지. 남자가 그러는 건 우스꽝스럽지만, 괜찮아. 그게 나한테 아무런 영향을 미치지 못하니까. 하지만 자네가 위험하다는 생각도 드네."
"누구나 마음대로 생각할 권리가 있죠."
교도소장의 얼굴이 어두워졌다.
"아니, 그렇지 않아. 인간들은 멍청하지. 먹고, 마시고, 싸고, 아무하고나 들러붙어서 새끼를 만들어. 특히 이 새끼를 만든다는 부분이 유감스러운데, 인간이 지금보다 훨씬 적다면 이 세상이 훨씬 더 좋은 곳이 될 테니까. 지진아들, 따라지들, 미친놈들, 도덕심이 없는 놈들, 우리가 만들어내는 게 바로 그런 놈들이라네. 우리가 그런 놈들로 이 세상을 더럽히고 있는 거야. 지금 남부에서는 깜둥이들을 통제하려고 애쓰고 있네. 하지만 말야, 자네 이거 아냐? 나도 남부에서 얼마간 있어봤는데, 거기 놈들은 죄다 깜둥이야. 백인 깜둥이, 흑인 깜둥이, 계집 깜둥이. 깜둥이들 천지지. 그런데 그놈들은 그냥 다리 두 개 달린 개새끼들일 뿐이야. 그래도 진짜 개는 가끔 냄새라도 잘 맡지. 자네도 깜둥이라네. 기질이 천박해. 자네한테서 그런 냄새가 나."

그의 목소리는 놀라울 정도로 가벼웠다. 거의 여자 목소리처럼 들릴 정도였다.

"글쎄요, 내일 아침이 지나면 더 이상 나 때문에 걱정할 일이 없을 텐데요, 그렇지 않습니까, 교도소장?"

교도소장은 미소를 지었다.

"그래, 그렇겠지."

"난 당신에게 아무런 폐도 끼치지 않을 것이고, 더 이상 이 섬에 있지도 않을 겁니다."

교도소장이 테디를 향해 두 발짝 더 다가왔다. 그의 미소가 점점 사라지고 있었다. 그는 고개를 갸우뚱한 채 아기 같은 그 시선으로 테디를 바라보았다.

"자넨 아무 데도 안 가."

"미안하지만, 아닌 것 같은데요."

"미안해하려거든, 어디 마음껏 해보게."

교도소장은 몸을 가까이 기울여 테디의 얼굴 왼쪽에서 코를 킁킁거리며 냄새를 맡았다. 그러고는 다시 고개를 움직여 오른쪽에서도 냄새를 맡았다.
"무슨 냄새라도 납니까?"
테디가 말했다.
"흐으음. 내 생각에는 공포의 냄새인 것 같구먼."
"그럼 샤워를 하시는 게 좋겠습니다. 그 똥 같은 생각을 몸에서 씻어내세요."
두 사람 모두 잠시 말을 하지 않았다. 잠시 후 교도소장이 입을 열었다.
"그 사슬을 기억하게, 깜둥이 청년. 그 사슬이 자네 친구야. 그리고 내가 우리의 마지막 춤을 아주 고대하고 있다는 것도 알아두게. 아, 우리가 얼마나 굉장한 살육을 벌이게 될지."
그리고 그는 몸을 돌려 자기 집을 향해 걸어 올라갔다.

남자 기숙사에는 인적이 없었다. 건물 안에서 사람이라고는 단 한 명도 찾아볼 수 없었다. 테디는 자신이 쓰던 방으로 가서 벽장에 비옷을 걸고 처크가 이리로 돌아온 흔적이 있는지 살펴보았다. 그러나 아무런 흔적도 찾을 수 없었다.
그는 침대에 앉을까 생각해 보았지만, 그랬다가는 그대로 곯아떨어져서 아침까지 쭉 자버리게 될 것임을 알고 있었다. 그래서 그는 욕실로 내려가 얼굴에 찬물을 끼얹고, 젖은 빗으로 짧게 깎은 머리를 뒤로 빗어 넘겼다. 뼈가 어딘가에 긁힌 것 같았다. 피도 엿기름처럼 걸쭉하게 느껴졌다. 푹 꺼진 눈 주위가 뻘겋게 변해 있었고, 피부는 회색이었다. 그는 얼굴에 찬물을 몇 번 더 끼얹은 다음 물기를 닦고 밖으로 나가 병동단지로 들어갔다.

아무도 없었다.

기온이 점점 오르면서 공기가 습하고 끈적끈적해졌다. 귀뚜라미와 매미들의 울음소리가 다시 들려오고 있었다. 테디는 자기가 지금 처크를 찾으려고 이리저리 돌아다니는 것처럼 처크가 먼저 이곳으로 돌아와서 테디를 찾으려고 여기저기 헤매고 있었으면 좋겠다는 생각을 했다.

철문에 간수가 서 있었다. 건물 안의 방에서 불빛이 새어나오는 것이 보였지만, 어쨌든 건물은 텅 비어 있었다. 그는 병원 쪽으로 가서 계단을 올라가 문을 잡아당겼다. 그러나 문은 잠겨 있었다. 어디선가 경첩이 삐걱거리는 소리가 들려 바라보니 간수가 철문을 열고 철문 반대편의 동료에게 가 있었다. 간수가 철문을 다시 닫는 순간 테디는 문에서 뒤로 물러났다. 자신의 구두가 콘크리트 바닥에 긁히는 소리가 들렸다.

그는 잠시 계단에 앉아 있었다. 결국 노이스의 얘기도 틀린 셈이었다. 지금 테디는 완전히 혼자였다. 전혀 의심의 여지가 없었다. 안에 갇혀 있는 건 맞았지만, 그가 아는 한 그를 감시하는 사람은 아무도 없었다.

그는 병원 뒤쪽으로 돌아가 보았다. 뒷문 앞 계단에 잡역부 하나가 앉아 담배를 피우는 모습이 눈에 들어오는 순간 가슴이 벅차올랐다.

테디는 그에게 다가갔다. 마른 몸에 팔다리가 껑충한 그 흑인 청년이 그를 올려다보았다. 테디는 주머니에서 담배를 하나 꺼내며 말했다.
"불 있나?"
"그럼요."
테디가 몸을 기울이자 청년이 담배에 불을 붙여주었다. 테디는 다시 몸을 떼어내며 고맙다는 뜻으로 미소를 지어 보였다. 그런데 동굴에서 만난 여자가 병원 사람들의 담배를 얻어 피우지 말라고 했던 것이 생각나서 연기를 들이마시지 않고 천천히 입 밖으로 흘려보냈다.
"그래, 별일 없나?"
그가 물었다.
"아무 일 없습니다. 선생님은요?"
"나도 괜찮아. 다른 사람들은 다 어디 있지?"
청년은 엄지손가락으로 등 뒤를 가리켰다.
"저 안에 있어요. 뭔가 커다란 회의가 열리고 있는데, 뭣 때문인지는 저도 모릅니다."
"의사하고 간호사들이 전부 모였어?"
청년은 고개를 끄덕였다.
"환자들도 몇 명 있습니다. 저 같은 잡역부들도 대부분 모여 있고요. 저는 여기 문의 빗장이 잘 열리지 않아서 못 들어갔습니다. 하지만 뭐, 다들 저 안에 있는 건 맞아요."
테디는 청년이 눈치 채지 못하기를 바라면서 한 번 더 담배를 빨아들이는 시늉을 했다. 저 아이가 자신을 어디 C 병동쯤에서 온 잡역부로 착각하게 만들어서 그냥 태연한 척 계단을 올라가보면 어떨까 하는 생각이 들었다.

그런데 그때 청년 뒤의 창문을 통해 사람들이 복도로 쏟아져 나오는 모습이 보였다. 사람들은 정문을 향하고 있었다.

그는 청년에게 불을 빌려줘서 고맙다고 인사를 하고 건물을 돌아 나와 정문으로 갔다. 많은 사람들이 정문 앞에 몰려서서 서로 이야기를 하며 담배를 피우고 있었다. 마리노 간호사가 트레이 워싱턴에게 뭐라고 이야기를 하며 그의 어깨에 손을 얹는 모습이 보였다. 트레이는 고개를 뒤로 젖히고 웃음을 터뜨렸다.

테디가 그들을 향해 걸어가려고 할 때 계단에서 콜리가 그를 불렀다.

"보안관!"

테디가 몸을 돌리자 콜리가 계단을 내려와 그에게 다가오더니 테디의 팔꿈치를 툭 치고 벽을 향해 걷기 시작했다.

"그동안 어디 계셨습니까?"

콜리가 물었다.

"여기저기 돌아다녔습니다. 섬 구경을 좀 했죠."

"그래요?"

"예."

"뭔가 재미있는 거라도 있었습니까?"

"쥐들을 봤습니다."

"아, 그렇죠. 여긴 쥐들이 많습니다."

"지붕 수리는 어떻게 됐습니까?"

콜리는 한숨을 쉬었다.

"우리 집 사방에 물받는 양동이 투성이입니다. 다락방은 완전히 엉망이 됐어요. 손님용 침실 바닥도 마찬가지고요. 우리 집사람이 알면 이성을 잃을 겁니다. 아내의 웨딩드레스가 그 다락방에 있었거든요."

"부인께서는 어디 계십니까?"

"보스턴에 있습니다. 거기도 아파트가 한 채 있거든요. 아내하고 애들이 여기를 벗어나 숨을 좀 돌리고 싶다면서 그리로 일주일간 휴가를 갔습니다. 가끔은 여기 있는 게 영 힘드니까요."

"난 여기 온 지 사흘밖에 안 됐는데 벌써 있기가 힘듭니다, 박사."

콜리는 부드러운 미소를 지으며 고개를 끄덕였다.

"하지만 이제 곧 떠나시지않습니까."

"떠난다고요?"

"집으로 돌아가셔야죠, 보안관. 레이첼도 발견되었으니. 연락선은 대개 오전 11시경에 옵니다. 정오쯤에는 보스턴에 도착해 있을 겁니다."

"그거 반가운 얘기군요."

"그렇죠?"

콜리는 한 손으로 머리를 쓸어 넘기며 말을 이었다.

"별로 이런 말씀을 드리고 싶지는 않지만, 기분 상하시라고 하는 얘기가 아닙니다, 보안관……."

"아, 또 그 얘기시군요."

콜리는 한 손을 들어올렸다.

"아뇨, 아닙니다. 당신의 감정 상태에 대한 개인적인 의견을 말씀드리려는 게 아니에요. 당신이 여기 있는 게 환자들을 동요시킨다는 얘기를 할 생각이었습니다. 아시죠? 법을 집행하는 사람들이 근처에 있으면 어떻게 되는지. 그래서 환자 여러 명이 조금 긴장하고 있습니다."

"죄송하게 됐군요."

"당신 잘못이 아니죠. 당신 개인이 아니라, 당신이 대표하는 직업이 문제인 것이니까."

"아, 그럼 걱정하지 않아도 되겠군요."

콜리는 벽에 몸을 기대고 한 발을 벽에 댔다. 구겨진 가운을 입고 넥타이를 느슨하게 늘어뜨린 모습이 테디 못지않게 피곤해 보였다.

"오늘 오후에 C 병동에 소문이 하나 돌았습니다. 정체를 알 수 없는 어떤 남자가 잡역부의 옷을 입고 병동에 나타났다더군요."

"그래요?"

콜리가 그를 바라보았다.

"그렇습니다."

"그런 일이 생기다니."

콜리는 넥타이에서 실 보푸라기를 집어 공중으로 튕겨 보냈다.

"정체를 알 수 없는 그 남자는 위험한 상대를 제압하는 데 조금 경험이 있는 사람 같았답니다."

"그럴 리가요."

"틀림없습니다."

"그래, 그 정체를 알 수 없는 남자가 또 무슨 짓을 했다고 하던가요?"

"글쎄요."

콜리는 어깨를 뒤로 젖히면서 가운을 벗어 팔에 걸쳤다.

"그렇게 관심을 보이시는 걸 보니 기쁘군요."

"이런, 소문이나 가십만큼 재미있는 게 또 어디 있습니까?"

"맞습니다. 그 정체를 알 수 없는 남자는(미리 말씀드리지만 확실한 얘기는 아닙니다.) 조지 노이스라는 과대 망상적 정신 분열증 환자와 한참 동안 이야기를 나눴다고 합니다."

"흠."

"그렇죠."

"그러니까, 그, 음……."

"노이스."

콜리가 말했다.

"노이스. 그래, 그 친구가 망상적이라는 말씀입니까?"

"망상이 지독히 심하죠. 그 친구는 장광설을 늘어놓으면서 터무니없는 얘기를 해서 주위 사람들을 전부 동요시키곤 합니다."

"동요한다는 얘기가 또 나왔군요."

"죄송합니다. 그러니까, 그 친구가 사람들에게 불편한 감정을 갖게 한다고 해야겠군요. 사실 2주 전에도 사람들이 그 친구 때문에 아주 흥분해서 환자 한 명이 그 친구를 두들겨 팬 적이 있습니다."

"그런 일이 있었군요."

콜리는 어깨를 으쓱했다.

"가끔 있는 일이죠."

"그래 그 친구가 무슨 장광설을 늘어놓습니까? 터무니없는 얘기라는 게 뭐죠?"

테디가 물었다.

콜리는 허공을 향해 손을 흔들며 입을 열었다.

"편집증 환자들한테서 흔히 볼 수 있는 망상이죠. 온 세상이 다 자기를 잡으려 한다는, 뭐 그런 얘기."

그는 담배에 불을 붙이며 테디를 올려다보았다. 불꽃 때문에 그의 눈이 밝게 빛났다.

"그래, 여길 떠나시는군요."

"그런 것 같습니다."

"연락선이 도착하자마자."

테디는 그에게 쌀쌀맞은 미소를 지어 보였다.

"누가 시간에 맞춰 우리를 깨워주기만 한다면 말이죠."

콜리도 그에게 마주 미소를 지어 보였다.

"그 문제는 우리가 해결해 드릴 수 있을 겁니다."

"좋군요."

"그렇죠. 담배 피우시겠습니까?"

테디는 콜리가 내민 담배갑을 손으로 막았다.

"아뇨, 괜찮습니다."

"담배를 끊으시려고요?"

"좀 줄이려고요."

"그러는 편이 좋을 겁니다. 학술지에서 담배가 여러 가지 끔찍한 일들과 관련되어 있다는 얘기를 읽었거든요."

"그래요?"

콜리가 고개를 끄덕였다.

"우선, 암도 그렇다고 들었습니다."

"요즘은 사람이 죽는 방법도 하도 다양해서요."

"맞습니다. 하지만 치료법도 점점 더 다양해지고 있습니다."
"그렇게 생각하십니까?"
"그렇지 않다면 내가 이 일을 하고 있지도 않을 겁니다."
콜리가 머리 위로 담배 연기를 힘차게 뿜어냈다.
테디가 말했다.
"여기 앤드루 레이디스라는 환자가 없었습니까?"
콜리는 다시 가슴으로 턱을 떨어뜨리며 말했다.
"들은 적이 없는 이름입니다."
"없어요?"
콜리는 어깨를 으쓱했다.
"내가 꼭 기억해야 하는 이름입니까?"
테디는 고개를 저었다.
"내가 아는 친구입니다. 그 친구는……"
"어떻게요?"
"무슨 소리입니까?"
"그 사람을 어떻게 아느냐고 물었습니다."
"전쟁터에서 만났습니다."
"아."
"어쨌든, 그 친구가 미쳐서 여기로 보내졌다고 들었습니다."
콜리는 담배를 천천히 빨았다.
"잘못 들은 겁니다."
"그런 것 같군요."
"뭐, 가끔 있는 일이죠. 그런데 아까 '우리'라고 한 것 같은데."
"뭐라고요?"

"'우리' 말입니다. 1인칭 복수."

테디는 자기 가슴에 손을 대며 물었다.

"내가 내 얘기를 하면서 그랬다고요?"

콜리는 고개를 끄덕였다.

"당신이 '누가 시간에 맞춰 우리를 깨워주기만 한다면' 이라고 말한 것 같은데. '우리' 라고요."

"네, 맞습니다. 당연하죠. 그건 그렇고 그 친구를 보셨습니까?"

콜리가 그를 향해 눈썹을 치켜 올렸다.

테디가 말했다.

"이러지 마십쇼. 그 친구가 여기 있습니까?"

콜리는 웃음을 터뜨리며 그를 바라보았다.

"뭡니까?"

테디가 말했다.

콜리는 어깨를 으쓱했다.

"그냥 좀 헷갈려서요."

"뭐가 헷갈린단 말입니까?"

"당신이죠, 보안관. 원래 이런 식으로 괴상한 농담을 하시는 편입니까?"

"무슨 농담이요? 난 그 친구가 여기 있는지 알고 싶은 것뿐인데."

"누구요?"

콜리가 물었다. 약간 짜증이 난 목소리였다.

"처크."

"처크?"

콜리가 천천히 말했다.
"내 파트너 말입니다. 처크."
테디가 말했다.
콜리가 벽에서 몸을 뗐다. 담배가 그의 손가락 끝에 대롱대롱 매달려 있었다.
"당신한테는 파트너가 없습니다, 보안관. 당신은 여기 혼자 왔어요."

테디가 말했다.
"그게 무슨……."
그러다가 콜리의 모습이 눈에 들어왔다. 그는 테디에게 한층 더 가까이 다가와서 그를 빤히 바라보고 있었다.
테디는 입을 닫았다. 눈꺼풀에서 식은땀이 흘렀다.
콜리가 말했다.
"다시 한 번 말씀해 보시죠. 당신 파트너에 대해서."
호기심에 찬 콜리의 시선이 지독하게 차가웠다. 테디는 지금까지 그렇게 차가운 것을 본 적이 없었다. 상대를 탐색하듯 들여다보는 지적인 시선. 그러면서도 진저리가 쳐질 정도로 온화한 시선. 익살스러운 코미디 쇼에서 결정적인 우스갯소리가 언제 튀어나올지 모르는 척 연기를 하는 조연 배우와 같은 시선이었다.
그리고 테디는 어릿광대였다. 나무통을 헐렁한 끈에 매달아 바지 대신 입은 어릿광대. 우스갯소리를 제일 나중에야 알아듣는 인물.
"보안관?"

콜리가 살짝 한 걸음 더 다가섰다. 몰래 나비의 뒤를 좇는 사람처럼.

만약 테디가 그의 말을 반박한다면, 처크가 어디 있느냐고 다그친다면, 아니 처크가 정말로 존재했다고 주장하기만 해도, 그의 손에 떨어지고 말 터였다.

테디는 콜리와 시선을 마주쳤다. 그리고 그의 눈 속에서 웃음을 보았다.

"미친 사람들은 자기가 미쳤다는 것을 부인한다."

테디가 말했다.

콜리가 한 걸음 더 다가섰다.

"뭐라고요?"

"밥은 자신이 미쳤다는 것을 부인한다."

콜리가 팔짱을 꼈다.

"따라서 밥은 미쳤다."

테디가 말했다.

콜리가 뒤로 몸을 폈다. 이제 그의 얼굴에 미소가 떠오르고 있었다.

테디도 미소로 맞받았다.

두 사람은 한동안 그렇게 서 있었다. 한밤의 산들바람이 담장 위의 나무들 사이로 부드럽게 지나갔다.

"아시겠지만."

콜리가 고개를 숙인 채 발끝으로 풀을 만지작거리면서 말했다.

"내가 여기 만들어놓은 것은 아주 가치 있는 것입니다. 하지만 가치 있는 것들이 당대에는 흔히 오해를 받곤 하죠. 모두들 빠른

해결책을 원합니다. 우리는 두려워하는 데도 지쳤고, 슬퍼하는 데도 지쳤고, 다른 사람들에게 압도당한 듯한 기분에도 지쳤고, 그렇게 지쳐하는 데도 지쳤습니다. 우린 과거가 다시 돌아오기를 원하지만, 과거가 어땠는지 기억조차 하지 못합니다. 그리고 모순되게도 우리는 미래를 향해 최고 속도로 밀고 나가고 싶어합니다. 진보의 발길 앞에 가장 먼저 희생되는 것은 인내심과 자제력입니다. 이건 뭐 어제 오늘 일도 아니죠. 전혀. 항상 그랬으니까."
콜리는 고개를 들며 말을 이었다.
"나한테는 권세 있는 친구들도 많지만, 권세 있는 적들도 그만큼 많습니다. 내가 만들어놓은 것을 내 손아귀에서 빼앗으려 하는 자들. 한 번 싸워보지도 않고 그 자들에게 내 것을 넘겨줄 수는 없습니다. 아시겠습니까?"
"아, 알고말고요, 박사."
"좋습니다. 이제 파트너 얘길 해보시죠."
콜리가 팔짱을 풀면서 묻자 테디가 물었다.
"파트너라니요?"

테디가 방으로 돌아와 보니 트레이 워싱턴이 침대 위에 누워서 옛날에 발행된 《라이프》지를 보고 있었다.
테디는 처크의 침상을 바라보았다. 침상은 이미 정리되어 시트와 담요가 매트리스 밑에 단단히 끼워져 있었다. 이틀 전 밤에 누군가가 거기서 잠을 잤다는 사실을 짐작조차 할 수 없는 모습이었다.
테디의 웃옷, 셔츠, 넥타이, 바지가 세탁실에서 돌아와 비닐에

싸인 채 벽장에 걸려 있었다. 그는 잡역부 옷을 벗고 자기 옷으로 갈아입었다. 그동안 트레이는 번쩍이는 잡지를 이리저리 뒤적이고 있었다.

"안녕하십니까, 보안관님?"

"그럭저럭 괜찮습니다."

"다행입니다. 다행이에요."

그는 트레이가 자신을 쳐다보려 하지 않는다는 것을 알 수 있었다. 트레이는 잡지에만 시선을 고정시킨 채 같은 페이지를 자꾸만 뒤적이고 있었다.

테디는 주머니에 들어 있던 물건들을 자기 옷으로 다시 옮기면서 레이디스의 입원 접수증과 자신의 수첩을 코트 안주머니에 함께 넣었다. 그리고 트레이 맞은편에 있는 처크의 침상에 앉아 넥타이를 매고, 신발 끈을 맨 다음 가만히 앉아 있었다.

트레이가 다시 잡지를 한 장 넘겼다.

"내일은 아주 더울 거랍니다."

"그래요?"

"죽이게 더울 거랍니다. 환자들은 더운 걸 싫어하는데."

"싫어해요?"

그는 고개를 끄덕이며 잡지를 한 장 더 넘겼다.

"그럼요. 다들 몸이 근질근질해지거든요. 게다가 내일 밤에는 보름달이 뜰 거랍니다. 그러니 한층 더 문제죠. 안 그래도 정신없는데."

"그건 왜 그렇습니까?"

"뭐가요, 보안관님?"

"보름달 말입니다. 보름달 때문에 사람들이 미친다고 생각하는 겁니까?"

"확실합니다."

그는 책장에 주름이 진 것을 발견하고 집게손가락으로 주름을 폈다.

"왜요?"

"뭐, 한 번 생각해 보세요. 달이 밀물썰물에 영향을 미치는 건 맞죠?"

"그렇죠."

"물에 자석 효과인지 뭔지를 줘요."

"그렇다고 해두죠."

"사람의 뇌는 50퍼센트 이상이 물로 이루어져 있습니다."

"설마요?"

"정말입니다. 달이 바다를 이리저리 휘두를 수 있다면, 사람 머리에다가는 무슨 짓을 할 수 있을지 생각해 보세요."

"여기 있은 지 얼마나 됐습니까, 워싱턴 씨?"

트레이는 책장의 주름을 다 펴고 다음 페이지를 펼쳤다.

"아, 오래 됐죠. 1946년에 제대했을 때부터니까."

"군대에 있었습니까?"

"예. 총을 쏴보려고 갔는데, 저한테 냄비를 맡기더군요. 그래서 형편없는 요리 솜씨를 무기 삼아 독일 놈들과 싸웠습니다."

"그거 황당했겠군요."

"정말 황당했습니다, 보안관님. 제가 진짜 무기를 들었다면 전쟁이 1944년에 끝났을 겁니다."

"내가 봐도 그렇군요."

"보안관님은 안 가본 데가 없죠?"

"예. 온 세상을 봤습니다."

"세상이 어떻습니까?"

"말만 다르지 하는 짓은 똑같습니다."

"그래요, 정말입니까?"

"오늘 밤 교도소장이 날 뭐라고 불렀는지 아십니까, 워싱턴 씨?"

"무슨 소리죠, 보안관님?"

"깜둥이라고 했습니다."

트레이가 잡지에서 시선을 들었다.

"소장이 뭐라고요?"

테디는 고개를 끄덕였다.

"기질이 천박한 사람들이 이 세상에 너무 많다고 하더군요. 깜둥이들. 지진아들. 자기가 보기에는 나도 깜둥이라고 했습니다."

"그 말이 마음에 안 드신 모양이군요, 예?"

트레이가 쿡쿡 웃었다. 그러나 웃음소리는 그의 입을 떠나자마자 사라졌다.

"하지만 보안관님은 깜둥이들이 어떤 처지에 있는지 모릅니다."

"그건 나도 압니다, 트레이. 하지만 그 사람은 당신 상관이에요."

"내 상관이 아닙니다. 나는 병원 쪽에서 일해요. 그 하얀 악마는 교도소 쪽 사람입니다."

"그래도 당신 상관이죠."

"아니라니까요."

트레이는 팔꿈치에 의지해 몸을 일으키면서 말을 이었다.

"아시겠습니까? 내 말을 분명히 알아들었느냐고요, 보안관님?"

테디는 어깨를 으쓱했다.

트레이는 침대 밑으로 다리를 내리고 일어나 앉았다.

"날 화나게 만들려고 하는 거죠?"

테디는 고개를 저었다.

"그렇다면 그 백인 개자식이 내 상관이 아니라는 말을 왜 안 믿는 겁니까?"

테디는 다시 한 번 어깨를 으쓱했다.

"만약의 경우 사정이 급해지면 그 사람이 명령을 내리지 않습니까? 그러면 당신은 그 사람이 하라는 대로 펄쩍펄쩍 뛰어다닐 거고요."

"내가 뭘 한다고요?"

"펄쩍펄쩍 뛰어다닌다고요. 토끼처럼."

트레이는 손으로 턱을 쓸며 어이없는 미소를 띤 표정으로 테디를 가만히 바라보았다.

"기분을 상하게 할 생각은 아니었습니다."

테디가 말했다.

"아, 그렇겠죠."

"그냥, 이 섬 사람들이 자기들만의 진실을 만들어내는 경향이 있다는 얘기를 한 것뿐입니다. 사람들이 이건 이렇다고 여러 번 말하면 반드시 그 말이 진실이라고 생각해 버리는 것 같더군요."

"그 사람은 내 상관이 아닙니다."

테디는 트레이를 손가락으로 가리키면서 말했다.

"그렇죠. 이 섬 사람들이 그런 진실을 믿는다는 걸 내가 알아차렸다니까요. 아주 마음에 듭니다."

트레이는 금방이라도 테디를 한 대 칠 태세였다.

"이봐요, 오늘 밤 회의가 있었죠. 회의가 끝난 후 콜리 박사가 와서는 나한테 처음부터 파트너가 없었다고 했습니다. 내가 지금 당신한테 물어보면 당신도 같은 말을 하겠죠. 내 파트너랑 같이 앉아서 포커를 치고, 함께 웃은 적이 없다고 말입니다. 당신의 심술궂은 숙모하고 있을 때는 그냥 빨리 도망치는 게 상책이라는 말을 내 파트너가 한 적도 없다고 하겠죠. 그 친구가 이 침대에서 잔 적도 없다고 할 겁니다. 그렇죠, 워싱턴 씨?"

트레이는 바닥을 내려다보았다.

"지금 무슨 얘기를 하시는 건지 모르겠습니다, 보안관님."

"아, 압니다, 알아요. 나한테는 처음부터 파트너가 없었죠. 이제는 그게 진실이니까. 그렇게 하기로 결정했으니까. 나한테는 처음부터 파트너가 없었습니다. 그러니 그 친구가 이 섬 어딘가에서 부상을 입고 누워 있지 않을까, 그런 가능성도 없죠. 죽거나, C 병동에 갇히거나, 등대에 갇혀 있을 가능성도 없고요. 나한테는 처음부터 파트너가 없었습니다. 이걸 분명히 해두기 위해서 내 말을 따라하시겠습니까? 나한테는 처음부터 파트너가 없었다. 자. 해 보세요."

트레이가 시선을 들었다.

"보안관님한테는 처음부터 파트너가 없었습니다."
"그리고 교도소장은 당신 상관이 아니죠."
트레이는 무릎 위에서 양손을 꽉 쥐었다. 그가 테디를 바라보았다. 테디는 지금 이 상황이 그에게 아주 괴롭다는 것을 알 수 있었다. 그의 눈이 점점 촉촉해지더니 턱 주위의 살이 파르르 떨렸다.
"여기서 나가셔야 합니다."
그가 속삭였다.
"나도 압니다."
"아뇨."
트레이는 여러 번 고개를 저으며 말을 이었다.
"여기서 정말로 무슨 일이 벌어지고 있는지 보안관님은 전혀 모르고 있습니다. 지금까지 들은 얘기는 다 잊으세요. 보안관님이 지금 알고 있다고 생각하는 사실들도 다 잊으세요. 저 사람들이 보안관님을 붙들 겁니다. 그리고 저 사람들이 보안관님한테 일단 일을 저지르고 나면 돌이킬 길이 없어요. 어떻게 해도 돌이킬 수 없습니다."
"말해 봐요."
테디가 말했지만 트레이는 다시 고개를 저었다.
"여기서 무슨 일이 벌어지고 있는 건지 말해 봐요."
"그럴 수 없습니다. 그럴 수 없어요. 절 보세요."
트레이가 눈썹을 치켜 올리며 눈을 크게 떴다.
"난, 그럴 수, 없습니다. 보안관님 혼자서 헤쳐나가야 해요. 나라면 연락선을 기다리지 않을 겁니다."
테디는 쿡쿡 웃음을 터뜨렸다.

"난 섬을 나가는 건 고사하고 이 건물에서조차 빠져나갈 수 없는 몸입니다. 설사 내가 빠져나간다 해도 내 파트너가……."

"파트너는 잊어버리세요. 그 사람은 이미 사라졌습니다. 아시겠어요? 그 사람은 돌아오지 않아요. 그걸 이해하셔야 해요. 이제부터는 보안관님 자신만 생각하고 움직이셔야 합니다."

트레이가 이를 악물고 말했다.

"트레이, 난 지금 이 안에 갇혀 있습니다."

트레이는 자리에서 일어나 창가로 가서 어둠 속을 바라보았다. 아니, 창에 비친 자신의 모습을 바라보고 있는 것 같기도 했다. 테디는 그가 무엇을 보고 있는지 확실히 알 수 없었다.

"여기로 돌아오시면 절대 안 됩니다. 제가 보안관님한테 뭔가 얘기를 해줬다고 아무한테도 얘기하면 안 돼요."

테디는 가만히 기다렸다.

트레이가 어깨 너머로 그를 뒤돌아보며 말했다.

"동의하십니까?"

"동의합니다."

"연락선은 내일 10시에 올 겁니다. 11시 정각에 보스턴으로 떠나죠. 그 배에 몰래 올라탄다면 항구 건너편까지 갈 수 있을지도 모릅니다. 그걸 놓치면 이삼 일을 더 기다려야 합니다. 이삼 일 후에 벳시로스라는 트롤 어선이 올 겁니다. 그 배는 남쪽 해안 가까이까지 바짝 다가와서 뱃전으로 몇 가지 물건을 떨어뜨리곤 하죠."

그는 다시 테디를 뒤돌아보며 말을 이었다.

"이 섬 사람들이 가져서는 안 되는 물건들입니다. 그러니까 그

배가 해안까지 완전히 들어오지는 않을 겁니다. 절대로. 그러니까 그 배에 타려면 배가 있는 곳까지 헤엄쳐 가야 해요."

"이 섬에서 사흘 동안이나 버틸 수는 없습니다. 난 이곳을 잘 몰라요. 하지만 교도소장과 그 부하들은 질릴 정도로 잘 알고 있죠. 그 사람들이 날 찾아낼 겁니다."

테디가 말했다.

트레이는 한동안 침묵을 지켰다.

"그럼 연락선을 타야 합니다."

마침내 그가 말했다.

"그래야죠. 하지만 이 건물에서 어떻게 나간단 말입니까?"

"젠장, 아마 제 말을 믿지 않으시겠지만, 보안관님은 오늘 운이 좋은 겁니다. 폭풍 때문에 안 망가진 게 없거든요. 특히 전기 시스템이 다 망가졌습니다. 담에 설치된 전선을 대부분 수리하기는 했지만, 어디까지나 대부분입니다."

"손을 못 본 게 어느 부분입니까?"

"남서쪽 귀퉁이입니다. 거기 전선 두 개는 죽어 있어요. 양쪽 담이 90도로 만나는 바로 그 지점입니다. 나머지 부분에는 닿기만 해도 통닭구이가 될 겁니다. 그러니까 발을 헛디디지도 말고, 전선을 잡지도 마세요. 아시겠습니까?"

"알겠습니다."

트레이는 창에 비친 자신의 모습을 향해 고개를 끄덕였다.

"이제 가보셔야 할 겁니다. 시간 낭비하지 말고."

테디는 자리에서 일어나 말했다.

"처크는."

트레이가 인상을 찌푸렸다.

"처크는 없습니다. 아시겠어요? 존재한 적이 없단 말입니다. 세상으로 돌아간 다음에는 얼마든지 처크 얘기를 하셔도 좋습니다. 하지만 여기서는, 그 사람은 아예 존재한 적이 없습니다."

테디가 담장의 남서쪽 귀퉁이를 마주하고 섰을 때, 트레이의 말이 거짓말일 수도 있다는 생각이 들었다. 만약 테디가 저 전선에 손을 뻗쳐 움켜쥐었는데 저 전선들이 살아있다면, 내일 아침 담장 밑에서 한 달된 스테이크처럼 새까맣게 탄 그의 시체가 발견될 터였다. 그들의 골칫거리가 해결되는 것이다. 트레이는 올해의 직원상을 받을 것이고, 어쩌면 좋은 금시계까지 선물로 받게 되겠지.

그는 주위를 살피다가 기다란 나뭇가지를 하나 찾아내 귀퉁이의 오른쪽 전선을 향해 돌아섰다. 그리고 달리면서 점프를 해 담장에 한쪽 발을 대고 뛰어올랐다. 그가 가지를 전선에 대자 전선이 불꽃을 내뿜었고, 가지에 불이 붙었다. 테디는 다시 땅으로 내려와 손에 들린 나뭇가지를 바라보았다. 불은 꺼져 있었지만, 가지에서는 여전히 연기가 피어오르고 있었다.

그는 이번에는 귀퉁이의 오른쪽 너머에 있는 전선에 나뭇가지를 대보았다. 아무런 반응이 없었다.

그는 다시 바닥으로 내려와 심호흡을 하고는 왼쪽 담장으로 뛰어 올라가 나뭇가지를 다시 전선에 댔다. 이번에도 아무런 반응이 없었다.

양쪽 담장이 만나는 지점 꼭대기에 금속 기둥이 하나 있었다. 테디는 담장을 향해 세 번 점프를 시도한 후에야 그 기둥을 붙잡을 수 있었다. 그는 기둥을 꼭 붙들고 담장 꼭대기로 기어 올라갔다. 어깨가 전선에 부딪히고, 무릎이 전선에 부딪히고, 팔뚝이 전선에 부딪혔다. 그때마다 그는 이제 죽었다고 생각했다.

그러나 그는 죽지 않았다. 일단 꼭대기에 오르고 나자 반대편 땅으로 내려서는 것 외에는 달리 할 일이 별로 없었다.

그는 숲 속에 서서 애시클리프를 뒤돌아보았다.

그는 진실을 찾으려고 이곳에 왔지만 찾지 못했다. 레이디스를 찾으려고 왔지만 그도 찾지 못했다. 그리고 그 과정에서 처크를 잃었다.

보스턴에 돌아가면 후회할 시간쯤이야 얼마든지 있을 터였다. 죄책감과 수치심에 잠기는 것은 그때까지 미뤄두어야 했다. 자신에게 무슨 대안이 있는지 살펴보고 헐리 상원의원과 의논한 후 공격 계획을 짜는 것도 그때 할 일이었다. 그는 이곳으로 돌아올 것이다. 아주 빨리. 그건 의심의 여지가 없는 사실이었다. 그때 소환장과 연방 정부의 수색 영장을 가지고 올 수 있으면 더욱 좋을 것이다. 그리고 그가 마음대로 사용할 수 있는 연락선도. 그때가 되면 그는 화를 낼 것이다. 그때가 되면 그의 분노가 정당한 것이 될 것이다.

하지만 지금은 살아서 담장을 넘어왔다는 사실에 마음이 놓일 뿐이었다.

그러나 마음이 놓이면서도 한 편으로는 너무나 무서웠다.

동굴로 다시 돌아오는 데는 한 시간 반이 걸렸다. 여자는 이미 떠나고 없었다. 그녀가 피웠던 모닥불도 다 타서 깜부기불만 남아 있었다. 바깥 공기가 계절에 어울리지 않게 따뜻하고, 시간이 갈수록 점점 더 후텁지근해지는데도 테디는 불가에 앉았다.

그는 그녀가 어쩌면 그냥 장작으로 쓸 나무를 찾으러 나간 것일지도 모른다는 희망을 품고 그녀를 기다렸다. 그러나 마음속 깊은 곳에서는 그녀가 돌아오지 않으리라는 것을 알고 있었다. 어쩌면 그녀는 그가 이미 잡혀서 지금 이 순간 교도소장과 콜리에게 자신의 은신처를 밝히고 있을 거라고 생각했는지도 몰랐다. 어쩌면 처크가 그녀를 찾아내서 두 사람이 함께 안전하다고 생각되는 장소로 간 건지도 몰랐다(이건 지나친 희망이었지만 테디는 이런 희망을 품는 것쯤은 괜찮을 것이라고 생각해 버렸다.).

불이 완전히 꺼지자 테디는 웃옷을 벗어 가슴과 어깨를 덮고 벽에 머리를 기댔다. 전날 밤과 마찬가지로 그가 잠들기 전에 마지막으로 의식한 것은 엄지손가락이었다.

엄지손가락이 움찔움찔 떨리고 있었다.

SHUTTER
ISLAND

넷째 날

형편없는 뱃사람

모든 죽은 사람들과 어쩌면 죽었을지도 모르는 사람들이 외투를 집어 들고 있었다.

그들이 있는 곳은 주방이었는데 외투는 고리에 걸려 있었다. 테디의 아버지가 낡은 완두콩 색 외투를 집어 들더니 어깨를 들썩여 외투를 입고는 돌로레스가 외투를 입는 것을 도와주었다. 그리고 테디에게 말했다.

"크리스마스 선물로 내가 뭘 받고 싶은지 아니?"

"아뇨, 아버지."

"백파이프다."

테디는 아버지가 골프채와 골프 가방을 원한다는 것을 알아차렸다.

"아이크하고 똑같은 걸로."

그가 말했다.

"바로 그거야."

아버지는 이렇게 말하고 나서 처크에게 외투를 건네주었다.

처크가 외투를 입었다. 전쟁 전에 나온 캐시미어로 만든 좋은 코트였다. 처크의 흉터는 사라지고 없었지만, 그의 손은 여전히 남에게 빌려온 것처럼 섬세했다. 그가 테디 앞에 손을 내밀고 손가락을 꼼지락거렸다.

"그 여자 의사하고 함께 간 건가?"

테디가 물었다.

처크는 고개를 저었다.

"내가 교육을 너무 많이 받아서요. 저는 경주하러 갔어요."

"이겼나?"

"크게 졌죠."

"안됐군."

"부인에게 작별 키스를 하세요. 뺨에."

테디는 어머니 옆을 지나 몸을 기울였다. 투티 비셀리가 피투성이 입술로 그를 향해 미소를 짓고 있었다. 그는 돌로레스의 뺨에 입을 맞추고 나서 말했다.

"여보, 왜 이렇게 젖었어?"

"저는 뼛조각처럼 바짝 말랐는걸요."

그녀가 테디의 아버지에게 말했다.

"내 나이가 절반만 됐어도 너랑 결혼했을 거다."

테디의 아버지가 말했다.

그들은 모두 흠뻑 젖어 있었다. 심지어 테디의 어머니도, 심지어 처크도. 그들의 코트에서 바닥으로 물이 뚝뚝 떨어졌다.

처크가 그에게 통나무 세 개를 건네주며 말했다.

"불 피울 때 쓰세요."

"고맙군."

테디는 통나무를 받아들었지만, 그걸 어디다가 뒀는지 금방 잊어버리고 말았다.

돌로레스가 자신의 배를 긁으며 말했다.

"망할 놈의 토끼들 같으니. 아무 짝에도 소용없는 것들."

레이디스와 레이첼 솔란도가 방 안으로 걸어 들어왔다. 그들은 코트를 입고 있지 않았다. 아예 아무것도 입고 있지 않았다. 레이디스가 테디의 어머니 머리 위로 위스키 한 병을 넘겨주고는 돌로레스를 품에 안았다. 그것뿐이었다면 테디가 질투를 느꼈겠지만, 레이첼이 그의 앞에서 털썩 무릎을 꿇더니 테디의 바지 지퍼를 열고 그를 입에 품었다. 처크와 아버지와 투티 비셀리와 어머니가 모두 자리를 떠나며 그에게 손을 흔들었고, 레이디스와 돌로레스는 비틀거리며 함께 침실로 들어갔다. 그들이 침대 위에서 거칠게 숨을 몰아쉬며 서로 옷을 벗기는 소리가 들려왔다. 그런데 그 모든 것이 왠지 완벽하고 훌륭하게 느껴졌다. 그는 무릎을 꿇은 돌로레스를 일으키며 레이첼과 레이디스가 저 안에서 미친 사람들처럼 정사를 나누는 소리를 들었다. 그는 아내에게 입을 맞추고 배에 뚫린 구멍 위에 손을 얹었다. 그녀가 말했다.

"고마워."

그는 뒤에서 그녀의 몸 안으로 들어가면서 주방 조리대에 있던 통나무를 밀어 떨어뜨렸다. 교도소장과 그의 부하들은 레이디스가 가져온 위스키를 마시고 있었다. 교도소장이 테디의 섹스 테크

닉이 마음에 든다는 듯 눈을 찡긋하더니 그를 향해 잔을 들어올리며 부하들에게 말했다.
"저 놈은 물건이 아주 큰 백인 깜둥이다. 저 놈을 보면 총부터 쏴라. 알았나? 이런저런 생각 같은 건 하지 마. 저 놈이 이 섬에서 나가는 즉시 우리 모두 망하는 거다, 제군."

테디는 가슴을 덮은 외투를 던져버리고 동굴 가장자리로 기어갔다.
교도소장과 그 부하들이 머리 위의 산등성이에 올라와 있었다. 해가 떠 있었다. 갈매기들이 찢어지는 소리로 울어댔다.
테디는 시계를 보았다. 아침 8시였다.
"쓸데없는 모험은 하지 마라. 그놈은 전투 훈련을 받았고, 실전에서 시험을 거치며 강해진 놈이다. 명예 상이기장과 청동무공훈장을 받았지. 시칠리아에서 맨손으로 두 명을 죽인 적도 있다."
교도소장이 말했다.
테디는 이것이 자신의 인사 기록에 있는 내용이라는 것을 알고 있었다. 저 놈들이 도대체 어떻게 그의 인사 기록을 손에 넣은 걸까?
"그놈은 칼을 잘 쓰고, 육박전에 아주 능하다. 그놈에게 가까이 다가가지 마라. 기회가 왔을 때, 놈이 다리 두 개 달린 개라고 생각하고 쓰러뜨려야 해."
테디는 지금 자신이 처한 상황에도 불구하고 저도 모르게 미소를 지었다. 교도소장이 부하들을 다리 두 개 달린 개로 비유한 적이 지금까지 얼마나 많았을까.

간수 세 명이 로프를 타고 조금 크기가 작은 절벽을 내려왔다. 테디는 바위에서 물러나 그들이 해변까지 내려가는 것을 지켜보았다. 몇 분 후 그들이 다시 올라왔고, 그중 한 명이 말하는 소리가 들렸다.

"저 밑에는 놈이 없습니다, 소장님."

그는 그들이 곶 근처와 도로를 수색하다가 멀어져가는 소리에 한동안 귀를 기울였다. 테디는 꼬박 한 시간을 더 기다린 후에야 동굴을 나서면서 혹시 뒤에 남은 놈이 없는지 귀를 기울였다. 그가 한 시간을 기다린 것은 수색대와 우연하게라도 마주치지 않기 위해서였다.

그가 도로에 도착한 시각은 9시 20분이었다. 그는 도로를 따라 다시 서쪽으로 향했다. 길을 걷는 동안 그는 빠른 걸음을 유지하려고 애쓰면서도 앞이나 뒤에서 인기척이 나지 않는지 귀를 기울였다.

날씨는 트레이가 예측한 대로였다. 지독하게 더운 날씨여서 테디는 웃옷을 벗어 팔에 걸쳤다. 그리고 넥타이를 느슨하게 풀어 머리 위로 벗어 주머니에 넣었다. 햇볕에 바짝 마른 소금 덩어리처럼 입 안이 말랐고, 땀 때문에 눈이 간질거렸다.

방금 전 꿈 속에서 그는 처크를 또 보았다. 처크는 외투를 입고 있었다. 그 모습이 돌로레스를 애무하는 레이디스의 모습보다 더 깊이 그의 가슴을 찔렀다. 레이첼과 레이디스가 나타날 때까지 그의 꿈속에 있던 사람들은 모두 죽은 사람들이었다. 처크만 빼고. 하지만 그는 죽은 사람들과 똑같은 고리에서 외투를 집어 들고 그들을 따라 문 밖으로 나갔다. 테디는 그 모습이 상징하는 의미가 너무나 싫었다. 만약 저 놈들이 곳에서 처크를 붙잡았다면, 테디가 벌판에서 위로 올라오는 동안 그를 끌고 갔을 것이다. 게다가 처크가 비명조차 지르지 못한 것으로 봐서, 그에게 몰래 다가온 인물은 누군지 몰라도 솜씨가 아주 좋은 놈임이 틀림없었다.

연방 보안관을 한 명도 아니고 두 명씩이나 사라지게 만들려면 도대체 얼마나 힘이 있어야 하는 걸까?

엄청난 힘이 있어야 할 것이다.

만약 테디를 미치게 만드는 것이 그들의 계획이라면, 처크의 경우에는 사정이 달랐을 수도 있었다. 연방 보안관 두 명이 나흘 만에 같은 곳에서 미쳐버렸다고 하면 아무도 믿지 않을 것이다. 따라서 처크는 사고를 당한 것처럼 꾸며야 했을 것이다. 아마도 허리케인을 핑계로 삼았을 가능성이 컸다. 사실 저들이 정말로 똑똑하다면(실제로 그런 것처럼 보였다.) 테디가 처크의 죽음 때문에 다시는 돌아올 수 없는 곳으로 떨어져버린 것처럼 일을 꾸밀지도 몰랐다.

그것은 정말 앞뒤가 잘 들어맞는 계획이었다.

그러나 만약 테디가 이 섬에서 나가지 못한다면 현장 사무소는 아무리 논리적인 설명이 제시되더라도 그것을 믿지 않고 다른 보안관들을 이리로 보내 직접 살펴보게 할 터였다.

그럼 새로 오는 보안관들은 여기서 무엇을 발견하게 될까?

테디는 경련하고 있는 손목과 엄지손가락을 내려다보았다. 경련이 점점 심해지고 있었다. 게다가 하룻밤 자고 일어났는데도 머리가 맑아지지 않았다. 마치 머릿속에 안개가 낀 것 같았고, 혀도 잘 움직이지 않았다. 현장 사무소에서 사람을 보낼 무렵 이미 약물이 그의 몸을 점령해 버린 후라면 새로 온 보안관들은 십중팔구 욕실 가운을 걸친 채 침을 줄줄 흘리며 앉은 자리에서 용변을 보고 있는 테디를 발견하게 될 터였다. 그렇게 해서 애시클리프 쪽에서 제시한 설명이 정당화될 터였다.

그는 연락선이 기적을 울리는 소리를 듣고 높은 곳으로 올라갔다. 마침 배가 항구 안에서 선체를 돌려 뒤로 증기를 내뿜으며 선착장을 향해 들어오기 시작하는 모습이 보였다. 그는 걸음을 빨리 했다. 10분이 지나자 숲의 나무들 사이로 콜리의 튜더식 저택 뒷모습이 보였다.

그는 길을 버리고 숲으로 접어들었다. 사람들이 연락선에서 짐을 내리는 소리가 들렸다. 상자들이 선착장에 쿵쿵 떨어지는 소리, 금속으로 된 손수레들이 챙챙 부딪히는 소리, 나무판자 위에서 사람들이 걷는 소리. 숲의 가장자리에 다다르자 선착장에 잡역부 여럿이 나와 있는 것이 보였다. 연락선 항해사 두 명은 선미에 기대 서 있었다. 간수들도 보였다. 수많은 간수들이 엉덩이를 받침대 삼아 소총을 들고 숲을 향해 서서 애시클리프까지 이어진 땅과 나무들을 눈으로 훑고 있었다.

잡역부들은 하역을 끝낸 후 손수레를 가지고 선착장으로 다시 올라왔지만 간수들은 그 자리에 그대로 남아 있었다. 테디는 오늘 아침 그들이 여기 있는 것은 오로지 테디가 배에 접근하는 것을 막기 위해서라는 것을 알 수 있었다.

그는 다시 숲 속으로 기어 들어가 콜리의 집 옆으로 나왔다. 집 2층에서 인기척이 들렸고, 한 남자가 지붕의 경사가 시작되는 부분에서 테디에게 등을 돌린 채 서 있는 것이 보였다. 테디는 집의 서쪽에 있는 차고에서 자동차를 발견했다. 1947년식 뷰익 로드마스터였다. 차체는 밤색이었고, 내부는 하얀 가죽이었다. 허리케인이 끝난 다음 날 왁스칠을 해서 차체가 번쩍거리고 있었다. 정말 사랑스러운 차였다.

테디가 운전석 문을 열자 마치 하루밖에 안 된 차처럼 가죽 냄새가 났다. 차 안의 서랍을 열어 보니 성냥이 여러 갑 있었다. 그는 성냥을 모두 꺼냈다.

그는 주머니에서 넥타이를 꺼내 땅바닥에서 찾아낸 작은 돌멩이에 넥타이의 좁은 쪽을 묶었다. 그리고 번호판을 들어 기름통 뚜껑을 연 다음 넥타이와 돌멩이를 기름통 안으로 집어넣었다. 기름통 밖으로 나와 있는 것은 꽃무늬가 그려진 넥타이 앞부분뿐이었다. 그 모습이 마치 사람이 넥타이를 매고 있는 것처럼 보였다.

테디는 돌로레스가 자신에게 넥타이를 주었을 때를 생각했다. 돌로레스는 그의 무릎에 앉아 넥타이를 그의 눈 위에 걸쳐놓았다.

"미안해, 여보. 당신이 준 거라 아주 좋아하긴 하지만, 사실 모양은 빵점이야."

그가 속삭였다.

그리고 그는 그녀에게 사과를 하듯 하늘을 향해 미소를 지은 다음 성냥을 꺼내 모든 성냥갑에 불을 붙여서 그걸 넥타이로 옮겨 붙였다.

그러고 나서 정신없이 도망쳤다.

그가 숲 속을 절반쯤 뛰어갔을 때 차가 폭발했다. 사람들이 고함을 지르는 소리에 그는 뒤를 돌아보았다. 나무들 사이로 불꽃이 둥근 공처럼 솟아오르더니 마치 폭죽처럼 작은 폭발이 몇 번 더 일어나면서 창문들이 깨졌다.

숲의 끝부분에 이르자 그는 웃옷을 공처럼 말아 돌멩이 여러 개로 바닥에 고정시켰다. 간수들과 연락선 선원들이 콜리의 집을 향해 달려오는 것이 보였다. 그 순간 그는 자신이 생각했던 일을 지금 당장 실행에 옮겨야 한다는 것을 알 수 있었다. 다시 한 번 생각해 볼 시간이 없었다. 하지만 사실은 그 편이 더 좋았다. 조금이라도 생각을 더 했다가는 이 일을 결코 실행에 옮기지 못할 테니까.

그는 숲에서 나와 해안을 따라 뛰었다. 그리고 선착장에 닿기 직전, 누구든 연락선으로 다시 뛰어오는 사람의 눈에 발각될 만한 지점에서 그는 왼쪽으로 크게 방향을 꺾어 물 속으로 뛰어들었다.

세상에, 물이 이렇게 차가울 줄이야. 테디는 날이 더워서 물도 조금 데워졌을지 모른다고 생각했었다. 그러나 정작 물에 들어가 보니 차가운 물이 전류처럼 그의 몸을 할퀴었고, 가슴을 세게 후려쳐 숨을 쉴 수 없게 만들었다. 그러나 테디는 계속 물살을 가르며 뛰었다. 이 물 속에 지금 뭐가 있는지에 대해서는 생각하지 않으려고 애쓰면서. 물 속에는 장어, 해파리, 게 등이 있을 것이고 어쩌면 상어도 있을지 몰랐다. 우스꽝스럽게 들리는 이야기였지만, 테디는 상어들이 평균 1미터 깊이의 물 속에서 인간을 공격한다는 사실을 알고 있었다. 그런데 지금 그가 들어와 있는 물의 깊이가 대략 그 정도였다. 허리춤 높이였던 물이 점점 깊어졌다. 콜리의 집이 있는 쪽에서 고함 소리가 들려왔지만, 그는 망치처럼 시끄럽게 쿵쾅거리는 심장박동을 무시하고 물 밑으로 들어갔다.

그가 꿈에서 봤던 여자아이가 바로 밑에 떠 있는 것이 보였다. 감기지 않은 그녀의 눈에는 체념의 빛이 어려 있었다.

그가 고개를 흔들자 아이의 모습이 사라지고, 앞쪽에 배의 용골이 보였다. 그는 초록색 물 속에서 흔들리고 있는 그 두꺼운 검은색 판자를 향해 헤엄쳐 가서 손으로 잡았다. 그리고 용골을 따라 뱃머리 쪽으로 움직여 반대편으로 돌아간 다음, 억지로 용기를 내서 천천히 머리만 물 밖으로 내밀었다. 그는 얼굴에 닿는 햇빛을 느끼며 참았던 숨을 내쉬고 산소를 들이마셨다. 물 속 깊은 곳에서 자신의 다리가 대롱거리고 있다는 생각은 하지 않으려고 애썼다. 어떤 바다생물이 헤엄을 치다가 그것을 보고 무엇인지 궁금해서 냄새를 맡아보려고 가까이 다가와…….

사다리는 그가 기억하고 있는 그 자리에 있었다. 그는 바로 앞에 있는 사다리의 세 번째 발판을 손으로 잡고 매달렸다. 이제 사람들이 선착장으로 돌아오는 소리가 들렸다. 곧 뱃전에 걸쳐진 판자에서 무거운 발자국 소리가 나더니 교도소장의 목소리가 들렸다.

"배를 수색해."

"소장님, 저희가 자리를 비운 건 겨우……."

"자리를 비웠으면서 내 말에 토를 다는 건가?"

"아닙니다. 소장님. 죄송합니다."

여러 명의 남자들이 배에 몸을 싣자 테디가 쥐고 있는 사다리가 조금 아래로 가라앉았다. 사람들이 배를 뒤지며 문을 여는 소리, 가구의 위치를 옮기는 소리가 들려왔다.

뭔가가 마치 사람의 손처럼 그의 허벅지 사이를 스윽 지나갔다.

테디는 이를 악물고 사다리를 잡은 손에 더욱 힘을 주며 머리를 완전히 비워버리려고 애썼다. 방금 스치고 지나간 그것이 무엇인지 상상하고 싶지 않았으니까. 그것이 무엇인지는 몰라도, 어쨌든 계속 움직이며 멀어져갔기 때문에 테디는 숨을 내쉬었다.

"내 차. 그놈이 내 차를 날려버렸어."

콜리였다. 지치고 숨 찬 목소리였다.

교도소장이 말했다.

"이제 더 이상 내버려둘 수 없소, 박사."

"결정권을 내가 갖기로 합의하지 않았습니까."

"만약 그자가 이 섬을 빠져나간다면……"

"그자는 이 섬을 빠져나가지 못합니다."

"그자가 당신 차를 불구덩이로 만들 것이라는 생각도 못했겠지요. 당장 이 작전을 그만두고 손해를 최소화해야 하오."

"여기서 포기하기에는 그동안의 내 노력이 아깝습니다."

교도소장이 목소리를 높였다.

"그자가 이 섬을 빠져나간다면 우린 파멸이오."

콜리도 교도소장 못지않게 목소리를 높였다.

"그자는 이 망할 놈의 섬을 빠져나가지 못합니다!"

두 사람 다 꼬박 1분 동안 아무 말도 하지 않았다. 테디는 두 사람이 선착장에서 자리를 바꾸는 소리를 들을 수 있었다.

"좋소, 박사. 하지만 저 연락선은 못 떠날 거요. 그자를 찾을 때까지 연락선은 못 떠난다는 말이요."

테디는 계속 매달려 있었다. 차가운 기운이 발 속으로 파고들어와 발에 불이 붙은 것 같았다.

콜리가 말했다.
"보스턴 사람들이 연락선을 못 떠나게 한 이유를 알고 싶어할 텐데요."
테디는 이가 덜덜 떨릴 것 같아서 입을 다물었다.
"그럼 이유를 말해 주시오. 하지만 저 연락선은 못 떠납니다."
뭔가가 테디의 왼쪽 종아리를 툭툭 건드렸다.
"좋습니다, 소장님."
뭔가가 또 다리를 툭툭 건드렸다. 테디는 뒤로 발길질을 했다. 그 움직임 때문에 생겨난 물결 소리가 마치 총소리처럼 공기 속으로 퍼져 나가는 것이 들렸다.
선미에서 발자국 소리가 났다.
"저 안에는 없습니다, 소장님. 저희가 전부 확인했습니다."
"그럼 어딜 갔다는 거지? 아무나 말해 봐."
교도소장이 말했다.
"제길!"
"뭐요, 박사?"
"그자가 지금 등대로 가고 있습니다."
"나도 그런 생각을 했었소."
"내가 처리하겠습니다."
"사람을 좀 데려가시오."
"내가 처리하겠다고 했습니다. 거기도 우리 사람들이 있어요."
"그걸로는 모자라."
"내가 처리하겠다고 했습니다."
콜리가 쿵쿵 소리를 내며 선착장으로 올라가는 소리가 들렸다.

그의 발이 모래밭에 닿자 발자국 소리가 좀더 부드러워졌다.
"등대든 아니든 이 배는 아무 데도 못가. 항해사한테서 엔진 열쇠를 받아서 가져와라."
교도소장이 부하들에게 말했다.

그는 그곳에 거의 다 이를 때까지 헤엄을 쳤다.
그는 연락선에서 떨어져 나와 모래 바닥에 발이 닿을 때까지 해안으로 헤엄치다가 손으로 모래를 짚고 이동해 물 밖으로 머리를 내밀어도 될 만한 거리까지 움직였다. 그리고 위험을 무릅쓰고 뒤를 살짝 돌아보았다. 그가 헤엄쳐온 거리가 몇백 미터는 되는 것 같았다. 선착장에 간수들이 둥글게 늘어서 있는 것이 보였다.
그는 다시 물 밑으로 들어가 계속 손으로 모래를 짚고 움직였다. 물장구를 치며 자유형 헤엄을 쳐서 위험을 자초할 수는 없었다. 심지어 개헤엄도 위험했다. 얼마가 지난 후 그는 해안선이 구부러진 부분을 돌아 모래밭으로 올라갔다. 그리고 햇빛 속에 앉아 찬 기운을 몸에서 털어냈다. 그러고는 있는 힘을 다해 해안을 걷다가 불쑥 튀어나온 바위와 부딪혀 다시 물 속으로 들어갔다. 그는 신발 두 짝을 끈으로 묶어 목에 건 다음 다시 헤엄을 치기 시작했다. 여기 바닷속 어딘가에 아버지의 유골이 있을지 모른다는 생각도 들고, 상어들이 커다란 꼬리를 탁탁거리고 창꼬치들이 하얀 이빨을 드러내고 있을 거라는 생각도 들었다. 그는 자기가 지금 이런 짓을 하고 있는 것은 달리 방법이 없기 때문이라는 것을 알고 있었다. 물 속에 오래 있었기 때문에 몸에서 감각이 사라진데다가 지금으로서는 정말 선택의 여지가 없었다. 게다가 며칠 후

벳시로스 호가 이 섬의 남쪽 끝에 물건들을 내려놓을 때 이 짓을 또 해야 할지도 몰랐다. 그는 공포를 이기는 방법은 정면으로 공포에 맞서는 것밖에 없다는 사실을 알고 있었다. 그건 이미 전쟁터에서 충분히 경험한 사실이었다. 그러나 할 수만 있다면 다시는 물 속으로 들어가고 싶지 않았다. 바다가 그를 지켜보며 그의 몸을 건드리는 것이 느껴졌다. 신들보다 더 오래되고 지금까지 잡아먹은 사람들의 숫자에 더욱 자부심을 느끼고 있는 바다의 나이가 느껴졌다.

대략 1시쯤에 등대가 눈에 들어왔다. 시계가 웃옷 주머니에 들어 있었기 때문에 시간을 확인할 수는 없었지만, 태양의 위치를 보니 대충 맞는 것 같았다. 그는 절벽 바로 밑의 해안으로 올라와 바위 위에 누워 몸의 떨림이 멈추고 시퍼렇게 변한 피부가 조금제 색깔을 찾을 때까지 온 몸으로 햇빛을 받아들였다.

만약 처크가 저 위에 있다면, 그의 상태가 어떻든 그를 데리고 나올 작정이었다. 그가 죽었든 살았든 그를 남겨두고 떠나지는 않을 터였다.

'그러다가 죽을 거야.'

돌로레스의 목소리였다. 그는 그녀가 옳다는 것을 알고 있었다. 벳시로스 호가 도착할 때까지 이틀을 더 기다려야 한다면, 그리고 처크가 완전한 상태로 정신을 바짝 차리지 못한다면 결코 탈출에 성공할 수 없을 터였다. 두 사람은 사냥꾼들에게 쫓길 것이다······.

테디는 미소를 지었다.

······다리가 두 개 달린 개처럼.

난 그 친구를 버리고 갈 수 없어. 그는 돌로레스에게 이렇게 말했다. 그럴 수 없어. 그 친구를 찾을 수 없다면 몰라도, 그 친구는 내 파트너야.

'그 사람을 만난 지 얼마 되지도 않았잖아.'

그래도 내 파트너야. 만약 그 친구가 저 안에 있다면, 저자들이 그 친구를 억지로 가둬두고 괴롭히고 있다면, 난 그 친구를 데리고 나와야 해.

'당신이 죽어도?'

내가 죽어도.

'그럼 난 그 사람이 저기 없기를 바라겠어.'

그는 바위 아래로 내려와 해초를 둘러싸고 둥글게 구부러진 조개껍질과 모래로 이루어진 길을 따라 걸었다. 그 순간 콜리가 자신에게서 보았던 자살 충동이 실제와 조금 다른 것이었다는 생각이 들었다. 그건 자살 충동이라기보다 죽고 싶다는 소망에 더 가까웠다. 오랫동안 그가 살아야 할 이유를 찾지 못한 것은 사실이었다. 하지만 죽어야 하는 이유 역시 찾을 수 없었다. 스스로 죽는다고? 밤에 더할 수 없이 참담한 기분에 휩싸여 있을 때도 그것은 너무나 우스꽝스러운 생각처럼 보였다. 낯 뜨겁고 형편없는 생각.

하지만……

갑자기 간수가 테디의 앞에 서 있었다. 테디가 그를 보고 놀란 것만큼 그도 테디의 갑작스러운 출현에 놀란 기색이었다. 간수의 바지 앞섶은 아직 열려 있었고, 그의 소총은 등에 매어져 있었다. 그는 먼저 바지 앞섶으로 손을 뻗치려다가 생각을 고쳐먹었다. 그러나 그때는 이미 테디의 손바닥 끝이 그의 목울대에 박힌 다음이었다. 간수는 목을 움켜쥐었고, 테디는 웅크린 자세로 주저앉으며 간수의 오금을 발로 찼다. 간수가 뒤로 풀썩 쓰러졌다. 테디는 똑바로 몸을 일으키며 간수의 오른쪽 귀를 세게 찼다. 간수는 눈을 허옇게 까뒤집었고, 그의 입이 힘없이 벌어졌다.
테디는 몸을 구부려 간수가 어깨에 걸친 소총을 빼냈다. 간수의 숨소리가 들렸다. 그가 간수를 죽인 것은 아니라는 얘기였다.
게다가 이제 그에게는 총이 있었다.

그는 울타리 앞에 있던 다음 간수에게 총을 사용했다. 총을 들이대고 간수의 무기를 뺏은 것이다. 간수는 애송이라는 말보다 갓난아기라는 말이 더 어울릴 정도로 어린 청년이었다. 간수가 말했다.
"날 죽일 건가요?"
"세상에, 아냐."
테디는 이렇게 말하고서 소총 개머리판으로 청년의 관자놀이를 찍었다.

울타리 근처에 작은 합숙소가 있어서 테디는 그곳을 먼저 확인해 보았다. 그곳에는 침상 몇 개, 누드 잡지, 오래된 커피가 담긴 주전자가 있었고 문에 달린 고리에는 간수 제복 두어 벌이 걸려 있었다.
그는 다시 밖으로 나가 등대로 다가갔다. 그리고 소총으로 문을 밀어 열었다. 1층에는 시멘트로 지은 습기 찬 방밖에 없었다. 방에 있는 것이라고는 벽에 피어 있는 곰팡이, 그리고 벽과 똑같은 돌로 만들어진 나선형 계단뿐이었다.
그는 계단을 따라 두 번째 방으로 올라갔다. 두 번째 방 역시 첫 번째 방처럼 텅 비어 있었다. 여기에 틀림없이 지하실이 있을 것이라는 생각이 들었다. 커다란 지하실이 복도들을 통해 병원 건물과 연결되어 있는지도 모를 일이었다. 지금까지 본 바로는 이 건물이 정말로 그냥 등대에 지나지 않는 것처럼 보였으니까.
머리 위에서 긁히는 소리가 들려 그는 다시 계단으로 나갔다. 계단을 따라 한 층을 더 올라가니 육중한 철문이 나왔다. 소총의 총신 끝으로 문을 밀었더니 문이 약간 움직이는 것이 느껴졌다.
아까 그 긁히는 소리가 다시 들려왔다. 담배 연기 냄새도 나고 바다의 파도 소리도 들려왔다. 그는 이곳 높은 곳에서 불고 있는 바람을 느낄 수 있었다. 만약 교도소장이 머리를 써서 이 문 뒤편에 간수들을 배치해 놓았다면, 자신이 저 문을 여는 순간 죽은 목숨이나 다름없다는 생각이 들었다.
'도망쳐, 여보.'
그럴 수 없어.
'왜?'
모든 일이 결국 여기까지 이어진 거니까.
'무슨 일이?'
모든 일이. 모든 것이.
'무슨 소린지 모르겠······.'
당신, 나, 레이디스, 처크, 노이스, 저 불쌍한 애송이. 그 모든 게 결국 이렇게 이어진 거야. 그 일이 지금 여기서 끝나든지, 아니면 내가 여기서 멈추는 수밖에 없어.

'그 사람 손이 문제였어. 처크의 손 말이야. 모르겠어?'
아니. 무슨 소리야?
'그 사람 손 말이야, 테디. 손이 그 사람하고 어울리지 않았잖아.'
테디는 그녀의 말이 무슨 뜻인지 알고 있었다. 처크의 손에 뭔가 중대한 사실이 숨어 있다는 것도 알고 있었다. 그러나 이 계단에서 그 문제를 생각하며 시간을 낭비해야 할 만큼 중대한 사실은 아니었다.
이제 이 문을 열고 가야 해, 여보.
'그래. 조심해.'
테디는 문 왼쪽에서 몸을 낮췄다. 그리고 소총 개머리판을 왼쪽 갈비뼈에 갖다대고 균형을 잡기 위해 오른손으로 바닥을 짚은 다음 왼발을 내질렀다. 문이 활짝 열리는 순간 그는 무릎을 꿇고 주저앉으며 소총을 어깨에 대고 조준했다.
총구가 향한 곳에 콜리가 있었다.
그는 작은 사각형 창문을 등진 채 책상에 앉아 있었다. 그의 뒤편으로 청색과 은색이 섞인 바다가 펼쳐지고, 바다 냄새가 방을 가득 채웠다. 산들바람이 그의 옆머리를 살짝살짝 만지작거렸다.
콜리는 깜짝 놀란 표정이 아니었다. 겁을 내고 있는 것 같지도 않았다. 그가 앞에 놓인 재떨이 가장자리를 담배로 툭툭 치면서 테디에게 말했다.
"왜 이렇게 젖었어, 여보?"
콜리의 뒤에 있는 벽은 분홍색 침대보로 덮여 있었는데, 침대보의 네 귀퉁이는 꾸깃꾸깃한 테이프로 고정되어 있었다. 콜리가 앉아 있는 책상 위에는 서류철 여러 개와 군대에서 쓰는 야전 무전기, 테디의 수첩, 레이디스의 입원 접수 기록, 테디의 웃옷이 놓여 있었다. 그리고 구석에 놓인 의자 위에서 커다란 자기 테이프 두 개가 있는 녹음기가 돌아가고 있었다. 녹음기 위에 놓인 작은 마이크는 방 안을 향하고 있었다. 콜리 바로 앞에 있는 것은 가죽으로 장정한 검은 수첩이었다. 그는 그 안에 뭐라고 끄적이더니 테디에게 말했다.

"앉으시죠."

"뭐라고 했지?"

"앉으라고 했습니다."

"그 전에."

"내가 무슨 말을 했는지 잘 알고 있지 않습니까."

테디는 어깨에서 소총을 내렸지만 계속 콜리를 겨냥한 채 방으로 들어갔다.

콜리는 다시 수첩에 뭔가를 끄적이기 시작했다.

"그거 비어 있습니다."

"뭐라고?"

"소총 말입니다. 총알이 전혀 없어요. 무기를 그렇게 많이 다뤄 봤으면서 그 점을 눈치 채지 못했습니까?"

테디는 개머리판을 잡아당겨 약실을 확인해 보았다. 약실은 텅 비어 있었다. 그래도 확실히 하기 위해서 그는 왼쪽 벽을 겨냥하고 총을 쏘았다. 공이치기에서 찰칵 소리가 났을 뿐 아무 일도 일어나지 않았다.

"저 구석에 놓으세요."

콜리가 말했다.

테디는 바닥에 총을 내려놓고 책상에서 의자를 빼냈지만 거기에 앉지는 않았다.

"저 침대보 밑에는 뭐가 있나?"

"그것도 다 얘기할 겁니다. 앉으세요. 편히 앉아요. 자."

콜리는 바닥으로 손을 뻗어 무거운 수건을 집어 들더니 책상 너머로 테디에게 던져주었다.

"물기를 좀 닦으세요. 그러다 감기 들겠습니다."

테디는 머리카락의 물기를 닦은 다음 셔츠를 벗었다. 그리고 셔츠를 공처럼 둥글게 말아 구석으로 던지고는 상반신의 물기를 닦았다. 그러고 나서 그는 책상에 놓인 웃옷을 집어 들었다.

"괜찮겠지?"

콜리가 시선을 들었다.

"그럼요. 그럼요. 맘대로 입으세요."

테디는 웃옷을 입고 의자에 앉았다.

콜리는 잠시 더 수첩에 글을 썼다. 펜이 종이에 긁히는 소리가 들렸다.

"간수들을 심하게 때려줬습니까?"

"별로."

콜리는 고개를 끄덕이며 수첩에 펜을 내려놓고 야전 무전기를 들어 전원 손잡이를 돌렸다. 그리고 수화기를 집어든 다음 전송 스위치를 누르고 말했다.

"그래요. 그자가 여기 와 있습니다. 그 친구를 올려 보내기 전에 시핸 박사더러 당신 부하들을 한 번 살펴보라고 하시죠."
 그가 수화기를 내려놓았다.
 "시핸 박사를 그렇게 만날 수 없더니."
 테디가 말했다.
 콜리가 눈썹을 들썩거렸다.
 "어디 보자, 박사가 오전 배로 도착한 모양이군."
 콜리가 고개를 저었다.
 "박사는 그동안 내내 이 섬에 있었습니다."
 "눈에 잘 띄는 곳에 숨어 있었겠지."
 테디가 말했다.
 콜리는 양손을 앞으로 내밀며 살짝 어깨를 으쓱했다.
 "시핸 박사는 뛰어난 정신과 의사입니다. 젊지만 전도가 유망하죠. 이건 그 친구와 내가 함께 짠 계획이었습니다."
 테디의 왼쪽 귀 바로 아래의 목이 욱신거렸다.
 "그래 지금까지 그 계획의 성과가 어땠나?"
 콜리는 수첩의 페이지 한 장을 들어올리고 그 밑의 페이지를 살짝 살펴본 다음 손가락으로 잡고 있던 페이지를 다시 떨어뜨렸다.
 "별로 좋지 않았습니다. 난 더 많은 걸 바라고 있었는데 말입니다."
 그가 책상 너머로 테디를 바라보았다. 테디는 두 번째 날 아침에 계단에서 느꼈던 것과 폭풍이 불어오기 직전 직원 회의에서 느꼈던 것을 그의 표정에서 다시 느꼈다. 그런데 그 느낌이 콜리의 다른 면들과 잘 어울리지 않았다. 이 섬하고도, 등대하고도, 저들이 여기서 벌이고 있는 이 끔찍한 게임과도 잘 어울리지 않았다.

연민의 감정.

만약 테디가 사정을 잘 모르는 사람이었다면, 그의 표정에 틀림없이 연민의 감정이 나타나 있다고 단언했을 것이다.

테디는 콜리의 얼굴에서 시선을 돌려 작은 방과 벽에 붙어 있는 침대보를 둘러보았다.

"그래, 여기가 바로 거긴가?"

"여기가 바로 거깁니다. 여기가 등대예요. 당신의 성배. 당신이 찾고 있던 위대한 진실. 어때요, 여기가 당신이 바라던 것 그 이상입니까?"

"난 아직 지하실을 보지 못했어."

"지하실은 없습니다. 여기는 등대예요."

테디는 콜리와 자신 사이의 책상 위에 놓여 있는 자신의 수첩을 바라보았다.

콜리가 말했다.

"그래요, 당신의 사건 메모입니다. 우리 집 근처 숲에서 당신의 웃옷과 함께 발견했죠. 당신이 내 차를 날려버렸습니다."

테디는 어깨를 으쓱했다.

"미안하게 됐군."

"내가 그 차를 얼마나 아꼈는데."

"내가 보기에도 그런 것 같았어."

"1947년 봄에 자동차 전시장에 서서 그 차를 선택하면서 이런 생각을 했던 기억이 납니다. 자, 존, 이제 다 됐다. 앞으로 적어도 15년 동안은 새로 차를 살 필요가 없을 거야."

그는 한숨을 쉬며 말을 이었다.

"그 차를 사면서 얼마나 즐거웠는데."

테디는 양손을 들었다.

"다시 한 번 사과하지."

콜리가 고개를 저었다.

"당신이 그 연락선에 타도록 우리가 내버려둘 거라고 정말로 생각한 겁니까? 만약 당신이 우리 주의를 흐트러뜨리려고 이 섬 전체를 폭파시켰다 해도, 그랬으면 과연 어떻게 됐을 것 같습니까?"

테디는 어깨를 으쓱했다.

"당신은 한 사람입니다. 그리고 오늘 아침 이 섬에 있는 모든 사람들의 유일한 임무는 당신이 그 연락선에 접근하지 못하게 하는 것이었죠. 당신이 어떻게 그런 생각을 했는지 이해할 수가 없습니다."

"그게 여기서 나가는 유일한 길이었으니까. 한 번 해보는 수밖에 없잖아."

테디가 말했다.

콜리는 혼란스러운 시선으로 그를 뚫어지게 바라보다가 투덜거리듯 중얼거렸다.

"세상에, 내가 그 차를 얼마나 좋아했는데."

그리고 그는 자신의 무릎을 내려다보았다.

"여기 물 좀 있나?"

테디가 물었다.

콜리는 테디의 말을 잠시 생각해 보는 눈치더니 의자를 돌렸다. 그의 뒤편 창턱에 주전자와 컵 두 개가 있었다. 그는 두 개의 잔에 물을 따라서 테디에게 건네주었다.

테디는 물 한 잔을 한꺼번에 쭉 마셔버렸다.

"입 안이 마르죠? 아무리 긁어도 가려움이 사라지지 않는 것처럼 혀가 바짝 말라 있죠?"

콜리가 말했다. 그는 주전자를 탁자 반대편으로 밀어주고는 테디가 잔을 다시 채우는 것을 지켜보았다.

"손의 경련 말인데, 그게 아주 심해질 겁니다. 두통은 어떻습니까?"

그가 이 말을 하는 순간 테디는 왼쪽 눈 뒤에서 뜨거운 철사가 닿은 것처럼 시작된 통증이 관자놀이까지 퍼져나가고, 이어 위로는 정수리까지, 아래로는 턱까지 계속 번지는 것을 느꼈다.

"그렇게 심하지 않아."

그가 말했다.

"더 심해질 겁니다."

테디는 물을 더 마셨다.

"그렇겠지. 그 여자 의사도 나한테 그럴 거라고 했어."

콜리는 미소를 지으며 뒤로 등을 기대고 앉아 펜으로 자신의 수첩을 톡톡 두드렸다.

"그건 또 누굽니까?"

"이름은 못 들었어. 하지만 옛날에 당신들하고 같이 일한 적이 있다고 하더군."

"아, 그래. 그 여자가 정확히 뭐라고 하던가요?"

"신경이완제가 혈액 속에서 효과를 나타낼 때까지 축적되는 데 나흘이 걸린다더군. 입 안이 마르고, 두통이 생기고, 몸이 떨릴 거라고 예언했어."

"똑똑한 여자군요."

"그렇지."

"그건 신경이완제 때문이 아닙니다."

"아니라고?"

"그래요."

"그럼 뭣 때문이지?"

"금단 증상이죠."

"무슨 금단 증상?"

콜리는 다시 미소를 짓더니 점점 아련한 표정을 지었다. 그리고 테디의 수첩을 열어 그가 글을 써놓은 마지막 페이지를 펼쳐서 테디에게 밀어 보냈다.

"당신이 쓴 거죠, 맞습니까?"

테디는 수첩을 살짝 내려다보았다.

"그래."

"마지막 암호인가요?"

"뭐, 암호인 건 맞아."

"하지만 암호를 풀지는 못했군요."

"그럴 기회가 없었어. 당신이 혹시 모를까봐 하는 얘긴데, 그동안 좀 바빴거든."

"그럼요, 그랬겠죠."

콜리는 펼쳐진 수첩을 톡톡 두드리며 말을 이었다.

"지금 한 번 풀어보겠습니까?"

테디는 9개의 숫자와 글자를 내려다보았다.

13(M), 21(U), 25(Y), 18(R), 1(A), 5(E), 8(H), 15(O), 9(I)
뜨거운 철사가 닿은 것 같은 통증이 눈 뒤쪽을 쿡쿡 쑤셔대는 것이 느껴졌다.
"지금은 내 상태가 별로 좋지 않아."
"하지만 간단하지 않습니까. 겨우 아홉 글자인데요."
"머리가 욱신거리지 않을 때까지 조금 기다리자고."
"그러죠."
"무슨 금단 증상이지? 당신 나한테 뭘 준거야?"
콜리는 손마디를 꺾고 몸이 부르르 떨릴 정도로 크게 하품을 하며 의자 등받이에 몸을 기댔다.
"클로르프로마진입니다. 부작용이 좀 있죠. 아니, 부작용이 많다고 해야겠군요. 난 그 약을 별로 좋아하지 않습니다. 최근의 사건들이 있기 전에 당신에게 이미프라민을 주려고 했는데, 이제는 그렇게 되지 않을 것 같습니다."
그는 앞으로 몸을 숙이며 말을 이었다.
"원래 나는 약물을 쓰는 걸 별로 좋아하지 않습니다. 하지만 당신 경우에는 약물이 확실히 필요하다는 걸 알겠군요."
"이미프라민?"
"어떤 사람들은 토프라닐이라고 부르기도 하죠."
테디는 미소를 지으며 입을 열었다.
"그리고 클로르프로······"
"······마진."
콜리가 고개를 끄덕였다.

"클로르프로마진. 당신은 지금 그 약에 중독돼 있습니다. 그것 때문에 금단 증상이 생긴 거죠. 우리가 지난 2년 동안 당신에게 줬던 바로 그 약입니다."

"지난 뭐?"

"2년 동안."

테디는 쿡쿡 웃었다.

"이봐, 당신들이 힘이 세다는 것쯤은 나도 알아. 하지만 자신을 너무 과대 포장할 필요는 없잖아."

"과대 포장이 아냐."

"2년 동안 나한테 약을 먹였다고?"

"약으로 치료했다는 표현이 더 좋겠군."

"그러니까, 뭐야, 미국 연방 보안관 사무실에 당신네 사람이 잠입해 있다는 건가? 그 친구의 임무는 매일 아침 내 커피에 약을 타는 것이고? 아니면 혹시, 잠깐, 내가 사무실로 가는 길에 커피를 사는 신문 가판대가 그 친구의 직장이었군. 그렇게 보는 편이 더 낫겠어. 그래서 2년 동안 당신들이 보스턴에 사람을 심어두고 나한테 몰래 약을 먹였단 말이지?"

"보스턴이 아니라 여기야."

콜리가 조용히 말했다.

"여기?"

그가 고개를 끄덕였다.

"여기. 자네는 여기 2년 동안 있었어. 여기 환자라고."

이제 밀물이 들어오는 소리가 들렸다. 바다가 성을 내며 절벽 밑동에 스스로 몸을 던지고 있었다. 그는 경련을 가라앉히려고 양

손을 꽉 맞잡고 눈 뒤에서 욱신거리며 점점 더 뜨겁고 강렬해지고 있는 통증을 무시하려고 애썼다.
"난 미국 연방 보안관이야."
테디가 말했다.
"미국 연방 보안관이었지."
"지금도 보안관이야. 난 미국 정부에서 일하는 연방 보안관이야. 난 1954년 9월 22일, 월요일 아침에 보스턴을 떠났어."
"그래? 그럼 연락선까지 어떻게 갔지? 차를 직접 운전했나? 차는 어디다 세워뒀어?"
"난 지하철을 탔어."
"지하철은 거기까지 가지 않아."
"버스로 갈아탔어."
"왜 차를 몰고 가지 않았지?"
"차는 정비소에 들어가 있어."
"아. 그럼 일요일 얘기를 해보지. 일요일에 대해 기억나는 게 뭐지? 자네가 뭘 했는지 말할 수 있나? 연락선 화장실에서 정신을 차리기 전에 하루 동안 뭘 했는지 조금이라도 정직하게 말할 수 있어?"
물론 말할 수 있었다. 아니, 말할 수 있었을 것이다. 그러나 그 빌어먹을 철사가 그의 눈 뒤쪽을 향해 머리 속을 파고들면서 콧속까지 이르렀다.
그래, 그래, 기억해 보자. 네가 일요일에 뭘 했는지 저 자에게 말해 주는 거야. 퇴근을 해서 버튼우드에 있는 아파트로 갔지. 아냐, 아냐. 버튼우드가 아니지. 버튼우드는 레이디스가 불을 지르는 바람에 다 타버렸잖아. 아냐, 아냐. 네가 사는 곳이 어디지? 젠장. 그는 자기 집의 모습을 눈으로 그려볼 수 있었다. 그래, 맞아. 거기는…… 거기는…… 캐슬몬트. 그거야. 캐슬몬트 애비뉴. 물가에 있는 집.

좋아, 좋아, 침착해. 캐슬몬트에 있는 집으로 돌아와서 저녁을 먹고 우유를 조금 마신 다음에 잠자리에 들었어. 맞지? 맞아.

콜리가 말했다.

"이건 어떤가? 혹시 이걸 봤나?"

그가 레이디스의 입원 접수 기록을 책상 위로 밀었다.

"아니."

"아니라고?"

콜리가 휘파람을 불었다.

"이걸 보려고 여기까지 온 거잖아. 그 서류를 힐리 상원의원에게 가지고 돌아가면, 그게 우리가 기록이 전혀 없다고 주장하는 67번째 환자의 기록이니까 이곳의 비밀을 완전히 밝혀낼 수도 있었을 텐데."

"그래."

"그럼, 당연하지. 그런데 지난 24시간 동안 이걸 살짝 훑어볼 시간을 내지 못했다는 건가?"

"다시 말하지만 내가 좀……"

"바빴지. 맞아. 이해해. 그럼, 지금 한 번 살펴보지 그래."

테디는 종이를 흘깃 내려다보았다. 레이디스의 이름과 나이, 입원 날짜에 대한 정보가 거기 적혀 있었다. 비고란에는 이렇게 씌어 있었다.

넷째 날 435

환자는 지능이 대단히 높고 망상이 심하다. 폭력적인 성향이 있다고 알려져 있으며, 극도로 흥분한 상태이다. 그는 자신이 저지른 범죄를 전혀 후회하지 않고 있는데, 이는 과거에 대한 부정이 너무 강해서 범죄 같은 건 전혀 일어나지 않았다고 생각하기 때문이다. 환자는 고도로 발달된 환상을 구축해 놓았는데, 그 환상 속의 이야기 때문에 현재 자신이 저지른 행동에 대한 진실을 외면하고 있다.

그 밑의 서명란에는 L. 시핸 박사의 이름이 씌어 있었다.
테디가 말했다.
"맞는 것 같군."
"맞는 것 같다고?"
테디는 고개를 끄덕였다.
"누구에 대해 맞다는 거지?"
"레이디스."
콜리가 자리에서 일어섰다. 그리고 벽으로 걸어가 침대보 하나를 끌어내렸다.
네 개의 이름이 15센티미터 크기의 고딕체로 벽에 씌어 있었다.

에드워드 대니얼스(EDWARD DANIELS)──앤드루 레이디스(ANDREW LAEDDIS)

레이첼 솔란도(RACHEL SOLANDO)──돌로레스 샤날(DOLORES CHANAL)

테디는 가만히 기다렸다. 그러나 콜리도 뭔가를 기다리는 눈치였다. 꼬박 1분 동안 두 사람 다 아무 말도 하지 않았다.
결국 테디가 입을 열었다.
"뭔가 하고 싶은 얘기가 있는 모양인데."
"이 이름들을 잘 봐."
"보고 있어."
"자네 이름, 67번째 환자의 이름, 사라진 환자의 이름, 그리고 자네 아내의 이름."
"이런, 난 장님이 아니라고."
"이게 4의 법칙이야."
"어째서 그렇게 되는 거지?"
테디는 마사지를 해서 뜨거운 철사를 몰아내려고 관자놀이를 세게 문질렀다.
"글쎄, 자네는 암호를 푸는 천재잖아. 자네가 말해 봐."
"뭘?"
"에드워드 대니얼스와 앤드루 레이디스라는 이름의 공통점이 뭐지?"
테디는 자신의 이름과 레이디스의 이름을 잠시 바라보았다.
"둘 다 13글자로 되어 있군."
"그래, 그렇지. 그래, 맞아. 다른 건 없나?"
테디는 두 이름을 보고 또 보았다.
"전혀."
"이봐, 왜 이래."
콜리가 하얀 가운을 벗어 의자 등받이에 걸쳤다.

테디는 정신을 집중하려고 애썼지만 이 퀴즈 놀이에 벌써 싫증을 내고 있었다.
"천천히 해."
콜리가 말했다.
테디는 글자들을 계속 노려보았다. 나중에는 글자의 윤곽이 흐릿해질 정도였다.
"뭔가 찾아냈나?"
콜리가 말했다.
"아니. 아무것도 없어. 그냥 글자 수가 13개라는 것밖에."
콜리가 손등으로 글자들을 세게 치면서 말했다.
"잘 봐!"
테디는 고개를 저었다. 속이 메스꺼워지고, 글자들이 펄쩍 뛰어올랐다.
"집중하라고."
"집중하고 있어."
"이 글자들의 공통점이 뭐지?"
"난 모르…… 글자가 13개야. 13개."
"그리고 또?"
테디는 글자가 흐릿하게 보일 때까지 열심히 바라보았다.
"없어."
"없어?"
"없어. 나더러 무슨 말을 하라는 거지? 내가 모르는 얘길 할 수는 없잖아. 난……"
"글자가 같잖아!"

콜리가 소리쳤다.
테디는 몸을 앞으로 웅크리며 글자들의 떨림을 멈추게 해보려고 애썼다.
"뭐?"
"글자가 같다고."
"아냐."
"이 이름들은 서로 철자를 바꿔놓은 거야."
"아냐."
테디가 재차 부정했다.
"아냐?"
콜리가 미간을 좁히며 손으로 글자들을 가리켰다.
"글자들이 정확하게 일치해. 잘 봐. 에드워드 대니얼스. 앤드루 레이디스. 글자가 같잖아. 자넨 암호를 푸는 재능을 갖고 있지. 전쟁 중에는 암호 해독 전문가가 되어볼 생각까지 했어. 안 그래? 그런데도 이 두 이름을 보면서 13개 글자가 똑같다는 걸 모른다는 건가?"
"아냐!"
테디는 손바닥 끝으로 눈을 세게 문질렀다. 눈이 흐릿해서 그랬는지, 아니면 빛을 막으려고 그랬는지 그 자신도 잘 알 수 없었다.
"아니다 이거지. 글자가 똑같은 게 아니라고? 아니면 저 글자들이 똑같은 게 아니기를 자네가 바라고 있다는 뜻인가?"
"그럴 리가 없어."
"그래. 눈을 뜨고 잘 봐."
테디는 눈을 떴지만 계속 고개를 저었다. 글자들이 가늘게 떨리며 좌우로 흔들거렸다.
콜리가 손등으로 다음 줄을 철썩 쳤다.
"그럼 이걸 해봐. 돌로레스 샤날과 레이첼 솔란도. 둘 다 글자가 13개지. 이 이름들의 공통점이 뭔지 말해 봐."
테디는 자기가 지금 무엇을 보고 있는지 알고 있었다. 그러나 그런 일은 불가능하다는 것 또한 알고 있었다.
"아냐? 이것도 이해를 못하겠나?"
"그럴 리가 없어."
"있어. 이번에도 글자들이 똑같아. 이것도 서로 철자를 바꾼 거라고. 진실을 찾으러 여기 왔다고 했나? 자네가 찾던 진실이 바로 이거야, 앤드루."
"테디야."
콜리가 그를 빤히 내려다보았다. 거짓 동정심이 또다시 그의 얼굴을 가득 채우고 있었다.
"자네 이름은 앤드루 레이디스야. 애시클리프 병원의 67번째 환자를 찾는다고? 그건 바로 자네야, 앤드루."
콜리가 말했다.

"말도 안 되는 소리!"
테디가 고함을 질렀다. 자신의 고함 소리 때문에 머리속에서 로켓이 터진 것 같았다.
"자네 이름은 앤드루 레이디스야. 자네는 22개월 전에 법원의 명령으로 여기에 입원했어."
콜리가 말했다.

테디는 말도 안 된다는 듯이 말했다.

"아무리 당신들이라도 이런 짓까지 할 수는 없어."

"증거를 봐. 제발, 앤드루. 자네는……."

"날 그렇게 부르지 마."

"끔찍한 범죄를 저질렀기 때문에 2년 전에 이리로 왔어. 이 사회는 자네가 저지른 짓을 용서하지 못하지만, 난 할 수 있어. 앤드루, 날 봐."

테디는 앞으로 내민 콜리의 손에서 시선을 들어 팔을 따라 위로 올라가서 가슴을 지나 콜리의 얼굴을 바라보았다. 그의 눈에 그 거짓 동정심이 넘실거리고 있었다. 괜찮은 인간인 척 흉내를 내는 모습.

"내 이름은 에드워드 대니얼스야."

"아냐."

콜리가 지친 표정으로 고개를 저었다.

"자네 이름은 앤드루 레이디스야. 자네는 끔찍한 짓을 저질렀어. 그래서 누가 뭐라고 해도 자기 자신을 용서할 수가 없어서 얘기를 꾸며낸 거야. 자네 자신이 주인공인 치밀하고 복잡한 이야기를 만들어낸 거라고, 앤드루. 자네는 자네가 아직 미국 연방 보안관이고, 지금 사건을 쫓고 있다고 스스로를 설득했지. 사건을 수사하다가 음모를 발견했다고 말이야. 그러니까 우리가 아무리 아니라고 말해도 자네 환상 속에서는 우리가 자네를 해치려고 음모를 꾸미는 게 되는 거야. 어쩌면 우리가 그렇게 그냥 내버려둘 수도 있겠지. 자네가 그 환상 속에서 살도록. 나도 그러고 싶어. 자네가 남을 해치지만 않는다면, 정말로 그러고 싶어. 하지만 자네는 폭력적이야. 아주 폭력적이지. 게다가 군사 훈련에 수사관 훈련까지 받았기 때문에 솜씨가 너무 좋아. 자네는 여기 환자들 중 제일 위험한 존재야. 우린 자네를 제압할 수가 없어서 결정을…… 날 봐."

테디는 시선을 들었다. 콜리가 책상 위로 몸을 쭉 늘이다시피 다가와서 애원의 눈빛을 하고 있는 모습이 보였다.

"자네를 지금, 지금 당장 제정신으로 돌려놓을 수 없다면, 자네가 다시는 다른 사람을 해치지 못하게 하기 위해 영구적인 조치를 취하기로 결정을 내렸어. 내 말이 무슨 뜻인지 알겠어?"

잠깐 동안, 정말 잠깐 동안 테디는 그의 말을 정말로 믿을 뻔했다.

그러나 그는 곧 미소를 지었다.

"연기 잘 하는 걸, 박사. 여기서 나쁜 의사 역할을 하는 사람은 누구지? 시핸인가?"

그는 등 뒤의 문을 살짝 바라보며 말을 이었다.

"그럼 이제 나타날 때가 됐겠군."

"날 봐. 내 눈을 보란 말이야."

콜리가 말했다.

테디는 그의 말을 따랐다. 콜리의 눈은 빨갛게 충혈되어 있었으며, 수면 부족 때문에 눈동자가 빙빙 돌고 있는 것 같았다. 하지만 그것뿐만이 아니었다. 저건 뭐지? 테디는 콜리의 시선을 붙들고 그의 눈을 자세히 살펴보았다. 그때 문득 이런 생각이 들었다. 내가 사정을 잘 모르는 사람이었다면, 콜리가 지금 분명히 가슴 아파하고 있다고 말했을 거야.

"잘 들어. 자네를 도와줄 수 있는 사람은 나뿐이야. 지금까지 항상 나뿐이었어. 난 벌써 2년째 자네가 꾸며낸 얘기를 듣고 있지. 그 이야기에 대해서라면 모르는 게 없어. 암호가 나오고, 파트너가 사라지고, 폭풍이 치고, 동굴에서 여자를 만나고, 등대에서는 사악한 실험이 실시되고 있다고 했지. 난 노이스하고 자네가 꾸며낸 헐리 상원의원에 대해서도 알고 있어. 자네가 항상 돌로레스의 꿈을 꾸는데, 그녀의 배에 구멍이 뚫려 있고, 그녀의 몸이 물에 흠뻑 젖어 있다는 것도 알고 있어. 그리고 통나무에 대해서도 알아."

"헛소리 하지 마."

"그럼 내가 그런 것들을 어떻게 알고 있지?"

테디는 떨리는 손가락으로 콜리가 제시한 증거들을 하나씩 짚어 나갔다.

"난 여기서 당신네 음식을 먹고, 당신네 커피를 마시고, 당신네 담배를 피웠어. 젠장, 여기 도착한 날 아침에 당신한테서 '아스피린' 세 알을 받아먹기도 했다고. 그리고 그날 밤에도 나한테 약을 먹였지. 내가 깨어났을 때 당신이 거기 앉아 있었어. 그 후로는 내가 예전 같지 않아. 거기서 모든 게 시작된 거라고. 그날 밤, 내가 편두통을 겪은 다음부터. 그때 당신이 나한테 준 게 뭐지?"

콜리가 뒤로 물러났다. 그는 마치 신 것을 꿀꺽 삼키는 사람처럼 인상을 찌푸리며 멀리 창밖을 바라보았다.

"이제 시간이 없어."

그가 속삭였다.

"그게 무슨 소리야?"

"시간 말이야. 나흘간의 말미를 얻었는데, 그 기간이 거의 다

지났어."

그가 부드럽게 말했다.

"그러니까 날 풀어줘. 난 보스턴으로 돌아가서 보안관 사무실에 불만을 제기할 거야. 하지만 걱정하지는 마. 당신들한테는 힘 센 친구들이 많으니까 일이 그렇게 커지지는 않을 거야."

"아니, 앤드루. 나한테는 친구도 거의 남지 않았어. 여기서 8년 동안 몸부림을 쳤는데, 저울의 추가 반대편으로 기울어져버렸다고. 나는 싸움에 져서 내 자리도 잃고, 자금 지원도 잃어버릴 거야. 나는 감독 위원회 앞에서 정신 의학 사상 유례가 없을 만큼 엄청난 역할 놀이 실험을 구축할 수 있으며, 그 실험으로 자네를 구할 수 있을 거라고 장담했어. 그 실험을 통해 자네를 되돌려놓을 수 있을 거라고 말이야. 하지만 내가 틀렸다면?"

그는 눈을 크게 뜨면서 손을 턱에 대고 위로 밀었다. 마치 튀어나온 턱을 제자리로 돌려놓으려는 것 같았다. 그는 손을 내리고 책상 건너편의 테디를 바라보았다.

"모르겠어, 앤드루? 자네가 실패하면 나도 실패하는 거야. 그리고 내가 실패하면 모든 게 끝장이야."

"이런, 정말 안됐군."

밖에서 갈매기 몇 마리가 깍깍거렸다. 바다의 소금 냄새와 햇빛, 바닷물에 젖은 축축한 모래가 느껴졌다.

콜리가 말했다.

"그럼 다른 식으로 한 번 생각해 보지. 레이첼 솔란도(그 여자는 자네가 만들어낸 상상 속의 인물이지)의 이름 철자가 자네의 죽은 아내 이름과 같고, 자네 아내처럼 그 여자도 자기 자식들을 죽였다는 게 우연이라고 생각하나?"

테디는 자리에서 일어섰다. 어깨에서부터 떨림이 시작되어 팔을 흔들어대며 아래로 내려갔다.

"내 아내는 자식들을 죽이지 않았어. 우리는 아이를 낳은 적이 없어."

"아이를 낳은 적이 없다고?"

콜리가 벽을 향해 걸어가며 말했다.

"우린 아이를 낳은 적이 없어, 이 멍청아."

"아, 그래?"

콜리가 또 한 장의 침대보를 잡아당겼다.

침대보 뒤로 드러난 벽에는 사건 현장을 그린 그림과 호수를 찍은 사진, 그리고 죽은 아이 세 명의 사진이 있었다. 아까처럼 커다란 고딕체로 이름도 씌어 있었다.

에드워드 레이디스
대니얼 레이디스
레이첼 레이디스

테디는 시선을 떨어뜨려 자신의 손을 뚫어지게 바라보았다. 손이 마치 더 이상 그의 몸에 붙어 있지 않은 것처럼 펄쩍 뛰어올랐다. 그가 손을 발로 누를 수만 있다면 그렇게 했을 것이다.

"자네 아이들이야, 앤드루. 거기 그렇게 서서 이 아이들이 세상에 태어났다는 것을 부정할 작정인가? 그래?"

테디는 움찔움찔 경련하는 손으로 방 건너편의 콜리를 가리켰다.

"저 애들은 레이첼 솔란도의 자식이야. 저건 레이첼 솔란도의 호숫가 집에서 벌어진 범죄 현장을 그린 거야."

"이건 자네 집이야. 자네는 의사의 권유로 아내를 위해 이곳으로 이사를 했어. 기억나? 자네 아내가 실수로 전에 살던 아파트에 불을 낸 다음이야. 사람들이 말했지. 네 집사람을 데리고 도시를 떠나라. 목가적인 환경에서 살다보면 네 집사람이 좀 나아질지도 모른다."

"아내는 아프지 않았어."

"자네 아내는 제정신이 아니었어, 앤드루."

"날 그렇게 부르지 마, 젠장. 아내는 미치지 않았어."

"자네 아내는 우울증 환자였어. 조울증 진단을 받았다고. 자네 아내는……."

"아냐."

"자네 아내는 자살 충동을 갖고 있었어. 아이들도 해쳤고. 그런데 자네는 그걸 인정하려 하지 않았지. 그냥 아내가 약해져서 그렇다고 생각했어. 사람이 마음만 먹으면 정신적인 건강을 찾을 수 있다. 그러니 아내도 자신의 책임이 무엇인지만 생각해 내면 된다. 그렇게 자신을 타이른 거야. 자네에 대한 책임, 아이들에 대한 책임만 생각해 내면 된다고. 자네는 술을 마셨지. 점점 심하게. 그러면서 자기 껍데기 속으로 들어가버렸어. 집에도 잘 들어가지 않고, 모든 징조들을 무시했지. 학교 교사들의 말을 무시했어. 교구 신부의 말도, 아내의 친정 가족들의 말도."

"아내는 미치지 않았어!"

"왜 그랬을까? 자네가 그걸 창피하다고 생각했기 때문이야."

"아내는 미치지……"
"자네 아내는 자살을 시도했다가 병원에 입원했을 때야 비로소 정신과 의사의 진찰을 받았어. 아무리 자네라도 아내의 자살시도까지 막을 수는 없었지. 의사들은 자네 아내가 스스로를 해치려 한다고 말했어. 의사들은……"
"우린 정신과 의사를 만난 적이 없어!"
"……자네 아내가 아이들에게도 위험하다고 말했어. 사람들이 그렇게 몇 번이나 자네한테 경고를 한 거야."
"우린 아이를 낳은 적이 없어. 그 문제로 얘기를 해본 적이 있지만, 임신이 되지 않았다고."
젠장! 누군가가 밀대로 유리 조각을 그의 머리 속으로 박아 넣고 있는 것 같았다.
"이쪽으로 와. 이리 가까이 와서 범죄 현장을 찍은 이 사진 속의 이름들을 보라고. 아마 재미있을 걸……"
"그런 사진쯤 당신들이 얼마든지 만들어낼 수 있어. 당신들이 가짜로 꾸며낼 수 있어."
"자네는 꿈을 꾸지. 항상 꿈을 꿔. 자네는 꿈꾸는 걸 멈출 수가 없어, 앤드루. 자네가 나한테 그 꿈 얘기를 했지. 최근에 남자아이 둘하고 어린 여자아이가 나오는 꿈을 꾼 적이 있나? 응? 그 어린 여자아이가 자네를 자네의 무덤으로 데리고 가던가? 자네가 '형편없는 선원'이야, 앤드루. 그게 무슨 뜻인지 알아? 그건 자네가 아버지 노릇을 제대로 못했다는 뜻이야. 자네는 아이들을 위해 세상이라는 바다를 제대로 헤쳐나가지 못했어, 앤드루. 자네는 아이들을 구하지 않았어. 통나무에 대해서도 얘기해볼까? 응? 이리 와서 사진을 봐. 이 아이들이 자네 꿈에서 나온 그 애들이 아니라고 한 번 말해 봐."

"헛소리야."

"그럼 봐. 와서 보라고."

"당신들은 나한테 약을 먹이고, 내 파트너를 죽이고, 그 친구가 처음부터 존재하지 않는다고 말하지. 당신들이 무슨 짓을 하고 있는지 내가 알기 때문에 나를 여기다 가둘 생각이야. 난 당신들의 실험에 대해 알고 있어. 정신 분열증 환자들에게 무슨 약을 주고 있는지도 알고 있어. 전두엽 절제술을 마구잡이로 시행하고 있다는 것도, 뉘른베르크 규약을 철저하게 무시하고 있다는 것도. 난 당신들이 하는 짓을 다 알아, 박사."

"그래?"

콜리가 벽에 몸을 기대며 팔짱을 꼈다.

"그럼 나한테 좀 가르쳐주지 그래. 자네는 지난 나흘 동안 여기를 마음대로 돌아다녔어. 이 병원의 구석구석을 돌아다녔지. 그래, 나치처럼 잔인한 의사들이 어디 있지? 악마 같은 수술을 어디서 봤어?"

그는 책상으로 다시 걸어와서 잠시 자신의 수첩을 들여다보았다.

"우리가 환자들을 세뇌시킨다고 아직도 믿고 있나, 앤드루? 수십 년 전에 고안된 실험을 실시해서……, 자네가 옛날에 그걸 뭐라고 불렀더라? 아, 여기 있군……. 유령 같은 병사들을 만들어낸다고 믿는 거야? 암살자들을 만들어낸다고?"

그는 쿡쿡 웃으며 말을 이었다.

"자네한테 이것만은 인정해 줘야겠군, 앤드루. 편집증 때문에 광분하고 있을 때도 자네가 꾸며낸 이야기만은 정말 굉장해."

테디는 벌벌 떨리는 손으로 그를 겨냥했다.

"여긴 과격한 방법을 실험하는 병원……"

"그래, 맞아."

"당신들은 가장 폭력적인 환자들만 받아들여."

"그것도 맞아. 단, 가장 폭력적이면서 망상이 가장 심한 환자들이야."

"그리고 당신들은……"

"우리가 뭐?"

"실험을 하고 있어."

"그렇지!"

콜리가 손뼉을 치고 재빨리 고개를 숙여 인사하며 말을 이었다.

"피고는 유죄입니다."

"실험적인 수술을 하고 있어."

콜리가 손가락 하나를 세워 손을 들어올렸다.

"아, 미안하지만 그건 아냐. 우린 수술 방법을 실험하지 않아. 수술은 최후의 수단으로 사용되지. 그리고 그 최후의 수단이 사용될 때도 난 항상 거세게 항의를 하고 있어. 하지만 나 혼자서는 수십 년 동안 용인되어 온 관행을 하루아침에 바꿔놓을 수가 없어."

"거짓말."

콜리가 한숨을 쉬었다.

"자네 주장이 맞다는 증거를 하나만 내놔봐. 딱 하나만."

테디는 아무 말도 하지 않았다.

"그러면서 내가 지금까지 내놓은 모든 증거에 대해서는 반응을 보이지 않는군."

"그것들이 증거가 아니니까. 당신들이 위조한 거니까."

콜리는 양손을 모아 마치 기도를 하는 것처럼 입술에 댔다.

"내가 이 섬을 떠나게 해줘. 연방 정부의 임명을 받은 수사관으로서 요구하는 거야. 날 떠나게 해줘."

콜리가 잠시 눈을 감았다가 떴다. 그의 시선이 더 분명하고 강렬해져 있었다.

"좋아요, 좋아, 내가 당했군요, 보안관. 자, 내가 좀 도와드리죠."

그는 바닥에서 부드러운 가죽 가방을 들어올려 쥠쇠를 열고 가방을 열었다. 그리고 테디의 총을 책상 위로 던졌다.

"이거 당신 총 맞죠?"

테디는 그 총을 뚫어지게 바라보았다.

"손잡이에 새겨져 있는 게 당신 이니셜 맞죠?"

테디는 땀방울이 스며든 눈으로 총을 응시했다.

"맞습니까, 아닙니까, 보안관? 당신 총 맞습니까?"

총신에 패인 자국이 있는 것이 눈에 띄었다. 필립 스택스가 그를 겨냥해 총을 쏘았을 때 총알이 그의 몸 대신 총을 맞히는 바람에 생긴 자국이었다. 스택스는 총신을 맞고 튀어나온 자신의 총알에 맞고 말았다. 손잡이에 E. D.라는 이니셜이 새겨져 있는 것이 보였다. 그가 메인 주에서 브렉과 총격전 끝에 사건을 매듭지은 후 현장 사무소에서 그에게 준 선물이었다. 그리고 방아쇠 틀 아랫부분에는 금속이 긁혀서 조금 떨어져나간 자국이 있었다. 그가

1949년 겨울에 세인트루이스에서 범인을 쫓아 달리다가 총을 떨어뜨리는 바람에 생긴 자국이었다.
"당신 총 맞습니까?"
"그래."
"집어드세요, 보안관. 장전돼 있는지 확인하시고."
테디는 총을 한 번 바라보고 다시 콜리에게 시선을 돌렸다.
"어서요, 보안관. 총을 집어요."
테디는 책상에서 총을 집어들었다. 그의 손에 쥐어진 총이 부들부들 떨렸다.
"장전돼 있습니까?"
콜리가 물었다.
"그래."
"확실해요?"
"무게를 보면 알아."
콜리가 고개를 끄덕였다.
"그럼 쏘세요. 당신이 이 섬을 떠날 수 있는 방법은 그것뿐이니까."
테디는 반대편 손으로 팔을 잡아 떨림을 멈추게 하려고 했다. 그러나 그 손도 떨리고 있었다. 그는 여러 번 숨을 들이쉰 후 천천히 내뱉으며 조준을 했다. 눈에는 땀이 들어가 쓰라렸고, 그의 몸은 부들부들 떨리고 있었다. 조준기 끝에 콜리의 모습이 보였다. 기껏해야 반 미터 정도 되는 거리였지만, 그의 모습이 전후좌우로 계속 흔들렸다. 마치 두 사람 모두 파도가 높은 바다에 나와 있는 것 같았다.

"5초를 드리겠습니다, 보안관."

콜리는 무전기에서 수화기를 들어 핸들을 돌렸다. 테디는 그가 수화기를 입에 갖다대는 것을 지켜보았다.

"이제 3초 남았습니다. 그 방아쇠를 당기지 않으면 이 섬에서 죽어가게 될 겁니다."

테디는 총의 무게를 느낄 수 있었다. 비록 몸이 떨리고 있지만, 지금 총을 쏜다면 가능성이 있었다. 콜리를 죽이고, 누군지는 모르지만 밖에서 기다리고 있는 사람도 죽인다면.

콜리가 말했다.

"소장님, 이제 그 친구를 올려보내세요."

테디의 시야가 또렷해지면서 떨림이 가벼운 경련 수준으로 잦아들었다. 콜리가 무전기에 다시 수화기를 거는 순간 그는 다시 조준을 했다.

콜리의 표정이 묘했다. 마치 테디에게 정말로 총을 쏠 수 있는 능력이 아직 남아 있을지도 모른다는 사실을 이제야 깨달은 것 같았다.

콜리가 한 손을 들어올리며 말했다.

"알았어요, 알았어."

테디는 그의 가슴 한가운데를 쏘았다.

그리고 손을 2센티미터쯤 위로 올려 콜리의 얼굴을 쏘았다.

물이 쏟아져 나왔다.

콜리가 인상을 찌푸리더니 여러 번 눈을 깜박거렸다. 그리고 주머니에서 손수건을 꺼냈다.

뒤에서 문이 열리는 소리에 테디는 의자에 앉은 채 휙 몸을 돌렸다. 그리고 방 안으로 들어오는 남자를 겨냥했다.
"쏘지 마세요. 깜빡 잊고 비옷을 안 입었으니까."
처크가 말했다.

콜리는 손수건으로 얼굴을 닦고 다시 자기 자리에 앉았다. 처크는 책상 옆을 돌아 콜리 옆으로 갔고, 테디는 손 안의 총을 이리저리 돌리며 빤히 내려다보았다.
그가 책상 건너편을 바라보니 처크가 자리에 앉고 있었다. 그가 하얀 가운을 입고 있는 것이 눈에 들어왔다.
"자네가 죽은 줄 알았는데."
테디가 말했다.
"안 죽었어요."
처크가 말했다.
갑자기 말을 하기가 어려워졌다. 입을 열면 말을 더듬게 될 것 같았다. 그 여자 의사가 예언했던 것처럼.
"나…… 난…… 나는 자네를 여기서 데리고 나가기 위해서라면 기꺼이 목숨을 바칠 생각이었어. 난……."
그는 책상 위에 총을 놓았다. 온 몸에서 힘이 빠져나갔다. 도저히 몸을 지탱할 수가 없어서 의자 속으로 푹 꺼지듯이 맥을 놓아 버렸다.
"그 점에 대해서는 정말로 미안하게 생각합니다. 콜리 박사와 나도 이번 일을 실행하기 전에 그 점을 놓고 몇 주 동안이나 고민했죠. 난 절대 당신에게 배신감을 안겨주거나 필요 이상으로 고뇌를 안겨주고 싶지 않았습니다. 정말입니다. 하지만 다른 대안이 없었죠."

처크가 말했다.

"시간이 별로 없어서 말이야. 이번 일은 자네의 정신을 되돌리기 위한 우리의 마지막 방법이었어, 앤드루. 심지어 여기서조차 좀 과격하게 생각될 만한 방법이었지만, 난 이 방법이 효과가 있기를 바랐지."

콜리가 말했다.

테디는 눈 속으로 들어간 땀을 닦아내려고 했지만, 오히려 눈 주위 사방을 땀범벅으로 만들고 말았다. 그는 흐릿한 눈으로 처크를 바라보았다.

"자네는 누구지?"

그가 말했다.

처크가 책상 너머로 한 손을 뻗으며 말했다.

"레스터 시핸 박사입니다."

테디가 허공에 떠 있는 그 손을 잡지 않고 그냥 내버려두자 시핸이 결국 손을 거둬들였다.

"그렇군."

테디는 코로 축축한 공기를 빨아들이며 말을 이었다.

"자네가……, 자네가 바로 시핸이면서 내가 시핸 박사를 찾아야 한다고 하는 걸 그냥 내버려뒀다는 얘기군."

시핸이 고개를 끄덕였다.

"날 '선배님'이라고 부르고, 우스갯소리를 늘어놓으면서 계속 날 즐겁게 해주고, 그러면서 항상 날 감시한 거야. 그렇지, 레스터?"

그는 책상 건너편의 시핸을 바라보았다. 시핸은 시선을 피하지 않으려고 애를 썼지만 결국 넥타이로 시선을 떨궈 가슴에 매달린 넥타이를 손으로 들썩거렸다.

"난 당신을 계속 지켜봐야 했습니다. 당신의 안전을 보장하기 위해서."

"안전이라. 그러니까 그걸로 모든 게 괜찮아진다 이건가? 도덕적인 일이 되는 거야?"

테디가 말했다.

시핸이 넥타이를 놓았다.

"우리가 알게 된 지도 2년째입니다, 앤드루."

"그건 내 이름이 아냐."

"2년입니다. 난 당신 주치의였어요. 2년 동안. 날 봐요. 내가 누군지 정말로 모르겠습니까?"

테디는 웃옷 소매 끝으로 눈에 들어간 땀방울을 닦아냈다. 이번에는 시야가 밝아졌다. 그는 책상 건너편의 처크를 바라보았다. 총을 잘 다루지 못하고, 경찰관답지 않은 손을 갖고 있던 그 처크. 그의 손은 경찰관의 손이 아니라 의사의 손이었다.

"자네는 내 친구였어. 난 자네를 믿었다고. 내 아내 얘기도 해주고, 아버지 얘기도 해줬지. 자네를 찾아 그 빌어먹을 절벽을 내려가기도 했는데. 그때도 날 감시하고 있었나? 그때도 내 안전을 지키고 있었어? 자네는 내 친구였어, 처크. 아, 미안하군, 레스터라고 해야 하는데."

레스터가 담배에 불을 붙였다. 테디는 그의 손 역시 떨리고 있음을 알고 내심 기쁨을 느꼈다. 손이 많이 떨리지는 않았다. 테디의 손처럼 심하게 떨리지 않았다. 게다가 그가 담배에 불을 붙이고 성냥을 재떨이에 던지는 순간 그 떨림이 멈춰버렸다. 하지만 그래도…….

'자네도 나처럼 된 거라면 좋겠군. 이게 뭔지는 모르겠지만.' 테디는 속으로 생각했다.

"그래요."

시핸이 말했다(테디는 그를 처크로 생각하지 말아야 한다는 사실을 되새겼다.).

"난 당신의 안전을 지키고 있었습니다. 내가 사라진 건, 그래요, 당신이 만들어낸 환상의 일부였습니다. 하지만 당신은 원래 길에서 레이디스의 입원 접수 기록을 보게 되어 있었어요. 절벽 아래가 아니라. 내가 곶에서 접수 기록을 떨어뜨린 건 실수였습니다. 뒷주머니에서 서류를 막 꺼내는데 바람에 날려가버렸죠. 난 그걸 잡으려 내려갔습니다. 내가 가지 않으면 당신이 갈 거라는 걸 알고 있었으니까. 그런데 난 그만 얼어붙어 버렸습니다. 절벽 가장자리 바로 밑에서. 20분 뒤 당신이 내 바로 앞으로 떨어졌습니다. 나하고 거리가 한 30센티미터쯤 됐죠. 난 하마터면 손을 뻗어 당신을 잡을 뻔했습니다."

콜리가 헛기침을 했다.

"자네가 절벽을 내려가려 한다는 걸 알고 계획을 거의 중단시킬 뻔 했지. 어쩌면 그때 중단시켜야 했던 건지도 몰라."

"중단시킨다니."

테디는 주먹으로 입을 막아 쿡쿡 비어져 나오는 웃음을 억눌렀다.

"그래. 중단. 이건 일종의 야외극이었어, 앤드루. 일종의……"
"내 이름은 테디야."
"……연극이었지. 자네가 대본을 쓰고, 우린 자네가 그걸 공연할 수 있게 도왔어. 하지만 결말이 없다면 연극이 효과를 발휘할 수 없겠지. 우리의 결말은 항상 자네가 이 등대에 도착하는 거였어."
"편리하기도 하지."
테디는 이렇게 말하고 나서 사방의 벽을 둘러보았다.
"자네가 우리에게 이 이야기를 늘어놓기 시작한 지 벌써 2년이 다 됐어. 자네가 사라진 환자를 찾으러 여기 왔다가 우리가 나치의 실험에서 힌트를 얻은 실험적 수술과 소련의 예를 본 딴 세뇌를 실시하고 있다는 걸 우연히 알게 됐다는 얘기. 레이첼 솔란도라는 환자가 자네 아내와 거의 같은 방식으로 자기 아이들을 살해했다는 얘기. 자네가 진실에 거의 근접했을 때, 자네 파트너가……. 자네가 그 친구한테 지어준 이름이 정말 마음에 들지 않나? 처크 아울 말이야. 내 말은, 그 이름을 아주 빠르게 두어 번 말해 보라고. 그 이름은 그냥 자네가 고안해 낸 또 다른 우스갯소리일 뿐이야, 앤드루……. 어쨌든 자네 파트너가 누군가한테 끌려가고 자네는 혼자 남아 스스로를 지켜야 했다고 했지. 우리가 자네한테 약물을 먹였는데 말이야. 그리고 자네는 자네가 상상으로 만들어낸 헐리 상원의원에게 여기서 알아낸 이야기들을 알리기 전에 여기 갇히게 되었다고 했어. 뉴햄프셔주의 현직 상원의원들 이름을 알고 싶나, 앤드루? 명단이 여기 있어."
"당신들이 이 모든 가짜를 만들어냈다고?"

테디의 질문에 콜리가 대답했다.
"그래."
테디는 웃었다. 돌로레스가 죽기 전으로 돌아간 것처럼 열심히 웃어댔다. 그는 그렇게 웃으면서 자신의 웃음소리가 웅웅 울리는 것을 들었다. 웃음의 메아리가 다시 웃음소리 속으로 섞여 들어와 그의 머리 위에서 미친 듯이 날뛰다가 벽을 간질이더니 파도 속으로 확 퍼져나갔다.
"허리케인을 어떻게 가짜로 꾸며내지?"
그는 책상을 철썩 후려갈기면서 말을 이었다.
"말해 봐, 박사."
"허리케인을 가짜로 꾸며낼 수는 없어."
콜리가 말했다.
"그렇지, 그럴 수 없어."
테디는 다시 책상을 쳤다.
콜리가 그의 손을 바라보다가 시선을 들어 그의 눈을 들여다보았다.
"하지만 허리케인이 언제 올지 가끔 예측할 수는 있지, 앤드루. 특히 섬에서는 말이야."
테디는 고개를 저었다. 미소가 아직 자신의 얼굴에 고정되어 있는 것이 느껴졌다. 그 미소에서 온기가 점점 사라지고, 아마도 그 표정이 멍청하고 둔해 보일 터인데도.
"당신들은 포기라는 걸 모르는군."
"자네의 환상에서 폭풍은 필수적이야. 우리는 폭풍이 올 때까지 기다렸지."

콜리가 말했다.

"거짓말."

테디가 말했다.

"거짓말이라고? 그럼 철자를 바꿔놓은 저 이름들을 한 번 설명해 봐. 저 사진 속의 아이들이 어떻게 자네 꿈속에 나타났는지 설명해 봐. 저 애들이 정말로 레이첼 솔란도의 애들이라면 자네는 저 애들을 한 번도 본 적이 없을 텐데 말이야. 설명해 봐, 앤드루. 자네가 이 방으로 들어왔을 때 내가 어떻게 알고, '왜 이렇게 젖었어, 여보?' 라고 말했을까? 내가 사람들 생각을 읽기라도 하는 거야?"

"아니. 내가 정말로 젖어 있어서 그랬겠지."

테디가 말했다.

한순간 콜리의 머리가 목에서 폭발하듯 떨어져나갈 것처럼 보였다. 그는 길게 숨을 들이쉬더니 양손을 깍지 끼고 책상 앞쪽으로 몸을 기울였다.

"자네 총에는 물이 채워져 있었어. 자네가 말하는 암호는 또 어떻고? 그 암호들은 전시물이야, 앤드루. 자네는 스스로를 농담거리로 삼고 있었던 거야. 자네 수첩에 있는 암호를 봐. 마지막 것. 한번 봐. 글자 9개가 세 줄로 늘어서 있지. 그걸 푸는 건 식은 죽 먹기일 거야. 한번 봐."

테디는 수첩을 내려다보았다.

13(M), 21(U), 25(Y), 18(R), 1(A), 5(E), 8(H), 15(O), 9(I)

"이제 시간이 얼마 없습니다. 제발 이걸 알아주세요. 모든 게 변하고 있습니다. 정신 의학 말입니다. 정신 의학계에서 한동안 전쟁이 벌어지고 있었는데, 지금 우리가 지고 있습니다."
레스터 시핸이 말했다.

M, U, Y, R, A, E, H, O, I

"그래? '우리'가 누구지?"
테디가 멍하니 말했다.
"인간의 정신에 도달하려면 얼음송곳으로 뇌를 쑤시거나 위험한 약을 대량으로 먹이지 말고 자아를 정직하게 평가해야 한다고 믿는 사람들이지."
콜리가 말했다.
"자아를 정직하게 평가한다……. 이런, 그거 아주 좋은데."
테디가 말했다.
콜리는 암호가 세 줄이라고 했다. 아마 한 줄에 글자 세 개씩일 것이다.
"내 말을 잘 들어요. 여기서 실패하면 우리가 집니다. 당신 문제만 얘기하는 게 아니에요. 현재 힘을 쥐고 있는 건 외과의들이지만, 거기에 급속한 변화가 일어날 겁니다. 약물학자들이 힘을 쥘 거예요. 하지만 그들의 방법 역시 야만적이기는 마찬가지일 겁니다. 그럴 것 같아요. 지금처럼 사람을 좀비로 만들어 창고에 저장하듯 수용하는 방식이 좀더 보기 좋은 허울을 뒤집어쓰고 계속될 거예요. 여기, 이 섬에서 그 문제에 결정적인 역할을 하고 있는 게 바로 당신입니다, 앤드루."

"내 이름은 테디야. 테디 대니얼스."

테디는 암호의 첫 번째 줄이 아마 '당신(you)'일 것이라고 추측했다.

"네이링이 당신 이름으로 수술을 예약해 두었습니다, 앤드루."

테디는 수첩에서 시선을 들었다.

콜리가 고개를 끄덕였다.

"우린 나흘간의 말미를 얻었어. 우리가 실패하면 자네는 수술을 받을 거야."

"무슨 수술?"

콜리가 시핸을 바라보았다. 시핸은 자기가 피우고 있던 담배만 열심히 바라보았다.

"무슨 수술?"

테디가 다시 물었다.

콜리가 뭔가 말을 하려고 입을 열었지만 시핸이 그의 말을 잘랐다. 지친 목소리였다.

"경안와전두엽절제술."

테디는 이 말을 듣고 놀라서 눈을 깜박이다가 다시 수첩으로 시선을 돌렸다. 두 번째 단어가 '이다(are)'라는 것을 알 수 있었다.

"노이스처럼 말이군. 당신들 그 친구도 여기 없다고 하겠지."

그가 말했다.

"여기 있어. 그리고 자네가 그 친구에 대해서 시핸 박사에게 했던 얘기 중 상당 부분이 진실이야, 앤드루. 하지만 그 친구는 보스턴으로 돌아갔던 적이 없어. 자네가 그 친구를 감옥에서 만난 적도 없고. 그 친구는 1950년 8월부터 계속 여기 있었으니까. 한 번 그 친구가 C 병동을 나가 A 병동에서 살아도 되겠다고 판단했던 적이 있기는 했지. 그런데 그때 자네가 그 친구를 공격했어."

테디는 마지막 세 개의 글자에서 시선을 들었다.

"내가 뭘 했다고?"

"자네가 그를 공격했어. 2주 전에. 하마터면 죽일 뻔했지."

"내가 왜 그런 짓을 해?"

콜리가 시핸을 바라보았다.

"그 사람이 당신을 레이디스라고 불렀으니까요."

시핸이 말했다.

"아냐, 그런 적 없어. 어제 그 친구를 만났는데 그 친구는……."

"그 친구가 뭘 했다고요?"

"그 친구는 날 레이디스라고 부르지 않았어. 틀림없어."

"그래?"

콜리가 자신의 수첩을 뒤적였다.

"자네가 나눈 대화가 여기 기록돼 있지. 내 사무실에 가면 녹음 테이프도 있지만 지금은 그냥 대화록으로 만족하자고. 이 말이 기억나는지 한 번 들어봐."

그는 안경을 고쳐 쓰고 수첩을 향해 고개를 숙였다.

"여기 뭐라고 돼 있냐면……, '이건 당신을 위한 거야. 그리고 레이디스, 처음부터 쭉 그랬어. 난 그냥 우연한 존재였지. 난 입구 역할을 했을 뿐이야.'"

테디는 고개를 저었다.

"그 친구가 날 레이디스라고 부른 게 아냐. 당신이 읽으면서 어조를 달리 해서 그렇게 들리는 거야. 그 친구는 이 일이 당신……, 그러니까 나…… 하고 레이디스를 위한 거라고 말한 거야."

콜리가 쿡쿡 웃었다.

"자네 정말 굉장한 사람이군."

테디는 미소를 지었다.

"나도 당신에 대해서 같은 생각을 하고 있었는데."

콜리가 대화록을 다시 내려다보았다.

"그럼 이건 어떨까? 자네가 노이스에게 얼굴이 왜 그렇게 됐느냐고 물었던 거 기억해?"

"물론이지. 누가 그랬냐고 내가 물었잖아."

"자네가 한 말은 정확하게 '누가 이런 거지?' 였어. 맞는 것 같아?"

테디는 고개를 끄덕였다.

"그랬더니 노이스가 뭐라고 대답했냐면…… '당신이 했잖아.'"

"그건 맞아. 하지만……."

콜리는 현미경 아래의 곤충을 보듯이 그를 유심히 바라보았다.

"하지만?"

"그 친구 말은……."

"계속해 봐."

테디는 단어들을 연결해서 기차처럼 일렬로 배열하는 데 어려움을 겪고 있었다.

"그 친구 말은……."

그는 천천히 신중하게 말을 이었다.

"……그 친구가 이리로 다시 이감되는 걸 내가 막지 못했기 때문에 그렇게 얻어맞는 데 간접적으로 영향을 미쳤다는 뜻이야. 내가 때렸다는 얘기가 아니라고."

"노이스는 '당신이 했잖아.'라고 했어."

테디는 어깨를 으쓱했다.

"그랬지. 하지만 당신은 그 의미를 나랑 다르게 해석하고 있어."

콜리가 수첩을 한 장 넘겼다.

"그럼 이건 어때? 이것도 노이스의 말인데, '놈들은 다 알고 있었어. 모르겠어? 당신이 뭘 꾸미고 있는지 다 알고 있었다고. 당신 계획을 전부. 이건 게임이야. 멋지게 꾸며진 연극이지. 이 모든 게 다 당신을 위한 거라고.'"

테디는 뒤로 등을 기대고 앉았다.

"여기 있는 환자들 전부, 그 사람들을 전부 내가 2년 동안 알고 지냈다는 얘긴데, 내가 그, 음, 연극을 하는 지난 나흘 동안 그중 아무도 나한테 아무 말도 하지 않았다는 건가?"

콜리가 수첩을 덮었다.

"그 사람들한테는 익숙한 일이거든. 자네가 그 플라스틱 배지를 사람들한테 보이기 시작한 지 벌써 1년이야. 처음에는 나도 그 방법을 테스트해 볼 만한 가치가 있다고 생각했지. 자네한테 배지를 주고 자네가 어떤 반응을 보이는지 한 번 보자고 말이야. 그런데 자네는 내가 전혀 계산하지 못했던 반응을 보였어. 한 번 봐. 지갑을 열고. 그게 플라스틱인지 아닌지 한 번 보라고, 앤드루."

"그 전에 암호를 끝내야겠어."

"거의 다 풀었잖아. 세 글자 남았는데. 도와줄까, 앤드루?"

"테디야."

콜리가 고개를 저었다.

"앤드루. 앤드루 레이디스."

"테디야."

콜리는 그가 종이 위에 글자들을 배열하는 모습을 지켜보았다.

"암호 내용이 뭐지?"

테디가 웃음을 터뜨렸다.

"말해 봐."

테디는 고개를 저었다.

"안 돼. 우리한테도 좀 가르쳐달라고."

"당신이 한 짓이군. 당신이 그 암호들을 남겨놨어. 당신이 내 아내의 이름을 이용해서 레이첼 솔란도라는 이름을 만들어낸 거야. 전부 당신이 한 짓이야."

테디가 말했다.

"그 마지막 암호의 내용이 뭐지?"

콜리가 천천히 또박또박 말했다.

테디는 두 사람이 내용을 볼 수 있도록 수첩의 방향을 돌렸다.

당신이
그 사람
이다

"이제 만족했나?"

테디가 말했다.

콜리가 자리에서 일어섰다. 지쳐서 녹초가 된 것처럼 보였다. 더 이상 버틸 수 없을 정도로 피곤해하는 것 같았다. 테디가 한 번도 들어본 적이 없는 쓸쓸한 목소리로 그가 입을 열었다.

"우리는 희망을 품었어. 자네를 구할 수 있을 거라고. 우리의 명성이 위험해지는 것도 무릅썼어. 이제 우리가 환자한테 화려하기 짝이 없는 망상을 실현하게 했는데, 그 결과로 얻은 거라고는 부상당한 간수 몇 명과 불에 탄 자동차뿐이라는 얘기가 밖으로 새어나가겠지. 내가 의사로서 모욕을 당하는 것쯤 아무렇지도 않아."

그는 작은 사각형 창 밖을 뚫어지게 바라보며 말을 계속했다.

"어쩌면 내가 여기에 있으면 안 될 만큼 커버렸는지도 모르지. 아니면 여기가 나보다 더 커버린 건지도 모르고. 하지만 보안관, 언젠가, 멀지 않은 미래에, 우린 바로 인간의 경험을 약으로 치료하게 될 거야. 무슨 소린지 알겠나?"

테디는 그에게 조금도 굽히지 않았다.

"아니, 별로."

"그럴 줄 알았어."

콜리는 고개를 끄덕이며 팔짱을 꼈다. 잠시 동안 침묵에 빠진 방 안에서는 산들바람 소리와 파도 소리만 들려왔다.

"자네는 훈장을 받은 군인이고, 육박전 훈련을 극도로 받았지. 여기 온 후로 자네는 오늘 다치게 한 간수 두 사람을 빼고 모두 여덟 명의 간수와 환자 네 명, 잡역부 다섯 명을 다치게 했어. 시핸 박사하고 나는 최선을 다해 자네를 옹호해 왔지. 하지만 병원 직원 대부분과 교도소 직원 전부가 우리한테 뭔가 결과를 보여주든지 아니면 자네를 무력화시키라고 요구하고 있어."

그는 창턱에서 떨어져 책상 위로 몸을 기울인 채 슬프고 우울한 눈으로 테디를 못 박힌 듯 바라보았다.

"이번 일은 우리의 마지막 시도였어, 앤드루. 자네가 자신이 누구이며 무슨 짓을 저질렀는지를 인정하지 않는다면, 자네가 제정신을 차리려고 노력하지 않는다면, 우리도 자네를 구해 줄 수 없어."

그가 테디에게 손을 내밀었다.

"내 손을 잡아."

그가 갈라진 목소리로 말했다.

"제발, 앤드루. 내가 자네를 구할 수 있게 좀 도와줘."

테디는 그 손을 잡고 굳은 악수를 했다. 아주 똑바른 시선으로 콜리를 바라보면서 굳게 그의 손을 잡았다. 그리고 미소를 지었다.

"날 앤드루라고 부르지 마."

그가 말했다.

그들은 그에게 족쇄를 채워 C 병동으로 데려갔다.

C 병동 건물에 들어서자 그들은 그를 지하실로 데리고 갔다. 지하에서는 사람들이 각자 감방 속에서 고함을 질러대고 있었다. 그를 때리겠다는 사람도 있었고, 강간하겠다는 사람도 있었다. 그를 암퇘지처럼 꼬치에 꿰어 발가락을 하나하나 먹어치우겠다는 사람도 있었다.

간호사가 감방 안으로 들어와 그의 팔에 뭔가를 주사하는 동안 그는 계속 몸이 묶여 있는 상태였고, 양편에 간수가 한 명씩 서서 그를 감시하고 있었다.

간호사의 머리는 딸기색이었으며, 그녀의 몸에서는 비누 냄새가 났다. 그녀가 주사를 놓으려고 몸을 기울였을 때 그녀의 숨결이 테디에게 확 닿았다. 그녀는 그가 아는 사람이었다.

"당신이 레이첼 행세를 했었지."

그가 말했다.

"환자를 붙들어요."

그녀가 말했다.

간수들이 그의 어깨를 붙들어 팔이 쭉 펴지게 했다.

"당신이었어. 머리를 염색하고. 당신이 레이첼이야."

"아프다고 움찔거리지 말아요."

그녀가 이렇게 말하고서 그의 팔에 주사바늘을 찔러 넣었다.

그는 그녀의 시선을 붙들었다.

"연기를 아주 잘 하던데. 내 말은, 내가 정말로 속아 넘어갔다는 거야. 사랑하는 짐이 죽었다면서 어쩌고저쩌고 얘기를 했잖아. 정말 사실 같았어, 레이첼."

그녀가 시선을 떨어뜨리며 그의 눈을 피했다.

"난 에밀리예요."

그녀가 이렇게 말하면서 바늘을 빼냈다.

"이제 잠이나 좀 자요."

"제발."

테디가 말했다.

그녀가 문에서 걸음을 멈추고 그를 뒤돌아보았다.

"그건 당신이었어."

그가 말했다.

그녀가 턱을 끄덕이지는 않았다. 그러나 그녀의 눈이 살짝 아래를 향했다가 올라왔다. 그러고 나서 그녀는 미소를 지었다. 너무나 절망적인 미소라서 그는 그녀의 머리카락에 입을 맞추고 싶었다.

"잘 자요."

그녀가 말했다.

그는 간수들이 구속 장치를 풀어주는 것을 느끼지 못했다. 그들이 방을 나가는 소리도 듣지 못했다. 다른 감방에서 들려오는 소리들이 잦아들더니, 그의 얼굴 바로 옆의 공기가 호박색으로 변했다. 마치 축축한 구름 한 가운데에 누워 있는 것 같은 기분이었다. 손과 발은 스펀지로 변한 것 같았다.

그는 꿈을 꾸었다.

그 꿈속에서 그는 돌로레스와 함께 호숫가의 집에서 살고 있었다.

도시를 떠나야 했기 때문에.

도시가 비열하고 폭력적인 곳이기 때문에.

그녀가 버튼우드의 아파트에 불을 질렀기 때문에.

그들은 과거의 망령들을 떨쳐버리려고 했다.

그의 꿈속에서 두 사람의 사랑은 강철 같았으며, 불이 나도, 비가 와도, 망치로 내리쳐도 꿈쩍도 하지 않았다.

그의 꿈속에서 돌로레스는 제정신이 아니었다.

어느 날 밤 레이첼이 그에게 말했다. 그때 그는 술에 취해 있었지만, 아이에게 자기 전에 동화책을 읽어주지도 못할 만큼 취한 것은 아니었다. 레이첼이 말했다.
"아빠?"
"왜, 아가?"
"엄마가 가끔 나를 이상하게 봐요."
"이상하다니 어떻게?"
"그냥 이상해요."
"우스운 표정이야?"
아이가 고개를 저었다.
"아냐?"
"아니에요."
"그럼 엄마가 널 어떻게 보는 건데?"
"나 때문에 아주 슬픈 것처럼요."
그는 아이에게 이불을 덮어주고 잘 자라고 뽀뽀를 해주면서 아이의 목에 코를 문지르며 너 때문에 슬퍼하는 사람은 아무도 없다고 말해 주었다. 그럴 사람도 없고, 그럴 리도 없다고. 절대.

다른 날 밤, 그가 침실에 들어가 보니 돌로레스가 손목의 흉터를 문지르고 있었다. 그녀가 침대에 앉아 그를 바라보며 말했다.
"당신이 다른 곳에 갈 때면 당신의 일부가 이리로 돌아오지 않는 것 같아."
"다른 곳이라니 어디 말이야, 여보?"
그가 침대 옆 탁자에 시계를 놓으며 물었다.
"그리고 당신과 함께 돌아온 나머지 부분들은 어떤지 알아?"

그녀가 입술을 깨물었다. 금방이라도 두 주먹으로 자기 얼굴을 후려칠 것 같은 표정이었다.
"그런 부분들은 돌아오지 말아야 하는데."

그녀는 길모퉁이의 정육점 주인이 간첩이라고 생각했다. 그녀는 그가 피가 뚝뚝 흐르는 칼을 들고 자기에게 미소를 지었다면서, 그가 틀림없이 소련 사람들과 잘 아는 사이일 거라고 했다.
가끔 그 칼이 자신의 가슴에 닿는 걸 느낄 수 있다는 말도 했다.

언젠가 펜웨이 야구장에서 야구 경기를 보고 있을 때 어린 테디가 그에게 말했다.
"여기서 살면 좋을 텐데."
"우린 여기서 살아."
"여기 야구장 말이에요."
"우리 집이 뭐 어때서?"
"물이 너무 많잖아요."
테디는 술을 한 모금 마시고 아들을 유심히 바라보았다. 키가 크고 튼튼한 아이였지만, 그 나이의 남자아이치고는 눈물이 너무 많고, 겁도 많았다. 요즘 아이들은 다 그런 편이었다. 경제가 한창 호경기를 누리는 가운데 지나친 혜택을 누리며 아이들이 물러지고 있었다. 테디는 어머니가 아직 살아계셔서 손자들에게 강해져야 한다고 가르쳐주실 수 있다면 좋겠다고 생각했다. 세상은 너한테 전혀 신경 쓰지 않는다. 세상이 뭔가를 그냥 주는 법은 없어. 오히려 네 걸 가져가지.

물론 아버지도 아이들에게 그런 것을 가르칠 수는 있었다. 그러나 그런 생각을 아이들의 머릿속에 영원히 불어넣는 것은 항상 여자들이었다.

그런데 돌로레스는 영화관, 서커스, 카니발 등에 아이들을 너무 자주 데리고 다니며 아이들의 머릿속을 꿈과 환상으로 가득 채웠다.

그는 술을 한 모금 더 마시고 아들에게 말했다.

"물이 너무 많다 이거지. 다른 건 없니?"

"없어요."

그는 그녀에게 이런 말을 하고 싶었다.

"도대체 왜 그래? 나더러 어쩌라고? 내가 당신한테 안 해준 게 뭐야? 내가 어떻게 해야 당신이 행복해지는 거지?"

그러면 그녀는 이렇게 말할 터였다.

"난 행복해."

"아니, 안 행복해. 내가 뭘 해야 하는지 말해 봐. 그대로 할 테니까."

"난 괜찮아."

"당신 금방 화를 내고 그러잖아. 화를 내지 않을 때는 또 기분이 너무 좋아서 탈이고."

"둘 중의 뭐가 문젠데?"

"당신이 그러니까 애들도 무서워하고 나도 무서워. 당신은 괜찮지 않아."

"괜찮아."

"항상 슬퍼하고 있잖아."
"아냐. 슬퍼하는 건 당신이야."
그녀는 이렇게 말할 터였다.

그는 신부와 상의를 했고, 신부가 그의 집을 두어 번 찾아왔다. 그는 누이들하고도 얘기를 해봤다. 그 덕분에 딜라일라 누나가 버지니아에서 올라와 일주일 동안 같이 있었던 적이 있는데, 그것이 한동안 도움이 된 것 같았다.

두 사람 모두 의사에 대한 언급을 피했다. 미친 사람들이나 의사의 진찰을 받는 법이니까. 돌로레스는 미친 게 아니었다. 그저 신경이 곤두선 것뿐이었다.

그리고 슬픔에 잠긴 것뿐이었다.

꿈 속에서 어느 날 밤, 그녀가 그를 흔들어 깨우더니 가서 총을 가져오라고 했다. 정육점 주인이 집 안에 들어와 있다는 것이었다. 아래층 부엌에. 거기서 러시아 어로 전화를 하고 있다고 했다.

코코넛 그로브 앞 인도에서 그날 밤 그는 택시 안으로 몸을 기울이고 있었다. 그의 얼굴이 그녀의 얼굴과 거의 닿을 듯 가까웠다…….

그는 안을 들여다보며 생각했다.

'난 당신을 알아. 처음 태어났을 때부터 난 당신을 알고 있었어. 그동안 계속 기다렸지. 당신이 나타나기를. 그 긴 세월 동안 내내 기다렸어. 난 당신이 자궁 속에 들어 있을 때부터 당신을 알

고 있었어.'

그것뿐이었다. 그에게는 병사들이 흔히 그러듯이 배를 타고 전쟁터로 떠나기 전에 반드시 그녀와 섹스를 하고 싶다는 필사적인 생각이 없었다. 그 순간, 자기가 전쟁에서 살아 돌아올 것임을 확신했기 때문이다. 그는 반드시 돌아올 것이다. 영혼의 반쪽을 만났는데 금방 다시 그녀를 빼앗기는 것이 신들이 정한 그의 운명일 리가 없으니까.

그는 차 안으로 몸을 숙이고 그녀에게 이 얘기를 해주었다.
그리고 이렇게 말했다.
"걱정 마. 난 집으로 돌아올 거야."
그녀가 손가락으로 그의 얼굴을 만지며 말했다.
"정말 그럴 거지?"

꿈속에서 그는 호숫가의 집으로 돌아왔다.
그때까지 그는 오클라호마에 있었다. 2주 동안 범인을 쫓아 보스턴 남부의 부두에서부터 털사까지 갔던 것이다. 가는 도중에 그가 걸음을 멈춘 곳이 약 10곳은 되었다. 매번 테디는 범인보다 반 발짝 늦곤 했지만, 어느 날 주유소 화장실을 나오다가 범인과 문자 그대로 딱 마주쳤다.

그는 아침 11시에 집으로 돌아왔다. 오늘이 평일이어서 위의 사내아이 둘이 학교에 가 있는 것이 다행이라는 생각이 들었다. 흙먼지가 뼛속까지 배어 있는 것 같았고, 당장이라도 베개 위로 쓰러지고 싶은 생각이 간절했다. 그는 집 안으로 걸어 들어가 큰 잔에 위스키를 한 잔 따르면서 돌로레스를 불렀다. 그녀가 뒤뜰에서 안으로 들어오면서 말했다.

"충분하지 않았어."

그는 술잔을 들고 돌아섰다.

"무슨 소리야, 여보?"

이제 보니 그녀의 몸이 젖어 있었다. 방금 샤워를 하고 나온 사람 같았다. 그녀가 색 바랜 꽃무늬가 그려진 낡은 검은색 드레스를 입고 있다는 점만 빼면. 그녀의 발은 맨발이었고, 머리카락과 옷에서 물이 뚝뚝 떨어졌다.

"여보, 왜 이렇게 젖었어?"

그가 물었다.

"충분하지 않았어."

그녀는 이렇게 말하고서 부엌 조리대 위에 병을 하나 내려놓았다.

"난 지금도 깨어 있잖아."

그리고 그녀는 다시 밖으로 나갔다.

테디는 그녀가 휘청거리는 걸음으로 한참 동안 정원의 전망대를 향해 걸어가는 것을 지켜보았다. 그리고 술잔을 내려놓은 다음 그녀가 놓아둔 병을 들어 살펴보았다. 그녀가 병원에서 퇴원한 후 의사가 처방해 준 아편제였다. 테디는 출장갈 일이 생기면 자신이 집을 떠나 있는 동안 그녀가 먹어야 하는 양 만큼 약의 분량을 재서 그녀의 약장 안에 있는 작은 병에 넣어두곤 했다. 그리고 원래 약병은 지하실에 숨기고 문을 잠가 두었다.

약병 안에는 6개월치 약이 들어 있었다. 그런데 그녀가 그것을 모조리 마셔버린 것이다.

그녀가 휘청거리며 전망대 계단을 오르다가 무릎을 꿇으며 넘어지더니 다시 일어나는 모습이 보였다.

그녀가 이 약병을 어떻게 손에 넣었을까? 지하실 캐비닛의 자물쇠는 결코 평범한 것이 아니었다. 힘센 남자가 공구를 가지고 달려들어도 열 수 없을 터였다. 그녀가 자물쇠를 땄을 리도 없었다. 그리고 하나밖에 없는 열쇠는 테디 자신이 갖고 있었다.

그는 그녀가 전망대 중앙에 있는 그네에 앉는 것을 지켜보다가 다시 약병을 바라보았다. 자신이 집을 떠나던 날 밤, 바로 이 자리에 서 있었던 기억이 났다. 그는 위스키를 한두 잔 마시며 약장 안의 작은 병에 약을 옮겨 담은 다음, 바깥의 호수를 한 번 내다보고, 약장에 작은 병을 넣고, 아이들에게 작별인사를 하러 2층으로 올라갔다. 그리고 전화벨 소리에 다시 아래층으로 내려와서 전화를 받았다. 현장 사무소의 전화였다. 그는 외투와 간단한 여행가방을 들고 문간에서 돌로레스에게 키스를 한 다음 차가 있는 곳으로 향했다…….

……큰 약병을 부엌 조리대 위에 그냥 놓아둔 채.

그는 방충망이 달린 문을 열고 나가 잔디밭을 가로질러 전망대로 갔다. 그리고 계단을 올랐다. 그녀는 흠뻑 젖은 채 그가 다가오는 것을 지켜보고 있었다. 그녀가 그네를 한가롭게 앞뒤로 밀자 그녀의 한쪽 다리가 흔들거렸다.

그가 말했다.

"여보, 이걸 언제 다 먹은 거야?"

"오늘 아침에."

그녀는 그를 향해 혀를 삐죽 내밀어보이고는 몽롱한 미소를 지으며 둥글게 곡선을 그리고 있는 천장을 올려다보았다.
"그런데 충분하지가 않아. 잠을 잘 수가 없어. 그냥 잠을 자고 싶을 뿐인데. 너무 피곤해."

그녀 뒤쪽의 호수에 통나무가 몇 개 떠 있는 것이 보였다. 그는 그것이 통나무가 아니라는 것을 알았지만 거기서 시선을 돌려 다시 아내를 바라보았다.

"왜 피곤한 건데?"

그녀는 양손을 날개처럼 옆구리로 내밀고 어깨를 으쓱했다.

"전부 다 질렸어. 너무 피곤해. 집에 가고 싶어."

"여기가 집이야."

그녀는 천장을 가리키며 말했다.

"진짜 집 말이야."

테디는 물 속에서 부드럽게 흔들리고 있는 통나무들을 다시 바라보았다.

"레이첼은 어디 있지?"

"학교에."

"그 앤 아직 어려서 학교에 안 다녀, 여보."

"내 학교는 안 그래."

아내가 이렇게 말하며 하얀 이를 드러내보였다.

테디는 비명을 질렀다. 그의 비명 소리가 너무 커서 돌로레스가 그네에서 떨어질 정도였다. 그는 그녀의 몸을 뛰어넘고, 전망대 뒤쪽의 난간도 뛰어넘어 비명을 지르며 달렸다. '안 돼, 하나님, 제발, 내 아이들은 안 돼, 젠장, 아아아.'

그리고 그는 물 속으로 뛰어들었다가 휘청거리며 앞으로 첨벙 넘어졌다. 물이 기름처럼 그의 몸을 덮었고, 그는 앞으로, 앞으로 헤엄을 쳐서 통나무들이 모여 있는 곳 한 가운데로 나왔다. 통나무는 세 개였다. 그의 아이들.

에드워드와 대니얼은 얼굴을 아래쪽으로 향하고 있었지만, 레이첼은 하늘을 보고 누워 있었다. 감지 못한 아이의 눈이 하늘을 올려다보았다. 엄마의 절망이 아이의 눈동자에 각인되어 있었고, 아이의 시선은 구름을 찾아 헤매고 있었다.

그는 아이들을 하나씩 데리고 나와 호숫가에 눕혔다. 조심스럽게. 그는 아이들을 부드럽지만 단단하게 안았다. 아이들의 뼈가 느껴졌다. 그는 아이들의 뺨을 어루만지고, 어깨와 갈비뼈와 다리와 발을 어루만졌다. 아이들에게 수없이 입을 맞췄다.

그는 무릎을 꿇고 앉아 속에 든 것을 토했다. 나중에는 가슴이 화끈거리고 뱃속이 찢어지는 것 같았다.

그는 다시 아이들에게 가서 양팔을 가슴 위에 모아주었다. 그때 대니얼과 레이첼의 손목에서 밧줄 자국이 눈에 띄었다. 에드워드가 가장 먼저 죽었다는 얘기였다. 나머지 두 아이는 그 소리를 들으며, 엄마가 자기들을 데리러 올 것이라는 걸 알고 있었을 것이다.

그는 아이들의 양 뺨과 이마에 차례로 입을 맞추고 레이첼의 눈을 감겨주었다.

아내가 아이들을 데리고 물 속으로 들어갈 때 그녀의 품 속에서 아이들이 발버둥쳤을까? 비명을 질렀을까? 아니면 그냥 모든 것을 체념하고 조용히 신음했을까?

아내를 처음 만난 날 보라색 드레스를 입고 있던 아내의 모습이 떠올랐다. 그녀를 처음 본 그 순간 그녀의 표정이 떠올랐다. 그가 사랑에 빠져버렸던 그 표정. 그는 그녀가 고급 나이트클럽에서 고급스러운 옷을 입고서 안절부절못한 것이 순전히 그 옷 때문이라고 생각했었다. 하지만 그게 아니었다. 그것은 공포 때문이었다. 그녀가 거의 억누를 수 없었던 공포. 그 공포는 항상 그곳에 존재하고 있었다. 바깥 세상에 대한 공포. 기차, 폭탄, 시끄럽게 덜컹거리는 전차, 착암기, 어두운 길, 소련 인들, 잠수함, 성난 남자들로 가득 찬 술집, 상어들로 가득 찬 바다, 한 손에는 빨간 책을, 다른 손에는 총을 든 동양인들에 대한 공포.

그녀가 무서워하는 것은 이것 말고도 아주 많았다. 그러나 그녀가 가장 무서워한 것은 바로 그녀 자신의 내면이었다. 비정상적으로 똑똑한 벌레 한 마리가 처음부터 그녀의 뇌 속에 살면서 그녀의 뇌를 장난감으로 삼고, 짤깍거리며 머릿속을 돌아다니고, 마음이 내킬 때마다 아무렇게나 신경을 끊어놓았다.

테디는 아이들 곁을 떠나 전망대 바닥에 한참 동안 앉아서 흔들거리는 그녀의 모습을 지켜보았다. 가장 견디기 어려운 것은 그가 그녀를 너무나 사랑한다는 사실이었다. 그녀의 정신을 회복시키기 위해 그의 정신을 희생해야 한다면 그렇게 할 것이다. 팔다리를 팔라면 팔 수도 있었다. 그녀는 오랫동안 그의 유일한 사랑이었다. 전쟁터에서, 이 끔찍한 세상에서 그를 지탱해 준 것은 바로 그녀였다. 그는 그녀를 자신의 목숨보다, 자신의 영혼보다 더 사랑했다.

하지만 그는 그녀를 제대로 지켜주지 못했다. 아이들도 지켜주지 못했다. 그가 돌로레스를 보려하지 않았기 때문에, 그녀의 참

모습을 보려하지 않았기 때문에, 그녀가 제정신을 잃은 것은 그녀의 잘못도 아니고 그녀가 마음대로 통제할 수 있는 일도 아니고 그녀가 도덕적으로 약하다거나 용기가 부족하다는 증거도 아니라는 사실을 보려하지 않았기 때문에 다 같이 함께 만들어온 삶을 지켜내지 못한 것이다.

그가 그것을 보려하지 않은 데에는 이유가 있었다. 만약 그녀가 그의 진정한 사랑이라면, 영원한 그의 반쪽이라면, 그의 뇌, 그의 정신, 그의 도덕적 약점에도 문제가 있다는 얘기가 아닌가?

그래서 그는 그 사실로부터 도망치고, 그녀로부터 도망쳤다. 자신의 유일한 사랑인 그녀를 내버려두었다. 그녀의 정신이 스스로를 모조리 갉아먹어 버리도록 내버려두었다.

그는 흔들거리는 그녀를 지켜보았다. 세상에, 그녀를 이렇게 사랑하고 있는데.

그는 아들들보다 그녀를 더 많이 사랑했다(이 때문에 그는 깊은 수치심을 느꼈다.).

하지만 레이첼보다도 더 사랑했던가?

'그건 아닐 거야. 그건 아닐 거야.'

자신을 물 속으로 데려가는 엄마의 품에 안긴 레이첼의 모습이 보였다. 몸이 호수 안으로 들어가면서 아이의 눈이 커지는 것이 보였다.

그는 딸의 그런 모습을 여전히 눈에 매단 채 아내를 바라보며 생각했다.

'이 잔인하고, 잔인한 미친년.'

테디는 전망대 바닥에 앉아 울었다. 얼마나 오랫동안 울었는지는 알 수 없었다. 그는 울면서 자기가 꽃다발을 주었을 때 현관 입구 계단에 서 있던 돌로레스의 모습을 떠올렸다. 신혼여행 때 어깨 너머로 그를 뒤돌아보던 돌로레스, 에드워드를 임신했을 때 보라색 드레스를 입고 있던 돌로레스, 그와 키스를 한 후 몸을 떼면서 그의 뺨에 묻은 속눈썹을 떼어주던 모습, 그의 품에서 몸을 웅크린 채 그의 손에 쪼듯이 입을 맞추던 모습, 소리 내어 웃으며 일요일 아침 같은 미소를 짓던 모습, 커다란 눈 주위의 얼굴을 일그러뜨리면서 그를 뚫어지게 바라보던 모습. 너무나 겁에 질리고 너무나 외로워 보이는 모습이었다. 항상, 항상, 그녀의 마음 한 구석은 너무나 외로웠다……

그는 자리에서 일어섰다. 무릎이 후들거렸다.

그가 아내 옆의 의자에 앉자 그녀가 말했다.

"당신은 좋은 남자야."

"아냐, 안 그래."

"그래."

그녀가 그의 손을 잡으며 말을 이었다.

"당신은 날 사랑해. 난 알아. 당신이 완벽하지 않다는 것도 알아."

대니얼과 레이첼은 잠에서 깨어 엄마가 자기들의 손목을 밧줄로 묶고 있는 것을 보고 무슨 생각을 했을까? 엄마의 눈을 들여다보며 무슨 생각을 했을까?

"아, 젠장."

"난 알아. 하지만 당신은 내 거야. 이제 당신이 한 번 해봐."

"여보, 제발 아무 말도 하지 마."

그가 말했다.

에드워드. 그 아이는 아마 도망쳤을 것이다. 그녀가 그 아이를 쫓아 온 집 안을 뛰어다녀야 했을 것이다.

이제 그녀는 밝고 행복한 기분이 되어 있었다. 그녀가 말했다.

"우리 애들을 부엌으로 데려가자."

"뭐?"

그녀가 그의 몸 위에 올라타 젖은 몸으로 그를 껴안았다.

"아이들을 식탁에 앉히자, 앤드루."

그녀가 그의 눈꺼풀에 입을 맞췄다.

그는 몸이 으스러지도록 세게 그녀를 끌어안았다. 그리고 그녀의 어깨에 얼굴을 대고 울었다.

그녀가 말했다.

"아이들을 살아 있는 인형으로 삼는 거야. 아이들 몸의 물기도 닦아주고."

"뭐?"

목소리가 그녀의 어깨에 막혀 작아졌다.

"애들 옷도 갈아입히는 거야."

그녀가 그의 귓가에서 속삭였다.

그는 그녀가 작은 창문이 달린 하얀 고무상자에 갇혀 병원으로 끌려가는 모습을 볼 수 없었다.

"오늘 밤에 우리 침대에서 애들을 재우는 거야."

"제발 더 이상 말하지 마."

"딱 하룻밤만."

"제발."

"그리고 내일은 애들을 데리고 소풍을 가야지."
"나를 한 번이라도 사랑한 적이 있다면……."
호숫가에 누워 있는 아이들의 모습이 눈에 들어왔다.
"난 언제나 당신을 사랑했어, 여보."
"날 한 번이라도 사랑한 적이 있다면, 제발 더 이상 말하지 마."
테디가 말했다.
그는 아이들이 있는 곳으로 가고 싶었다. 아이들을 다시 살려내서 그녀가 있는 이곳으로부터 도망치고 싶었다.
돌로레스가 그의 총 위에 손을 놓았다.
그는 그녀의 손을 꽉 쥐었다.
"당신이 반드시 날 사랑해야 해. 당신이 날 자유롭게 해줘야 해."
그녀가 말했다.
그녀가 그의 총을 잡아당겼지만 그는 그녀의 손을 떼어냈다. 그리고 그녀의 눈을 들여다보았다. 눈이 너무 밝아서 아플 정도였다. 그것은 인간의 눈이 아니었다. 어쩌면 개의 눈인 것 같기도 했고, 늑대의 눈인 것 같기도 했다.
전쟁이 끝난 후, 다카우에서 그 일이 있은 후, 그는 어쩔 수 없는 경우가 아니라면 절대 사람을 죽이지 않겠다고 맹세했었다. 다른 사람이 이미 그에게 총을 겨누고 있는 경우가 아니라면. 그런 경우에만.
또다시 사람을 죽이고서 그걸 감내할 자신이 없었다.
그녀가 그의 총을 잡아당겼다. 그녀의 눈이 점점 더 밝아졌고, 그는 다시 그녀의 손을 떼어냈다.

호숫가를 바라보니 아이들이 어깨를 맞대고 나란히 한 줄로 누워 있는 모습이 보였다.

그는 총을 총집에서 꺼내 그녀에게 보여주었다.

그녀가 아랫입술을 깨물며 흐느끼다가 고개를 끄덕였다. 그리고 전망대의 천장을 올려다보며 말했다.

"애들이 우리랑 같이 있는 척하자. 아이들을 목욕시키자, 앤드루."

그는 그녀의 배에 총을 갖다댔다. 그의 손이 떨리고, 입술이 떨렸다. 그가 말했다.

"사랑해, 돌로레스."

그러나 그녀의 몸에 그렇게 총을 대고 있으면서도 그는 자신이 그 일을 해낼 수 있을지 자신이 없었다.

그녀는 자기가 아직 여기 있다는 사실에, 그가 아직도 자신의 몸 아래에 있다는 사실에 깜짝 놀란 사람처럼 아래를 내려다보았다.

"나도 당신을 사랑해. 너무나 사랑해. 마치……."

그가 방아쇠를 잡아당겼다. 총소리가 그녀의 눈을 통해 밖으로 튀어나오고, 그녀의 입에서 공기가 튀어나왔다. 그녀는 배에 뚫린 구멍에 손을 갖다대고 그를 바라보았다. 그녀의 다른 손은 그의 머리카락을 움켜쥐고 있었다.

그녀의 몸에서 생명이 쏟아져나가는 순간 그는 그녀를 끌어당겼다. 그에게 닿은 그녀의 몸이 축 늘어졌다. 그는 그녀를 계속 안고서 그녀의 색이 바랜 드레스에 얼굴을 대고 흐느꼈다. 그의 끔찍한 사랑이 그녀의 옷 속에 파묻혔다.

그가 어둠 속에서 일어나 앉았을 때 가장 먼저 느낀 것은 담배 냄새였다. 곧 이어 담뱃불이 보이고, 그 불이 밝게 타올랐다. 시핸이 담배를 빨며 그를 지켜보고 있었다.

그는 침대에 앉아 울었다. 울음을 멈출 수가 없었다. 그는 그녀의 이름을 불렀다.

"레이첼, 레이첼, 레이첼."

하늘의 구름을 바라보던 레이첼의 눈과 물 위에 둥둥 떠 있던 머리카락이 떠올랐다.

격렬한 울음이 멈추고, 눈물이 마르자 시핸이 말했다.

"레이첼이라니, 누구 말입니까?"

"레이첼 레이디스."

"그럼 당신은?"

"앤드루. 내 이름은 앤드루 레이디스요."

시핸이 작은 불을 켜자 창살 뒤로 콜리와 간수 한 명의 모습이 드러났다. 간수는 등을 돌리고 있었지만, 콜리는 손으로 창살을 잡고 방 안을 뚫어지게 들여다보고 있었다.

"자네가 왜 이리로 오게 됐지?"

그는 시핸이 내민 손수건을 받아 얼굴을 훔쳤다.

"자네가 왜 이리로 오게 됐지?"

콜리가 다시 물었다.

"내 아내를 죽였기 때문에."

"왜 아내를 죽였는데?"

"아내가 우리 아이들을 죽였고, 그녀에게 평화가 필요했으니까."

넷째 날 485

"당신은 연방 보안관입니까?"

시핸이 물었다.

"아니, 옛날에는 그랬지만 지금은 아니오."

"언제부터 여기 있었죠?"

"1952년 5월 3일부터."

"레이첼 레이디스가 누굽니까?"

"내 딸이오. 그때 네 살이었지."

"레이첼 솔란도는 누굽니까?"

"존재하지 않는 인물이오. 내가 만들어낸 사람이야."

"왜?"

콜리가 물었다.

테디는 고개를 저었다.

"왜?"

콜리가 다시 물었다.

"모르오. 몰라……."

"아니, 자네는 알고 있어, 앤드루. 왜 그랬는지 말해 봐."

"말할 수 없어."

"할 수 있어."

테디는 머리를 움켜쥐고 몸을 앞뒤로 흔들었다.

"나더러 억지로 말하라고 하지 말아요. 제발, 제발, 선생님."

콜리가 창살을 움켜쥐었다.

"난 들어야겠어, 앤드루."

그는 창살을 통해 그를 바라보았다. 앞으로 튀어나가서 그의 코를 물어뜯고 싶었다.

"왜냐하면."

그는 여기서 말을 멈추고 헛기침을 하며 바닥에 침을 뱉었다.

"왜냐하면 아내가 아이들을 죽이도록 내버려둔 사람이 나 자신이라는 걸 견딜 수가 없었으니까. 난 모든 징조들을 무시했소. 내가 바라기만 하면 불길한 징조들이 다 사라질 거라고 생각했지. 내가 그녀를 의사에게 보이지 않았으니까 결국 내가 아이들을 죽인 거요."

"그래서?"

"그걸 견딜 수가 없었소. 도저히 견딜 수가 없었어."

"하지만 견뎌야 하지. 자네도 그걸 알고 있어."

그는 고개를 끄덕였다. 그리고 무릎을 가슴으로 끌어당겼다.

시핸이 어깨 너머로 콜리를 바라보았다. 콜리는 창살 사이로 방 안을 뚫어지게 바라보고 있었다. 그는 담배에 불을 붙이고서 흔들리지 않는 눈길로 테디를 지켜보았다.

"내가 무서워하는 게 뭔지 아나, 앤드루? 자넨 전에도 여기까지 온 적이 있어. 9개월 전에 지금하고 똑같이 자네가 변화를 보였다고. 그런데 그 후 자네가 퇴행해 버렸지. 급속도로."

"미안하오."

"그래. 하지만 지금은 그렇게 사과를 해봤자 나한테 아무 소용이 없어. 난 자네가 현실을 받아들였다는 걸 분명하게 확인해야 해. 자네가 또다시 퇴행하는 걸 참아줄 수 있는 사람이 아무도 없으니까."

테디는 콜리를 바라보았다. 몸이 지나치게 마른 콜리의 눈 밑에 커다랗게 그림자가 져 있었다. 그를 구하러 달려온 사람이 이 사람이었다. 그에게 평생 유일한 친구가 있다면, 어쩌면 바로 이 사람인지도 몰랐다.
그녀의 눈에서 자신이 쏜 총소리가 들려오던 모습이 떠올랐다. 아들들의 손을 가슴에 놓아줄 때 손목이 젖어 있던 것과 자신이 집게손가락으로 딸의 얼굴에서 머리카락을 살살 쓸어내리던 모습도 떠올랐다.
"난 퇴행하지 않을 거요. 내 이름은 앤드루 레이디스고, 난 1952년 봄에 내 아내 돌로레스를 죽였소……."

다음 날

 잠에서 깨어보니 햇살이 방 안까지 들어와 있었다.
 그는 일어나 앉아 창살 쪽을 바라보았다. 그러나 창살이 있어야 할 자리에 그냥 창문만 있을 뿐이었다. 창문의 높이도 생각보다 낮았다. 그는 자신이 트레이, 비비와 함께 잠자리에 들었던 방의 침대 2층에 있다는 사실을 깨달았다.
 방은 비어 있었다. 그는 침상에서 펄쩍 뛰어 내려와 벽장을 열었다. 세탁실에서 방금 가져온 그의 옷들이 거기 있었다. 그는 옷을 입고 창가로 가서 창턱에 한쪽 발을 올려놓고 구두끈을 묶었다. 그리고 병동 단지를 내다보니 각각 같은 숫자의 환자들과 잡역부들과 간수들이 보였다. 일부는 병원 앞에서 이리저리 돌아다니고 있었고, 다른 사람들은 청소를 계속하고 있었다. 건물 벽에 붙어 있는 장미화단의 잔해를 손보고 있는 사람도 있었다.
 그는 나머지 한 짝의 구두끈을 매면서 자신의 손을 유심히 살펴보았다. 떨림이 전혀 없었다. 시야도 어렸을 때처럼 맑았고, 머릿속도 마찬가지였다.

그는 방을 나가 계단을 내려가서 밖으로 나갔다. 병원 건물들을 이어주는 통로에서 마리노 간호사가 그의 옆을 지나치며 미소를 지었다.

"안녕하세요."

"아름다운 아침이군요."

그가 말했다.

"정말 눈부신 날씨죠. 폭풍이 여름을 영원히 날려버린 것 같아요."

마리노 간호사가 말했다.

그는 난간에 몸을 기대고 아기의 눈처럼 새파란 하늘을 바라보았다. 6월 이후로 전혀 느낄 수 없었던 신선함이 공기 속에서 느껴졌다.

"즐거운 하루 되세요."

마리노 간호사가 말했다. 그는 통로를 걸어 내려가는 그녀의 모습을 지켜보았다. 그녀의 엉덩이가 흔들리는 모습이 즐겁게 느껴지는 것이 어쩌면 자신이 건강하다는 신호인지도 모른다는 생각이 들었다.

그는 병동 단지로 가다가 비번이라서 공놀이를 하고 있는 잡역부들을 만났다. 그들이 손을 흔들며 말했다.

"안녕하세요."

그도 손을 흔들며 "안녕하세요."라고 인사했다.

연락선이 부두로 다가오면서 경적을 울리는 소리가 들렸다. 병원 앞의 잔디밭 한가운데서 콜리와 교도소장이 이야기를 하고 있었다. 두 사람이 그를 알아보고 고개를 끄덕이자 그도 함께 목례를 했다.

그는 병원 입구 계단 모퉁이에 앉아 주위의 모든 것을 둘러보았다. 오랜만에 너무나 기분이 좋았다.

"자, 여기요."

그는 담배를 받아 입에 물고 라이터 불을 향해 몸을 기울였다. 불쾌한 휘발유 냄새가 느껴지더니 지포 라이터가 탁 닫혔다.

"오늘 아침에는 기분이 어때요?"

"좋지. 자네는?"

그는 허파 속으로 연기를 빨아들였다.

"더할 나위 없이 좋은걸요."

콜리와 교도소장이 자신들을 지켜보는 모습이 눈에 들어왔다.

"교도소장이 들고 있던 그 책이 뭔지 못 알아냈죠?"

"응. 죽을 때까지 모를 것 같아."

"진짜 유감이네요."

"어쩌면 이 세상에 우리가 알아서는 안 되는 일들이 있는 건지도 모르지. 그렇게 생각하자고."

"재미있는 생각이네요."

"뭐, 나도 노력 중이니까."

그는 담배를 한 번 더 빨았다. 담배 맛이 아주 달다는 생각이 들었다. 맛이 진해서 목구멍 뒤쪽에 계속 달라붙어 있는 느낌이었다.

"그래, 이제 어떻게 한다?"

그가 말했다.
"선배님이 말해 보세요."
그는 처크에게 미소를 지었다. 두 사람은 아침 햇볕 속에서 계단에 앉아 마치 세상에 아무 일도 없는 것처럼 한가한 시간을 보내는 중이었다.
"이 섬에서 나갈 길을 찾아야 해. 집으로 가야지."
테디가 말했다.
처크가 고개를 끄덕였다.
"그런 말을 할 줄 알았어요."
"뭐 좋은 생각 없어?"
"1분만 시간을 주세요."
테디는 고개를 끄덕이고 계단에 등을 기댔다. 1분쯤이야 줄 수 있었다. 어쩌면 몇 분을 더 기다릴 수 있을 것 같기도 했다. 그는 처크가 손을 치켜들며 고개를 젓는 것을 지켜보았다. 콜리가 알겠다는 듯 고개를 끄덕이더니 교도소장에게 뭐라고 얘기를 했고, 두 사람은 잔디밭을 가로질러 테디가 있는 쪽으로 움직였다. 잡역부 네 명이 두 사람의 뒤를 따랐는데, 그중 한 명은 하얀 꾸러미를 들고 있었다. 뭔가 천 같은 것으로 만들어진 꾸러미였다. 테디는 잡역부가 천을 풀어서 그 안에 햇살이 닿았을 때 뭔가 금속으로 된 것을 살짝 본 것 같다고 생각했다.
테디가 말했다.
"난 잘 모르겠어, 처크. 저 사람들이 우리를 노리고 있는 것 같아?"
"아뇨."

처크가 햇살 때문에 눈을 약간 찡그리며 고개를 뒤로 살짝 젖혔다. 그리고 테디에게 미소를 지었다.
"우리가 너무 영리하기 때문에 그렇게는 안 될걸요."
"맞아, 그렇지. 안 그래?"
테디가 말했다.

〈끝〉

감사의 말

실라, 조지 빅, 잭 드리스콜, 돈 엘렌버그, 마이크 플린, 줄리 앤 맥네리, 데이비드 로비쇼드, 조안나 솔프라이언에게 감사한다.

다음의 책 세 권이 없었다면 이 소설을 쓸 수 없었을 것이다. 에밀리 케일과 데이비드 케일의 『보스턴 항의 섬들(Boston Harbor Islands)』과 맥클린 병원을 묘사한 알렉스 빔의 『우아한 정신병자(Gracefully Insane)』, 그리고 미국 정신 병원에서 정신 분열증 환자들에게 신경 이완제가 어떻게 사용되고 있는지를 기록한 로버트 휘태커의 『미국의 정신병자(Mad in America)』. 뛰어난 르포가 담겨 있는 이 책들에 커다란 신세를 졌다.

언제나 그렇지만, 내 책의 편집을 맡아 준 클레어 워치텔(모든 작가들이 이런 편집자를 만나는 축복을 누려야 한다.)과 내 대리인 앤 리텐버그에게 감사한다. 리텐버그가 내게 준 시내트라 음악이 이 책을 만들어 냈다.

 밀리언셀러 클럽을 펴내면서

지난 수백 년 동안 소설은 기묘하면서도 교양 넘치고, 자유로우면서도 현실에 뿌리 박고 있으며, 흥미진진하면서도 감동적인 이야기로 독자들의 사랑을 독차지해 왔다.
민담이나 전설 등에 비해 비교적 최근에 탄생한 이야기 형식인 소설이 순식간에 이야기 왕국의 제왕으로 올라선 것은 현대인들이 살아가면서 느끼는 희망과 절망, 불안과 평화 등 온갖 삶의 양상들을 허구 속에 온전히 녹여 내어 재창조함으로써 이야기를 읽는 기쁨과 더불어 삶을 재발견하는 즐거움을 주어 온 까닭이다.
사실 이야기를 읽음으로써 삶을 다시 생각하고, 삶을 생각함으로써 이야기를 다시 만들어 온 것은 인간이라면 피할 수 없는 숙명이다.
그런데도 최근 이야기의 제왕이라는 소설의 위기를 말하는 목소리가 점점 늘어나고 있다. 만약에 이 말이 사실이라면, 그리하여 사람들이 소설을 점차 외면하고 있다면, 핏속에 스며들어 있으며 뼛속에 틀어박힌 이야기 본능이 무언가 다른 것에 흘려 있음에 틀림없다.
사람들은 이제 이야기를 소설이 아니라 거리에서, 인터넷에서, 영화에서, 드라마에서, 광고에서, 대중가요에서 즐기고 있는 것이다.
'밀리언셀러 클럽'은 이러한 소설의 위기를 넘어서려는 마음에서 기획되었다. 국내뿐만 아니라 전 세계 각국에서 독자들의 사랑을 한껏 받은 작품들을 가려 뽑아 사람들 마음을 다시 소설로 되돌리고 이야기를 한껏 즐길 수 있도록 배려하였다.
'밀리언셀러'라는 이름을 단 것은 소설이 다시 사람들의 마음을 끌어 널리 읽히기를 바라기 때문이고, '클럽'이라는 이름을 단 것은 소설을 사랑하는 독자들이 이 작품들을 가운데 놓고 오랫동안 이야기를 나누기를 바라기 때문이다.
앞으로 '밀리언셀러 클럽'에는 예로부터 오늘날까지, 동양에서 서양까지 시대와 장소를 가리지 않고 널리 독자들의 사랑을 받아 온 작품들 중에서 이야기로서 재미에 충실할 뿐만 아니라 인간 본연의 모습을 확인시켜 줄 수 있는 소설들이 엄선되어 수록될 것이다.
이 작품들이 부디 독자들을 소설의 바다로 끌어들여 읽기의 즐거움을 극대화함으로써 이야기 본능을 되살려 주어 새로운 독서 세대를 창출하기를 바라는 마음 간절하다.

옮긴이 | 김승욱

성균관대학교 영어영문학과를 졸업한 후 뉴욕 시립대 대학원에서 여성학을 전공했다. 동아일보 문화부 기자를 거쳐 현재 전문 번역가로 활동 중이다. 우리말로 옮긴 책으로는 『미래의 지배』, 『듄』, 『회의적 환경주의자』, 『마담 세크러터리』, 『돌로레스 클레이본』 등이 있다.

살인자들의 섬

1판 1쇄 찍음 2004년 7월 22일
1판 34쇄 펴냄 2023년 9월 1일

지은이 | 데니스 루헤인
옮긴이 | 김승욱
발행인 | 박근섭
편집인 | 김준혁
펴낸곳 | 황금가지

출판등록 | 2009. 10. 8 (제2009-000273호)
주소 | 06027 서울 강남구 도산대로 1길 62 강남출판문화센터 5층
전화 | 영업부 515-2000 편집부 3446-8774 **팩시밀리** 515-2007
홈페이지 | www.goldenbough.co.kr

도서 파본 등의 이유로 반송이 필요할 경우에는 구매처에서 교환하시고
출판사 교환이 필요할 경우에는 아래 주소로 반송 사유를 적어 도서와 함께 보내주세요.
06027 서울 강남구 도산대로 1길 62 강남출판문화센터 6층 민음인 마케팅부

한국어판 © ㈜민음인, 2004. Printed in Seoul, Korea
ISBN 978-89-8273-832-6 03840

㈜민음인은 민음사 출판 그룹의 자회사입니다.
황금가지는 ㈜민음인의 픽션 전문 출간 브랜드입니다.